AF202058

ANNA BELL

Perfekt ist nur halb so schön

ROMAN

Aus dem Englischen
von Silvia Kinkel

Die englische Originalausgabe erschien 2017 unter dem Titel
»The Good Girlfriend's Guide to Getting Even« bei Zaffre.

Wenn Ihnen dieser Roman gefallen hat und Sie auf der Suche
nach ähnlichen Büchern sind, schreiben Sie uns
unter Angabe des Titels »Perfekt ist nur halb so schön« an:
frauen@droemer-knaur.de

Besuchen Sie uns im Internet:
www.knaur.de

Deutsche Erstausgabe März 2018
Knaur Taschenbuch
© 2017 Anna Bell
© 2018 der deutschsprachigen Ausgabe Knaur Verlag
Ein Imprint der Verlagsgruppe
Droemer Knaur GmbH & Co. KG, München
Alle Rechte vorbehalten. Das Werk darf – auch teilweise –
nur mit Genehmigung des Verlags wiedergegeben werden.
Redaktion: Gisela Klemt; lüra – Klemt & Mues GbR
Covergestaltung: Franzi Bucher, München
Coverabbildung: iStock/chuwy;
Shutterstock/sunshiny; Shutterstock/Kovale
Satz: Adobe InDesign im Verlag
Druck und Bindung: CPI books GmbH, Leck
ISBN 978-3-426-52158-8

2 4 5 3

Für Carlene Wright,
Sportwitwengefährtin und sehr gute Freundin,
für die Blackpool-Darts-Abende, die ich nie vergessen werde
(sosehr ich mich auch bemühe).
Auf die nächste Sportveranstaltung,
zu der unsere Männer uns schleppen werden!

utsch!« Jetzt habe ich mir zum x-ten Mal den Ellbogen an der Kabinenwand gestoßen und fluche lautstark. Mich in einer Toilettenkabine in meiner Firma in ein enges Kleid zu quetschen, erfordert die akrobatischen Fähigkeiten eines Ninjas. Ein falscher Hopser, während ich die Seiden-strumpfhose anziehe, und ich stecke meinen Fuß in etwas, das ein anschließendes Bad in Desinfektionsmittel erforderlich macht. Aber ein Hopser zu viel in die andere Richtung, und ich riskiere, mir am Türgriff ein Auge auszustechen.

Ich ziehe mich nur deshalb hier um, weil es sich um einen Notfall handelt. Mein Freund Will und ich treffen uns mit mei-nen Eltern zum Abendessen, und ich bin spät dran. Eigentlich hatte ich vor, auf dem Weg zum Restaurant im Fitnesscenter vorbeizugehen, dort zu duschen und andere Sachen anzuziehen, aber im Büro ist so viel zu tun, dass ich nicht früher Feierabend machen konnte.

Natürlich habe ich versucht, meinen Eltern zu erklären, dass es keine gute Idee ist, unter der Woche für 18.00 Uhr einen Tisch zu reservieren, aber Dad hat darauf bestanden, und es ist schließlich sein Geburtstag. So wie ich ihn und seine Sparsam-keit kenne, gibt es vermutlich einen Rabatt für »Frühesser«.

Endlich gelingt es mir, den Reißverschluss am Rücken hoch-zuziehen. Aufatmend stürze ich aus der Kabine, um schnell noch ein bisschen Make-up aufzulegen. Leider ist der Spiegel von einer Frau blockiert, die sich gerade die Hände wäscht. Die Extradosis Rouge erübrigt sich damit; die Frau muss mein Fluchen gehört haben, und vor Verlegenheit färben sich meine Wangen von allein rosig.

»Haben Sie etwas Hübsches vor, Lexi?«, fragt sie und bemüht sich angestrengt, nicht zu lachen. Sie ist eine dieser Hyperkorrekten aus der Finanzabteilung, Typ Twinset und Perlenkette, aber an ihren Namen kann ich mich nicht erinnern. Ich schätze mal, dass sie in etwa so alt ist wie meine Mum und sich noch nie schnell auf dem Klo umgezogen hat. Diese Aufgabe grenzt ja auch ans Unmögliche und wäre des Films *Cube* würdig.

»Ich gehe zum Abendessen ins Le Bistro.«

»Nett. Besonderer Anlass?«

»Mein Dad hat Geburtstag.«

»Dann wünsche ich viel Spaß«, sagt sie und sieht mich mit einer Miene an, als müsse sie mühsam ein Grinsen unterdrücken.

Rasch blicke ich an mir hinunter, kann aber nichts entdecken, was ein Grinsen rechtfertigen würde. Vermutlich liegt es daran, dass ich mich so herausgeputzt habe.

Sobald ich allein bin, atme ich erleichtert auf, konzentriere mich auf mein Gesicht und trage ein bisschen Foundation auf.

Ich habe schon bei vielen Gelegenheiten festgestellt, dass die fluoreszierende Beleuchtung in Toilettenräumen beim Schminken nicht hilfreich ist. Als dieses Verwaltungsgebäude im Stil der 1960er mit winzigen Fenstern und Neonlicht entworfen wurde, hat niemand darüber nachgedacht, was es für ein Mädchen bedeutet, sich in diesen fensterlosen Waschräumen stylen zu müssen. Das Licht ist so grell wie auf einer Bühne, und man tut schnell etwas zu viel des Guten. In der realen Welt halten die Kollegen dich dann entweder für eine »Professionelle«, oder du siehst aus wie deine fünfjährige Nichte, die mit Make-up gespielt hat.

Nachdem ich fertig geschminkt bin, werfe ich im Spiegel noch einen letzten Blick auf mein enges Kleid mit dem fließenden Spitzen-Overlay. Das habe ich letztes Jahr im Schlussverkauf ergattert und seither auf eine Gelegenheit gelauert, es endlich anziehen zu können. Möglicherweise habe ich seit dem Kauf ein paar Pfund zugelegt, aber obwohl es verdammt eng sitzt, sieht es hübsch aus – egal, was die Finanzlady denkt.

Meine Mum wird jedenfalls beeindruckt sein, dass ich ein richtiges Kleid und eine Seidenstrumpfhose trage. Wenn ich in dem Outfit im Restaurant aufkreuzen würde, mit dem ich heute Morgen ins Büro gegangen bin (uralte schwarze Palazzohose und schlabberige graue Strickjacke), hätte sie mich vermutlich nach Hause geschickt, damit ich mich umziehe. Als ich mich das letzte Mal direkt nach der Arbeit mit ihr getroffen habe, hat sie mich kurz gemustert und dann gesagt, bei den Klamotten sei es kein Wunder, dass ich mit einunddreißig Jahren immer noch unverheiratet bin.

Rasch noch eine letzte Schicht Lippenstift aufgetragen, und schon eile ich aus der Toilette. Das Einzige, was noch schlimmer ist, als von meiner Mum wegen meines Outfits zusammengestaucht zu werden, ist ein Anschiss von ihr, weil ich zu spät bin.

»Ups, sorry«, entschuldige ich mich, als ich mit jemandem zusammenpralle, weil ich so eilig um die Ecke gestürmt bin.

»Hoppla!«, sagt Mike, ein Kollege, dessen Schreibtisch neben meinem steht. »Wo brennt's denn?«

Ich bin versucht, stehen zu bleiben und mit ihm zu plaudern, denn er ist in Gesellschaft des attraktiven Typen von oben, besser bekannt als die Sahneschnitte aus der Chefetage. Jedes Mal, wenn ich ihn sehe, übt er mit seinen Nadelstreifenanzügen und den perfekt liegenden Haaren auf mich eine seltsame Wirkung aus.

So nah war ich ihm allerdings noch nie, und ich muss mich zum Weitergehen zwingen, bevor ich dem Bann seiner hypnotischen Augen erliege.

»Sorry, Mike. Ich muss zum Abendessen ins Le Bistro«, antworte ich und demonstriere dem Typen von oben mit souveränem Augenaufschlag, wie weltgewandt ich bin – als verkehre ich ständig in noblen Restaurants.

»Äh, bevor du gehst …«, ruft Mike mir nach.

»Jetzt nicht, bin schon spät dran.«

Ich winke ihm über die Schulter kurz zu und stürme dann im Eiltempo aus dem Büro der Stadtverwaltung. Ein bisschen unhöflich war das schon, nicht stehen zu bleiben und mir anzuhören, was er zu sagen hat. Es ging bestimmt um die anstehende interne Revision. Wir bemühen uns alle krampfhaft, gut darauf vorbereitet zu sein, wenn sich der Revisor ansieht, was wir als Abteilung geleistet haben. Aber es ist bereits fünf nach sechs, und wenn ich nicht schleunigst zum Restaurant gehe, wird Mum mich nicht nur zusammenstauchen, sondern sie ist auch unbeaufsichtigt mit Will zusammen. Und jedes Mal, wenn das passiert, spricht sie ihn auf das Thema Heiratsantrag an.

Im Vorbeigehen werfe ich meine Arbeitskleidung rasch in mein Auto und laufe – besser gesagt, stöckle – dann zu dem Lokal, das gleich vorn an der High Street liegt.

Als ich dort am Fenster vorbeigehe, entdecke ich meine Familie sofort – was keine große Kunst ist, da sie die Einzigen im Restaurant sind. Will wirkt erleichtert, als ich durch die Tür auf den Tisch zugeschossen komme.

»Entschuldigt die Verspätung. Im Büro ist momentan die Hölle los«, sage ich und beuge mich vor, um meinem Dad einen Kuss zu geben und ihm das Geschenk zu überreichen. »Alles Gute zum Geburtstag.«

»Danke, Lexi«, antwortet er und lächelt zu mir hoch.

Dann beuge ich mich zu meiner Mutter hinunter, um sie ebenfalls zu begrüßen, und nachdem sie kurz meine Wange mit ihren Lippen gestreift hat, zischt sie mir zu: »Wie siehst du denn aus?«

»Das ist ein neues Kleid«, antworte ich, richte mich auf und streiche es glatt. »Ich dachte, es würde dir gefallen, wenn ich etwas anziehe, das meine Figur betont.«

»Das würde es vielleicht, wenn man etwas weniger von deiner Figur sähe.«

Ich öffne gerade den Mund, um zu antworten, dass die Mode nun einmal so ist und Spitze in sei, als Will aufsteht und sich hinter mich stellt. Nachdem er es jahrelang ignoriert hat, wenn meine Mutter mich herunterputzt, will er offenbar endlich für mich eintreten und meine Kleidungswahl verteidigen.

»Lex, dein Kleid steckt hinten in der Strumpfhose«, flüstert er.

Ich schließe die Augen und wünsche, ich könnte mich in Luft auflösen. Als ich sie eine Sekunde später wieder öffne und sehe, dass mich meine Mutter immer noch mit geschürzten Lippen und hochgezogenen Brauen anstarrt, wird mir klar, dass es nicht funktioniert hat. Also versuche ich stattdessen, mein Kleid so diskret wie möglich aus der Strumpfhose zu ziehen. Gott segne meinen Freund, dass er versucht, meinen letzten Rest Ehrbarkeit zu schützen.

Überflüssig zu erwähnen, dass das Kleid in der Strumpfhose gesteckt haben muss, seit ich aus dem Toilettenraum kam. Wenn ich darüber nachdenke, könnte ich wetten, dass Mike mir genau das sagen wollte. Er ist ein prima Kerl und hätte mich bestimmt nicht so auf die Straße gehen lassen. Und obwohl es mir nicht allzu peinlich ist, dass er es bemerkt hat – bei der letzten Weihnachtsfeier hat er Schlimmeres gesehen, als ich betrunken gestürzt bin und der ganzen Abteilung mein Höschen zeigte –, könnte ich vor Scham im Boden versinken, weil der tolle Typ von oben mich so gesehen hat. Ganz zu schweigen von den Passanten auf der High Street. Ich frage mich, ob die Finanzlady es auch bemerkt und nichts gesagt hat – ein grobes Vergehen an der Solidarität unter Frauen.

Sie wird von meiner Liste für Weihnachtskarten gestrichen – na ja, das würde sie, wenn ich mich an ihren Namen erinnern könnte. Apropos, vielleicht ist das der Grund, warum sie mich nicht mag.

Ich räuspere mich und setze mich an den Tisch. Dann lege ich mir die Serviette auf die Oberschenkel und tue so, als besäße ich ein gewisses Maß an Würde.

Meine Eltern wenden sich wieder den Speisekarten zu. »Du siehst hübsch aus in dem Kleid«, flüstert mir Will hinter seiner Karte zu.

»Danke. Sich auf dem Klo umzuziehen ist nicht ideal.«

»Verstehe. Wenigstens warst du da drin allein.«

»Zu schade, dass ich das nicht auch auf der High Street war. Mir wurde sogar nachgepfiffen. Das gab es seit Jahren nicht mehr – ich habe mich gefreut wie eine Schneekönigin.«

»Ich würde dir immer nachpfeifen«, sagt er und zwinkert mir zu.

Ich lächle und will gerade etwas Kokettes erwidern, als meine Mum sich räuspert. Beinahe hätte ich vergessen, dass meine Eltern auch noch hier sind.

Will und ich senken unsere Speisekarten wie zwei ungezogene Kinder, die gerade dabei erwischt wurden, wie sie sich in der hintersten Sitzreihe im Klassenraum Zettel zustecken.

»Gestern habe ich im Supermarkt zufällig Vanessas Mutter getroffen. Sie ist ja so aufgeregt wegen des großen Tags!«

Meine Muskeln spannen sich in Erwartung des Kommenden an. Als wolle ich um mich herum ein Kraftfeld aufbauen.

»Kann ich mir denken«, erwidere ich, als sei es keine große Sache.

Vanessa, eine meiner besten Freundinnen aus Kindheitstagen, wird Samstag in einer Woche heiraten. Für mich ist es aufregend, dass sie den Bund fürs Leben schließt, aber meine Mutter scheint es als persönlichen Affront zu betrachten, dass Vanessa es wagt, dies früher als ich zu tun.

»Mir war gar nicht bewusst, dass die beiden erst seit vier Jahren zusammen sind«, sagt sie in einem Ton, als hätten sie sich vor vier *Wochen* kennengelernt.

»Der Menüvorschlag klingt gut«, sage ich und zeige auf die Kreidetafel an der Wand. »Ich liebe Seeteufel.«

Meine Mutter ignoriert meine Worte und rollt wie eine Dampfwalze einfach weiter.

»Ihre Mum sagt, dass Vanessas Kleid aus dem kleinen Brautmodengeschäft an der Kimberly Lane stammt.«

»Ah ja.« Ich darf das Gespräch nicht auch noch befeuern.

»Auf dem Weg zu meinem Zumba-Kurs komme ich immer daran vorbei. Es sieht zauberhaft aus. Jedes Mal hoffe ich, dass ich es eines Tages auch betreten werde«, schwärmt sie sehnsüchtig.

Ich spüre, dass Will neben mir zappelig wird. Wenn *ich* mich bei diesem Gesprächsthema schon unbehaglich fühle, dann Mr Bindungsphobie erst recht. Wissen Sie, obwohl Will und ich schon sieben Jahre zusammen sind und sogar zusammenwohnen, hat er mir bisher keinen funkelnden Ring angesteckt. Nicht, dass es mir *so* viel ausmachen würde. In meiner Vorstellung ist unsere gemeinsame Hypothek nicht nur bindender, sondern auch schwieriger aufzulösen als ein Trauschein. Aber meine Mum sieht das anders. Sie nimmt nicht etwa Anstoß daran, dass wir in Sünde leben. Soweit ich es beurteilen kann, braucht sie meine Hochzeit vielmehr, damit sie etwas hat, worüber sie in ihren Weihnachtsbriefen schreiben kann. Letztes Jahr hat sie allen nur eine E-Mail geschickt, in der sie mitteilte, dass sie das Geld für Karten und Porto sparen und stattdessen für einen wohltätigen Zweck spenden würde. Vermutlich war es ihr einfach zu peinlich, ein weiteres Jahr schreiben zu müssen, dass ich weder verlobt noch verheiratet bin.

Verständlich, dass Will gerade auf seine Armbanduhr schaut, als wolle er so schnell wie möglich nach Hause und weg von meiner nervenden Mutter.

Zum Glück für Will und mich kommt in diesem Moment die Kellnerin an den Tisch und nimmt unsere Bestellungen auf. Wir haben uns alle für den Menüvorschlag entschieden, der aus Hauptgericht und Dessert besteht. Indem wir keine Vorspeise nehmen, verkürzen wir das Ganze um bestimmt zwanzig Minuten.

»Hattest du einen schönen Geburtstag, Dad?«, frage ich und beende damit konsequent das Gespräch über Vanessa.

»Ja, danke, Liebes. Ich habe ein ausgezeichnetes Buch mit dem Titel ›Das Spiel meines Lebens‹ bekommen.«

»Toll. Von Mum?«

»Nein, das hat er sich selbst gekauft. Ich habe ihm einen Pullover von M&S geschenkt.«

Dad lächelt mich matt an. Fünfunddreißig Ehejahre – und jedes Jahr bekommt er zum Geburtstag einen Pullover von M&S.

»Das habe ich gelesen«, sagt Will. »Es ist wirklich gut. Kennst du schon ›Got, Not Got‹? Dabei dachte ich sofort, dass es dir gefallen würde.«

»Ja, das gab es zu Weihnachten. Tolles Buch. So viele Erinnerungen.«

Ich verdrehe die Augen, während Will und mein Vater abtauchen in die Welt der Fußballbücher. Dass beide Southampton-Fans sind, ist ihre einzige Gemeinsamkeit, und somit auch ihr einziges Gesprächsthema. Ich dachte immer, es sei nett, einen Freund zu haben, der sich gut mit meinem Vater versteht, aber wenn sie mal wieder stundenlang über den prozentualen Anteil des Ballbesitzes im letzten Spiel diskutieren, wird mir klar, dass ich mit meinen Wünschen vorsichtiger sein sollte.

Mein Vater findet Will großartig, im Gegensatz zu meiner Mutter, die ihn ablehnt. Das liegt vor allem daran, dass er sie nicht zur Brautmutter macht. Andererseits basiert das Urteil meines Vaters ausschließlich darauf, dass Will eine Dauerkarte fürs Stadion besitzt. Er könnte für mich der furchtbarste Freund der Welt sein, aber solange er pflichtbewusst zu jedem Heimspiel geht, ist er für Dad okay. Zu meinem Glück ist er ein ziemlich prima Freund.

Ich versuche, das Gespräch der beiden über Tabellenplätze genauso auszublenden wie die Stimme meiner Mutter, die mir erzählt, dass ihre Nachbarin zwei Häuser weiter gerade Oma geworden ist. Nicht schwer zu erraten, wie sie darüber denkt, Großmutter zu werden. Stattdessen nutze ich die Zeit, um mit offenen Augen von dem Roman zu träumen, den ich gerade schreibe.

Zu meinem Erstaunen schaffen wir es bis zum Dessert, ohne dass ich meiner Mutter ein Glas Wein über den Kopf schütte. Tatsächlich war sie erstaunlich zurückhaltend und hat sich lange damit aufgehalten, mir alles über den Skandal wegen der gestohlenen Kühlschrankmagneten in ihrer Firma zu erzählen (es war genauso fesselnd, wie es sich anhört). Nachdem Dad und Will irgendwann zwischen Hauptgang und Dessert das Fußballthema erschöpfend erörtert hatten, sitzen sie jetzt schweigend da. Alles in allem sind wir bereits auf der Zielgeraden. Nur noch der Kaffee und dann ab nach Hause – und es ist erst 19.30 Uhr. Ein frühes Abendessen hat durchaus seine Vorzüge.

Die Kellnerin serviert uns den Kaffee, und als Will zwei Stücke Zucker in seine Tasse wirft, fällt mir auf, dass seine Hand zittert. Beim Umrühren schlägt er den Löffel so fest gegen den Tassenrand, dass sogar mein Dad ihm einen besorgten Blick zuwirft.

Ein Essen mit meiner Mutter würde zwar jeden an den Rand des Wahnsinns treiben, aber Will kommt mir nervöser vor als sonst.

»Hast du denn schon dein Kleid für die Hochzeit nächste Woche?«, fragt meine Mutter.

Was sagte ich gerade über die Zielgerade?

Um möglichst schnell von hier wegzukommen, trinke ich meinen Kaffee so hastig aus, dass ich mir die Zunge verbrenne.

»Ja, habe ich schon ausgesucht. Ich werde viele Fotos machen und sie dir zeigen, wenn wir uns das nächste Mal sehen.«

Kann es kaum erwarten. Und ich darf auf keinen Fall vergessen, Will dann zu Hause zu lassen.

»Ah, perfekt. Es wird bestimmt schön, ein paar Fotos von dir auf einer Hochzeit zu haben, wenn es auch nicht deine eigene ist.«

Ich spüre, wie Will unter dem Tisch herumzappelt, und kann nur hoffen, dass sein Kaffee koffeinfrei ist, denn er ist schon aufgedreht genug.

»Also, dann danke für das schöne Abendessen«, sage ich, stelle meine Tasse ab und schaue meinen Dad erwartungsvoll an, damit er sich die Rechnung bringen lässt.

»Ja, vielen Dank«, sagt auch Will.

Er schaut auf seine Armbanduhr und wirkt erschrocken, dabei hat er alle paar Minuten die Uhrzeit gecheckt, seit wir hier sind.

»Das Fußballspiel hat gerade angefangen«, wendet er sich an meinen Dad. »Hast du Lust, ins Swan um die Ecke zu gehen und es dort anzuschauen?«

»Fußball? An einem Dienstag?«, stoße ich überrascht hervor.

»Champions League«, antwortet Will, ohne zu zögern. »Real Madrid gegen Man City.«

Deshalb hat er ständig auf die Uhr gesehen. Nicht wegen meiner Mutter, sondern weil er das Spiel nicht verpassen wollte.

Typisch, dass er so nervös ist wegen zwei Teams, für die er nicht einmal Sympathie hegt. Mein Freund ist so sportbesessen, dass er sich sogar Flohhüpfen anschauen würde, wenn man es bei Sky Sports zeigte.

»Oh, das habe ich ganz vergessen«, sagt mein Dad.

Er ist zwar auch ein großer Southampton-Fan, aber nicht so süchtig nach Sportsendungen wie Will.

»Wir beide sehen uns im Pub das Spiel an, und Lexi nimmt Jean währenddessen auf eine Tasse Tee mit zu uns.«

Mir klappt die Kinnlade herunter.

»Ähm …«, stottere ich, da es zu Hause definitiv nicht aufgeräumt genug ist, um Mum hereinzubitten. Ich kann mich gar nicht mehr daran erinnern, wann ich das letzte Mal Staub gesaugt oder ob ich gestern nach dem Abendessen das Geschirr in die Spülmaschine geräumt habe. »Wieso können wir nicht mit in den Pub kommen?«

Ich bin kein Fußballfan und kann mir kaum etwas Schlimmeres vorstellen, als mir im Swan ein Spiel anzuschauen, aber es kränkt mich ein bisschen, dass wir wie zwei alte Damen zum Teetrinken abgeschoben werden, während die Männer in den Pub gehen.

»Weil du den Swan und Fußball hasst. Zu Hause fühlst du dich doch viel wohler.«

Wirklich? Während Mum die Nase über den Zustand ebendieses Zuhauses rümpft? Aber das kann ich nicht laut sagen – schließlich will ich ihr nicht auf die Nase binden, dass wir in einem Schweinestall leben.

»Aber …«

Will wirft mir einen derart finsteren Blick zu, dass ich lieber die Klappe halte.

»So nett dein Angebot auch ist, Will«, mischt sich meine Mutter jetzt ein, »aber ich habe für 20 Uhr Kinokarten gekauft.

Deshalb essen wir auch so früh – und nicht etwa, weil dein Vater geizig ist, Lexi.«

Sie lacht kurz auf und entlockt sogar meinem Vater ein Lächeln.

»Danke, Will. Vielleicht ein anderes Mal, ja?«, wendet er sich an meinen Freund und klingt beinahe hoffnungsvoll.

»Okay«, antwortet Will und wirkt enttäuscht.

Offenbar hätte er das Spiel wirklich gern in Gesellschaft geguckt. Normalerweise sind dafür seine besten Freunde Aaron und Tom zuständig, aber die sind wohl anderweitig beschäftigt.

»Ich gehe mit dir hin«, sage ich und versuche, ein begeistertes Lächeln aufzusetzen.

Mit verengten Augen mustert er mich argwöhnisch.

»Das musst du nicht.«

»Ich will aber. Und du möchtest es unbedingt sehen.«

»Dann wäre das also entschieden«, sagt meine Mutter. »Alan, fragst du bitte nach der Rechnung?«

Mein Freund lächelt, und ich sehe, wie sich seine Angespanntheit legt. Alles, was er wollte, war jemand, der sich mit ihm das Spiel anschaut. Auf diese Weise können wir wenigstens ein schönes Glas Wein zusammen trinken und das Abendessen mit meiner Mutter abschütteln. Außerdem muss ich mir das Spiel gar nicht ansehen, da ich meinen treuen Kindle in der Tasche habe – eines der vielen Dinge, die zur Grundausstattung einer Sportwitwe gehören. Denn ich muss stets darauf vorbereitet sein, mich am Spielfeldrand irgendeiner sportlichen Aktivität wiederzufinden.

Kapitel 2

»Stell dir vor, nächste Woche um diese Zeit bist du verheiratet«, sagt Cara mit großen Augen.

»Ich weiß. Verrückt, oder? Ich kann es nicht glauben«, antwortet Vanessa.

Ich auch nicht. Anscheinend heiraten alle meine Freundinnen, und die meisten von ihnen sind mit ihrer besseren Hälfte noch nicht so lange zusammen wie ich mit Will.

»Vielleicht fängt ja eine von euch beiden den Brautstrauß«, fügt sie hinzu.

Ich lächle höflich. Aber ich werde das gar nicht erst versuchen. Was soll es bringen, wenn ich ohnehin weiß, dass ich nicht die Nächste bin? Will hat mir vor ein paar Jahren mitgeteilt, dass er mich fragen wird, wenn der richtige Moment gekommen ist. Seither habe ich gelernt, dass seine Definition vom richtigen Moment darin besteht, darauf zu warten, dass Southampton englischer Meister wird. Und ich schätze deren Chancen in etwa so hoch ein wie meine, dass mein Roman veröffentlicht wird und es auf die Bestsellerlisten schafft.

»Ich nicht«, sagt Cara. »Ich halte mich von diesen Dingen fern. Für mich gibt es noch zu viel zu erkunden, um als Nächste durch den Mittelgang zu schreiten.«

»Außerdem kriegt meine Mutter endgültig Zustände, wenn sogar du vor mir heiratest«, sage ich lachend. »Nichts für ungut.«

»Schon gut«, antwortet sie und reibt mir über den Arm. »Aber ich hab mitbekommen, dass es für Southampton diese Saison gut läuft. Vielleicht ist es ja *das* Jahr.«

»Jetzt hörst du dich an wie Will.« Seit Leicester City englischer Meister wurde, glaubt er fest daran, dass Southampton es auch schaffen wird. »Nein, aber ehrlich, es ist für mich okay, nicht zu heiraten. Gewissermaßen sind wir es ohnehin – wir leben zusammen, streiten uns, haben kaum Sex. Das ist doch wie eine Ehe, oder?«

Unbedingt merken: niemals abschätzige Witze über die Ehe gegenüber jemandem machen, der in fünf Tagen heiraten wird. Vanessa macht nämlich nicht gerade ein glückliches Gesicht. Hoffentlich bleibt es nicht so stehen, sonst ist ihr superteurer Hochzeitsfotograf pure Geldverschwendung.

»Aber das trifft natürlich nicht auf alle Ehen zu«, füge ich hastig hinzu. »Wisst ihr was? Ich hole uns schnell noch ein paar Drinks. Ich glaube, es bleibt gerade genug Zeit vor unserem Schreibkurs.«

»Hey, habe ich dich doch noch erwischt«, keucht Will atemlos. Ich schaue hoch und bekomme sofort ein schlechtes Gewissen, weil wir gerade Witze über ihn gemacht haben. Hoffentlich hat er das nicht gehört.

»Was machst du denn hier? Ist alles in Ordnung?«

Plötzlich überkommt mich die Angst, dass er der Bote schlechter Nachrichten sein könnte. Vielleicht ist jemand gestorben. Warum sonst sollte er den ganzen Weg hierherfahren?

»Ja, alles bestens. Ich wollte dir nur das hier geben.«

Er hält meinen ausgedruckten Text für den Kurs heute Abend hoch. Dabei war ich sicher, ihn nach dem Abendessen in meine Tasche gesteckt zu haben.

»O Gott, hab ich den echt vergessen?«

»Als ich in die Küche kam, um mir ein Bier zu holen, habe ich ihn auf dem Tisch liegen sehen. Ich weiß, wie hart du daran gearbeitet hast, und dachte, du wärst sehr enttäuscht, wenn du merkst, dass du ihn nicht dabeihast.«

»Danke, Schatz.« Ich stehe auf, um den Text entgegenzunehmen und Will einen Kuss zu geben. Das war echt süß von ihm. »Ich bin überrascht, dass du Zeit dafür hattest. Wird nicht gerade ein Fußballspiel übertragen?«

»Doch, aber jetzt ist Halbzeit. Ich verpasse nur fünf Minuten.«

Ich lächle. Das ist mein Freund – fünf Minuten zu verpassen, ist für ihn ein ziemlich großes Opfer.

»Danke«, sage ich noch einmal und bin ehrlich gerührt.

»Gut, ich muss dann mal wieder los.«

»Vergiss nicht, Vanessa viel Glück zu wünschen. Das nächste Mal, wenn du sie siehst, ist am Samstag bei ihrer Hochzeit.«

»Oh, ähm, ja. Natürlich. Viel Glück, Vanessa«, sagt er.

»Danke, Will.«

Er winkt uns kurz zu und eilt dann aus dem Pub zurück zu seinem wichtigen Fußballspiel.

»Das war echt süß von ihm«, sagt Vanessa.

»Allerdings. Ich wäre am Boden zerstört gewesen, wenn ich gemerkt hätte, dass ich den Text nicht dabeihabe. Zum ersten Mal bin ich richtig zufrieden mit meiner Arbeit.«

»Dann bin ich gespannt darauf«, sagt Cara. »Und, bekommen wir jetzt noch einen Drink?«

Vanessa schaut auf ihre Armbanduhr.

»Für mich nicht. Ich muss noch das Programm für die Trauung ausdrucken.«

»Okay, aber es war schön, dass du vorbeigekommen bist. Ich kann es kaum erwarten, dich am Samstag zu sehen. Wenn wir das nächste Mal miteinander reden, bist du Mrs Vanessa Hancock«, sage ich aufgeregt.

»Ich weiß«, antwortet sie, und das Lächeln kehrt in ihr Gesicht zurück. Ich habe meine Bemerkung von vorhin offenbar ausgebügelt. »Trotzdem wünschte ich, ihr wärt meine Braut-jungfern. Das wisst ihr doch, oder?«

»Natürlich«, versichere ich und küsse sie zum Abschied auf die Wange.

»Das wünschte ich auch«, sagt Cara, sobald Vanessa aus dem Pub stürmt.

»Echt? Die ganze Herumsteherei – und kannst du dir vorstel-len, wie angespannt sie am Morgen der Hochzeit sein wird? Wir müssten ihr gemahlene Beruhigungspillen über die Cornflakes streuen.«

»Schon, aber weißt du, wie sehr es deine Chancen erhöht, je-manden abzuschleppen, wenn du Brautjungfer bist? Es ist quasi Gesetz, dass du als Brautjungfer mit einem der Trauzeugen des Bräutigams zusammenkommst.«

Ich verdrehe die Augen. Und ich dachte, sie sei sentimental, weil wir schon seit fast fünfzehn Jahren mit Vanessa befreundet sind.

Zugegebenermaßen war ich ein bisschen enttäuscht, als ich erfuhr, dass ich keine Brautjungfer sein würde. Derart nah werde ich einem Altar so schnell nicht wieder kommen. Aber da Va-nessa drei Schwestern hat und der Bräutigam zwei, waren diese Plätze kraft Geburt bereits vergeben.

»Ich freue mich aber auch so auf die Hochzeit«, fährt Cara fort.

»Ich auch. Es wird bestimmt toll, und sie hat sich echt viel Mühe mit den Details gegeben.«

»Hmm.« Cara nickt. »Mich interessiert vor allem die Sitzord-nung und ob mein Platz weit von dem ihres Cousins Max ent-fernt ist. Wie ich hörte, ist er einer der Trauzeugen. Erinnerst du dich an ihn vom fünfzigsten Geburtstag ihrer Mum, als wir in der Sechsten waren? Ich suche jemanden, mit dem ich meine neue Sexschaukel testen kann. Bob, der Bäcker, ist aus dem Rennen, nachdem er so seltsame Sachen mit meinem Hintern gemacht hat.«

»Cara, was haben wir bezüglich zu vieler Informationen gesagt? Du kennst die Regeln. Ich will nicht wissen, was in deinem Schlafzimmer vor sich geht!« Gespräche mit ihr sollten der Zensur unterliegen.

»Du kennst ja *meine* goldene Regel«, raunt sie und kichert dann.

»Alles ist erlaubt?«

»Auch für mich gibt es Grenzen.«

»Aha.« Ich glaube ihr kein Wort.

»Jetzt mal im Ernst, kommst du klar mit dieser Hochzeit?«, wechselt sie das Thema.

»Ja, alles prima. Als Vanessa sich verlobt hat, war ich schon ein bisschen neidisch, aber ich hatte reichlich Zeit, es zu überwinden. Davon abgesehen, kommt Will mit, und bei Hochzeiten haben wir immer sentimentale Momente. Außerdem bist du nicht die Einzige, die etwas abbekommt. Hochzeiten sind quasi eine Garantie, dass du hinterher Sex hast.«

»Wieso nur sind Hochzeiten das reinste Aphrodisiakum?«, fragt Cara.

»Keine Ahnung«, antworte ich, und mir schießt das Blut in die Wangen, als ich an die letzte Hochzeit denke, bei der ich mit Will gewesen bin. Nachdem wir uns verabschiedet hatten, sind wir hinter dem Festzelt übereinander hergefallen. Wenn ich diese Stimmung doch nur das ganze Jahr heraufbeschwören könnte!

Einen Moment lang sitzen wir schweigend da, und ich vermute stark, dass unsere Gedanken ausnahmsweise in dieselbe Richtung gehen. Aber während meine aus einem Jilly-Cooper-Roman stammen könnten, bin ich sicher, dass sich Caras eher auf den Seiten eines Buches von Sylvia Day finden würden.

»Guten Abend, Ladys«, begrüßt uns Janet, die Leiterin unseres Schreibkurses, im Vorbeigehen.

»Hallo, Janet«, antworte ich überrascht. Meine Fantasie war so lebhaft, dass ich erwartet hatte, Will würde plötzlich vor mir stehen.

Um meine glühenden Wangen ein wenig abzukühlen, fächere ich mir mit der Kursmappe Luft zu.

»Jedes Mal, wenn sie uns dabei erwischt, wie wir vor dem Kurs etwas trinken, fühle ich mich wie das ungezogene Kind in der letzten Bank«, sagt Cara und leert ihr Weinglas.

»Aber wenn sie nicht will, dass wir vorher etwas trinken, dann soll sie den Kurs nicht in einem Pub abhalten.«

»Was sie aber zum Glück tut, denn ohne ein Glas Wein intus zu haben, würde ich die Hälfte meiner Sachen niemals vorlesen können.«

»Wem sagst du das! Die meisten aus unserer Gruppe sind vermutlich ebenfalls froh, Alkohol griffbereit zu haben, während sie dir zuhören. Und dabei gehst du im Kurs nicht einmal auf die saftigen Details ein. Als ich deinen ersten Entwurf gelesen habe, habe ich Zustände gekriegt.«

»Hardcore-SM-Romane können anfangs ein kleiner Schock für die Sinne sein.«

Nun, eher *immer*. Seit ich Caras Texte lese, habe ich Mühe, ihr in die Augen zu sehen.

Dabei war sie noch in der sechsten Klasse von all meinen Freundinnen die ruhigste, hat kaum Hallo zu einem Jungen gesagt. Aber an der Uni muss irgendeine Veränderung mit ihr vorgegangen sein, bei der sie ihr wahres Ich entdeckte, denn seither ist sie ein zügelloser Vamp.

»Ich bin nicht sicher, ob meine Hausaufgabe für diese Woche wirklich gut geworden ist. Ich freue mich nicht gerade auf das Vorlesen«, sagt Cara.

»Ich auch nicht.«

»Aber du hast doch eben gesagt, du bist mit deinem Text zufrieden!«

»Bin ich auch, aber mir graut davor, was Dr. Vernichtendes Urteil und Mr Negative Kritik sagen werden.«

»Ach, ignorier die beiden einfach. Dein Text ist bestimmt toll.«

Ich seufze. Wenn mir dieser Kurs nicht zudem die Gelegenheit verschaffen würde, regelmäßig mit Cara zu quatschen, hätten diese beiden Mitglieder mich schon längst dazu gebracht, mich abzumelden.

Vor vier Jahren habe ich meinen ersten vollständigen Roman geschrieben. Komplett gelesen haben ihn bisher nur Will und Cara. Nachdem ich Probekapitel verschickt und erkannt hatte, dass es praktisch unmöglich ist, einen Literaturagenten zu finden und veröffentlicht zu werden, schloss ich mich dieser Schreibgruppe an. Es gefällt mir, weil es mich dazu anhält, weiterzuschreiben und neue Dinge auszuprobieren, und es wäre perfekt, wenn da nicht Dr. Vernichtendes Urteil und Mr Negative Kritik wären, die »ernsthafte Literatur« verfassen und deshalb jedes Mal meine »improvisierten« Thriller auseinandernehmen.

Wenn man vom Teufel spricht – da sind die beiden schon.

Der Mann mittleren Alters (alias Mr Negative Kritik) und der jüngere Möchtegern-Hipster (alias Dr. Vernichtendes Urteil) kommen in den Pub marschiert und murmeln auf dem Weg zum Hinterzimmer eine kurze Begrüßung.

Der Rest unserer Gruppe ist eine Mischung aus Autoren von Science-Fiction und Fantasy, Steampunk, anspruchsloser Frauenliteratur, historischen Romanen, Gedichten und Theaterstücken.

»Sollen wir reingehen?«, fragt Cara und rümpft die Nase.

Wenn meine kommerziellen Thriller schon verrissen werden, dann können Sie sich vorstellen, wie die Reaktion auf ihre erotische Literatur ausfällt. Der einzige Unterschied besteht darin, dass Dr. Vernichtendes Urteil und Mr Negative Kritik in der Regel zu schnell rot werden, um Cara in derselben Weise zu kritisieren wie mich.

»Wir müssen wohl.«

Langsam stehen wir auf, begeben uns ins Hinterzimmer und nehmen unsere üblichen Plätze ein.

Sobald alle sitzen, beginnt Janet mit dem Kurs.

»Also schön, hattet ihr alle eine gute Woche?«

Wir nicken begeistert.

»Hat jemand Neuigkeiten, die er gern mitteilen möchte?«

Sie schiebt ihre Brille auf den Nasenrücken, als würde sie uns genauer inspizieren, und macht dazu ein hoffnungsvolles Gesicht.

Jede Woche stellt sie dieselbe Frage, und jede Woche kann man die Enttäuschung in ihrem Gesicht sehen, dass niemand von uns als die nächste J. K. Rowling entdeckt wurde.

Sie stößt auf Schweigen.

»Also schön. Die einzige Neuigkeit, die ich habe, besteht darin, dass mein jüngster Roman am Donnerstag erscheint. Das nur als Info für alle von euch, die die Reihe lesen.«

Janet schreibt Liebesromane und scheint alle zwei Wochen ein Buch zu veröffentlichen. Es sind erotische Liebesromane vor historischer Kulisse à la Mills & Boon – nicht wirklich mein Ding, aber zumindest wird die Gruppe von jemandem geleitet, der sich in der Branche auskennt, auch wenn Dr. Vernichtendes Urteil und Mr Negative Kritik gern so tun, als wüssten sie besser Bescheid.

»Bevor wir ernsthaft mit dem Lernen anfangen, möchte ich euch vorwarnen: Wir werden uns in den nächsten Sitzungen damit beschäftigen, wie ihr euch selbst vermarkten könnt. Möglicherweise haltet ihr das für unwichtig, aber heutzutage wird von einem Autor zunehmend mehr Eigenwerbung verlangt, und die fängt nicht erst an, wenn ihr veröffentlicht. Ihr werdet feststellen, dass es euch hilft, einen Vertrag abzuschließen, wenn ihr euch aktiv selbst vermarktet und eine existierende Anhängerschaft habt.«

Ich stöhne. Wie soll ich eine Anhängerschaft bekommen? Ich kann froh sein, wenn ich meine Mum dazu bringe, einen Post auf meiner persönlichen Facebookseite zu liken.

»Nächste Woche werden wir uns die Erfolgsmethoden anderer Autoren anschauen, und in der übernächsten Woche besprechen wir, wie jeder von euch einen Blog einrichten kann. Überlegt euch also bitte bis dahin mögliche Themen. Es muss nicht um Bücher und Schreiben gehen – es kann sich auch um euer Leben oder Hobbys drehen.

Den ersten Blog verfasst ihr als Hausaufgabe, und dann möchte ich, dass ihr ein paar Wochen lang Einträge schreibt. Dann werden wir uns mit sozialen Netzwerken und Marketing beschäftigen, um zu schauen, ob wir eure Statistik verbessern können.«

Bis dahin ist zwar noch ein bisschen Zeit, aber ich bekomme jetzt schon Panik.

»Zurück zu dieser Woche und den Einleitungen, die ihr als Hausaufgabe geschrieben habt. Lasst uns direkt mit dem Vorlesen anfangen. Ich bin gespannt.«

So schrecklich ich diesen Teil des Kurses auch finde, so scheint mein Schreibstil doch langsam Fortschritte zu machen.

»Lexi, fangen wir mit dir an«, sagt Janet und schenkt mir ein aufmunterndes Lächeln.

»Ähm, okay.« Langsam stehe ich auf und hole meinen Text heraus.

»Als Klaus sich der Waldhütte näherte, krallte er seine Hände in die Schenkel«, beginne ich und versuche zu verhindern, dass meine Stimme piepsig klingt. So ruhig wie möglich lese ich die Einleitung zu einem neuen Thriller vor. Das ist ganz schön schwierig, wenn meine Hände dabei zittern, als würde ich Achterbahn fahren.

Endlich bin ich fertig und halte meine Blätter so fest, dass ich sie fast zerknittere.

»Sehr schön, Lexi«, sagt Janet und schenkt mir noch eines dieser Kleiderbügellächeln. »Sehr schön vorgelesen.«

Nicht ganz dasselbe wie sehr schön *geschrieben,* aber immerhin ein Lob.

Ich setze mich wieder hin, und Cara zeigt mir den erhobenen Daumen.

»Ich fand es super«, flüstert sie.

Ich lächle ihr so souverän wie möglich zu und spanne die Muskeln an, um mich für den bevorstehenden Angriff zu wappnen.

»Dieser Typ stirbt also an einem Herzinfarkt?«, fragt Mr Negative Kritik.

»Richtig«, stoße ich zwischen zusammengebissenen Zähnen hervor. Jetzt geht es also los.

Und während ich ihm und Dr. Vernichtendes Urteil dabei zuhöre, wie sie meinen Text zerpflücken, habe ich plötzlich das Gefühl, dass ich niemals Erfolg haben werde. Ich versuche, die Kommentare an mir abprallen zu lassen, jenes dicke Fell zu entwickeln, von dem alle sagen, man brauche es als Schriftstellerin, aber ich kann nicht leugnen, dass ich mir Kritik zu Herzen nehme und am liebsten aufgeben würde.

Vielleicht muss ich meine Situation einfach akzeptieren. Ich bin nicht dazu bestimmt, Schriftstellerin zu werden, genauso wenig wie ich dazu bestimmt bin, diesseits der fünfunddreißig zu heiraten.

Kapitel 3

Ich presse die Lippen zusammen und gebe ein schmatzendes Geräusch von mir. Dann trete ich zurück und begutachte mich ein letztes Mal im Spiegel.

Siehst gut aus, Lexi.

Natürlich schaue ich bewusst nicht zu genau hin, denn sonst würde mir nicht das weiße Haar entgehen, das in meiner Hochfrisur lauert. Und von den Tränensäcken unter den Augen, die nicht einmal gewerbliche Mengen von Touche Éclat kaschieren können, wollen wir gar nicht erst reden. Aber trotz alldem sehe ich ziemlich gut aus.

Eigentlich sollte ich mein Kleid anziehen, aber da ich ein bisschen früh dran bin, nutze ich die Zeit, um mein Lächeln zu perfektionieren – genau die richtige Menge Zähne zeigen. Aus irgendeinem Grund sehe ich nämlich auf Hochzeitsfotos immer so aus, als würde ich gerade beim Zahnarzt mein Gebiss röntgen lassen.

Vermutlich lasse ich mich einfach zu sehr mitreißen – ich liebe nichts mehr als eine gute Hochzeit. Wie oft kann man sich schließlich so richtig in Schale schmeißen und bekommt den ganzen Tag umsonst Essen und Alkohol. Außerdem ist es nicht nur gesellschaftlich akzeptiert, sondern es wird sogar von dir erwartet, dass du bis in die frühen Morgenstunden herumtanzt wie ein Pavian. Und am allerbesten ist, dass die heutige Hochzeit nicht nur die einer flüchtigen Bekannten oder lange nicht mehr gesehenen Cousine ist, sondern die einer meiner besten Freundinnen. Das kann nur noch dadurch getoppt werden, zu meiner eigenen Hochzeit zu gehen. Aber wie wir alle wissen, wird das bei meinem Freund nicht so bald der Fall sein.

»Du solltest dich allmählich fertig machen«, sage ich zu Will, als er ins Schlafzimmer kommt. Er trägt immer noch seine Wochenendkluft – ausgeleierte Jogginghose und eines seiner vielen alten Southampton-Fußballtrikots.

Echt unfair, dass Männer nur Minuten brauchen, um sich ausgehfertig zu machen, denn mein Schönheitsprogramm begann bereits gestern während der Mittagspause mit einem Termin zur Maniküre/Pediküre. Nach der Arbeit folgte dann ein Ganzkörperpeeling mit Rasieren an allen nötigen Stellen. Ich habe vor dem Schlafengehen sogar meine Lippen mit der elektrischen Zahnbürste bearbeitet, damit sie superweich sind für das makellose Auftragen von Lippenstift. Will dagegen braucht nur kurz zu duschen und sich zu rasieren, bevor er sich den Anzug überwirft.

Im Gegensatz zu mir hasst Will Hochzeiten leidenschaftlich. Es liegt nicht daran, dass er gezwungen wird, mit Fremden an einem Tisch zu sitzen, und dass er an seinem freien Tag einen Anzug tragen muss. O nein, in seiner Vorstellung sind Hochzeiten ein Werk des Teufels, wenn sie auf einen Samstag fallen. Samstage dienen in unserem Haushalt nämlich einzig und allein einer Sache: der fanatischen Hingabe an Sport. Vermutlich ist es ganz gut, dass wir uns nie verlobt haben. Für einen Freund wie meinen gibt es immer etwas, das er dringend sehen muss. Kricket, Snooker, Rugby oder Poolbillard, und dann sind da noch die amerikanischen Ligen, die Stück für Stück in unser Leben eindringen: NHL, NFL, MLB, NBA – eine schier endlose Liste. Nahezu jeder Wochentag bietet eine Sportveranstaltung, die es unmöglich macht, sich anderen Dingen zu widmen. Sonntags gibt es Rugby oder Fußball, Speedway-Rennen am Montag, irgendeine Art von Fußball dienstags oder mittwochs, donnerstags Darts, Rugby am Freitag und so weiter.

Ich weiß, was Sie denken: Warum in aller Welt finde ich mich mit alldem ab? Aber wenn ich Will so im Spiegel betrachte, weiß ich, warum. Weil *er* es ist. Natürlich ist das eine blödsinnige Antwort, aber wie würden Sie die Liebe zu jemandem beschreiben, mit dem Sie schon so lange zusammen sind, dass es sich wie eine Ewigkeit anfühlt?

Möglicherweise hat er ein oder zwei Speckröllchen um die Hüften (wer hat die nicht), und seine Haare sehen meistens so aus, als sei er gerade erst aufgestanden, aber er ist immer noch süß. Und dabei geht es mir wohlgemerkt nicht um sein Aussehen. Um es mit Michael Jacksons klugen Worten zu formulieren: Es ist die Art, wie er mich fühlen lässt. Wir sind zufrieden und fühlen uns wohl, und genauso mag ich es.

Natürlich weiß ich, dass ich regelmäßig zugunsten eines Teams von elf Männern ignoriert werde, aber wenn Will nicht gerade in den Superfan-Sportmodus abtaucht, ist er süß und liebevoll und, na ja, er ist mein Will. Und für gewöhnlich komme ich klar, denn wenn er sich Sport ansieht, kann ich schreiben. Als würde er mir Zeit schenken. So gesehen, gewinnen wir beide.

Ich will gerade noch ein bisschen mehr Lidschatten auflegen, als ich im Spiegel sehe, wie er sich krümmt und an der Kommode Halt sucht.

»Ist alles in Ordnung?«

Ich gehe zu ihm und tätschle ihm über den Rücken.

»Ich glaube, ich habe mir den Magen verdorben«, sagt er mit leisem Stöhnen. »Die letzte halbe Stunde habe ich auf dem Klo verbracht, und dazu die Krämpfe.«

Behutsam reibe ich ihm über den Bauch.

»Du Ärmster. Hast du etwas Falsches gegessen?«

Rasch überlege ich, was ich am Vorabend gekocht habe und ob ich womöglich für seinen Zustand verantwortlich bin, aber dann fällt mir ein, dass wir beim Thai gewesen sind. Puh, wenigstens trage ich keine Schuld.

»Ja, vielleicht. Gestern Abend hatte ich doch Krabben. Na gut, dann zieh ich mal meinen Anzug an.«

Er humpelt zum Schrank, krümmt sich, verharrt eine Sekunde und rast aus dem Zimmer Richtung Badezimmer.

Ich rümpfe die Nase. Es mag ja manchmal nervig sein, dass unser Bad nicht ans Schlafzimmer grenzt, sondern am anderen Ende des Flurs liegt, aber in Momenten wie diesen ist es ein Segen. Ich kann mir nichts Schlimmeres vorstellen, als mit anzuhören, was jetzt da drin vor sich geht.

Armer Will.

Ausgerechnet am Tag von Vanessas und Ians Hochzeit muss er eine Lebensmittelvergiftung haben. Es ist die einzige Hochzeit, auf die er sich sogar ein bisschen gefreut hat, weil sie auf einem alten Kriegsschiff in den historischen Docks von Portsmouth stattfindet und man schließlich nicht jeden Tag auf solch einen Kahn kommt.

Nachdem ich die letzten Monate viel über dieses Schiff gehört habe, bin ich auch ziemlich aufgeregt, oder zumindest bin ich das, seit ich es geschafft habe, umwerfende Wedges zu meinem Ballkleid im Vintage-Stil zu finden. Als Vanessa zum ersten Mal erwähnte, dass keine Pumps mit spitzen Absätzen erlaubt seien, überkam mich zugegebenermaßen leise Panik.

Während ich mein Kleid anziehe und mich fertig mache, überlege ich, was zu tun ist. In einer halben Stunde holt uns das Taxi ab, und ich weiß, dass Will nur in seinen Anzug steigen und durch die Haustür treten muss, aber ich glaube einfach nicht, dass sich sein Magenproblem rechtzeitig legt.

Wieso muss diese Hochzeit auch so früh stattfinden? Wenn es später am Tag wäre, hätte sich sein Organismus vielleicht bis dahin wieder beruhigt.

Ich gehe potenzielle Lösungen durch. Ich könnte ihn mit Imodium und Rehydrationslösung vollpumpen, oder er könnte einfach den ganzen Tag die Pobacken zusammenpressen.

Will taucht im Türrahmen auf. Sein Gesicht ist blass, und er wirkt echt angeschlagen. Vielleicht ist es gar keine Lebensmittelvergiftung, und er brütet schon die ganze Woche etwas aus.

»Ich muss mich fertig machen«, sagt er stöhnend und hält sich am Türrahmen fest. Er krümmt sich leicht, und obwohl ich keine Ärztin bin, wird mir klar, dass mehr nötig ist als Imodium, um ihn für die Hochzeit fit zu bekommen.

In diesem Zustand kann er nicht hingehen. Selbst wenn er aufrecht stehen könnte, ist es keine ideale Location für Magen-Darm-Probleme – er müsste schmale Leitern zwischen den Decks rauf- und runterklettern, um zum Klo zu kommen.

Ich kann mich gar nicht daran erinnern, wann ich das letzte Mal allein auf einer Hochzeit gewesen bin, und bei dem Gedanken werde ich ein bisschen nervös.

Wessen Hand soll ich denn jetzt während der Trauung drücken? Mit wem soll ich reden, wenn der Platz neben mir am Tisch leer ist? Und was soll ich machen, wenn ich am Ende der Feier wieder Frühlingsgefühle bekomme?

Nein, nein, nein. Ich kann unmöglich allein hingehen.

Ich schaue Will an, und sofort lösen sich meine egoistischen Gedanken in Luft auf. Er kneift die Augen zusammen, und ich habe den Eindruck, dass er vor Schmerzen sogar eine Träne vergießt. Nicht einmal ich bin so grausam, ihn zu zwingen, und wenn ich noch so ungern allein am Rand herumstehe, während sich alle nach dem Eröffnungstanz zum Brautpaar gesellen.

»Du bleibst am besten hier, wenn du dich so schlecht fühlst.«

»Ich kann dich doch nicht allein gehen lassen.« Er hebt den Kopf und schleppt sich durchs Schlafzimmer. »Ah.«

Er krümmt sich schon wieder. Schnell gehe ich zu ihm, stütze ihn und führe ihn zum Bett.

»Ich komme schon klar«, lüge ich. »Du bleibst hier im Bett. Ich hole dir eine Rehydrationslösung.« Ich denke gar nicht mehr darüber nach, wie ich ihn zu der Hochzeit schaffen kann, sondern will nur noch, dass es ihm wieder besser geht.

»Danke«, haucht er mit matter Männergrippestimme.

Dieses eine Mal verzeihe ich ihm sein Selbstmitleid. Niemand hat gern einen verdorbenen Magen. Dann kann man nicht einmal auf dem Sofa herumgammeln und in Ruhe Komaglotzen, weil man ständig aufs Klo rennen muss.

»Du siehst übrigens hübsch aus«, sagt er. »Ich bin echt enttäuscht, dass ich nicht mitkommen kann.«

»Das glaube ich dir«, versichere ich und strubbele ihm liebevoll durchs Haar.

»Dann hole ich dir mal Medizin.«

»Danke.«

Ich gehe hinunter in die Küche und stelle fest, dass mir nicht mehr viel Zeit bleibt, bis das Taxi kommt.

Hoffentlich fällt Vanessa seine Abwesenheit nicht auf, oder sie zeigt zumindest Verständnis. Monatelang hat sie über der Gästeliste und der Sitzordnung gebrütet und sich den Kopf darüber zerbrochen, wer eingeladen wird und wer nicht und wer neben wem sitzt. Ich mag gar nicht daran denken, dass wir das jetzt alles durcheinanderbringen. Vanessa gehört zu den Menschen, die schnell unter Stress geraten, und ich möchte nichts tun, was sie an ihrem besonderen Tag aufregt.

Ich wühle in der chaotischen Küchenschublade, bis ich das gesuchte Medikament gefunden habe, und fülle ein großes Glas mit Wasser.

Als ich wieder nach oben komme, liegt Will unter der Bettdecke, die Augen zugekniffen, vermutlich vor Schmerzen.

Es muss ihm verdammt schlecht gehen, denn er hat nicht einmal den Fernseher eingeschaltet. Oben können wir zwar den Sportkanal nicht empfangen, aber irgendetwas findet er immer.

»Kommst du klar, wenn ich dich allein lasse? Oder soll ich hierbleiben und mich um dich kümmern?« Bestimmt würde ich eine prima Florence Nightingale abgeben. Irgendwo habe ich sogar noch ein Krankenschwesterkostüm aus der Zeit, als wir uns mit unserem Sexleben richtig Mühe gegeben haben. Okay, es ist aus weißem Plastik und vermutlich nichts, das Florence gutheißen würde, aber allein der Anblick von mir in diesem Outfit könnte Will ein wenig aufmuntern.

Ich streiche mit der Hand über seine Stirn, heiß oder feucht fühlt sie sich aber nicht an.

»Ich komme zurecht. Du gehst. Amüsiere dich. Es macht keinen Sinn, dass uns beiden der Tag ruiniert wird«, flüstert er und schiebt meine Hand weg. »Außerdem bringt Vanessa dich um, wenn du nicht dabei bist.«

Das stimmt.

»Ganz sicher? Brauchst du mich wirklich nicht?«

»Ich bin mir sicher. Viel Spaß.«

Ich beuge mich vor und küsse ihn flüchtig auf die Wange, sorgfältig darauf bedacht, seinen Mund nicht zu berühren, nur für den Fall, dass es ansteckend ist. Ich zögere kurz und frage mich, ob ich das Virus möglicherweise bereits habe. Wenn ich nun alle auf der Hochzeit anstecke? Ich versuche abzuwägen, was schlimmer wäre, eine ansteckende Magen-Darm-Erkrankung zu verbreiten oder mich Vanessas Zorn auszusetzen. Definitiv Vanessas Zorn.

»Okay. Ich versuche, dich nicht zu wecken, wenn ich zurückkomme.«

Will zuckt schon wieder, und ich wende mich ab. Wenn man sich so elend fühlt, will man nur noch seine Ruhe.

»Bis nachher, Schatz«, flüstere ich, aber er antwortet nicht. Vermutlich wird er völlig von seinem Leiden vereinnahmt.

Ich laufe die Treppe nach unten, habe gerade noch Zeit, Lippenstift und Handy in meine Clutch zu stecken, in die Schuhe zu steigen und mir meinen Paschmina zu schnappen, bevor draußen das Taxi hupt.

»Dann wollen wir mal«, sage ich, hole tief Luft und versuche mir vorzustellen, wie es sein wird, allein zu einer Hochzeit zu gehen. Aber es ist ja nicht so, als würde ich niemanden kennen. Ich bin zusammen mit Vanessa zur Schule gegangen, und als ich im Teenageralter war, hat Vanessas Familie mich mehr zu Gesicht bekommen als meine eigene. Außerdem wird Cara dort sein – wenn sie nicht mit einem der männlichen Trauzeugen abhaut.

Plötzlich freue ich mich doch wieder ein bisschen auf diese Hochzeit. Vielleicht ist es so tatsächlich am besten. Ich kann die Hochzeit genießen, ohne das Gefühl zu haben, einen Mann babysitten zu müssen, der in einer Ecke schmollt und auf seinem iPhone die Fußballergebnisse checkt.

Ich ziehe die Tür hinter mir zu und gehe zum Taxi.

Kapitel 4

*U*m sich auf einer Hochzeit allein zu amüsieren, muss man anscheinend nur genügend Champagner-Cocktails mit Holunder trinken. Sobald die erste dieser Schönheiten meine Lippen berührte, wurde ich die entspannte und gesellige Lexi.

Ich habe mit Großtanten von Vanessa geplaudert, den Chef ihres frischgebackenen Ehemanns um den Finger gewickelt und mein Bestes gegeben, zwei linkische Teenager aus den beiden Familien zu verkuppeln.

Gerade unterhalte ich mich mit Vanessas Mutter. Genauer gesagt, höre ich ihr zu. Während der vergangenen fünf Minuten hat sie, ohne Luft zu holen, davon geschwärmt, wie wunderbar diese Hochzeit ist. Von mir wird lediglich erwartet, zu nicken und an den richtigen Stellen einen zustimmenden Laut von mir zu geben. Ich will mich nicht beschweren, immerhin ist sie heute die stolze Mutter der Braut und hat das Recht, mit dem großen Tag ihrer Tochter zu prahlen.

»Und ihre Floristin arbeitet auch für das Chewton Glen Hotel. Sie wurde uns sehr empfohlen.«

»Die Blumen sind wunderschön«, versichere ich, obwohl ich sie, ehrlich gesagt, erst bemerkt habe, als Vanessas Mutter sie erwähnte. Was man nicht essen oder trinken kann, wird auf Hochzeiten von meinem Radar nicht erfasst.

»Nun ja, ich bin sicher, das alles wird dir für deine Hochzeit zugutekommen«, sagt sie und schaut mich plötzlich auf eine

Weise an, als sei ihr jetzt erst bewusst geworden, mit wem sie sich unterhält. »Vanessa hat detailliert Buch geführt, sie hat es dir bestimmt gezeigt, mit all ihren Ideen und Recherchen. Sie wird es dir sicher leihen.«

»Oh«, erwidere ich unsicher, da ich nicht weiß, was ich darauf sagen soll. Es ist immer nützlich, wenn einem Material für die Hochzeit angeboten wird, die man gar nicht plant. »Danke.«

Sie nimmt meine Hand und schüttelt den Kopf.

»Wenn William dir doch nur einen Antrag machen würde«, sagt sie und streicht über meinen Ringfinger. »Kürzlich habe ich deine Mutter im Supermarkt getroffen, und sie hat mir gestanden, dass sie alle Hoffnung verloren hat, dass ihr beide jemals heiratet.«

Ich versuche, meine Gesichtsmuskeln zu einem Lächeln zu zwingen, aber meine innere Catherine Tate lässt daraus eine »Wen interessiert's?«-Miene werden. Die Wahrheit ist, dass ich dieses Gespräch heute nicht zum ersten Mal führe. Bisher haben mich bereits Vanessas Dad, ihre Schwester, ihre Tante und irgendeine Freundin vom Junggesellinnenabschied darauf angesprochen. Die ersten Male hat es mir nichts ausgemacht, aber jetzt geht es mir langsam auf die Nerven. Statt zu antworten, habe ich mich deshalb für mein Erfolgsrezept entschieden – mich auf meinen Drink konzentrieren, bis der andere aufhört zu reden.

»Eines Tages werden wir das schon schaffen«, sage ich, leere meinen Champagner-Cocktail in einem Zug und schüttle mich kaum merklich wegen des Nachgeschmacks.

»Ganz sicher«, sagt ihre Mutter. »Oh, da ist Sandra. Ich muss sie rasch begrüßen.«

Sie winkt einer Frau an einem anderen Tisch zu, und ich atme erleichtert auf. Allein auf einer Hochzeit zu sein ist ganz schön anstrengend. Die Leute stürzen sich alle förmlich auf mich, vermutlich weil ihnen das Mädchen ohne Begleitung leidtut.

Cara kommt zu mir und nimmt den Platz ein, auf dem gerade noch Vanessas Mum gesessen hat.

»In Anbetracht von Ians Körpergröße sollte man meinen, sie hätten für den Empfang einen anderen Ort ausgesucht«, sagt sie und zeigt auf ihn. Er kommt gerade in den Raum zurück und stößt sich schon wieder den Kopf am Türrahmen. Cara und ich zucken zusammen.

»Aber es ist hübsch und urig, vielleicht war ihnen gar nicht bewusst, dass die niedrigen Decken ein Problem sein könnten.«

Gleichzeitig greifen wir zu unseren Gläsern und trinken einen Schluck. Erschrocken betrachte ich mein Glas und erkenne, dass es leer ist. Rasch fülle ich es mit dem Wein auf, der auf dem Tisch steht.

»Es ist schön hier«, sagt Cara. »Obwohl es doch ein bisschen weit geht, wenn dir quasi vorgeschrieben wird, in was für Schuhen du herumlaufen musst. Ob ich diese Dinger hier jemals wieder anziehen werde?«

Ich schaue hinunter auf ihre wunderschönen Sandaletten mit breiten Absätzen, die Lichtjahre entfernt sind von den alles überragenden Wolkenkratzern, auf denen sie sonst unterwegs ist. Ich war überrascht, dass sie auf den flachen Dingern überhaupt laufen kann; sie muss doch dieses permanente Gefälle gewohnt sein.

»Schlimm genug, dass ich allein zu dieser Hochzeit gehen muss, aber dann auch noch ohne hohe Absätze! Wenn du einen Meter vierundsechzig bist, brauchst du so viel Absatz, wie du kriegen kannst, um einen Trauzeugen zu erlegen.«

Sie schaut sehnsüchtig hinüber zum Haupttisch, und ich erkenne, auf wen sie es abgesehen hat – Vanessas Cousin Max. Er sieht so gut aus, dass ich fast versucht bin, ihn selbst anzubaggern. Vielleicht sollte ich meinen Alkoholkonsum einschränken.

Als Cara letztens im Pub erwähnte, dass wir ihn früher schon mal getroffen haben, konnte ich mich gar nicht an ihn erinnern. Das konnte aber auch daran liegen, dass ich so tief in meiner Indie-Phase steckte, dass er mir wohl nur aufgefallen wäre, wenn er wie einer der Gallagher-Brüder als zotteliger Affe herumgelaufen wäre.

»Wenn ich Glück habe, kann ich die Dinger bald ausziehen. Die fallen ja wohl kaum in die Kategorie der High Heels, die man im Bett anlässt, stimmt's?«

»Verdammt, ich kann mich gar nicht daran erinnern, wann ich das letzte Mal Sex in High Heels hatte. Heutzutage ist es wohl eher die Frage, welche Socken ich anhabe und ob ich mir die Mühe machen soll, sie vorher auszuziehen.«

Cara verdreht die Augen über mich und mein vernachlässigtes Sexleben. Schon höre ich im Geiste einen ihrer Vorträge über »Wie du Schwung in dein Sexleben bringst« und wechsle rasch das Thema.

»Wenigstens stößt du dir nicht den Kopf.«

Wir beobachten, wie sich der Bräutigam schon wieder an einem Balken den Kopf stößt, als er sich nach dem Begrüßen von Gästen wieder aufrichtet.

Wir trinken noch einen Schluck. Gott sei gedankt für die kostenlose Sauferei.

»Ahhh, er ist allein«, sagt Cara und springt auf. Zum Glück ist sie nicht sehr groß, sonst hätte sie sich bei der Aktion eine schwere Kopfverletzung zuziehen können. »Wünsch mir Glück.«

Sie drückt demonstrativ die Daumen und sieht aus, als würde sie sich vor Aufregung gleich in die Hose pinkeln. Cara hat den ganzen Tag darauf gelauert, diesen Max allein zu erwischen, aber bisher hat er sich ständig mit irgendwelchen Gästen unterhalten. So ziemlich jede Frau auf dieser Hochzeit hat ein Auge auf ihn geworfen, außer mir natürlich. Auch wenn ich vielleicht

Witze darüber mache, so möchte ich doch niemand anderen haben als meinen kranken Mann.

Als sie zu ihm geht, beneide ich sie um diese schwindelerregende Aufregung, die sie jetzt bestimmt verspürt. Ich bin schon so lange mit Will zusammen, dass ich mich manchmal gar nicht mehr daran erinnern kann, wie es am Anfang ist. Hin und wieder, in Momenten wie diesen, werde ich an dieses berauschende Gefühl der Lust und kribbelnde Lenden erinnert, das mich damals auch überkam. Aber diese Tage schwanden dahin, als Will sich in unserer Beziehung entspannt genug fühlte, um in meiner Gegenwart zu pupsen.

Vielleicht sind die Champagner-Cocktails und der Wein am Ende doch nicht meine Freunde. Als ich heute Morgen sah, wie Vanessa als Braut strahlte, wäre ich gern an ihrer Stelle gewesen, jetzt dagegen beneide ich Cara, weil sie Single ist – ich sage ja, dass der Alkohol meine Sinne verwirrt.

Das Handy in meiner Clutch vibriert, und ich greife automatisch danach, weil ich annehme, dass sich mein Patient meldet. Ich habe ihn extra nicht angerufen, damit er sich in Ruhe gesund schläft. Außerdem wollte ich ihm kein Salz in die Wunde streuen, indem ich ihm vorschwärme, wie sehr ich das tolle Essen und die Drinks genieße, während er vor sich hinsiecht.

Ein kleines schlechtes Gewissen habe ich schon, weil ich ihn allein gelassen habe. Wenn er nun zu schwach ist, um es durch den Flur bis aufs Klo zu schaffen? Bei der Vorstellung an die vermeintlichen Konsequenzen schüttelt es mich, und ich schalte mein Handy ein. Aber ein Blick auf das Display verrät mir, dass ich eine Nachricht von meinem Arbeitskollegen Mike bekommen habe.

Panisch überlege ich, ob es möglicherweise einen Notfall gibt und ich sofort ins Büro muss. Aber mal ehrlich, was für einen Notfall sollte es denn am Wochenende in der Kulturabteilung der Stadtverwaltung geben, den eine »Fachbereichsleiterin Kunst« beheben könnte?

Ich klicke die Nachricht an und sehe, dass es ein Foto ist. Während es heruntergeladen wird, kämpfe ich gegen die Angst an, dass es etwas sein könnte, was ich gar nicht sehen will – wie ein Nackt-Selfie, das eigentlich für seine Frau Louise bestimmt ist. Wenn er es nur aus Versehen an mich geschickt hat?

Mit halb zusammengekniffenen Augen blinzle ich auf das Foto und reiße sie dann erschrocken wieder auf. Es stimmt zwar, dass es sich um etwas handelt, was ich lieber nicht sehen würde, aber diese Nachricht ist definitiv für mich bestimmt.

In all seiner Pracht ist dort mein Will zu sehen. Aber nicht zu Hause im Bett liegend, sondern wie er in seinem rot-weißen Southampton-Fußballtrikot in die Kamera starrt. In einer Ecke erkenne ich das Logo von Sky Sports und in einer anderen den Rand von Mikes Fernseher.

Mike Williams
Habe gerade Will im Fernsehen gesehen! Großartiges Spiel.
Wette, dass er es total genießt.

Mein Verstand rotiert, sucht nach einer logischen Erklärung für dieses Foto. Vielleicht ist es ein Streich, auf dem Foto gibt es kein Datum, wer sagt denn, dass es nicht irgendwann gemacht wurde und Mike es mir lediglich jetzt schickt? Oder es ist eine alte Nachricht, deren Übermittlung sich verzögert hat. Je schneller mein Verstand arbeitet, desto lächerlicher werden die Szenarien, die ich mir ausdenke.

Tief in meinem Innern weiß ich, dass das Foto von heute ist. Ich bin nicht blöd, auch wenn Will mich anscheinend zum Narren halten kann.

Einen letzten Vertrauensvorschuss gewähre ich ihm noch und googele, gegen wen Southampton heute spielt. Die Suchmaschine zeigt mir an, dass sie gegen Everton antreten, und als ich noch einmal auf das Foto schaue, sehe ich den Spielstand: Sou 2 – 1 Eve.

Als mir klar wird, dass er mich belogen hat, fühle ich mich ganz elend. Ich wusste nicht einmal, dass Southampton heute zu Hause spielt. So lange hat er das also schon geplant. Da er nicht die ganze Woche herumgejammert hat, bin ich davon ausgegangen, es fände ein Auswärtsspiel statt, zu dem er sowieso nicht gefahren wäre. Offenkundig handelt es sich jedoch um ein Heimspiel, und er muss die ganze Zeit vorgehabt haben, ins Stadion zu gehen.

Verschlagener Mistkerl.

Wie kann er mir das antun? Er lügt und lässt mich allein zu der Hochzeit gehen. Er hintergeht auch Ian und Vanessa, die für sein Essen zahlen müssen, obwohl er nicht da ist – ganz davon zu schweigen, dass er womöglich jemandem den Platz weggenommen hat, der sehr gern gekommen wäre. Das ist unbegreiflich.

Mein Erstaunen weicht jedoch zunehmend der Wut, als mir klar wird, wie hinterhältig er vorgegangen ist.

Ich tippe eine Nachricht für ihn ein.

Du Mistkerl. Ich kann nicht glauben, dass du das getan hast!

Bevor ich auf Senden drücke, zögere ich jedoch. So sauer ich auch bin, so möchte ich ihm doch die Chance geben, sich zu rehabilitieren. Ich will, dass er gesteht.

Rasch lösche ich die Nachricht und schreibe stattdessen:

Wie geht es dem Patienten? Etwas besser?

Dann halte ich den Atem an. Bestimmt antwortet er sofort und schreibt mir, dass er sich auf wundersame Weise blitzschnell erholt hat und es ihm unendlich leidtut, dass er statt zu der Hochzeit zu einem Fußballspiel gegangen ist.

Mein Handy piept.

Nein, eher schlechter. Verbringe die meiste Zeit auf dem Klo. Wie ist die Hochzeit?

Mittlerweile strömt vermutlich Dampf aus meinen Ohren. Er bleibt tatsächlich dabei! Na schön, dann lasse ich mich mal auf dieses Spielchen ein. Hektisch tippe ich eine Antwort:

Sehr schön. Vermisse dich trotzdem. Soll ich nach Hause kommen und mich um dich kümmern?

Es dauert nicht lange, bis er zurückschreibt. Offenbar ist gerade Halbzeit, oder er weiß, dass er gleich reagieren muss, damit ich nicht misstrauisch werde. Normalerweise antwortet er nicht so schnell, wenn er bei einem Fußballspiel ist.

Vermisse dich auch. Hätte dich gern hier, aber ich sitze sowieso nur stöhnend auf dem Klo. Bei der Hochzeit bist du besser aufgehoben. Bin verschwitzt, stinke und habe schlechte Laune. Amüsiere dich.

Meine Nasenflügel beben. »Amüsiere dich. Hab verdammt noch mal viel Spaß!«, schreie ich mein Handy an. Ein paar Gäste in Hörweite schauen in meine Richtung, und ich wende mich verlegen ab. Na ja, bei jeder Hochzeit gibt es einen durchgeknallten Gast. Dieses Mal bin ich das eben.

Hastig schreibe ich zurück:

Ich werde es versuchen.

Anscheinend will er diese alberne Lüge durchziehen. So etwas hat er doch noch nie gemacht? Ich grübele, ob es ähnliche Situationen gegeben hat, in denen er mich womöglich auch schon belogen hat. Aber normalerweise ist er ziemlich offen, was seine Sportpläne betrifft. Ich bin es gewohnt, dass er Einladungen zu Hochzeiten oder Taufen mit seinem Sportkalender abgleicht und wir dann aushandeln, in welcher Form er daran teilhaben kann, will heißen, ob er auf seinem Handy das Spiel verfolgen darf oder nicht.

Ich komme mir dumm vor, weil meine Alarmglocken nicht geläutet haben, als die Einladung von Vanessa und Ian kam und er klaglos zusagte. Ich Dummerchen! Ich dachte, da es die Hochzeit einer meiner besten Freundinnen ist, habe er entschieden, dass es wichtiger sei, Vanessa – oder mich – an diesem besonderen Tag zu unterstützen.

Während ich aufstehe, schaue ich mich nach meiner Clutch um, die heruntergefallen ist. Wenn ich jetzt nach Hause fahre, werde ich vor Will ankommen. Ein Blick auf die Armbanduhr sagt mir, dass es bei dem Verkehr in Portsmouth zwar nicht einfach sein wird, aber ich könnte es gerade eben schaffen.

»Lexi«, kreischt Vanessa, kommt auf mich zu und fällt mir um den Hals.

»Ness.«

Ich drücke sie ganz fest und verberge meinen Zorn so gut wie möglich.

»Amüsierst du dich gut? Hast du genug zu essen bekommen? Schmeckt dir der Wein, den wir ausgesucht haben? Er war doch nicht zu schwer, oder?«

Dann hält sie den Atem an, damit ich ihre Fragensalve beantworten kann.

»Natürlich amüsiere ich mich gut«, antworte ich und ignoriere die vergangenen fünf Minuten. »Ich habe unglaublich viel gegessen, und der Wein ist köstlich.«

»Puh«, seufzt sie. »Warte nur, bis das Dessert serviert wird. Das wird dich umhauen. Mich schon allein deshalb, weil ich seit Monaten keine Schokolade mehr gegessen habe, um in dieses Kleid zu passen.«

Sie streicht über ihr Kleid, und ich bewundere es aus der Nähe. Winzige durchsichtige Perlen, in denen sich das Licht fängt, sind zu einem eleganten Muster in den Stoff eingewebt.

»Die wichtigere Frage, die du dir stellen solltest, lautet doch wohl: Amüsierst *du* dich denn gut? Schließlich ist es deine Hochzeit.«

Sie strahlt, und ihr Gesicht beginnt förmlich zu leuchten.

»Das tue ich. Und wie! Es stimmt zwar, dass du nicht mit allen Gästen in Ruhe sprechen kannst und du deinen Ehemann kaum zu Gesicht bekommst, aber es ist eine wunderbare Vorstellung, alle Menschen unter einem Dach zu wissen, die ich liebe. Ich freue mich so, wie viel Mühe sich alle gegeben haben, kommen zu können!«

Abgesehen von meinem Freund.

»Entschuldige nochmals, dass Will es nicht geschafft hat.«

Ich versuche, mir den Zorn nicht anhören zu lassen. Vanessa darf auf keinen Fall die Wahrheit erfahren, denn das würde sie tief verletzen.

»Gegen diese Dinge ist man machtlos. Du bist hier, und das ist die Hauptsache. Gut, ich muss jetzt weiter, zu Ians Tante und Onkel. Aber versprich mir, dass wir uns nachher auf der Tanzfläche sehen. Ich möchte mit Cara und dir so richtig abrocken.«

Sie drückt meine Hand, bevor sie zu Ians Verwandten davonflattert, und ich bleibe leicht benommen zurück. Für jemanden, der schlaflose Nächte wegen der Gästeliste hatte, reagiert sie ziemlich locker auf Wills Abwesenheit. Das kann nur eines bedeuten: Sie muss ebenfalls schon einige Champagner-Cocktails intus haben.

Ich werfe meine Clutch zurück auf den Tisch und setze mich wieder hin. Ich kann jetzt nirgendwohin gehen. Ich kann Vanessa auf der Tanzfläche nicht im Stich lassen. Aber wenn ich wieder zu Hause bin, muss ich Will dazu bringen, zu gestehen.

Cara kommt zurück und setzt sich neben mich.

»Er hat eine Freundin. Sie ist nicht hier, weil sie eine Heilige ist, die ehrenamtlich bei einem Projekt im tiefsten Peru arbeitet. Männer!«, schnaubt sie.

Allerdings. Männer.

»Habe ich hier irgendetwas verpasst? Hast du vielleicht noch andere Männer entdeckt, die Potenzial haben?«

»Nein und nein«, erwidere ich und bin viel zu wütend, um Cara von der SMS zu erzählen. Das mache ich nächste Woche, denn wenn ich es jetzt tue, explodiere ich vermutlich und rase doch sofort nach Hause. »Hier hat sich nichts Spannendes getan.«

»Noch einen Drink?«, fragt sie und steht auf.

Ich stürze den noch vor mir stehenden in einem Zug herunter. »Un-be-dingt«, antworte ich.

Kapitel 5

Es ist nie schön, davon aufgeweckt zu werden, dass das Bett wackelt und dir die Decke weggerissen wird, aber bei einem Kater ist es eine Million Mal schlimmer.

»Sorry«, sagt Will und sprintet aus dem Schlafzimmer.

Meine Kopfschmerzen sind zu stark, als dass ich mir die Decke zurückholen könnte, aber die kühle Luft besänftigt meinen Brummschädel sogar ein bisschen.

Ich fühle mich trotzdem so was von mies …

Es dauert ein paar Minuten, bis das Pochen in meinem Schädel so weit nachlässt, dass ich mich an die Ereignisse vom Vortag erinnern kann. Die Hochzeit – Vanessas und Ians wunderschöne Hochzeit. Es war der Stoff, aus dem Märchen gewebt werden. Wo man auch hinsah, war alles perfekt: die Location, das Essen, der Wahnsinnsspaß abends auf der Party.

Einziger Dämpfer waren diese SMS. Bei dem Gedanken an Wills Lügen werde ich erneut so wütend, dass sogar mein Kater für einen Moment nachlässt.

Vielleicht hatte er es deshalb so eilig. Vielleicht hat er gespürt, dass ich Bescheid weiß, und will so weit wie möglich von mir wegkommen.

Habe ich womöglich etwas zu ihm gesagt, als ich nach Hause kam? Ich habe eine verschwommene Erinnerung daran, im Taxi hierhergefahren zu sein, aber abgesehen davon – *nada*. Ich muss direkt nach oben gegangen sein, Kleid und BH ausgezogen haben und unter die Bettdecke geschlüpft sein, denn ich trage immer noch die unförmige Shapewear-Miederhose, meine Zunge ist pelzig, mein Atem riecht nach Tequila, und meine Lider kleben zusammen von der Mascara, die ich nicht entfernt habe.

Was ich jetzt brauche, ist eine Dusche und das fettigste englische Frühstück aller Zeiten. Aber ich habe das Bedürfnis, vorher noch die Sache mit Will zu klären.

Meine vorübergehende Auszeit vom Kater währt nicht lange, denn das Hämmern in meinem Kopf setzt wieder ein.

»Tut mir leid«, sagt Will, als er wieder ins Bett kommt. »Aber diese Magengeschichte hat mich immer noch im Griff.«

Er deckt mich wieder zu und windet sich stöhnend auf seiner Seite. Trotz meiner Kopfschmerzen drehe ich mich zu ihm um und starre ihn einen Moment lang ungläubig an. Will er wirklich immer noch so tun, als sei er krank?

Ziemlich gerissener Schachzug: Wer streitet schon mit jemandem, der unter Magenverstimmung leidet? Ist ja nicht gerade so, als würde man sich auf dem Klo postieren und einen Beweis verlangen.

»Es muss dich echt übel erwischt haben, wenn es immer noch nicht besser ist.« Ich ziehe die Brauen hoch und spiele mit.

»Ja, echt schlimm. Gestern konnte ich gar nichts essen.«

»Du Ärmster. Den ganzen Tag im Haus. War dir nicht langweilig?«

»Und wie.« Seufzend rutscht er ein Stück näher zu mir. »Aber ich habe es überlebt.«

Er redet wieder mit dieser mitleiderregenden Männergrippestimme, und während das gestern noch rührend gewesen sein mag, ist es jetzt Salz in der Wunde.

Ich streiche ihm über den Kopf. »Armer Schatz.«

Er zieht eine Leidensmiene, und ich kann nicht glauben, dass ihm der sarkastische Unterton meiner Stimme entgeht.

»Aber zum Glück ist heute wieder meine Krankenschwester da, um nach mir zu schauen.«

Wenn ich nicht die Wahrheit herausgefunden hätte, würde ich das vermutlich begierig aufnehmen, ihn bemuttern und mich schlecht fühlen, weil ich ihn allein gelassen habe. Stattdessen schiebe ich die Hände unter meinen Körper, um sie davon abzuhalten, ihn zu erwürgen.

Ich sollte schreien, toben, Sachen an die Wand werfen – aber trotz meiner Wut kann ich das nicht. Ich bin zu neugierig, wie weit er gehen wird. Ich muss versuchen, ihm ein Beinchen zu stellen – schließlich ist er mein Freund und kein Doppelagent.

»Wie ich hörte, hat Southampton gestern ziemlich gut gespielt.«

»Ja, offenbar war es ein recht gutes Spiel«, antwortet er. »Tom war da und hat mich mit Textnachrichten auf dem Laufenden gehalten.«

»Wie nett von ihm. Ein wirklich guter Freund.«

»Ja, das ist er.«

»Schade, dass es nicht im Fernsehen übertragen wurde, sonst hättest du es dir ansehen können.«

Ich habe einen fotografischen Beweis, dass es im Fernsehen übertragen wurde. Mit unserem großen Sport-Paket – das allein praktisch eine Hypothek verbraucht – kann er unmöglich behaupten, es nicht empfangen zu haben.

»Wurde es«, sagt er, ohne lange zu zögern. »Aber zu der Zeit habe ich quasi auf dem Klo kampiert und so gut wie nichts von dem Spiel mitbekommen. Deshalb brauchte ich die Text-Updates.«

»Ah.« Ich nicke.

»Hoffentlich schaffe ich es heute Morgen durch den Grand Prix von Malaysia, den ich aufgezeichnet habe.«

In einem irren Tempo produziert er eine Lüge nach der anderen. War er schon immer so gut darin, und ich habe es nur nicht gemerkt? Muss ich mir Sorgen machen? Er könnte überall Affären haben, ohne dass ich es merke.

Beinahe hätte ich laut gelacht. Mal ehrlich, welche Geliebte würde sich mit dieser Sportbesessenheit abfinden?

Allerdings frage ich mich jetzt schon, was er in der Vergangenheit sonst noch alles gemacht hat, um nichts von seinem geliebten Sport zu verpassen. Die Saison hat gerade erst angefangen, und soweit ich weiß, war das gestern kein besonderes Spiel, was es noch schlimmer macht. Vielleicht wäre ich in der Lage gewesen, ihm zu verzeihen, wenn es sich um das FA-Pokal-Finale gehandelt hätte – vielleicht –, aber ein durchschnittliches Spiel? Er hat eine Dauerkarte und geht zu fast allen Spielen, man sollte also meinen, dass er in der Lage sei, mal auf eines zu verzichten.

Ich bin wütend, dass er nicht zur Hochzeit meiner Freundin mitgegangen ist, aber noch schmerzlicher ist, dass er mich belügt.

Im Übrigen weiß ich jetzt, an welcher Stelle der Hackordnung ich stehe. Ich dachte immer, wenn es hart auf hart kommt, würde er mich an die erste Stelle setzen, aber jetzt bin ich mir nicht mehr sicher.

»Wie war übrigens die Hochzeit? Hast du einen Kater?«, reißt er mich aus meinen Gedanken.

»Ein bisschen. Aber die Hochzeit war schön. Wirklich schade, dass du sie verpasst hast. Ich habe mich ziemlich schlecht dabei gefühlt, Vanessa sagen zu müssen, dass du nicht kommen kannst. Aber sie war sehr verständnisvoll. Und was soll man bei einem schweren Fall von Lebensmittelvergiftung auch sagen?«

Ich ändere die Taktik, hoffe, Schuldgefühle bei ihm zu wecken und ihn auf diese Weise zu einem Geständnis zu bringen.

»Weißt du, worauf ich jetzt echt Lust hätte? Kentucky Fried Chicken«, sage ich.

Jetzt bin ich gemein. Ich weiß, dass er einem Big Bucket nicht widerstehen kann.

»Ich schätze, das wird mein Kater wohl wegstecken. Die knusprigen Hühnchen, Maiskolben, Barbecue Beans«, schwärme ich, und mein Magen knurrt, weil zumindest er mir die Lüge abkauft.

Natürlich fahre ich nicht zu KFC, dafür habe ich immer noch zu viel Promille. Aber ich möchte testen, ob Will der Verlockung widerstehen kann. Bei echten Magenproblemen hätte er wohl kaum Appetit auf KFC.

»Möchtest du, dass ich uns etwas hole?«, frage ich.

Ich kann ihm ansehen, dass er hin- und hergerissen ist. Er zögert, als müsse er darüber nachdenken.

»Du kannst dir gern etwas holen. Mein Magen schafft das noch nicht.«

Verdammt.

Wer hat diesen Kerl ausgebildet? Ich bin kurz davor, ihn ins Bad zu schleifen und mit Wasser zu foltern. Aber wen will ich eigentlich auf den Arm nehmen? Die einzige Wasserfolter, die ich kenne, besteht darin, mir selbst die Haare zu färben, ohne die Fliesen zu versauen.

Ich werde wohl schwere Geschütze auffahren müssen.

Ich rutsche auf Wills Betthälfte und kuschle mich an ihn. Wenn alles andere versagt, gibt es immer noch den weiblichen Charme. Zwar habe ich mich letzte Nacht nicht abgeschminkt und sehe dank der Unmengen an Haarspray vermutlich aus wie in *Verrückt nach Mary,* ganz zu schweigen von meinem Atem, der wie abgestandener Tequila riechen muss. Aber davon abgesehen, sind meine Beine rasiert, was ja wohl ein Bonus ist, und ich habe meine Brüste. Die lassen mich nie im Stich.

Also spiele ich meine Stärken aus und reibe mein nacktes Bein an seinem, während ich darauf achte, ihn nicht anzuatmen.

»Was ist denn in dich gefahren?« Er schaut mich überrascht an.

»Ich habe ganz glatte Beine.«

Zwar rasiere ich meine Beine regelmäßig, aber für diese Hochzeit bin ich aufs Ganze gegangen – neue Klinge, richtiger Gillette-Schaum statt meinem üblichen Conditioner, Peeling und Pflegecreme.

»Kann ich fühlen.«

»Und hier sind meine Titten.« Ich schiebe sie gegen seine nackte Brust. »Du weißt doch, das Beste an einer Hochzeit ist das, was wir anschließend zu Hause tun.«

Ich versuche, ein sexy Schnurren in meine Stimme zu legen, doch da ich so hingebungsvoll bei »Summer Nights« mitgegrölt habe, klingt meine Stimme eher so, als litte ich unter Raucherhusten und müsse mich dringend räuspern.

Will streicht mit der Hand über mein Bein, und als er meinen Oberschenkel hinaufwandert, glaube ich, dass ich ihn habe.

»So zart die auch sind«, sagt er jedoch und nimmt seine Hand weg, kurz bevor er die interessanten Stellen erreicht, »aber dafür fühle ich mich echt noch zu elend. Gutschein?«

Hm.

Ich rutsche wieder zurück auf meine Bettseite. Unglaublich, dass nicht einmal Sex funktioniert. Das letzte Mal, dass mein Freund Sex ablehnte, der ihm auf dem Silbertablett serviert wurde, war … genau genommen hat er das noch nie getan.

Anscheinend war mein Plan nicht wasserdicht. Was habe ich denn erwartet? Dass er mitten im Orgasmus beichtet?

»Ich glaube, ich muss schon wieder aufs Klo«, sagt er und steht auf.

Kopfschüttelnd sehe ich ihm nach, als er aus dem Zimmer eilt. Dann lege ich mich auf den Rücken und seufze laut.

Er wird es niemals zugeben.

Sosehr mich auch interessiert, wie lange er das durchhalten würde – ich muss das mit ihm klären. Er darf damit nicht durchkommen. Wenn mein Kopf nicht so pochen würde, hätte ich nicht übel Lust, ins Badezimmer zu stürmen und ihn zu zwingen, Farbe zu bekennen. Ihn auf frischer Tat – oder eben dabei genau nicht – zu ertappen.

Wenn er nur beim Streiten nicht so nerven würde! Wenn ich sauer werde und ihn anschreie, wissen Sie, was er dann tut? Er hört sich meine Schimpftirade an, nickt und entschuldigt sich. Dann kommt er zu mir und nimmt mich in den Arm. Anfangs dachte ich, er würde das tun, weil ich recht habe, aber mittlerweile ist mir klar geworden, dass er mich manipuliert. Das erkannte ich schlagartig, als ich eine Freundin dabei beobachtete, wie sie ihren kleinen Sohn besänftigte. Sie behandelte dessen Wutanfall nachsichtig und versicherte ihm immer wieder, sie wisse, dass er vor seinem Bruder auf die große Rutsche wolle, strich ihm dabei übers Haar und drückte ihn, bis er sich wieder beruhigt hatte. Genau das macht Will mit mir. Er weiß, wenn er zurückschreien oder sauer werden würde, hätten wir einen Riesenkrach, nach dem ich noch tagelang schlechte Laune hätte. Seine Weichspülermethode sorgt jedoch dafür, dass ich mich abreagiere und dass schließlich, nachdem er eine strategische Tasse Tee gekocht und mir einen Notfall-Bourbon eingeschenkt hat, wieder Normalität einkehrt.

Er steigt wieder ins Bett, und ich atme tief durch. Soll ich ihm sagen, dass ich Bescheid weiß? Einen Moment lang starre ich ihn an. Bilde ich es mir nur ein, oder hat er tatsächlich Schweißperlen auf der Stirn? Wie macht er das nur, dass es tatsächlich so aussieht, als ginge es ihm elend?

»Ich habe gestern nachgedacht. Im November haben wir doch eine Woche Urlaub eingeplant, um etwas am Haus zu machen.«

»Yep.« Eine grauenhafte Vorstellung. Das wird die einzige Woche meines Jahresurlaubs sein, die ich lieber im Büro verbringen würde. Auf Wills Drängen hin haben wir diesen Termin schon vor Monaten festgelegt, da wir sämtliche Renovierungsarbeiten ständig aufschieben. Eine Woche nach unserem Einzug haben wir Farbmuster an der Küchenwand ausprobiert – dabei ist es geblieben. Und an einer Wand unseres Schlafzimmers prangt die Tapete mit Weltraummotiv vom Vorbesitzer.

Allerdings habe ich nur zugestimmt, diese beiden Zimmer zu renovieren. Falls er sich eine Heimwerkersendung im Fernsehen angeschaut hat und jetzt auch noch unseren Schuppen aufmotzen will, kann er das gern tun – aber ohne mich.

»Was hältst du davon, nicht zu renovieren und stattdessen zu verreisen? Irgendwohin in eine exotische Gegend.«

»Ich höre«, antworte ich und entscheide spontan, meine Ansage auf später zu verschieben. Ehrlich gesagt, könnte er sogar vorschlagen, Ferien in Skegness zu machen, und ich würde begeistert zustimmen, Hauptsache, ich muss nicht renovieren.

»Wie wäre es mit Barbados?«

»Barbados?«

»Yep. Nächsten Monat. Ich habe mir Pauschalreisen angeschaut, und es gibt ein paar gute Angebote.«

»Aha.«

Mir fehlen die Worte. Das ist nicht das Gespräch, das ich heute Morgen zu führen erwartet habe.

»Da muss es sehr romantisch sein«, fügt er rasch hinzu.

Wegen des Katers laufe ich nicht auf allen Zylindern, und es dauert eine Weile, bis sämtliche Informationen gesackt sind. Mein Freund verhält sich an dem einen Tag mir gegenüber total beschissen, ahnt nicht, dass ich ihn durchschaue, und schlägt mir am nächsten Tag eine romantische Reise vor. Hm. Ist das ein

Schuldeingeständnis? Verwandelt ihn sein Vergehen in einen romantischen Freund?

Normalerweise ist es an mir, jede Menge unterschiedlicher Termine und Optionen für unseren Urlaub vorzuschlagen. Will checkt dann seinen Sportplan und lässt mich wissen, wann es ihm am besten passt. Die Initiative zu ergreifen und dann auch noch etwas vorzuschlagen, das sich so sehr von unseren üblichen Ferien unterscheidet, sieht ihm gar nicht ähnlich.

»Ich habe ein Angebot in einem Ressort mit kleinen Bungalows gefunden. In der Anlage gibt es einen großen Pool und mehrere Restaurants. Es liegt nicht direkt am Strand, ist aber nur durch eine Straße davon getrennt …«

Ich bekomme nur vage mit, was er sagt. Er hatte mich schon bei »Barbados« um den Finger gewickelt – jede weitere Information ist nebensächlich. In meinem Kopf bin ich bereits dort, schlürfe Cocktails unter einer riesigen Palme und betrachte das kristallklare Meer, während ich an der perfekten Sonnenbräune arbeite.

Von so einem Urlaub mit Will habe ich schon immer geträumt. Allerdings gelang es mir nicht, mir vorzustellen, ihn je dazu überreden zu können, es sei denn, es ginge um unsere Hochzeitsreise. Jetzt bin ich so aufgeregt, dass mein Kater augenblicklich auskuriert ist.

»Okay, dann lass es uns tun«, unterbreche ich seine Ausführungen über die Transferzeit vom Flughafen zum Hotel.

»Echt?«

Wieso klingt er überrascht? Er schlägt vor, in die Karibik zu fliegen und nicht in die äußere Mongolei. Welcher Frau muss man denn, bitte schön, erst den Arm umdrehen, damit sie dazu Ja sagt?

Ich lächle – bis mir die SMS wieder einfallen. Meine Wut war irgendwie verschwunden, aber jetzt steigt sie langsam wieder an die Oberfläche. Plötzlich bin ich hin- und hergerissen zwischen dem Gedanken an einen Traumurlaub und dem Bedürfnis, ihm meine Meinung zu sagen. Aber vielleicht ist ja heute nicht der richtige Tag zum Streiten. Wer weiß, was er noch alles tun wird, um sein schlechtes Gewissen zu besänftigen?

Bevor ich noch länger darüber nachdenken kann, zerstört mein Radiowecker die Stille und erschreckt mich zu Tode. Keine Ahnung, wieso ich für einen Sonntagmorgen den Wecker gestellt habe.

»Und hier ist Rowan mit dem Sport«, kommt es knisternd aus dem Lautsprecher.

»Oh. Schalte das aus, Lex, womöglich reden sie über die Formel 1.«

Schon strecke ich den Arm in Richtung Radio, als mir plötzlich eine Idee kommt.

Barbados hin oder her, wenn ich ihn schon nicht zur Rede stelle, dann werde ich ihm zumindest eine Lektion erteilen.

»... Und es gab ein überraschendes Ergebnis beim Grand Prix von Malaysia.«

»Ah, stell das aus!«, jammert Will und stupst mich in Richtung meines Nachtschränkchens.

Ich beuge mich zum Radio, aber statt es abzuschalten, drehe ich die Lautstärke voll auf.

»... Romain Grosjean hat gewonnen, nachdem Hamilton ausgeschieden war, und er schließt damit auf zur Tabellenführung.«

»Ups, sorry«, sage ich und tue so, als würde ich erfolglos auf alle Knöpfe drücken.

Nachdem sämtliche Ergebnisse mitgeteilt sind, finde ich auf wundersame Weise den richtigen Schalter. Ich nehme mir einen Moment, um mich zu sammeln und das Grinsen aus meinem Gesicht zu vertreiben, bevor ich mich wieder Will zuwende.

»Ich glaub das einfach nicht«, stöhnt er.

Ich versuche, ein mitfühlendes Gesicht aufzusetzen, aber innerlich muss ich lachen. Natürlich war das keine Riesensache und macht seine Lügerei nicht wett, aber dafür mich ein kleines bisschen glücklich.

»Tut mir leid. Heute Morgen habe ich wohl meine Motorik nicht im Griff. Aber es ist doch nicht schlimm, wenn du das Ergebnis kennst, viel entscheidender ist schließlich, wie es dazu kam, richtig?«

Das stimmt natürlich nicht. Es ist genauso, als würdest du erfahren, wer bei *Das große Backen* rausgeflogen ist, bevor du dir die Folge in der Mediathek anschauen konntest. Es ist etwas völlig anderes, wenn du darauf wartest, dass der Kuchen einer bestimmten Person zusammenfällt oder anbrennt.

»Natürlich ist das entscheidend! Wozu soll ich es mir denn jetzt noch anschauen? Das kann ich mir genauso gut schenken.«

»Es gibt bestimmt etwas anderes, das du dir ansehen kannst.«

Will seufzt laut, und mir wird klar, dass er jetzt den ganzen Tag schmollen wird, was mir perfekt in den Kram passt.

»Erst wird mein Samstag durch eine Lebensmittelvergiftung ruiniert, und jetzt ist auch noch der Sonntag im Eimer. Als wäre ich verflucht.«

Ich spüre, wie sich mir die Nackenhaare sträuben. Er wird diese Lüge nie von sich aus eingestehen. Meine Freude darüber, ihm den Grand Prix vermasselt zu haben, löst sich in Luft auf.

Seit wann dauert ein Kater zwei Tage? Heute Morgen bin ich zwar nicht mit dem Kloschüssel-Tequila-Atem aufgewacht, aber dafür so erschlagen und elend, als hätte ich an einem Marathon teilgenommen. Im ersten Moment habe ich mich gefragt, ob ich eine Grippe ausbrüte, aber dann bekam ich Heißhunger auf etwas ganz Bestimmtes – und für gewöhnlich stimmt nur eine Sache nicht mit mir, wenn ich glaube, dass mich nur ein McMuffin Egg kurieren kann.

Glücklicherweise komme ich auf dem Weg zur Arbeit an einem McDonald's vorbei. Als ich um acht im Büro auftauche, umklammere ich die braune Papiertüte voller Unanständigkeiten wie ein lebensrettendes Medikament. Normalerweise kann ich derartigen Verlockungen widerstehen, aber nach diesem Wochenende fehlt mir dazu die Kraft.

»So schlimm?«, fragt Mike und betrachtet die Tüte.

Mike mag zwar schon über fünfzig sein, aber die klassischen Anzeichen für einen Kater riecht er drei Meilen gegen den Wind.

»Hey – es ist Montag.«

»Schon, aber an deiner Stelle würde ich das schnell essen. Vergiss nicht, dass die Revision heute anfängt, und ich bin sicher, dass Robin, oder wie auch immer er heißt, bald hier unten sein wird.«

»Mist!«

Das hatte ich ganz vergessen. Wir haben eine interne Revision, um den Ratsmitgliedern beweisen zu können, dass unsere Abteilung ihr Geld wert ist. Ich bin mir ziemlich sicher, dass lediglich viel Papier produziert wird, und kann nicht nachvollziehen, was daran kosteneffizient sein soll, wochenlang jemanden hier herumsitzen zu haben, der herausfinden soll, was wir eigentlich machen. Aber hey, was weiß denn ich schon? Ich arbeite ja nicht in der obersten Etage des Gebäudes, wo diese Genialität zu Hause ist.

Trotz meiner Vorbehalte möchte ich natürlich den besten Eindruck machen, denn schließlich will ich meinen Job behalten. Wenn du im Kulturbereich arbeitest, bist du ein leichtes Opfer für Kosteneinsparungen. Zwar denke ich nicht, dass sie mich abschießen, denn a) bin ich gut bei meiner Arbeit, und b) haben sie bereits jemanden entlassen, sodass nur noch ich übrig bin.

Ich betrachte die braune Papiertüte und weiß, dass sie der Schlüssel zu meinem Wohlbefinden an diesem Morgen ist. Wenn ich den Inhalt nicht esse, werde ich mich den ganzen Tag mies fühlen. Andererseits sorgt es nicht gerade für den besten ersten Eindruck, wenn ich an meinem Schreibtisch sitze und mir den Bauch vollschlage.

Ich entscheide, auf Nummer sicher zu gehen, stehe auf und will in Richtung Küche marschieren.

»Ah, da haben wir ja die Freizeitabteilung«, sagt der tolle Typ von oben, der plötzlich neben mir steht.

Ich starre ihn ungläubig an und überlege, ob er sich verlaufen hat, bis ich das dicke Bündel Mappen unter seinem Arm bemerke und mir klar wird, was Sache ist.

Er ist unser Revisor? Der Kerl mit der perfekten Frisur, dem perfekten Anzug und den perlweißen Zähnen, der normalerweise im obersten Stock sitzt?

Mir wird ganz elend, und das hat nichts mit meinem Kater zu tun. Die kommenden Wochen werde ich ihm gegenübersitzen, dem Mann, der mich erröten und kichern lässt wie ein Schulmädchen. Und dabei berücksichtige ich noch nicht einmal, dass er mich vergangene Woche mit dem Kleid in der Strumpfhose gesehen hat.

Gütiger Gott.

»Wonach duftet es denn hier?«, fragt er und schnuppert wie ein Bluthund.

Ich schaue auf die braune Papiertüte in meinen Händen und halte sie schnell hinter meinen Rücken, aber er hat sie natürlich schon gesehen. Auf frischer Tat ertappt.

Warum kann ich nicht einer dieser Clean Eater sein und gerade einen supergesunden Snack in Händen halten? Mein Schädel pocht, und das erinnert mich daran, warum ich diesen McMuffin Egg brauche. Ich glaube nicht, dass etwas Rohes oder Ungezuckertes es jetzt bringen würde. Was essen Clean Eater eigentlich, wenn sie einen Kater haben?

»Ah«, sagt er. »McDonald's montagmorgens um acht? Eine Frau nach meinem Geschmack.«

Er sieht mich auf eine Weise an, als sei ich die einzige Person im Raum, und ich bin kurz davor, ihm mein Frühstück zu geben. Teufel, ich würde ihm auf der Stelle alles geben, was er will. Zum Glück springt Mike in dem Moment von seinem Stuhl auf und unterbricht uns.

»Robin, schön, Sie wiederzusehen«, sagt er und reicht ihm die Hand. So spritzig habe ich ihn nicht mehr erlebt, seit es in der Lobby ein Gratisbüfett gab.

»Freut mich auch, Mike. Wie war das Wochenende? Hat die Rugbymannschaft Ihres Jungen am Sonntag gewonnen?«

Die beiden schütteln sich die Hände wie alte Freunde, die sich lange nicht gesehen haben.

»Es war gut, danke, und ja, sie haben 21-7 gewonnen«, antwortet Mike strahlend.

Ich wechsle von einem Fuß auf den anderen, weiß nicht, ob ich den Mund aufmachen und mich an dem Gespräch beteiligen soll oder mich besser entferne, um mein ungesundes Frühstück zu verdrücken.

»Wie ich sehe, sind Sie Lexi bereits begegnet. Wurden Sie einander schon richtig vorgestellt?«, fragt Mike, als spüre er meine Verlegenheit.

»Nein, noch nicht«, antwortet er und schaut zwischen Mike und mir hin und her.

»Sie ist für den Kulturbereich verantwortlich, sorry, das heißt ja jetzt Kunstentwicklungskoordination«, sagt Mike. Die neue Bereichsbezeichnung ist die dritte in den sieben Jahren hier, in denen ich im Wesentlichen immer denselben Job mache. »Sie werden ihr gegenübersitzen.«

»Perfekt«, sagt Robin und schaut zu dem leeren Schreibtisch. »Das genügt mir völlig.«

»Lexi war gerade auf dem Weg in die Küche, um zu frühstücken«, sagt er und deutet mit dem Kopf auf mich.

»Ja«, stimme ich zu und ahme seine Kopfbewegung nach. »War ich.«

Natürlich war ich das. Allmählich fange ich mich wieder und zwinge meine Beine, sich in Bewegung zu setzen. Ich rufe Robin ein verschämtes »Freut mich« zu und eile dann in Richtung Küche.

Dort angelangt, atme ich aus und öffne die Papiertüte. Rasch verschlinge ich meinen McMuffin Egg und wünsche dann, ich wäre so vorausschauend gewesen, mir auch einen Vanille-Milchshake zu kaufen. Stattdessen hole ich mir einen Kaffee mit Vanillearoma am Automaten und gehe zurück zu meinem Schreibtisch.

»Vanillekaffee?«, fragt Robin und schnuppert. »Wow, da hatte aber jemand ein tolles Wochenende. Jetzt brauchen wir einen Zuckerschub, stimmt's?«

»So in der Art«, murmele ich und versuche, cool zu wirken.

»Und ich dachte, in der Freizeitabteilung ernähren sich alle von NutriBullett-Shakes und Gojibeeren.«

Ich hasse es, dass wir immer die »Freizeitabteilung« genannt werden. Ständig sage ich den Leuten, dass eine Bezeichnung wie »Kunst und Erholung« sehr viel passender wäre, denn Freizeit hört sich so an, als würden wir den ganzen Tag in Jogginganzügen abhängen.

Dieser missverständliche Titel hat ein einziges Mal gut funktioniert – als ich in einer Bar in Southampton Will kennenlernte. Er hat mich damals gefragt, was ich beruflich mache, und ich habe geantwortet, dass ich in der Freizeitabteilung einer Stadtverwaltung arbeite. Er nahm daraufhin an, ich würde bei der Stadtverwaltung Southampton arbeiten und die Spieler der Fußballmannschaft zu Networking Events begleiten. Als er dann bei unserem ersten richtigen Date herausfand, dass ich in einer kleinen regionalen Stadtverwaltung beschäftigt bin, die nichts mit Sport zu tun stand ihm die Enttäuschung ins Gesicht geschrieben. Da hatten wir das Abendessen aber schon zur Hälfte hinter uns, und er saß für den Rest des Abends mit mir fest. Und irgendwann zwischen Hauptgericht und Dessert erkannte er, dass ich ziemlich cool bin, auch wenn ich dachte, dass der Begriff »Abseitsregel« mit Steuerhinterziehung zu tun hat.

»Ich arbeite im Kunstbereich und bin deshalb davon befreit«, antworte ich gönnerhaft und kehre sämtliche Klischees meines Jobs nach außen. Erstaunlich, dass ich nicht auch noch ein turteltaubenhaftes »Schätzchen« angehängt habe. Ich bin so was von peinlich! Zum Glück habe ich eine feste Beziehung mit Will, denn flirten kann ich überhaupt nicht.

»Ich bin in jedem Fall erleichtert«, sagt er. »Ich hatte nämlich befürchtet, Sie würden mich mit Kohl zwangsernähren und nach meinem Bizeps beurteilen.«

Als er das Jackett auszieht, wandert mein Blick über seine Arme. Von hier aus betrachtet, gibt es daran nichts zu bemängeln.

»Die einzige Zwangsernährung hier besteht aus Kuchen, wenn jemand Geburtstag hat.«

»Damit kann ich umgehen«, antwortet er lächelnd.

Er breitet seine Unterlagen auf dem Tisch aus und schaut sich dann um.

»Ist Jacqui schon da?«

Sie ist meine Chefin und Leiterin der Abteilung.

»Sie wird jeden Moment kommen, montagmorgens hat sie immer ein Meeting mit den anderen Abteilungsleitern.«

»Natürlich«, antwortet er.

Vermutlich kann er erst loslegen, nachdem er mit ihr gesprochen hat. Das setzt mich unter Druck, denn nun habe ich das Gefühl, mich mit ihm unterhalten zu müssen. Aber mir fällt ums Verrecken nichts Geistreiches oder Interessantes ein.

Ich nippe an meinem Kaffee, verbrenne mir die Zunge und zucke zusammen, weil er furchtbar süß ist. Normalerweise würde ich aufstehen und mir etwas anderes zu trinken holen, aber ich will nicht den Eindruck erwecken, dass ich mich im Büro ausschließlich meiner Ernährung widme.

Also versuche ich, mich auf die Arbeit zu konzentrieren, aber es lenkt mich derartig ab, dass Robin mir gegenübersitzt, dass ich mich nicht erinnern kann, was ich eigentlich machen wollte. Verdammt sei Moira – es war nämlich ihr Schreibtisch, der frei ist, seit sie gegangen wurde.

Mit wichtiger Miene schalte ich meinen PC ein und studiere den Terminkalender, als sei ich unersetzlich in meinem Job, während mein Gehirn angestrengt herauszufinden versucht, was derzeit anliegt.

Ich überfliege die E-Mails, lösche alle von meiner Großmutter an mich weitergeleiteten, in denen ich vor fremden Männern gewarnt werde, gefolgt von Rundlauf-E-Mails, die mich nicht betreffen. Plötzlich entdecke ich eine Nachricht von Cara.

An: Lexi Hunter <L.Hunter2@SolentTown.gov.uk>
From: Cara Thomas <Cara.Thomas@sci-soton.ac.uk>
Betreff: Katzenjammer nach der Hochzeit
Wie fühlst du dich heute? Wünschte, wir könnten diese ganze Hochzeitsgeschichte wiederholen. Und ich könnte es noch mal mit diesem Trauzeugen treiben ... Wieso nur muss ich heute arbeiten? Freue mich auf unser Quatschen am Mittwoch. Kannst du mich abholen?

Ich muss lachen und antworte dann rasch:

Alles klar, wir sehen uns um sieben. x

Das ist unsere übliche Mittwochsverabredung – Schreibgruppe. Ich freue mich darauf, Cara zu sehen, da ich ihr noch nicht erzählen konnte, was Will getan hat. Das gehört nämlich zu der Art Geschichten, die es verdienen, von Angesicht zu Angesicht berichtet zu werden.

»Und wie war die große Hochzeit? Die war doch dieses Wochenende, oder?«

Ich schaue hinüber zu Mike.

»Ja, genau. Toll, danke.«

»Ich war echt überrascht, Will bei dem Spiel zu sehen. Du bist da viel lockerer als meine Frau. Sie hätte mich nie zum Fußball gehen lassen, wenn wir auf eine Hochzeit eingeladen sind.«

65

Ich beiße mir auf die Lippe, und es ist mir zu peinlich, ihm die Wahrheit zu gestehen. Also lächle ich nur und tue so, als wäre ich tatsächlich die supercoole, völlig gelassene Freundin.

»Finden Sie das nicht auch beeindruckend, Robin?«, fragt Mike.

O Gott. Ich sinke noch tiefer in meinen Stuhl. Wieso muss er ihn jetzt in das Gespräch hineinziehen?

»Was denn?«, fragt Robin.

»Nichts«, erwidere ich und werfe Mike einen grimmigen Blick zu.

Robin scheint zwar echt nett zu sein, aber Mike war derjenige, der meinte, wir müssten den besten Eindruck hinterlassen. Und jetzt macht er es offensichtlich, dass wir über unser Privatleben sprechen, wenn wir eigentlich arbeiten sollen. Ich bin zwar der geborene Multitasker und durchstöbere, während wir mein Wochenende analysieren, wie jeden Montagmorgen die verschiedenen Kunst-Websites, um mich in meiner Branche auf dem Laufenden zu halten – aber Robin braucht das alles nicht zu wissen.

»Ihre beste Freundin hat am Wochenende geheiratet, und Lexi hat ihren Freund trotzdem zu einem Fußballspiel gehen lassen.«

Zweifellos beherrscht Mike die Sprache der grimmigen Blicke nicht fließend.

»Wie nett von Ihnen«, sagt Robin und wirkt ehrlich erstaunt.

»Nett? Also, das ist mehr als nett.« Mike grinst mich an. »Das würde meine Frau mir nie erlauben. Ihre Freundin denn?«

»Ich befinde mich momentan zwischen zwei Freundinnen«, antwortet Robin.

Für einen Moment setze ich mich aufrechter hin, bis mir einfällt, dass ich nicht zwischen zwei Beziehungen stecke. Was hat dieser Mann nur an sich, dass ich mich aufführe wie ein Teenager?

»Aber wenn ich eine hätte, hätte ich sie gar nicht erst gefragt«, fügt Robin hinzu. »Wenn es sich um ihre beste Freundin handelt, hätte ich vermutlich mit zu der Hochzeit gehen wollen.«

Ich starre ihn mit großen Augen an. Im Leben hätte ich nicht vermutet, dass Männer so denken können. Ich bin versucht, ihn zu fragen, ob ich ihn ausleihen und bei der anstehenden Auseinandersetzung mit Will als Beweisstück A präsentieren kann. Aber dann fällt mir ein, dass ich dann ihm und Mike mein beschämendes Geheimnis anvertrauen müsste – dass mein Freund heimlich zu dem Spiel gegangen ist.

Robin schaut hoch, und mir wird bewusst, dass ich ihn immer noch anstarre. Rasch wende ich meine Aufmerksamkeit wieder dem Bildschirm zu.

Dieser Robin sieht nicht nur toll aus, er scheint zudem der perfekte Mann zu sein.

Dieses Gespräch bestärkt mich in meiner Meinung bezüglich Wills Betrug. Ich bin dafür bekannt, manchmal aus einer Mücke einen Elefanten zu machen (wer nicht?), und deshalb tut diese Rückversicherung gut: dass es ein ziemlich starkes Stück von Will war, zu dem Spiel zu gehen, während er eigentlich auf der Hochzeit an meiner Seite hätte sein sollen.

Das Denken verursacht mir Kopfschmerzen. Vorsichtig nippe ich wieder an dem Vanillekaffee und versuche, den Geschmack zu ignorieren, denn etwas anderes habe ich nicht, um den Kater zu bekämpfen.

Jacqui betritt das Büro, offenbar energiegeladen von dem Meeting. Zielstrebig kommt sie auf unsere Schreibtischinsel zumarschiert, und ich lächle sie an. Sie ist erst seit einem Jahr unsere Chefin, aber verdammt gut. Sie gehört zu dieser seltenen Spezies, die nicht nur ihren Job prima macht, sondern auch gut darin ist, die Fähigkeiten ihrer Mitarbeiter zu erkennen.

»Morgen«, begrüßt sie uns auf ihre muntere und gleichzeitig autoritäre Weise. »Wie ich sehe, hat man Ihnen Ihren Schreibtisch schon gezeigt, Robin. Möchten Sie dann mit in mein Büro kommen, damit Sie mit der Revision loslegen können?«

»Gern«, versichert er, steht auf und nimmt einen Stapel Unterlagen mit.

Mike und ich atmen auf, sobald er weg ist.

»Er ist anders, als ich erwartet habe. Kennst du ihn gut?«, frage ich.

»Nicht sehr. Wir sind uns bei ein paar Planungsmeetings begegnet. Er ist ein echt netter Kerl. Nimmt sich die Zeit, herauszufinden, wer du bist, und erinnert sich an Gespräche, die er mit dir geführt hat. Ich hatte lediglich im Vorbeigehen erwähnt, dass James Rugby spielt.«

Ich wünschte, das könnte ich auch. Aber es fällt mir total schwer, mich an Namen zu erinnern, deshalb verpasse ich den Leuten immer Spitznamen.

»Als ich erfuhr, dass er für die Revision zuständig ist, war ich froh. Mich beunruhigt lediglich, dass er letztes Jahr auch an der Revision der Abteilung für Umwelt und Gesundheit mitgewirkt hat.«

Das ist keine Information, auf die ich scharf war. Mühsam versuche ich zu schlucken, da ich plötzlich einen Kloß im Hals habe. Diese Abteilung wurde kürzlich umstrukturiert, und es gab Entlassungen, vermutlich basierend auf diesem Bericht.

Ich überfliege meinen Terminkalender und stelle fest, dass er nicht gerade vor Eintragungen strotzt. Das liegt vor allem daran, dass ich diese Woche möglichst viel im Büro sein und das Kunstfestival für nächsten Sommer vorbereiten wollte. Jetzt wünschte ich, ich hätte jede Menge Außentermine vereinbart, damit ich so oft wie möglich von hier wegkomme.

Um mich von Robins drohendem Bericht abzulenken, stürze ich mich darauf, mögliche Events mit örtlichen Autoren, Künstlern und Schauspielern zu brainstormen. Als ich mir gerade eine lokale Band auf YouTube anhöre, tippt mir jemand auf die Schulter.

Ich nehme den Kopfhörer ab und sehe, dass Robin sich über mich beugt.

»Jacqui meinte, Sie könnten mir einige der Abläufe in der Abteilung erklären, falls es gerade passt. Ich kann aber auch später wiederkommen, wenn Sie …«

Er macht eine Pause, und mich überkommt der Eindruck, dass er nicht sicher ist, ob ich gerade arbeite oder herumspiele.

»Ähm, das ist arbeitsbezogen«, sage ich und zeige auf den Bildschirm. »Ich suche nach Künstlern für unser Festival.«

»Echt? Können wir die Jobs tauschen? Dann schreiben Sie für meine Feuer speiende Chefin Beth Berichte, während ich regionale Bands auskundschafte. Ich habe mir schon immer in der Rolle eines Simon Cowell gefallen.«

»So verlockend Ihr Angebot auch klingt, ich bleibe besser bei dem, was ich gut kann. Außerdem bezweifle ich, dass Sie diese Typen an Land ziehen können.«

Am liebsten würde ich mir die Hand vor den Mund schlagen. Ich kann nicht glauben, dass ich das zu unserem Revisor gesagt habe – ich habe diesen Typen doch gerade erst kennengelernt! So viel zum Thema »plump vertraulich«.

Während ich mir noch Sorgen mache, wie er es wohl aufnimmt, beginnt er glücklicherweise zu lachen.

»Da haben Sie vermutlich recht. Und deshalb sollte ich wohl besser mit meiner Revision weitermachen. Wäre denn jetzt ein guter Zeitpunkt?«

»So gut wie jeder andere.«

Er nickt kurz und lächelt dann. »Seien Sie nicht so nervös. Ich bin nicht hier, damit irgendjemand gefeuert wird. Es geht vielmehr darum, hervorzuheben, welch gute Arbeit die Leute hier machen. Entspannen Sie sich, und geben Sie mir einfach die nötigen Informationen. Jacqui erwähnte, dass Ihre Arbeit wirklich interessant sei, deshalb dachten wir, dass ich am besten bei Ihnen anfange.«

Ich schaue hinüber zu ihrem Büro, und sie zeigt mir von ihrem Tisch aus den erhobenen Daumen. Ich komme nicht umhin, mich ein bisschen geschmeichelt zu fühlen, dass sie von zwölf Leuten in unserer Abteilung ausgerechnet mit mir anfängt. Zwar denke ich auch, dass ich von uns allen den interessantesten Job habe, aber ich bin ja nur begrenzt objektiv.

»Okay. Setzen Sie sich, und sagen Sie mir, was Sie wissen müssen«, schlage ich vor und versuche, meine Nervosität darüber zu verbergen, dass a) ein attraktiver Mann so dicht bei mir sitzt und b) dieser attraktive Mann eine Gefahr für meinen Job sein könnte.

Kapitel 7

K aum habe ich vor Caras Haus gehalten, kommt sie ange-
spurtet und wirft sich auf den Beifahrersitz.

Ich weiß ja, dass sie sich immer auf unsere Mittwochabende
freut, bei denen wir uns auf den neuesten Stand bringen und
anschließend Schreibgruppe haben, aber diese Begeisterung
toppt alles.

»Hi!«, begrüßt sie mich und schnallt sich mit unglaublicher
Geschwindigkeit an.

Sie wirkt derart aufgedreht, dass ich fast mit einem *fahr, fahr,
fahr,* rechne, wie sie es in den Fluchtwagen in Filmen immer
rufen.

»Hi. Alles in Ordnung?«, frage ich, fahre los und werfe dabei
im Rückspiegel einen Blick auf ihr Haus.

»Ja, bestens. Der Trauzeuge ist wieder bei mir«, sagt sie und
seufzt. »Ich konnte es kaum erwarten, da rauszukommen.«

»Der Kerl, den du Samstag mit nach Hause genommen hast?«

»Genau der.«

Ich musste nachfragen. Ihr würde ich zutrauen, sich durch den
gesamten Freundeskreis des Bräutigams gearbeitet zu haben.

»Und was ist dieses Mal so schlimm daran?«, frage ich und
ahne, dass ich es gleich bereuen werde.

»Ich habe ihn für gestern Abend zu mir eingeladen, und er
kam mit einer *Tasche*.«

»Aber nicht doch, eine Tasche«, erwidere ich lachend.

Sie wirft mir einen grimmigen Blick zu. Offenbar ist diese Angelegenheit nicht lustig.

»Und was war in der Tasche? Doch nicht so ein Kram, wie Christian Grey mit sich herumtragen würde?«

»Nein, damit hätte ich umgehen können. Es war viel schlimmer. Er hatte Pantoffeln dabei.«

»Pantoffeln?«

»Ja, Pantoffeln«, flüstert sie, als sei das ein schmutziges Wort. »Solche, wie mein Dad anziehen würde, du kennst diese Dinger aus festem Filz, in Dunkelblau.«

Sie schüttelt sich.

»Vielleicht hat er nur gern warme Füße.«

»Wir hatten einen One-Night-Stand, und als ich ihn zu einem Follow-up einlade, bringt er Großvater-Pantoffeln mit! Komm schon, das ist so, als würde ich bei ihm mit meiner Wärmflasche auftauchen.«

Jetzt ist nicht der Moment, ihr zu erzählen, dass ich tatsächlich einmal meine Wärmflasche mit zu Will genommen habe. Aber zu meiner Verteidigung sollte ich anführen, dass es bei ihm immer saukalt war. Ich schwöre, dass das auch der Grund war, warum wir am Anfang unserer Beziehung so viel Sex hatten. Ohne diese körperliche Betätigung unter der Decke hätten wir die erste Stunde im Bett gezittert wie Eiszapfen. Hm. Vielleicht wäre eine Panne mit unserer Zentralheizung mal ganz gut.

»Das ist ja wohl kein Grund, nicht mit jemandem zusammen zu sein.«

»Nicht?«

Ich schüttle den Kopf. »Jetzt warte mal, er kam also gestern Abend mit seinen Hausschuhen und ist nicht wieder gegangen?«, versuche ich, mir einen Überblick zu verschaffen.

»Doch – heute Morgen zur Arbeit. Nach Feierabend kam er dann zurück, eigentlich nur, um seine Tasche zu holen.«

»Und du hast ihn jetzt einfach bei dir zu Hause gelassen?«

»Ja. Als er auftauchte, hatten wir natürlich einen Quickie. Dann hat er sich wieder angezogen – inklusive der Pantoffeln. Er hat uns beiden eine Tasse Tee gekocht und es sich in meinem Ohrensessel bequem gemacht. Ich wusste nicht, was ich tun soll. Als ich dann dein Auto sah, habe ich irgendwas gemurmelt von wegen, ich muss weg, und bin losgerannt.«

Ich kann mir das Lachen nicht verkneifen.

»Unglaublich, dass du ihn einfach dort gelassen hast. Traust du ihm denn?«

»So sehr, wie man einem Mann eben trauen kann.«

»Wie wahr«, stimme ich zu und denke an vergangenes Wochenende.

»Außerdem ist er einer von Ians besten Freunden. Das ist fast so wie von Vanessa abgesegnet.«

»Aber hätte dir nicht genau das zu denken geben müssen?«

Vanessas frischgebackener Gatte ist die Art von Mann, der früher mit Pfeife und Pantoffeln herumgelaufen wäre. Neben sich einen Krug Bier. Strickjacke. Er ist quasi aus Versehen ein Hipster.

»Stimmt, jetzt erkenne ich meinen Fehler. Jedenfalls wird er von allein verschwinden. Da bin ich sicher.«

»Da er seine Pantoffeln mitgebracht hat, kann das aber eine Weile dauern.«

Cara seufzt.

»Wenigstens leckt er gut.«

»O Gott. Zu viel Informationen!«, stöhne ich und trete auf die Bremse. Zum Glück sind wir schon am Pub, und ich kann fliehen. Wir steigen aus meinem Wagen und gehen hinein.

»Hattest du einen schlimmen Kater nach der Hochzeit?«, fragt Cara auf dem Weg zur Bar. »So betrunken habe ich dich schon lange nicht mehr gesehen. War alles in Ordnung?«

»Lass uns erst einen Drink bestellen, du wirst ihn brauchen.«

»Klingt spannend.« Sie zieht die Brauen hoch.

Sie schickt mich schon mal an unseren üblichen Tisch in der Nähe des kleinen Hinterzimmers, in dem sich unsere Schreibgruppe trifft, während sie an der Bar auf unsere Getränke wartet.

»Also gut, dann schieß mal los«, sagt sie kurz darauf, setzt sich zu mir und nippt an ihrem Wein. Es kommt mir vor, als würde sie es sich für die nächste Folge unserer Lieblingssoap bequem machen.

Und ich kann es kaum erwarten loszulegen. Seit mehr als achtzig Stunden behalte ich diese Geschichte jetzt schon für mich, und wenn ich sie nicht bald jemandem erzähle, platze ich.

»Du erinnerst dich, dass du auf der Party losgezogen bist, um einen der Trauzeugen anzubaggern – nicht den in deinem Haus, sondern den mit dem markanten Kinn?«

»Natürlich«, bestätigt Cara, und ihre Augen leuchten auf. »Schande über ihn und seine Heilige von Freundin.«

»Nun ja, während du ihn dazu bringen wolltest, sich ein bisschen zu amüsieren, bekam ich eine SMS.«

»Ach was«, sagt Cara und beugt sich zu mir. »Erzähl mir mehr.«

»Sie war von Mike aus meinem Büro. Er hat mir ein Foto geschickt.«

»O mein Gott! Hatte er sein Ding draußen? War es eines dieser ›Guck mal, wie scharf ich auf dich bin‹-Fotos?«

Ich verdrehe die Augen. Sie will unbedingt die nächste E. L. James sein, und ihr Verstand bewegt sich permanent in der Welt des Sex.

»Nein«, erwidere ich und verrate ihr nicht, dass das auch mein erster Gedanke war. »Es war ein Foto von Will.«

»Das wird ja immer seltsamer. Möchte ich den Rest wirklich hören?«

»Ich mache es kurz: Das Bild zeigte einen vollständig beklei-
deten Menschen, und es war auch nichts entfernt Anrüchiges
daran.«

»Oh.« Sie setzt sich wieder gerade hin, und ihr Interesse
schwindet.

»Es zeigte Will am Samstag im Fußballstadion. Er war auf
Sky Sport zu sehen, und Mike hat es fotografiert.«

»Ist das alles? Bei den vielen Heimspielen, zu denen er geht,
wird er doch bestimmt ständig fotografiert. Es überrascht mich,
dass er kein Demoband hat.«

Jetzt, wo sie es sagt, überrascht mich das auch.

»Aber es war *letzten* Samstag«, betone ich und warte darauf,
dass der Groschen fällt.

»Also … warte mal. Als er eigentlich auf Vanessas Hochzeit
sein sollte?«

»Genau.« Ich nicke und spüre schon wieder Zorn aufsteigen.

»Aber er hatte doch angeblich eine Lebensmittelvergiftung.«

»Richtig.« Meine Stimme ist plötzlich ziemlich schrill. »Er
hat aber nur so getan, als hätte er den ganzen Tag im Bett gele-
gen, während er in Wahrheit in St. Mary's war, Bier getrunken
und sein geliebtes Fußballspiel angeschaut hat.«

»Oje. Und was ist passiert, als du ihn damit konfrontiert
hast?«

»Das ist es ja. Ich habe noch nichts gesagt.«

»Wie meinst du das? Warst du nicht stocksauer? Zugegeben,
in deinem Vollrausch am Samstag warst du quasi handlungsun-
fähig, aber am Sonntag bist du doch bestimmt ausgeflippt?«

»Glaub mir, das wollte ich, aber ich habe gehofft, er würde es
mir von sich aus beichten.«

»Hat er?«

»Nein. Im Gegenteil, er hat munter weitergelogen. Stell dir
vor, er besaß sogar die Frechheit, am nächsten Morgen sofort

wieder mit diesem Gerenne aufs Klo anzufangen! Bis fünf Uhr nachmittags ist er durchs Haus geschlichen, hat über Bauchschmerzen geklagt und sich selbst bedauert.«

»Und du hast dir nicht anmerken lassen, dass du Bescheid weißt?«

»Nein. Ich habe Verschiedenes ausprobiert, um ihn mürbezumachen. Ich habe versucht, ihm ein schlechtes Gewissen zu machen wegen des verschwendeten Platzes bei der Hochzeit, habe ihn über das Spiel ausgefragt und ihm sogar Sex angeboten.«

»Und?«, fragt Cara und klebt an jedem meiner Worte.

»Er hat abgelehnt. Er war verschlossen wie eine Auster – hat nichts verraten und stattdessen am Fließband Lügen produziert. Wenn er nicht ausgerechnet *mich* belogen hätte, wäre ich vielleicht beeindruckt gewesen von der Schnelligkeit, mit der er sich alles ausgedacht hat. Wer hätte geahnt, dass Will das draufhat?«

»Das klingt ganz und gar nicht nach ihm.« Cara schüttelt ungläubig den Kopf.

»Ich weiß. Normalerweise ist er gar nicht hinterhältig. Aber ich glaube schon, dass er ein schlechtes Gewissen hat, denn er hat einen Urlaub auf Barbados vorgeschlagen.«

»Echt?«

»Ja. Er möchte, dass wir im November hinfliegen. Du weißt schon, in der Woche, die wir eigentlich fürs Renovieren eingeplant haben. Wie cool wird das denn? Sonnengebräunt im Winter.«

»Ich bin total neidisch – aber nur, damit ich es richtig verstehe: Du hast dich nicht mit ihm gefetzt, weil ihr in den Urlaub fliegt? Du musst doch vor Wut kochen!«

»Allerdings, Barbados ist jedoch nicht der einzige Grund, warum ich ihn nicht darauf anspreche. So leicht lasse ich mich nicht kaufen«, versuche ich mich selbst zu überzeugen. »Aber du weißt

76

doch, wie er ist, wenn wir streiten. Er kommt mit seiner üblichen Entschuldigungs-Kuschelnummer, und das war's dann. Ich habe versucht, mich zu revanchieren. Als ich das Radio ausschalten sollte, weil sie die Grand-Prix-Ergebnisse bekannt gaben, habe ich es stattdessen lauter gestellt. Er hatte das Rennen aufgezeichnet, um es sich später anzusehen, und ich habe ihm die ganze Spannung verdorben. Natürlich ist das nicht annähernd dieselbe Liga wie das, was er mit mir und Vanessa gemacht hat, aber danach habe ich mich ein kleines bisschen besser gefühlt.«

»Und das war's? Du lässt es ihm durchgehen?«

»Nein, aber ich habe noch nicht entschieden, was ich unternehme.«

»Vielleicht das, was alle betrogenen Frauen tun? Dich rächen?«

Ich denke an Sonntag zurück. Tatsächlich habe ich mich nach der Sache mit dem Radio ein winziges bisschen besser gefühlt.

»Ich weiß nicht, ob ich dafür gemacht bin. Am Sonntag hat es funktioniert, weil es spontan war. Es ist einfach passiert.«

»Dann sorg doch dafür, dass es wieder passiert! Du könntest zum Beispiel aus Versehen das Sky-Sport-Abo kündigen. Denk nur an das Geld, das ihr sparen würdet.«

Damit hat sie allerdings recht. Unser Finanzberater hat uns gesagt, dass wir uns ein Haus mit drei Schlafzimmern leisten könnten, wenn wir nicht jeden Monat so viel Geld für das Abo ausgeben würden. Natürlich hat Will geantwortet, dass wir uns darüber Gedanken machen werden, wenn wir irgendwann mehr Platz benötigen.

»Hm, gute Idee, aber so einfach geht das nicht. Wir wollten mal den Anbieter wechseln, deshalb weiß ich, dass man einen Monat Kündigungsfrist hat.«

»Dann sag ihm, dass du Bescheid weißt. Was ist, wenn er es noch mal tut?«

»Darüber habe ich auch schon nachgedacht«, antworte ich und schweige für einen Moment, weil ich mir alles noch einmal durch den Kopf gehen lasse. »Ich werde mit ihm reden, aber wenn ich ihn damit konfrontiere, wird er sich nur entschuldigen – und das genügt mir nicht. Außerdem muss er ja nicht wissen, wann ich es herausgefunden habe, stimmt's?«

Cara seufzt.

»Ich an deiner Stelle würde seine verdammte Dauerkarte zerreißen und ihm anschließend sagen, warum ich das getan habe.«

»Aber ich will mit ihm zusammenbleiben. Nach so einer Aktion würde er sich sofort von mir trennen.«

»Weißt du eigentlich, dass ich mal ein Krickelticket von Wes zerrissen habe? Habe ich dir die Geschichte jemals erzählt?«

»Nein«, antworte ich und hätte beinahe meinen Wein wieder ausgespuckt.

Wes – oder Wanker Wes, um ihn beim vollen Namen zu nennen – war eine von Cars seltenen Beziehungen. Sie trennte sich von ihm, als sie dahinterkam, dass er sie mit einer Kellnerin betrog.

»Wir hatten einen Riesenkrach an dem Abend, bevor er mit seinen Kumpels zum Kricket gehen wollte. Ich war total von der Rolle und habe sein Ticket zerrissen. Seine Freunde mussten ohne ihn gehen.«

»Das finde ich ein bisschen zu extrem.«

»Ja, irgendwie schon, und ich hatte auch ein schlechtes Gewissen. Aber als ich dann später herausfand, dass er mit diesem Miststück schlief, habe ich mir gewünscht, etwas noch viel Gemeineres getan zu haben.«

»Ich brauche was Subtileres. *Er* soll am Ende schlecht dastehen und nicht ich. Deshalb darf er nicht mitbekommen, was ich getan habe. Wenn ich ihn mit seiner Lüge konfrontiere, will ich moralisch die Oberhand behalten.«

Die Leiterin unserer Schreibgruppe spaziert grüßend an uns vorbei ins Hinterzimmer.

»Das ist wohl unser Stichwort«, sagt Cara.

»Ich schätze, schon.«

»Heute ist Marketing dran.«

»Kann es kaum erwarten«, antworte ich stöhnend.

Wir nehmen unsere Sachen und folgen der Kursleiterin. Keine Ahnung, warum ich heute überhaupt zum Kurs gehe. Wir sollten uns Gedanken über unseren eigenen Blog machen, aber ich war viel zu sehr mit meinem lügenden Freund beschäftigt, um irgendetwas schreiben zu können.

Kapitel 8

Obwohl ich seit gestern versuche, mein kreatives Genie heraufzubeschwören, bin ich weder mit meinem Blog noch mit meinem Racheplan weitergekommen.

Glücklicherweise ging es bei der Schreibgruppe gestern Abend um Benchmarking und das Analysieren von Blogs, sodass ich eine Woche Galgenfrist gewonnen habe.

Um mich auf das Schreiben eines Blogs zu konzentrieren, nutze ich meine in letzter Zeit unausgelasteten Mittagspausen.

Tatsächlich ist es ziemlich erfrischend, den Schreibtisch zu verlassen und raus an die Luft zu gehen. Normalerweise hole ich mir ein Sandwich oder gehe, wenn ich abenteuerlustig bin, in die subventionierte Mitarbeiterkantine. Das ist wirklich ein Abenteuer, denn du kannst dir nie sicher sein, ob in der Gemüselasagne wirklich Gemüse ist oder aus welchem Fleisch der Hackbraten besteht. Aber heute verlasse ich das Gebäude und meinen Computer, um mich in einem Coffeeshop … an meinen Laptop zu setzen. Okay, wieder ein Bildschirm, aber zumindest ein *anderer*.

Umgeben vom Geräusch der Kaffeemaschine, dem Geplauder der anderen Gäste und den vom Schwitzwasser beschlagenen Scheiben kann ich in meine Fantasie abtauchen, eine Vollzeitschriftstellerin zu sein, die in einer großen aufregenden Stadt arbeitet – statt eine Möchtegern-Autorin, die in einer kleinen Küstenstadt gerade Mittagspause hat.

Ich muss mir lediglich ein Thema ausdenken, über das ich schreiben will. Janet, unsere Kursleiterin, sagte, dass es nichts mit unserem Buch zu tun haben müsse, sondern auch aus unserem wahren Leben stammen könne. Gerade mal ein halbes Dutzend Posts soll ich mir für den Unterricht ausdenken, es ist ja nicht so, als müsse ich den Blog danach beibehalten. Trotzdem bin ich ratlos.

Ich will gerade anfangen zu tippen – wirklich –, als ein Schatten über meinen Tisch fällt.

»Na, Sie«, sagt Robin, und ich schaue zu ihm hoch. »Arbeiten wir ein bisschen schwarz?«

»Oh.« Ich sehe ihn überrascht an. Eigentlich hatte ich angenommen, weit genug vom Büro weg zu sein, um nicht auf Kollegen zu treffen. Ich bin verlegen, weil er auf keinen Fall denken soll, ich würde mich für einen anderen Job bewerben oder tatsächlich einer Nebentätigkeit nachgehen. Daher muss ich mir schnell eine gute Entschuldigung ausdenken. »Ich schreibe nur ein bisschen.«

Innerlich stöhne ich auf. Ich hasse es, wenn Leute von meinem Hobby erfahren. Das ist, als würde ich sie in einen geheimen Raum einladen. Sobald sie davon wissen, fangen sie an, herumzustochern und Ratschläge zu geben.

Ich klappe den Deckel meines Laptops herunter, damit Robin nicht den leeren Bildschirm sieht. Auch noch zu gestehen, dass ich gerade eine Schreibblockade habe, wäre echt zu peinlich.

Robin versteht das als Einladung, zieht den Stuhl mir gegenüber heraus und setzt sich.

»Keine Sorge, ich warte nur, bis mein Panino aufgebacken ist, und dann überlasse ich Sie wieder Ihrem Laptop. Und was schreiben Sie so?«

Ich seufze. So fängt es immer an.

»Hauptsächlich Thriller. Heute arbeite ich allerdings an einem Blog. Meine Soziale-Netze-Plattform einrichten et cetera«, antworte ich und tue so, als wisse ich, wovon ich rede.

»Alle Achtung«, sagt er in einem Ton, der ein bisschen gönnerhaft klingt, aber seinem Gesichtsausdruck nach zu urteilen war es nicht so gemeint.

Einen Moment lang sitzen wir schweigend da, und mein Blick wandert hinüber zur Theke in der Hoffnung, dass sein Panino bald fertig ist. Aber sämtliche Mitarbeiter scheinen mit anderen Dingen beschäftigt zu sein.

»Ähm … kommen Sie öfter her?«, versuche ich das Thema zu wechseln und zucke zusammen, als mir klar wird, was ich da gesagt habe. Hoffentlich denkt er jetzt nicht, ich würde mit ihm flirten.

»Nun, das würde ich, wenn ich wüsste …« Er lacht über seinen eigenen Witz, und ich winde mich innerlich. »Ja, tue ich. Für Thunfisch-Panini habe ich eine echte Schwäche. Man muss zwar ein Stück laufen, aber die nehmen hier rote Zwiebeln und echt guten Mozzarella. Sie sollten mal eins probieren, falls Ihre Geschmacksnerven von all dem Fast Food nicht zu ramponiert sind.«

»Hey, das war eine Ausnahme! Es war ein heftiges Wochenende.«

»Ach ja richtig, die Hochzeit. Solche Feiern können es in sich haben. Vor allem, je älter man wird. Mein Kater scheint mittlerweile immer Tage anzudauern«, sagt er.

»Meiner auch.« Ich hab's geahnt. »Wenn einen das erwartet, freue ich mich nicht darauf, älter zu werden.«

»Noch ist das doch kein Thema für Sie. Wie alt sind Sie, fünfundzwanzig, sechsundzwanzig?«

Er schaut mich an, als versuche er, meine Fältchen zu zählen wie die Ringe eines Baumstamms.

»Ehrlich gesagt bin ich einunddreißig.«

»Oh«, erwidert er beinahe erschrocken. »Dann sehen Sie für Ihr Alter aber echt gut aus.«

»Ähm, danke.« War das jetzt ein Kompliment? Eine verlegene Pause senkt sich über den Tisch, und ich überlege krampfhaft, was ich sagen könnte. »Wie kommen Sie mit Ihrer Arbeit voran?«

»Gut. Natürlich stehe ich noch ganz am Anfang, aber heute Morgen hatte ich ein kurzes Meeting mit meiner Chefin Beth, und sie schien zufrieden zu sein mit meiner Vorgehensweise. Oder so zufrieden, wie ein Menschenfresser eben sein kann.«

Bei dem Gedanken an Robins Bericht bekomme ich eine Gänsehaut. Er hat zwar behauptet, es ginge nicht darum, Stellen zu streichen, aber ganz wohl ist mir trotzdem nicht.

»Seien Sie froh, eine Chefin wie Jacqui zu haben, die um die Fähigkeiten ihrer Mitarbeiter weiß. Sie hätten mal hören sollen, was sie über Sie gesagt hat.«

»Etwas Gutes?«, krächze ich erwartungsvoll.

»Sagen wir mal so, falls Sie jemals einen neuen Job brauchen, werden Ihre Zeugnisse heller leuchten als die Regent Street an Weihnachten.«

Jetzt sollte ich mich eigentlich besser fühlen, aber ich weiß auch, dass die Entscheidungen nicht mehr bei Jacqui liegen, sobald dieser Bericht einmal geschrieben ist.

Wieder schweigen wir, und ich frage mich, ob sie den Thunfisch für Robins Sandwich erst noch fangen müssen.

»Seit wann arbeiten Sie schon bei der Stadt?«, fragt er.

»Ähm, etwa sieben Jahre.«

»Im selben Job?«

Ich weiß, was er denkt: dass ich mich mittlerweile längst beruflich verändert haben müsste. Tatsächlich hatte ich ursprünglich vor, dort nur ein oder zwei Jahre zu bleiben, als Sprungbrett für etwas Besseres. Aber die Verlockung, in meiner Heimatstadt zu bleiben, war einfach zu groß. Nachdem ich von einem möblierten Zimmer im Londoner Stadtteil Tooting hergezogen war, stellte ich fest, dass ich mir hier eine Mietwohnung leisten kann, die größer ist als ein Besenschrank, und dass am Monatsende sogar noch Geld übrig bleibt. Meine zwei besten Freundinnen (Vanessa und Cara) sind nach dem Studium ebenfalls wieder hergezogen, und dass meine Eltern quasi um die Ecke wohnen, ist auch ganz praktisch. Endgültig besiegelt war mein Schicksal, als ich ein paar Monate nach Antreten meines Jobs Will kennenlernte. In Anbetracht dieser Gründe – und einer ehrlichen Begeisterung für meinen Job – wollte ich die Karriereleiter gar nicht mehr hinaufklettern.

»Ja, aber ich liebe meine Arbeit«, antworte ich schlicht. »Ich kann mir gar nicht vorstellen, etwas anderes zu tun. Und Sie?«

Aufgrund eigener Beobachtungen weiß ich, dass er ebenfalls schon ein paar Jahre dabei ist.

»Bei mir werden es im Januar vier Jahre. Verrückt, wie schnell die Zeit vergeht.«

»Haben Sie vor zu bleiben?«

»Vorerst schon. Der Job bietet mir gute Möglichkeiten. Außerdem habe ich mir in Hamble eine Wohnung gekauft, und es gefällt mir hier.«

»Woher stammen Sie ursprünglich?«, frage ich und versuche zu raten. Seinem schnörkellosen, leicht vornehmen Akzent nach zu urteilen, tippe ich auf die an London angrenzenden Grafschaften.

»Leatherhead, in Surrey«, antwortet er.

Beinahe hätte ich triumphierend in die Luft geboxt. Ich hätte wetten können, dass es Surrey ist. Er hat dieses typische Auftreten.

»Avocado auf Toast mit Spiegelei«, sagt die Kellnerin in dem Moment.

Robin und ich schauen hoch, und ich hebe die Hand.

Zum ersten Mal bin ich froh, mich nicht für das Pulled Pork Sandwich entschieden zu haben, auf das ich so verrückt bin. Das hätte so ausgesehen, als würde ich mich wirklich ausschließlich von fettem, schwer verdaulichem Essen ernähren.

»Tut mir leid, wenn ich nerve«, sagt er zu der Kellnerin und setzt ein gewinnendes Lächeln auf, »aber dauert es wohl noch sehr lange, bis mein Panino fertig ist?«

Die Kellnerin wirkt völlig verzückt. Wenn er sie gebeten hätte, für sein Panino junge Hunde zu töten, hätte sie garantiert gehorcht. Er beherrscht diesen altmodischen Gentlemen-Charme aus dem Effeff.

»Ich kümmere mich sofort darum«, versichert sie.

Ihre Wangen färben sich rosig, wie es meine bis vor ein paar Tagen in solch einer Situation auch getan hätten, aber langsam werde ich immun gegenüber Robins Charme. Mir ist klar geworden, dass er jedem das Gefühl gibt, etwas Besonderes zu sein, und das führe ich mir jetzt immer vor Augen, um mich nicht davon überwältigen zu lassen.

»Soziale Netze also«, sagt er. »Und was genau? Auf Facebook posten?«

»Ich bastle an einem Blog. Mehr oder weniger über Dinge aus meinem Leben.«

Hoffentlich bohrt er nicht weiter, denn ich möchte nicht, dass er Details kennt.

»Es gibt bestimmt jede Menge, worüber Sie schreiben können. Bei den verschiedenen Künstlern und Organisationen, mit denen Sie zusammenarbeiten, stelle ich mir Ihren Job sehr interessant vor.«

»Ja, das ist er.« Ich nicke. »Aber ich blogge nicht über die Arbeit. Ich trenne mein Privatleben gern davon.«

»Selbstverständlich. Außerdem sind die interessantesten Blogs die über das Leben von Menschen, nicht wahr? Sehen Sie sich nur die vielen YouTuber an, die berühmt geworden sind.«

»Schon, aber wer sollte verrückt danach sein, mehr über mein stinknormales Leben zu erfahren? Über meinen Weg zur Arbeit oder mein Haus mit den Farbmustern an den Wänden und den geschmacklosen Tapeten des Vorbesitzers?«

Robin lächelt. »Ich bin sicher, dass Menschen vom echten Leben genauso fasziniert sind wie von dem, was sie auf Instagram sehen.«

»Wirklich? Aber wünschen wir uns nicht alle, wir würden wie Tom und Giovanna Fletcher leben?«

»Wer?«

Mir bleibt der Mund offen stehen.

»Ähm, Tom – von McFly.«

»Sind Sie sicher, dass Sie nicht doch erst fünfundzwanzig sind?«

»Wie auch immer.« Ich schnappe mir mein Besteck und beginne zu essen, bevor alles kalt wird.

»Wieso schreiben Sie nicht über Ihre Beziehung? Sie sind die ultimativ lockere Freundin, der es nichts ausmacht, dass ihr Freund zu einem Fußballspiel geht, statt sie zur Hochzeit ihrer besten Freundin zu begleiten. Wie wäre es mit ›Handbuch für die perfekte Freundin‹?«

Beinahe hätte ich mich an meiner Avocado verschluckt. Wenn er wüsste, was in Wahrheit momentan bei mir los ist! Wenn ich mit all der Wut im Bauch darüber berichten würde, müsste der Titel lauten »Handbuch für Rache an deinem Partner«.

Endlich kommt die Kellnerin und bringt ihm seine Papiertüte, zusammen mit einem strahlenden Lächeln.

»Na schön, dann gehe ich mal. Viel Erfolg. Man weiß nie, vielleicht werden Sie ja die nächste Prinzessin auf Sparkurs.«

Ich schaue ihn verwirrt an, da ich keine Ahnung habe, wen er meint.

»Eine Bloggerin, die zur Bestsellerautorin wurde. Meine Schwester heiratet demnächst und trägt deren Buch wie eine Bibel mit sich herum.«

Beinahe hätte ich laut losgelacht. Wer sollte denn mein Gejammer als Buch veröffentlichen wollen?

Robin geht, und ich klappe langsam den Deckel meines Laptops wieder hoch, wende mich der anstehenden Aufgabe zu.

Ratlos starre ich auf den leeren Bildschirm. Was ist denn an meinem Leben interessant? Ich arbeite den ganzen Tag in einem Job, der mir Spaß macht, aber das ist für die große weite Welt wohl kaum von Interesse. Ich bin zufrieden in der Beziehung mit meinem Freund. Meine Karriere als Autorin ist bisher nicht existent. Wir haben nicht einmal ein Haustier, das lustige Dinge anstellt, über die ich schreiben könnte.

Das reißt niemanden vom Hocker.

Bei dem Gedanken an Robins Vorschlag, über meine Beziehung mit Will zu schreiben, muss ich innerlich lachen. Ich bin nicht sicher, ob das gut ankommen würde. Entschlossen tippe ich als Erstes meine Biografie, die wir laut Janet für unseren Blog brauchen.

Ich bin Lexi, eine einunddreißigjährige Frau in einer Langzeit-Beziehung mit einem sportverrückten Freund. Folgt meinem Blog, um mehr über unseren perfekten Alltag zu erfahren, in dem ich mein Leben rund um das Schicksal von elf Männern in rot-weiß gestreiften Trikots und das Programm von Sky Sports organisiere. Ihr könnt viel Gefluche und Verzweiflung erwarten, von ihm – welcher Schiedsrichter auch immer gerade pfeift – und von mir, weil ich ignoriert werde – MAL WIEDER!

Ich lese den kurzen Text noch einmal durch. Das ist witzig. Liegt das an meinem Galgenhumor? Ist mein Leben so armselig, dass es schon wieder komisch ist, oder steckt in mir ein Comedy-Genie? Vielleicht hat Robin das ja richtig erkannt.

Mein Freund und ich sind seit sieben Jahren zusammen. SIEBEN. Und während dieser Zeit habe ich verdammt viel gelernt, vor allem, dass es keine Rolle spielt, wie oft man ihm sagt, dass er den Toilettensitz herunterklappen soll, er tut es nicht. Und die Antwort auf die Frage »Was wollen wir heute unternehmen?« wird stets ein Zeitfenster für irgendein Sportereignis beinhalten, das vorher/hinterher unbedingt angeschaut werden muss. Ja, meine Freunde, ich bin eine Sportwitwe.

Möglicherweise bist du auch eine oder kennst eine. Du kannst sie auf eine Meile Entfernung identifizieren – es sind diejenigen, die im Restaurant sitzen und sich nicht mit den Männern in ihrer Begleitung unterhalten, weil die gerade Sportergebnisse auf ihren iPhones checken. Diejenigen, die in eisiger Kälte an den Arsch der Welt gefahren sind, um sich Spiele gegen Mannschaften anzusehen, von denen sie noch nie gehört haben, weil das für sie die einzige Möglichkeit ist, Zeit mit ihrem Partner zu verbringen. Diejenigen, die ihre Männer bei gesellschaftlichen Veranstaltungen suchen und sie dann in einer Ecke finden, wo sie einen Fernseher entdeckt haben, durch den sie die Sportsendungen verfolgen können.

Genau wie ich können sie die Namen sämtlicher Fußballstadien in England aufzählen, wissen, was beim Kricket ein LBW ist, und kennen die neuen Rugby-Regeln. Das Einzige, was einen mit diesem unnützen Wissen versöhnt, ist die Hoffnung, dass diese Dinge mal in irgendeinem Pub-Quiz auftauchen werden.

Ich höre auf zu tippen und überfliege die Zeilen. Mir gefällt der herzliche Ton, und es klingt originell, aber es kommt mir so vor, als würde noch etwas fehlen. Möchte ich wirklich einen Blog lesen, in dem sich jemand die ganze Zeit nur darüber beschwert, ignoriert zu werden?

Ich lösche den Text und denke dann an die erfolgreichen

Blogs, die wir uns letztes Mal im Kurs angesehen haben. Alle hatten einen interessanten Aufhänger oder Blickwinkel.

Meine Finger schweben über der Tastatur. Ich weiß, was der Aufhänger für meinen Blog sein sollte, ich weiß nur nicht, ob ich darüber schreiben möchte. Ich atme tief durch und sage mir, dass ich das nur beurteilen kann, wenn ich es schwarz auf weiß vor mir habe – ich muss es ja nicht posten.

Sportwitwe sinnt auf Rache

Bis vor einer Woche war ich eine glückliche Sportwitwe. Okay, glücklich ist vielleicht ein zu starkes Wort, sagen wir lieber, dass es mir nichts ausmachte, die zweite Geige hinter der Sportbesessenheit meines Freundes zu spielen. Ich war damit zufrieden, an meinem Roman zu schreiben und unser gesellschaftliches Leben um Sportveranstaltungen herum zu organisieren. Ich war mir immer sicher, dass letzten Endes die Wahl auf mich fallen würde, wenn er sich zwischen mir und dem Sport entscheiden müsste. Wie sehr ich mich doch geirrt habe.

Alles fing damit an, dass ich eine Einladung zur Hochzeit meiner besten Freundin bekam. Es hätte mich misstrauisch machen müssen, dass er so ruhig blieb. Normalerweise wird bei Eintreffen einer Einladung in Windeseile gecheckt, ob zu dem Zeitpunkt womöglich seine geliebte Fußballmannschaft spielt oder er irgendeine andere Sportveranstaltung verpassen könnte. Häufig geht es härter zu als auf dem Nahost-Friedensgipfel, wenn wir über die Bedingungen seiner Teilnahme an der Veranstaltung verhandeln: auf welche Weise darf er das Spiel/ den Wettkampf verfolgen – iPhone, App oder TV (will heißen, es ist ihm während des Gottesdienstes, der Reden, des Eröffnungstanzes untersagt).

Als wir also ohne sein übliches Genörgel zusagten, dachte ich, es läge entweder daran, dass a) sein Fußballteam ein Auswärtsspiel hat, oder (b) er wusste, dass diese Hochzeit sehr wichtig für mich ist.

Der Tag der Hochzeit kam, und ich machte mich gerade fertig (so weit, so gut), als mein Freund plötzlich von einer Lebensmittelvergiftung heimgesucht wurde. Er schlich herum, zuckte vor Schmerz zusammen und rannte stöhnend aufs Klo. In dem Glauben, er stände an der Pforte des Todes, packte ich ihn ins Bett, verpasste ihm ein Medikament – die gute Freundin, die ich nun mal bin – und trottete dann allein zur Hochzeit. Ich amüsierte mich gut, bis mir ein Kollege eine SMS mit einem Foto schickte, auf dem ein Fernsehbildschirm zu sehen war – mit meinem Freund im Fußballstadion. Ja, richtig, mein entzückender Freund hatte die Krankheit nur vorgetäuscht, damit er nicht zur Hochzeit musste, sondern ins Stadion gehen konnte. Ich brauche wohl nicht zu sagen, wie wütend ich war.

Ganz bestimmt stellt ihr euch jetzt vor, was für einen üblen Streit wir daraufhin hatten. In Wahrheit aber weiß er immer noch nicht, dass ich ihm auf die Schliche gekommen bin. Ich will es ihm nämlich heimzahlen. Portionsweise servierte Rache.

Und wenn ich dann mit ihm fertig bin, wird er der Sportwitwer sein.

Mein lieber Schwan! Meine Finger hören auf zu tippen, und ich starre auf den langen Text. Ich lese ihn noch einmal durch und komme zu dem Schluss, dass es funktioniert. Es ist ein Blog. Es ist interessant (zumindest finde ich das), und ich habe genügend Material, um die kommenden Kurswochen damit zu füllen. Ein bisschen klinge ich wie die Kaninchenmörderin aus *Eine verhängnisvolle Affäre* – aber es steht mir doch frei auszuschmücken, oder?

Was denke ich mir nur dabei! Ich markiere den Text und halte den Finger über die Löschen-Taste. Diese Blogs sind zwar nur ein Projekt in unserem Schreibkurs, aber sie gehen nichtsdestotrotz online. Es besteht die Möglichkeit, dass jemand anderer als die Mitglieder meines Kurses darüber stolpert und meinen Text liest. Möchte ich das wirklich?

Auch wenn es vermutlich nicht viele Menschen lesen werden, so habe ich doch ein schlechtes Gewissen Will gegenüber. Er ist schließlich mein Freund, und ich liebe ihn von ganzem Herzen – Sportbesessenheit hin oder her. Und schwarz auf weiß zu lesen, was er getan hat, ohne offen mit ihm darüber zu reden, fühlt sich an wie betrügen.

Aber welche Alternative habe ich? Ich hole tief Luft, und statt zu löschen, speichere ich den Text. Ich kann später entscheiden, ob ich mutig genug bin, ihn zu posten.

Ich klappe den Laptop zu und esse triumphierend den Rest meiner Avocado auf Toast. Wenn ich doch nur genauso leicht herausfände, was ich wegen Wills Lügerei unternehmen soll!

Kapitel 9

*C*ara zu erzählen, dass ich es meinem Freund heimzahlen will, ist eine Sache, es auch durchzuziehen, eine ganz andere.

Seit der Hochzeit ist fast eine Woche vergangen, und ich habe immer noch keinen gescheiten Plan. Aber mir gefällt die Idee mit dem »Auge um Auge«. Wenn er wegen eines Fußballspiels die Hochzeit verpasst hat, werde ich dafür sorgen, dass er ein Spiel versäumt. Doch wie soll ich das anstellen? Bei jeder Idee wird mir schnell klar, dass der Schuss auch nach hinten losgehen kann.

Zuerst habe ich überlegt, ihm eine hohe Dosis Abführmittel zu verabreichen, denn ein echter Fall von Dünnschiss wäre im wahrsten Sinne des Wortes ausgleichende Gerechtigkeit. Aber bei dieser Gleichung gibt es zu viele Unbekannte. Dafür zu sorgen, dass sein Körper genau zum richtigen Zeitpunkt reagiert, ist nahezu unmöglich.

Meine einzige andere Idee bestand darin, ihn mit Handschellen ans Bett zu fesseln und die Schlüssel zu »verlieren« – ich verbringe eindeutig zu viel Zeit mit Cara. Aber dieser Plan steht erst recht auf wackeligen Beinen. Will könnte mich bitten, ihm das Radio einzuschalten. Oder er entpuppt sich als zweiter Houdini und kann sich befreien. Oder er weigert sich, dass ich ihm überhaupt Handschellen anlege. Bondage ist eigentlich nicht unser Ding, und nachdem er mich und meine Brüste letztes Wochenende verschmäht hat, bin ich nicht sicher, ob mein Körper genügt, um ihn ans Bett zu fesseln.

Aber ich muss schleunigst etwas unternehmen, denn ich bin immer noch ziemlich sauer, vor allem weil er nach wie vor ständig seine »Krankheit« erwähnt. Heute beim Frühstück hat er erzählt, dass er am Vortag im Büro jede Menge Energydrinks in sich hineingeschüttet hat, um seinen Elektrolythaushalt wieder aufzufüllen, damit er abends genug Kraft hatte, um Fünferfußball zu spielen – wenige Tage nach seinem Martyrium. Obwohl er sich immer noch ein bisschen elend fühlt (seine Worte, nicht meine), hat er es auf wundersame Weise geschafft, im Anschluss an das Spiel mit seinen Kumpels im Pub ein paar Bier zu trinken.

Während ich also meinen mit Beeren aufgepeppten Haferbrei aß, kam ich zu dem Schluss, vorerst kleine Aktionen wie die Panne mit dem Grand-Prix-Ergebnis umzusetzen, bis mir etwas Besseres einfällt.

Und das ist auch der Grund, warum ich mich in diesem Moment wie einer der Superspione in meinen Romanen fühle. Auf dem Sofa kniend, spähe ich aus dem Fenster, um zu sehen, ob Will schon im Anflug ist. Wenn wir Gardinen hätten, würde mich das Wackeln verraten.

Die Luft ist rein, also nehme ich mir die heilige Fernbedienung, über die ich so selten die Kontrolle habe, und setze mich auf den Boden, um auf dem Sofa keine angewärmte Stelle oder Kuhle zu hinterlassen, die mich später belasten könnte.

Ich öffne die Programmübersicht und spähe schuldbewusst zur Tür. Dabei habe ich doch gar nichts Schlimmes getan … noch nicht. Aber ich fühle mich, als würde Will jeden Moment ins Zimmer stürzen und mich auf frischer Tat ertappen. Dabei sieht das, was ich tue, völlig unschuldig aus. Nervös bin ich trotzdem.

Indem ich mir sage, dass ich für ein Buch recherchiere, versuche ich, mich zu beruhigen. Schließlich findet sich meine ahnungslose Heldin ständig in gefährlichen Situationen wieder, und auf diese Weise lerne ich aus erster Hand, wie sie sich dabei fühlt.

Das Programm erscheint, und ich scanne die Liste der Sendungen, die noch angeschaut werden müssen. Darts, Boxen, Fußball. Es grenzt an ein Wunder, dass er überhaupt Zeit hat, zur Arbeit zu gehen. Ganz davon zu schweigen, dass so viele noch nicht gesehene Aufzeichnungen gespeichert sind, dass sich unsere Kapazitätsausschöpfung an der 87-Prozent-Marke bewegt.

Ich scrolle bis zur Aufzeichnung des Dart-Turniers vom Vorabend und markiere sie. Dabei atme ich tief durch.

Wills Freitagabendritual besteht darin, nach Hause zu kommen, sich ein kaltes Bier aus dem Kühlschrank zu holen, auf dem Sofa abzuhängen und sich das Dart-Turnier vom Vorabend anzuschauen, das er verpasst hat, weil er beim Fünferfußball war. Manchmal, wenn ich Glück habe, bekomme ich ein »Hallo, Schatz, wie war dein Tag?« zu hören und erhalte ein Küsschen auf die Wange, aber meistens werde ich für die nächste Zeit einfach ignoriert. Dann, so gegen halb acht, wird er wieder zu meinem normalen fürsorglichen Will, wie ein Bär, der aus dem Winterschlaf erwacht.

Wir sind lange zusammen, deshalb weiß ich, dass es keinen Sinn macht, seine Routine ändern zu wollen. Es ist seine Art, eine harte Woche im Büro abzuschütteln und in den Wochenendmodus überzugleiten.

Manchmal umschiffe ich diese Situation, indem ich ins Fitnessstudio gehe. Allerdings verraten meine Winkarme, wie oft das vorkommt.

Ich drücke auf die gelbe Taste und werde gefragt, ob ich sicher bin, dass ich löschen möchte. Bin ich sicher? Keine Ahnung, was mit dem Biest passieren wird, wenn ich seine Routine über den Haufen werfe. Schieße ich mir selbst ins Knie, weil ich mich dann zwei Tage lang mit einem schmollenden Mann herumschlagen muss? Oder wird er gelassen bleiben und sich eines seiner aufgezeichneten Spiele ansehen, womit meine Minirache nichts gebracht hätte?

Ich zögere, aber der Gedanke an dieses Foto von Will lässt mich sofort die Taste so fest drücken, dass ich sie beinahe in die Fernbedienung hineinpresse.

Dann atme ich tief aus und versuche, mich zu beruhigen.

Als eine meiner Heldinnen wäre ich völlig ungeeignet. In meinen Romanen nehmen sie es mit kriminellen Superhirnen auf, aber ich habe kaum genug Mumm, um eine Aufzeichnung zu löschen. Das ist armselig.

Ich sollte nicht zu lange hier sitzen bleiben, um nicht am Ort des Verbrechens erwischt zu werden. Sicherheitshalber wische ich mit dem Ärmel über die Fernbedienung, falls ich Fingerabdrücke hinterlassen habe, und positioniere mich in der Küche.

Da ich gestern Abend allein war, ist sie sauber und aufgeräumt, und ich frage mich, was ich mit meiner nervösen Energie anstellen soll, während ich darauf warte, dass Will nach Hause kommt.

Ich öffne sogar die Backofentür, um zu sehen, ob ich ihn vielleicht putzen muss. Aber dann fällt mir ein, dass ich keinen Verdacht erregen darf, und den Backofen habe ich nicht mehr gereinigt seit … nun ja, noch nie.

Also schnappe ich mir meinen Laptop und tue so, als würde ich schreiben, obwohl ich viel zu kribbelig bin.

Der Schlüssel wird ins Schloss gesteckt, und sofort habe ich Schmetterlinge im Bauch. Nicht die romantischen, die dort unterwegs waren, als ich anfangs mit Will zusammen war, damals in der Steinzeit. Die sind schon lange verschwunden, zusammen mit den Blumen, die Will mir zu schenken pflegte. Nein, es sind nervöse Schmetterlinge, die sich fragen, wann er wohl entdecken wird, was ich getan habe. Ich tippe möglichst laut und schenke dem wirren Zeug, das auf dem Bildschirm erscheint, nicht die geringste Aufmerksamkeit.

»Hallo?«, höre ich ihn rufen, als er das Haus betritt.

Bitte schalte den Fernseher jetzt noch nicht ein, flehe ich stumm. Ich glaube nicht, dass ich darauf schon genügend vorbereitet bin. Vielleicht sollte ich auch eine Magen-Darm-Infektion vortäuschen und mich auf dem Klo verschanzen, damit ich nichts von dem radioaktiven Niederschlag mitbekomme? Oder ich gehe ins Wohnzimmer und lenke Will von der unvermeidlichen Enttäuschung ab, die ihn erwartet.

»Na, du«, begrüße ich ihn, als er in die Küche kommt, noch bevor ich aufstehen kann. »Wie war die Arbeit?«

»Ganz gut, aber zum Glück ist es jetzt geschafft, war eine verdammt lange Woche. Und da ich wegen der Krankheit auch noch das letzte Wochenende verloren habe, kam sie mir doppelt so lang vor.«

»Verständlich«, stoße ich zwischen zusammengebissenen Zähnen hervor. Will er das etwa bis in alle Ewigkeit ausschlachten?

»Wie war es bei dir?«, fragt er.

»Dasselbe wie immer. Nichts Aufregendes zu berichten.«

Das ist für gewöhnlich der Moment, in dem Will mir den obligatorischen Kuss auf die Wange haucht, sich dann aufs Sofa verzieht, die Schuhe wegkickt und die Krawatte losbindet.

Ich wappne mich innerlich, aber er bleibt in der Küche und macht nicht einmal Anstalten, sich ein Bier aus dem Kühlschrank zu nehmen.

»Deshalb habe ich nachgedacht«, sagt Will.

Eine gefährliche Beschäftigung für jeden Mann.

»Damo hat für nächsten Samstag ein paar Karten für das Auswärtsspiel von Southampton gegen Swansea, und ich habe überlegt, ob wir hinfahren sollen. Ich fühle mich echt mies, weil ich dich mit der Hochzeit hängen lassen habe, und dachte, wir können uns ein schönes Wochenende machen.«

»Swansea?«

Das ist nicht gerade Paris oder Venedig, stimmt's? Sogar Blackpool hat einen gewissen Charme für ein verruchtes Wochenende – aber Swansea?

»Du erwartest aber nicht, dass wir im Fan-Bus mitfahren, oder?«

Dieses Schicksal habe ich einmal auf einem Fünf-Meilen-Trip nach Portsmouth erlitten. Man kann sich *Oh, when the Saints* nur eine begrenzte Anzahl von Malen anhören, bis einen das dringende Bedürfnis überkommt, während der Fahrt aus dem Busfenster zu springen.

»Nein, wir fahren mit einem unserer Wagen, da wir über Nacht bleiben. Es wäre nur jammerschade, die Karten nicht zu nutzen, er verschenkt sie.«

Das ist so typisch für Will! Zu denken, dass er eine Gratisreise bekommt. Er scheint das Benzin, das Essen und die Hotelkosten zu vergessen, die anfallen, wenn man übers Wochenende wegfährt. Aber sicher, freie Eintrittskarten …

Vielleicht ist das wieder sein schlechtes Gewissen. Dieses Mal mag es ja nicht Barbados sein, aber er will mit mir wegfahren.

»Ähm …« Ist es wirklich die Mühe wert, wegen eines Fußballspiels so weit zu fahren? Andererseits wären wir mal ein Wochenende weg.

»Okay, warum nicht.«

»Super, dann schaue ich nach einem Hotel«, antwortet er.

Für den Bruchteil einer Sekunde vergesse ich den Fußball und versuche, mich daran zu erinnern, wie es bei unserem letzten Kurzurlaub war. Aber dann fällt mir ein, dass wir zu einem

Rugbyspiel nach Edinburgh gereist sind. Damals hatte ich mich auch gefreut und war davon ausgegangen, dass es ein romantisches Wochenende mit viel Sightseeing werden würde. In Wahrheit haben wir kaum etwas zu Gesicht bekommen außer dem Rugbyfeld und dem Weatherspoon's neben dem Hotel.

»Wenn du magst, kümmere ich mich darum«, schlage ich vor, denn ich werde Edinburgh auf keinen Fall wiederholen. »Wie wäre es, wenn wir schon Freitagabend fahren und ein langes Wochenende daraus machen?«

»Klar«, stimmt Will zu. »Warum nicht.«

»Perfekt.« Jetzt muss ich nur noch darauf achten, dass kein Weatherspoon's in Reichweite ist. Vielleicht wähle ich sogar ein Hotel außerhalb der Stadt, sodass wir weit weg sind von den anderen Fans.

Plötzlich kommt mir eine Idee, die so brillant ist, dass ich beinahe hörbar die Luft eingesogen hätte. Wenn ich nun so weit außerhalb buche, dass wir es nicht rechtzeitig zum Spiel schaffen? Dann würde er sich nicht nur über das verpasste Spiel ärgern, sondern auch darüber, umsonst so weit gefahren zu sein. Das wäre in jedem Fall eine angemessene Rache.

Irgendwie wünschte ich, die Übertragung vom Dart-Turnier nicht gelöscht zu haben, denn das kommt mir jetzt wie ein Tropfen im Ozean vor, verglichen mit dem, was ich nächste Woche anstellen werde. Kann man eigentlich etwas auf Sky Plus Gelöschtes wiederherstellen? Sie wissen schon, so wie E-Mails, die man wieder aus dem Papierkorb holen kann.

»Einverstanden«, sagt Will und geht zum Kühlschrank.

Als er sich ein Bier nimmt und an mir vorbei ins Wohnzimmer geht, erlebe ich das wie in Zeitlupe. Am liebsten würde ich ihn packen und in der Küche festhalten. Aber aus welchem Grund? Schon überlege ich, mein T-Shirt auszuziehen, in der Hoffnung, dass meine Brüste dieses Mal ihren Zauber entfalten.

Aber ein Quickie auf dem Küchentisch würde das Unvermeidliche nur aufschieben.

Er hat diesen Freitagabend-Ausdruck im Gesicht, wenn er unter Druck steht wie eine zusammengepresste Feder und unbedingt relaxen will.

Bevor mir ein besserer Plan einfällt, hat er bereits das Esszimmer durchquert und ist im Wohnzimmer. Jetzt ist es nur noch eine Frage von Sekunden, bis er mein schmutziges Geheimnis entdeckt.

Ich höre das Geräusch des laufenden Fernsehers und wappne mich innerlich für den Schrei, den er jeden Moment ausstoßen wird.

Drei … zwei …

»Lexi!«, brüllt er wie aufs Stichwort.

Ich schließe die Augen und verharre für einen Moment reglos. Wenn ich doch irgendwo anders sein könnte, nur nicht hier! Wieso habe ich nicht sofort das Haus verlassen, nachdem ich die Aufnahme gelöscht habe? Wie blöd von mir. Ich hätte ins Fitnessstudio verschwinden sollen. Dann wäre ich nicht da gewesen, wenn er das Verbrechen entdeckt, und ich hätte ein perfektes Alibi gehabt.

Anfängerfehler und ein weiterer Beweis, dass ich als Autorin von Thrillern eine Niete bin – eine gute Heldin muss auf Zack sein.

»Lexi!«, ruft er noch einmal.

Wenn ich nicht in unseren Garderobenschrank krieche und dort Narnia entdecke oder über unseren drei Meter hohen Gartenzaun klettere, stecke ich hier fest.

Langsam schiebe ich meine Füße aus der Küche und gehe ins Wohnzimmer.

»Was ist denn?«, frage ich und versuche, die Stimme trotz meines pochenden Herzens so normal wie möglich klingen zu lassen.

»Ich habe ganz vergessen, dir zu sagen, dass Aaron und Becky gefragt haben, ob wir Lust haben, nachher noch mit ihnen zum Inder zu gehen.«

»Klar, klingt super«, antworte ich und bin froh über jede Galgenfrist. Außerdem mag ich Aarons Freundin Becky sehr. »Um wie viel Uhr?«

»Gegen acht? Im Jewel of the Crown?«

»Super. Wir könnten uns doch jetzt schon fertig machen und vorher noch etwas trinken gehen, im White House zum Beispiel. Da waren wir seit einer Ewigkeit nicht mehr, und es ist direkt um die Ecke.«

Für eine Sekunde glaube ich, ihn zu haben. Er wirkt versucht, und fast schon meine ich, er würde sich vom Sofa loseisen und ins Bad eilen, um zu duschen.

»Wieso nicht?«

Erleichtert atme ich auf. Ich bin eindeutig nicht geschaffen für solche Manöver. »Super, dann ziehe ich mich schnell um«, sage ich und wende mich zum Gehen.

»Okay, aber lass uns erst in einer Stunde gehen!«, ruft er mir nach, und mein Körper erstarrt. »Vorher will ich noch ein bisschen Darts schauen – du weißt schon, um zu entspannen.«

Verzweifelt versuche ich, meine Füße zur Kooperation zu bewegen und aus dem Zimmer zu rasen, bevor er rausbekommt, was ich getan habe.

»Was zum Teufel … Wo ist das Dart-Turnier?«

Ich versuche noch angestrengter, meine Beine in Bewegung zu setzen, aber sie kleben fest wie in Sirup, und ich bin nicht in der Lage, auch nur einen Fuß vom Boden zu heben.

»Lexi, warst du an dem Gerät?«

»Was?«, frage ich so beiläufig wie möglich. Noch habe ich mich ihm nicht zugewandt, da ich fürchte, mein Gesicht könnte mich verraten.

»Die Dart-Übertragung. Sie ist auf Series Link und sollte gestern Abend automatisch aufgezeichnet werden, aber sie ist nicht da.«

»Vielleicht hat es nicht stattgefunden?«

Wenn mir doch wenigstens ein plausibel klingender Grund einfallen würde.

»Natürlich hat es stattgefunden! In Sheffield. Ist dir gestern Abend irgendetwas aufgefallen? Gab es vielleicht einen Stromausfall?«

Ein Stromausfall, das bringt mich auf eine Idee …

»Hast du irgendeine Taste an dem Fernseher gedrückt?«

Ich wende mich ihm zu, da ich mich verdächtig mache, wenn ich ihm weiterhin den Rücken zukehre.

»Nein. Ich habe mir oben vom Bett aus eine Folge von *Mad Men* angeschaut.«

Zumindest das stimmt.

»Ich verstehe das nicht.« Will kratzt sich im Gesicht und rümpft die Nase. »Dass das Gerät nicht aufzeichnet, hat es noch nie gegeben. Vielleicht müssen wir den Mann von Sky mal herbestellen. Ich meine, was ist, wenn es um etwas wirklich Wichtiges geht wie ein Spiel vom FC Southampton?«

»Man stelle sich das nur vor«, erwidere ich sarkastisch. Ich möchte ihn nicht darauf hinweisen, dass er zu fast jedem Spiel ins Stadion geht. Irgendwann sollte ihm vielleicht mal jemand stecken, dass er nicht der Trainer ist und sich deshalb keine Aufzeichnung der Spiele ansehen muss, um die Schwachstellen der Mannschaft zu identifizieren.

»Wieso musste es das Dart-Turnier sein? Wieso konnte es nicht so eine beschissene Backsendung erwischen oder irgendetwas anderes, das du dir ansiehst?«

Er ist in den patzigen Teenagermodus gewechselt, und ich versuche, es nicht persönlich zu nehmen, dass er meine geliebte

Backshow als beschissen bezeichnet. Mir war schließlich klar, dass diese Aktion einen gewissen radioaktiven Niederschlag auslösen würde. Ich muss das einfach nur klaglos durchstehen und auskosten, dass er sauer ist.

Will schiebt die Unterlippe vor und runzelt die Stirn auf eine Weise, die mich an diese Knet-Schildkröten aus *Creature Comfort* erinnert. Ich schwöre, dass er nie heißer ausgesehen hat.

»Tja, dann können wir jetzt wohl was trinken gehen.« Er seufzt so tief, dass es beinahe die gerahmten Fotos auf dem Kaminsims erschüttert.

»Ich springe rasch unter die Dusche.« Er klingt mindestens so trübselig wie I-Ash aus *Winnie Puuh*.

»Okay, dann dusche ich nach dir.«

Als er aus dem Wohnzimmer geht, schaue ich ihm nach und setze mich dann aufs Sofa. Ich kann nicht glauben, was passiert ist. Abgesehen von ein bisschen Gemecker, ein paar Flüchen und einer Beleidigung meiner Backshow lief es ziemlich glatt.

Mein Freund hat es geschafft, an einem Freitagabend ein oder sogar zwei Stunden früher, als ich je für möglich gehalten hätte, vom Sofa aufzustehen. Und wir werden ein bisschen Zeit miteinander verbringen, bevor wir unsere Freunde treffen.

Damit steht es Lexi 2 : Wills Sport 0. Und wenn sich das schon gut anfühlt, wie toll wird es erst sein, wenn ich nächste Woche zum großen Schlag aushole?

Ich bin gerade auf der Suche nach meinem Laptop, weil ich es mir damit heute Abend in einem Sessel gemütlich machen will, als ich sehe, dass ich einen Anruf meiner Eltern auf dem Handy verpasst habe. Rasch rufe ich sie zurück.

»Hallo?«, meldet sich Dad mit einer Stimme, als sei er nicht sicher, ob man sich am Telefon wirklich so meldet.

»Hi, Dad, ich bin's nur.«

Ich bin bereit für das Übliche – ich reiche dich mal weiter an deine Mutter –, aber das kommt nicht.

»Oh, hi Liebes, wie geht es dir?«

»Gut, danke … Ähm, und dir?«

»Auch gut, danke.«

»Schön.« Ich warte immer noch darauf, weitergereicht zu werden.

»Im Job alles okay?«

»So wie immer. Die Revision, von der ich euch erzählt habe, läuft bereits, aber der Typ scheint ganz in Ordnung zu sein. Also drücken wir mal die Daumen, dass sein Bericht für mich keine großen Auswirkungen haben wird.«

»Wunderbar«, antwortet er begeistert. »Und mit Will ist auch alles in Ordnung?«

Ich spähe hinüber zu meinem Freund, der auf dem Sofa gammelt.

»Deine Mum sagte, er sei nicht bei Vanessas Hochzeit gewesen, weil es ihm nicht gut ging.«

Ich presse die Zähne zusammen. »Es geht ihm wieder sehr viel besser.« Ich setze ein Lächeln auf, weil Will die Ohren spitzt. Er soll ja nicht merken, dass ich ihn durchschaut habe.

»Ausgezeichnet.«

Es folgt eine verlegene Stille, und ich frage mich, wie lange mein Dad dieses Gespräch noch fortsetzen will. Es ist nicht so, als würden wir nicht miteinander reden, aber wir tun es nie am Telefon, und ich habe schlichtweg keine Ahnung, was ich sagen soll.

»Ist Mum da?«, frage ich.

»Du hast sie gerade verpasst – sie ist kurz mal zu Jancie. Soll ich ihr sagen, dass sie dich zurückrufen soll?«

»Ja, das wäre schön.«

»Okay, Schatz. War schön, mit dir zu plaudern.«

»Ähm, ja, fand ich auch.«

»Und grüß Will von mir.«

»Mach ich, tschüss.« Ich lege auf und frage mich, was in meinen Dad gefahren ist.

»Das war seltsam«, sage ich zu Will.

»Was denn?«

»Mein Dad hat sich mit mir unterhalten.«

»So seltsam finde ich das jetzt nicht«, antwortet Will, schnappt sich die Fernbedienung und fängt an, auf eine Weise durch die Kanäle zu zappen, die mir echt auf die Nerven geht. Ich sage ihm ständig, dass er nur ins Programm schauen muss, wenn er wissen will, was läuft.

»Und er lässt dich schön grüßen. Was sagst du dazu?«

»Keine Ahnung.« Will zuckt mit den Schultern und zappt weiter. So schnell, wie er umschaltet, kann er doch gar nicht mitkriegen, was läuft.

»Vielleicht liegt es daran, dass du ihn an seinem Geburtstag in den Pub eingeladen hast.«

Bei der Erwähnung dieses Abends scheint sich Will ein wenig unbehaglich zu fühlen. Das überrascht mich nicht. Vermutlich ist er nicht davon ausgegangen, dass er und mein Dad durch diese Einladung zu Best Friends Forever werden. Vermutlich verhält sich mein Dad deshalb so sonderbar. Er ist bestimmt hocherfreut, dass sich jemand für ihn interessiert. Ich lächle meinen Freund an und denke, wie viel diese kleine Geste meinem Dad bedeutet haben muss.

Will schaut sich Sky Sports News an, und ich suche weiter nach meinem Laptop. Nachdem ich ihn im Bücherregal gefunden habe, mache ich es mir im Sessel bequem. Ich will mich endlich über die Gegend rings um Swansea informieren. An diesem Wochenende war ziemlich viel los. Jetzt bleiben mir nur noch vier Tage bis zu unserem Wochenendtrip, und bisher habe ich nichts reserviert.

»Heute Abend werde ich die Kricketspiele für Barbados checken«, sagt Will. »Was schätzt du, zu wie vielen Spielen du gehen möchtest?«

»Wie viele Spiele?«, murmele ich, während mein vorsintflutlicher Laptop hochfährt.

»Ja, wie viele? Es sind nur Twenty20-Spiele, also halbe Tage.«

Endlich erscheint die Homepage, und ich starre für eine Sekunde darauf, überlege, wonach ich suchen soll, als Wills Worte langsam bis zu meinem Gehirn vordringen.

»Spiele auf Barbados?«

»Ja, Spiele.« Er schaut mich an, als hätte ich den Verstand verloren.

»Wovon redest du?« Ich reibe mir über die gerunzelte Stirn.

»Barbados, du weißt schon, unser Urlaub.«

»Ja, den Teil kenne ich.«

Wie könnte ich unsere exotische Reise vergessen, die in weniger als vier Wochen ansteht? Ich hake die Tage bis dahin allen Ernstes auf meinem Kalender im Büro ab.

»Was hat das mit Kricket zu tun?«

»Ähm …«, antwortet Will langsam. »Der Twenty20 Kricket World Cup – der Grund, warum wir dorthin fliegen?«

»Wie bitte?« Meine Frage kommt heraus wie ein Aufschrei. »Ich dachte, wir fliegen dorthin, um an einem tropischen Strand zu entspannen?«

»Schon, aber die Kricketspiele finden eben auch statt. Das habe ich dir doch gesagt, als ich es vorgeschlagen habe.«

»Nein, hast du nicht.«

Daran würde ich mich mit Sicherheit erinnern, oder? Meine Gedanken wandern zurück zu dem Tag, als ich mit dem schlimmsten Kater aller Zeiten aufwachte. Ich kann mich wirklich nicht daran erinnern, dass er es erwähnte, allerdings bin ich auch ziemlich schnell abgetaucht in die Fantasie, wie wir beide uns in der Brandung rekeln.

Will erkennt offenbar den Ernst der Situation, denn er schaltet den Fernseher aus.

»Das habe ich definitiv. Und du hast die ganze Zeit genickt.«

O Gott. An das Nicken erinnere ich mich und auch daran, ihm nicht wirklich zugehört zu haben.

»Also, mach dir keine Sorgen – das wird den Urlaub nicht verderben. Es sind nur ein paar Spiele. Soll ich Karten für, sagen wir mal, zwei Spiele kaufen, zu denen wir gemeinsam gehen, und dann noch ein oder zwei, die ich mir allein ansehe? Wäre es für dich okay, ein paar Stunden ohne mich am Pool zu relaxen?«

Vermutlich quillt gerade wieder einmal Dampf aus meinen Ohren. Ich wurde ausgetrickst. Was ich für einen superromantischen Trip als Wiedergutmachung gehalten habe, ist in Wirklichkeit eine Reise von seiner Wunschliste der Dinge, die er einmal im Leben machen möchte.

Für eine Sekunde überlege ich, alles abzusagen, aber das ist im Grunde keine Option. Wir haben die Reise vom gemeinsamen

Konto bezahlt, und wenn wir jetzt stornieren, bekommen wir bestimmt nicht viel zurück – wenn überhaupt etwas. Dann würde ich mich um meinen Urlaub *und* um meine Ersparnisse bringen. Außerdem besteht die Möglichkeit, dass Will dann verlangt, dass wir wie geplant renovieren – wenn wir schon zu Hause bleiben.

Plötzlich frage ich mich, ob ich eine Gelegenheit vergeude, wenn ich dafür sorge, dass er lediglich ein Fußballspiel in Swansea verpasst? Wie sauer würde er erst sein, wenn er ein Spiel verpasst, für das er um die halbe Welt geflogen ist? Aber so gemein bin ich nicht.

Ich seufze laut und füge mich der Tatsache, dass unser superromantischer Urlaub von Kricket überschattet sein wird.

»Tut mir leid, Liebes«, sagt er, kommt zu mir und setzt sich auf die Armlehne vom Sessel. »Ich dachte, du hättest nichts dagegen, weil du so begeistert reagiert hast. Mach dir keine Sorgen wegen des Krickets. Die Spiele dauern immer nur drei Stunden, und ich achte darauf, dass wir uns nicht zwei Spiele an einem Tag ansehen, sodass wir wenigstens einen halben Tag freihaben. Dann bleibt immer noch genug Zeit für Sightseeing und was sonst bei dir auf dem Programm steht.«

Er knabbert an meinem Nacken, versucht, mich auf diese Weise herumzukriegen, und ich muss aufpassen, dass ich mich davon nicht ablenken lasse.

»Es ist nichts mit Horden durchgeknallter Fans?« Ich schaudere bei dem Gedanken, meinen Urlaub mit Scharen von Kricketfans verbringen zu müssen, die alle im gleichen T-Shirt herumlaufen. Ich sehe es förmlich vor mir, wie ich vom Reisebus aus sehnsüchtig zum Strand von Barbados blicke, während ich von einem Kricketplatz zum nächsten gekarrt werde und alle um uns herum Lieder grölen.

»Nein, nur wir beide. Deshalb kann ich die Tickets ja aussuchen. Ich schätze, dass du es sogar gut finden wirst.«

»Ha!« Ich lache prustend und schiebe Will weg. »Ich werde kein T-Shirt mit einem Kricketmotiv anziehen.« Ich hebe den Finger, als würde ich die Bedingungen diktieren.

»Dabei habe ich ein echt hübsches lilafarbenes gesehen, das dir – okay, kein T-Shirt«, fügt er hastig hinzu, als ich ihm tief in die Augen schaue.

»Du wirst dich nicht betrinken und mich nicht wegen der Spiele vernachlässigen.«

»Niemals«, sagt er mit gespieltem Entsetzen.

»Und sobald wir in unserem Bungalow sind, wird kein Sport geguckt.«

»Aber woher soll ich dann wissen, wie das Turnier läuft?« Ich ziehe eine Braue hoch.

»Gut. Kein Sport im Bungalow. Noch etwas?«

»Ich reduziere das Ganze auf drei Spiele. Zu zweien begleite ich dich, und zu einem gehst du allein.«

Darüber muss er anscheinend schwer nachdenken. »Und das ist dann alles?«

Ich verziehe den Mund, als müsse ich überlegen. »Ich denke, schon.«

»Gut, dann wird es ein toller Urlaub werden.«

»Das sollte es auch.«

Er küsst mich auf den Scheitel und verschwindet dann aus dem Wohnzimmer.

Ich schüttle den Kopf. Was für ein Dummkopf ich doch bin! Wann werde ich endlich einsehen, dass mein Freund nicht der Romantiker ist, den ich gern hätte? Es wird *immer* irgendein Sportprogramm im Hintergrund laufen.

Ich betrachte das leere Feld in der Google-Suchmaschine und denke über den anstehenden Trip nach Swansea nach. Nachdem ich das mit dem Kricket erfahren habe, bin ich entschlossener denn je, meinen Rachefeldzug fortzusetzen. Ich tippe »Wie man jemanden davon abhält, zum Fußball zu gehen«, werde aber sofort überflutet mit Websites über American Football und etwas, das sich »die Uhr tickt« nennt. Das ist nicht das, wonach ich suche. Wo sind die Foren mit Posts anderer Sportwitwen, die sich verschworen haben, um ihre besseren Hälften davon abzuhalten, zu einem Spiel zu gehen?

Vielleicht sollte ich klären, wo wir wohnen werden. Ich klicke die Karte der Gegend an. Swansea liegt nicht weit von der Halbinsel Gower entfernt, wo ich während der Studienzeit einmal zelten war. Dort ist es sehr hübsch, mit zerklüfteten Felsstränden, ganz zu schweigen von der Abgeschiedenheit. Der perfekte Ort, um Will von seinem Spiel fernzuhalten. Und ich bezweifle stark, dass es dort noch einen anderen Southampton-Fan geben wird und schon gar kein Weatherspoon's.

Als Will ins Zimmer zurückkommt, schaue ich mir gerade auf TripAdvisor Hotels und Cottages an. Er reicht mir einen heißen Kakao und zwei Bourbonkekse.

»Danke«, sage ich, und mir entgeht nicht, dass er sich nicht einmal ein Bier mitgebracht hat. Ein kleiner Vorgeschmack auf das, was wäre, wenn ich ihn mit seiner Lüge konfrontieren würde.

»Was hast du jetzt vor? Hast du Lust, eine Folge von *Game of Thrones* anzuschauen?«, fragt er, setzt sich wieder aufs Sofa und schaltet den Fernseher ein.

»Okay. Ich war nur gerade dabei, eine Unterkunft für nächstes Wochenende zu suchen, aber das kann ich auch während der Woche noch tun. Ausgebucht ist es dort um diese Jahreszeit nicht.«

»Wenn du magst, helfe ich dir beim Suchen.«

»Nein, nein.« Ich klappe den Laptop zu. »Das mache ich während der Mittagspause im Büro.«

Auf keinen Fall soll er dabei mitmischen. Er würde direkt neben dem Stadion wohnen wollen.

enn ich auch nur die Spur eines schlechten Gewissens gehabt habe, weil ich in einem Blog über mein Privatleben schreibe, so hat sich das in dem Moment in Luft aufgelöst, als Will mich in seine Barbados-Pläne einweihte. Als ich bei der Schreibgruppe im Pub ankomme, bin ich froh, den Text gepostet zu haben. Ich bin eine Sportwitwe – das hat sich nun endgültig bestätigt.

Fast achtundvierzig Stunden sind vergangen, seit ich von der Kricketmeisterschaft erfahren habe, und mittlerweile habe ich mich wieder einigermaßen beruhigt. Auf mich selbst war ich mindestens genauso sauer wie auf Will. Vermutlich hat er es tatsächlich an jenem Sonntag schon gesagt, aber ich war zu sehr damit beschäftigt, mir den Sand zwischen meinen Zehen vorzustellen.

»Wenigstens bist du Weihnachten dann schön braun«, sagt Cara, um mich daran zu erinnern, warum ich mich anfangs so gefreut habe. Auf dem Weg hierher habe ich sie in die neuesten Entwicklungen eingeweiht.

»Ja, aber da ich immer Faktor 50 auftrage, bekomme ich mehr Farbe von einer Flasche Selbstbräuner.«

Sie lacht, und ich lache wie von selbst mit. Allmählich entspanne ich mich.

»Da du nun weißt, dass Barbados keineswegs als Wiedergutmachung gedacht ist, könntest du doch endlich offen mit ihm reden?«

»Noch nicht. Mit dem Löschen der Dart-Aufzeichnung habe ich quasi das Terrain sondiert, aber als Rache genügt mir das nicht.«

»Willst du etwa seinen Besuch der Kricketspiele auf Barbados sabotieren?« Sie schaut mich mit großen Augen an.

»Der Gedanke kam mir in der Tat. Aber so gemein kann ich nicht sein. Nein, ich werde dafür sorgen, dass er das Spiel nächstes Wochenende in Swansea verpasst. Allerdings weiß ich noch nicht, wie ich das anstellen soll.«

»Du könntest deinen weiblichen Charme einsetzen und ihn buchstäblich ans Hotelbett fesseln.«

Ich verdrehe die Augen. Typisch Cara.

»Ich weiß nicht, ob das funktioniert. Vermutlich würde er einfach sagen, dass wir Sex haben können, nachdem wir von dem Spiel zurückgekehrt sind.«

»Auch wenn du für diese Gelegenheit etwas Besonderes mitnimmst? Wann warst du das letzte Mal bei Ann Summers shoppen?«

»Vermutlich im ersten Jahr unserer Beziehung.«

Zu der Zeit, als wir es wie die Karnickel trieben und der Sex noch etwas Neues war. Damals habe ich sexy Bodys und Negligés angezogen. Jetzt können wir froh sein, wenn ich meinen Winnie-Puuh-Pyjama und er seine Socken auszieht.

»Dann wird Will sich bestimmt nicht lange bitten lassen und das Spiel völlig vergessen, wenn du plötzlich in einem scharfen Teil aus Spitze vor ihm stehst.«

»Hm. Ich bin nicht sicher, ob es so leicht wird. In der Hinsicht bin ich immer noch ein bisschen empfindlich. Es ist eine Sache, einen Korb zu bekommen, wenn du sowieso halb nackt im Bett liegst und dir keine Mühe gegeben hast, aber eine andere, wenn du dich aufdonnerst und trotzdem zurückgewiesen wirst. Ich weiß nicht, ob ich damit umgehen könnte.«

»Ach ja, ich habe da noch eine Gerte, die du dir gern ausleihen kannst.«

»Nein, danke«, lehne ich schnell ab, weil wir uns mit Riesenschritten dem Bereich zu vieler Informationen nähern. Jetzt bietet sie mir die Gerte an, wer weiß, was als Nächstes kommt. Cara hat nämlich in ihrem Schlafzimmer eine Schublade, in der sie ihre Utensilien aufbewahrt, und die vibriert quasi von allein über den Boden.

»Wie du willst. Aber erinnerst du dich an Alec, den Banker? Er wurde total süchtig nach dieser Gerte. Danach und nach dem –«

»Ich höre nicht zu«, falle ich ihr ins Wort und stecke mir die Finger in die Ohren.

»Selbst schuld. Ich will dir nur helfen, deinem Sexleben ein bisschen mehr Würze zu verleihen.«

»Danke, aber eher würde ich mir Chili auf die entsprechenden Stellen streuen.«

»Na schön, aber falls du deine Meinung doch noch änderst, hast du ja eine Kopie von meinem Manuskript. Geh direkt zu Kapitel acht«, sagt sie augenzwinkernd, »da kannst du was lernen.«

»Ich wage gar nicht daran zu denken, worum es in dem Kapitel geht.«

In solchen Momenten wünschte ich, nicht immer mit dem Wagen zur Schreibgruppe zu fahren, denn jetzt könnte ich einen starken Drink vertragen.

»Danke, ich verzichte lieber darauf.«

»Wie auch immer.« Sie verdreht die Augen. »Aber wie willst du ihn aufhalten, wenn du dich so zierst?«

Das ist die Eine-Million-Dollar-Frage …

»Keine Ahnung.«

Bis zu unserer Fahrt bleiben mir nur noch zwei Tage, und ich hoffe, dass sich wie durch ein Wunder ein Plan in meinem Kopf formt.

»Ich hatte gehofft, im Büro darüber nachdenken zu können, aber wir stehen alle unter Hochspannung wegen der Revision, und ich arbeite härter als seit Jahren.«

»Ach, läuft die immer noch? Wenigstens kommst du dadurch in den Genuss von diesem Augenschmaus.«

Ich lächle schwach. Wenn es doch nur so einfach wäre. Sicher, wir lachen viel während der Arbeit, und er ist nett, aber dann fällt mir wieder ein, warum er dort ist, und sofort ziehen düstere Wolken am Himmel auf.

»Wie läuft es denn bei dir im Job?«, frage ich, um auf andere Gedanken zu kommen.

»Ich will dich nicht mit den neuesten Storys über die langweilige Belinda nerven, und im Großen und Ganzen dasselbe wie immer. Keine weltbewegenden Entdeckungen.«

Wir seufzen beide. Cara ist nicht nur ein männermordender Vamp, sondern auch eine geniale Wissenschaftlerin. Sie verbringt ihre Tage damit, im Labor Proteine zu entwickeln, die Krebszellen davon abhalten sollen, sich zu vermehren. So erklärt sie es zumindest Laien wie mir.

»Ah, sieht so aus, als ginge es los«, sagt Cara und leert ihr Weinglas.

Janet spaziert an uns vorbei, dicht gefolgt von Dr. Vernichtendes Urteil und Mr Negative Kritik, die es wie immer kaum erwarten können.

Ich werfe einen Blick auf meine Armbanduhr. »Wir haben noch fünf Minuten.«

Nicht dass ich versuche, das Hineingehen aufzuschieben.

»Wie läuft es mit deinem Blog? Worüber hast du geschrieben?«, frage ich und trinke vorsichtig meinen heißen Kakao aus.

»Ach, weißt du, es ist in der Art von *Sex and the City*. Es dreht sich um eine Single-Frau und ihre Sexabenteuer. Allerdings geht es bei mir etwas mehr um Bondage und weniger um Schuhe.«

Keine Ahnung, wieso ich unbedingt fragen musste.

»Und bei dir?«

»Total langweilig«, antworte ich und spiele mit meiner leeren Tasse. »Er ist über eine Sportwitwe.«

»Das passt doch super. So eine Art Überlebenshandbuch für Betroffene?«

»In etwa.« Seit dem ersten Post habe ich kaum noch einen Gedanken an meinen Blog verschwendet.

»Hast du Will davon erzählt?«

»Nein.« Ich rutsche unbehaglich auf meinem Stuhl herum. Bisher hatte ich nie Geheimnisse vor Will, und jetzt kann ich sie bald nicht mehr zählen.

»Du verhältst dich wirklich wie eine betrogene Frau.« Cara zieht missbilligend die Brauen hoch.

»Es geht dabei nicht um Rache«, versuche ich, mich zu rechtfertigen. »Schließlich schreibe ich nichts Gemeines über ihn. Es geht darum, meine Wut abzubauen, um darüber hinwegzukommen. Außerdem würde er es sowieso nie lesen. Du kennst Will – er glaubt, das Internet sei nur dazu da, um die Sportergebnisse im Auge zu behalten.«

»Denke ich mir. Außerdem kann man die Blogs ja auch anonym schreiben. Zum Glück, denn ich möchte mir schließlich nicht einen gewissen Ruf zulegen.«

Ich lache prustend. »Natürlich nicht.«

»Sollen wir reingehen?« Sie lächelt verschmitzt und zieht ihre Strickjacke an.

»Wir müssen wohl.«

Wir sollten uns wirklich schon eine Stunde früher im Pub treffen, da die Zeit jedes Mal zu knapp ist, um alles Wichtige zu besprechen.

»Willkommen, willkommen«, begrüßt uns Janet, als wir durch die Tür treten.

Der Raum ist voller als erwartet. Wir müssen so in unser Gespräch vertieft gewesen sein, dass ich gar nicht gemerkt habe, dass alle anderen schon eingetroffen sind. Tatsächlich sind Cara und ich die Letzten – was für eine Ironie, wo wir doch immer als Erste im Pub sind.

»Also, bevor wir loslegen, irgendwelche Neuigkeiten?«, fragt Janet.

Ihr erwartungsvoller Blick wandert durch den Raum, aber alle schweigen.

»Vielleicht nächste Woche«, sagt sie, die unverbesserliche Optimistin. »Gut, dann wollen wir uns mal mit den Blogs beschäftigen.«

Ich schließe die Augen und frage mich, ob ich wirklich mutig genug bin, das zu tun. Mich hinter meinen fiktiven Charakteren zu verstecken ist eine Sache, aber etwas, das so eng mit meinem Privatleben verwoben ist, laut vorzulesen, eine andere. Glücklicherweise fängt Janet auf der anderen Seite des Raums an, sodass mir mehr Zeit bleibt, mich seelisch darauf vorzubereiten.

»Nun ja, ähm.« Janet hüstelt. »Danke für diesen interessanten Einblick in dein Leben, Cara. Ich muss sagen, ich bin irgendwie froh, historische Romane zu schreiben, denn in der Datingwelt des Internets, in der du dich bewegst, wäre ich ein bisschen verloren.«

Die Anwesenden atmen kollektiv auf, als hätten alle während Caras Vortrag zu viel Angst gehabt, Luft zu holen.

Sie sagte mir zwar, es sei in der Art von *Sex and the City,* aber ich finde, es hat mehr Ähnlichkeit mit *Secret Diary of a Call Girl – Geständnisse einer Edelhure.*

»Möchte jemand einen Kommentar oder ein Feedback zu Caras Text abgeben?«

Ich blicke in die Runde. Die meisten der Anwesenden versuchen immer noch, ihre Wangen auf die normale Färbung runterzubringen, nachdem sie schon bei der ersten Zeile von Caras Blog knallrot angelaufen waren. Ganz hinten im Raum sitzt ein Autor von Fantasy-Texten, der so aussieht, als würde es ihn in den Fingern jucken, eine Frage zu stellen – oder Cara nach ihrer Telefonnummer zu fragen, aber er besinnt sich offenbar eines Besseren.

»Nein? Nun, dann nochmals danke, Cara. Arbeite weiter so hart.« Janet hüstelt noch einmal nervös bei dem Wort »hart«, und einige der Anwesenden kichern. »Also, Lexi, dann lass uns mal deinen Text hören. Ich nehme an, er ist im Gegensatz zu Caras jugendfrei?«

»Ja.« Ich lächle Cara an, die vor Stolz strahlt – sie mag es, für ihre Provokationen Aufmerksamkeit zu bekommen. »Meiner spielt nicht ganz in derselben Liga.«

»Gut, gut«, sagt Janet und fächelt sich mit einem Buch Luft zu.

Ich stehe auf, hole tief Luft und lese meinen Blogpost vor.

Als ich fertig bin und mich wieder hinsetze, bin ich doch ein bisschen verlegen, weil ich über mich als Mensch und nicht über mich als Schriftstellerin gesprochen habe.

Cara gibt mir einen Stups und flüstert: »Gut gemacht.«

»Also, Lexi, das war … nun ja, interessant«, sagt Janet.

Interessant ist nie gut. Es ist das bequeme Adjektiv, das man benutzt, um jemandem auf höfliche Art zu sagen, dass etwas langweilig ist.

»Ich hätte nie erwartet, dass du so etwas schreibst. Der Text ist ganz anders als deine üblichen Thriller, deren Stil oft sehr männlich ist.«

»Aber du sagtest doch, der Blog müsse nichts mit unseren anderen Texten zu tun haben«, werfe ich rasch ein und befürchte, dass ich die Aufgabe völlig missverstanden habe.

»Muss es auch nicht. Aber du darfst nicht vergessen, wozu du diesen Blog unterhältst. Es geht darum, Follower zu gewinnen. Wie du weißt, blogge ich in meinem Privatleben viel über herrschaftliche Anwesen und Häuser unter Denkmalschutz, Galerien und so weiter, aber es gibt eine Menge Berührungspunkte mit meiner Zielgruppe, den Leserinnen und Lesern historischer Romane. Mein Vorbehalt zwischen deinem Blogstil und deinen Thrillern ist, dass ich keine Schnittmenge zwischen dir und deinen zukünftigen Lesern sehe.«

Ich spüre Tränen aufsteigen. Aber ich kann hier unmöglich weinen. Das wäre lächerlich. Vor allem nach dem ganzen Feedback der Gruppe, das ich in der Vergangenheit schon weggesteckt habe.

Mit hastigem Blinzeln versuche ich, die Tränen zurückzuhalten.

»Aber dieser Blog war wirklich gut«, fährt Janet fort, und für einen Moment glaube ich, mich verhört zu haben. »Er war fesselnd, geistreich und hat meine Aufmerksamkeit erregt. Ich finde, er zeigt echtes Potenzial, und wenn ich auf diesen Blog stoßen würde, wäre ich vermutlich sehr daran interessiert, auch den folgenden Post zu lesen.«

Ich höre auf zu blinzeln, und die Tränen haben sich verzogen.

»Hast du jemals daran gedacht, Frauenromane zu schreiben statt Thriller?«

Ich verziehe das Gesicht.

»Was, so wie Chicklit?«, stoße ich hervor, als sei es ein Schimpfwort.

Zufällig erhasche ich aus den Augenwinkeln einen Blick auf Angela, die solche Bücher schreibt und mich in diesem Moment angiftet.

»Ja, so in der Art von Bridget Jones' Humor. Daran hat mich dieses Textstück erinnert. Und ein Blog wie deiner würde eine romantische Komödie sehr gut begleiten und unterstützen.«

»Aber diese Bücher haben immer irgendeine Art von unsinnigem Happy End!« Ich seufze.

Jeder weiß doch, dass es im wahren Leben keine Happy Ends gibt – meine siebenjährige Beziehung ohne Trauschein ist der eindeutige Beweis. Und nach dem ersten Jahr in einer echten Beziehung gibt es ganz bestimmt nicht mehr diese Romantik, die einem diese Bücher vorgaukeln. Keine nächtlichen Picknicks in einem Park, in dem die Bäume mit Lichterketten geschmückt sind, oder romantische Städtereisen nach New York mit Kutschfahrten durch den Central Park.

»Diese Storys sind immer so weit hergeholt«, sage ich.

Dr. Vernichtendes Urteil lacht. »Sind das deine Thriller etwa nicht? Komm schon, Lexi, hast du uns nicht einen Roman vorgestellt, in dem ein Zirkel moderner Hexen versucht, einen Kunstraub aufzuklären, um irgendein mittelalterliches Geheimnis zu schützen, das die Religion und die Welt, wie wir sie kennen, zerstören würde?«

So wie er das beschreibt, zucke ich unwillkürlich zusammen. Das war zugegebenermaßen keine meiner besten Ideen.

»Ich fand deinen Blog wirklich gut«, fährt er fort, »und ich hätte mich vor Überraschung beinahe an meiner eigenen Spucke verschluckt. Janet hat meiner Meinung nach recht.«

Janet wirkt genauso überrascht wie ich, dass er ihr zustimmt.

»Möchte noch jemand etwas zu Lexis Text sagen?«, fragt sie, als wolle sie rasch fortfahren, bevor er seinen positiven Kommentar doch noch in etwas Negatives verwandelt.

»Ist das wahr? Hat dein Freund das wirklich getan, und du hast ihn nicht damit konfrontiert?«, fragt eine der Scifi-Autorinnen.

»Das darf ich nicht verraten«, antworte ich und versuche, mich mit einer geheimnisvollen Aura zu umgeben.

Die Scifi-Autorin zuckt mit den Schultern. »Wie dem auch sei, ich würde es lesen.«

Ich lächle sie freundlich an.

»Also gut, wenn es keine weiteren Kommentare zu Lexi gibt, gehen wir weiter zu Arthur, bevor wir uns anschließend mit Blog-Promotion beschäftigen.«

Ich muss grinsen. Derart positive Kommentare habe ich noch nie für meine Texte bekommen, und ich spüre, wie mich eine Welle des Stolzes umspült.

Zugegebenermaßen bekomme ich nicht viel von Arthurs Blog mit, weil ich intensiv darüber nachdenke, ob ich in der Lage wäre, Frauenromane zu schreiben. Es ist so lange her, dass ich welche gelesen habe, und ich weiß nicht, ob Happy Ends und ich eine gute Mischung sind, aber es könnte einen Versuch wert sein.

Als sich der Kurs dem Ende zuneigt, stecke ich knietief in Gedanken über Cupcakes und Romantik, während ich versuche, mein inneres Girlie Girl zu Ideen für einen möglichen Roman zu inspirieren.

»Du müsstest doch zum ersten Mal richtig happy sein über dein Feedback«, sagt Cara, als wir den Pub verlassen.

»Bin ich auch. Ist das zu fassen – sogar Dr. Vernichtendes Urteil hat etwas Nettes gesagt.«

»Allerdings, und es sah aus, als würde Janet vor Schreck vom Stuhl kippen. Aber sie haben alle recht, es war gut und wirkte so natürlich. Hast du lange gebraucht, um den Text zu schreiben?«

»Nein.« Ich schüttle den Kopf und schließe den Wagen auf, damit wir einsteigen können. »Es ist nur so aus mir herausgeflossen. Als wären meine Finger ferngesteuert, und es würde sich von allein schreiben.«

»Vielleicht bist du am Ende ein Naturtalent für Chicklit.«

»Keine Ahnung. Ich meine, ich will Autorin werden, und wenn es das ist, was ich schreiben muss, damit es läuft, dann sollte ich das vielleicht tun.«

»Es ist ein bisschen wie bei Sängern, nicht wahr? Du fängst an mit Mainstream Pop, und nach ein paar Alben bringst du etwas Abgefahrenes heraus.«

»So wie dieses Robbie-Williams-Album. Wie hieß es noch, *Rudebox?*«, frage ich.

»Vielleicht nicht das beste Beispiel, aber ja, es gibt bestimmt eine Menge Autoren, die in verschiedenen Genres veröffentlichen, es muss also nicht bedeuten, dass du nie wieder zu Thrillern zurückkehren kannst, wenn dein Herz daran hängt.«

»Genau.«

Ich spüre, wie die kribbelnde Aufregung, an etwas Neuem zu arbeiten, in mir brodelt. Seit vier Jahren versuche ich jetzt, ein und denselben Thriller zu veröffentlichen, vielleicht ist es an der Zeit für einen Wechsel.

»Irgendwelche Ideen für eine Geschichte? Wenn du über die Erlebnisse einer Single-Frau in der Stadt schreiben willst, kannst mich immer als Vorlage haben.«

»Ähm …« Ich suche nach einem diplomatischen Weg, ihr Angebot abzulehnen. »Ich glaube, die Art romantischer Komödien, die ich schreiben werde, sind weniger pornografisch, aber trotzdem danke.«

»Kein Problem.« Sie zuckt mit den Schultern.

Den größten Teil der Fahrt zu Caras Haus legen wir schweigend zurück, da ich mich zwinge, auf den Verkehr zu achten und nicht über neue Buchideen zu grübeln.

»Du könntest über deinen Rachefeldzug schreiben«, sagt Cara, als wir in ihre Straße einbiegen.

»Schon, aber dafür müsste ich erst einmal einen Plan haben. Da mir nur noch achtundvierzig Stunden bleiben, um mir etwas auszudenken, wird es wohl nichts.«

Ich halte vor Caras Haus und ziehe die Handbremse so fest an, dass mich das Knarren zusammenzucken lässt.

»Tja, hoffentlich fällt dir noch etwas ein. Man kann nie wissen, vielleicht schafft es dein Trip nach Swansea nächste Woche in deinen Blog«, sagt sie und löst den Gurt.

»Klar, falls mir jemals einfallen sollte, wie ich ihn vom Fußball fernhalten kann.«

Cara lächelt und öffnet die Tür.

»Schick mir eine SMS und lass mich wissen, wie es läuft. Falls du nicht irgendwo am Arsch der Welt bist, wo du kein Netz hast.«

»Mach ich, bis bald –« Ich verstumme abrupt, denn in diesem Moment geht die Haustür auf. »Cara, aus deinem Haus kommt ein Mann!«

Ich zeige auf den Typen, der eine Tüte zur Mülltonne bringt.

»Oh, ähm, das ist Dave. Du weißt schon, der Trauzeuge. Ich muss los. Wir sehen uns.«

Sie rennt förmlich zum Eingang, und ich sehe, wie er versucht, ihr einen Kuss zu geben, sie ihn jedoch eilig ins Haus schiebt. Aber nicht bevor ich einen Blick auf seine Hausschuhe erhasche.

Kichernd fahre ich los. Tja, tja, tja. Damit hat sie aber ganz schön hinterm Berg gehalten.

Während ich noch dabei bin, die Information über Caras heimlichen Freund zu verarbeiten, schießt mir durch den Kopf, was sie wegen des Handyempfangs gesagt hat, und blitzartig kommt mir eine Idee. Ich weiß, was ich an diesem Wochenende tun werde, und ich kann es kaum erwarten, nach Hause zu kommen und alles vorzubereiten.

Das kann ein verdammt guter Blogpost werden.

*L*exi, wir können anfangen«, sagt Robin.

Ich schaue vom Bildschirm hoch und sehe sein perfektes Lächeln – er sieht so gut aus, als hätte er eine eigene Version eines Instagram-Filters.

»Lexi«, wiederholt er und erinnert mich daran, dass er eine reale Person ist.

»Richtig.« Ich blinzele. Vielleicht verschwindet der Filter dann ja.

»Geht es Ihnen gut?«

»Bestens«, versichere ich.

Wenn er mich anspricht, bin ich im ersten Moment immer noch wie gelähmt. Als hätte ich einen berühmten Filmstar vor mir.

Ich will meinen Stuhl zurückschieben, aber ein Rad hat sich im Riemen meiner Handtasche verfangen, sodass ich mich unter den Tisch beugen muss, um ihn zu befreien. Als ich mich wieder aufrichten will, stoße ich mich prompt.

»Au!«, rufe ich und reibe über die schmerzende Stelle an meinem Kopf.

Anscheinend fühlt Robin mit mir, denn als ich endlich wieder auftauche, hat er seinen Stuhl bereits auf meine Schreibtischseite geschoben.

Ich versuche, mich zusammenzureißen, und streiche die Haare über der Stelle glatt, wo sich vermutlich ein Horn bilden wird.

»Also.« Er setzt sich. »Ich müsste einen kurzen Blick auf einige der Projekte werfen, die Sie in den vergangenen zwei Jahren betreut haben.«

Er wandert mit dem Blick über die Liste, und ich habe den Eindruck, dass er nach dem Zufallsprinzip vorgeht.

»Dann legen wir mal los. Der Kreativ-Jahrmarkt.«

Mist. War ja klar, dass er das aussucht. Das einzige Event, zu dem außer meinen Kollegen niemand gekommen ist.

»Wie ich sehe, war die Beteiligung nicht sonderlich groß.«

Meine Wangen färben sich zartrosa. Ich habe die Zahl sogar geschönt, um das Ergebnis ein bisschen besser aussehen zu lassen.

»Es hätten mehr sein können.«

Er nickt.

»Wenn Sie wollen, drucke ich Ihnen eine Kopie der Kalkulation aus«, sage ich und hoffe, dass er meine Leistung anhand von mehr als einem Event beurteilt.

»Super, das wäre hilfreich, und dann gehen wir die Zahlen durch.«

»Ich kann es kaum erwarten«, murmele ich.

Nachdem ich den Ordner in meinem PC geöffnet habe, schicke ich die Daten an den Drucker.

»Ist das Ihr Freund?«, fragt Robin und zeigt auf ein Foto von Will. Das Bild steht schon so lange auf meinem Schreibtisch, dass ich es gar nicht mehr wahrnehme. Trotz der Staubschicht auf dem Glas kann man Wills lächelndes Gesicht deutlich sehen. Es war im Urlaub in Griechenland, und er wirkt so jung und sonnengebräunt.

»Ja. Das ist allerdings ein älteres Foto«, füge ich der Klarheit halber hinzu. Er soll nicht denken, dass ich auf Anfang-zwanzig-Jährige stehe.

»Ach so, wie lange sind Sie denn schon zusammen?«

»Etwa sieben Jahre«, sage ich betont beiläufig.

»Wow. Verdammt lange. Und Sie sind noch nicht verlobt?«

»Das machen wir bald«, erwidere ich hastig und verstecke meinen nackten Ringfinger, weil Robins Blick dorthin wandert.

»Natürlich, entschuldigen Sie bitte.« Er steht auf und sieht mich auf eine Weise an, die hoffentlich nicht mitleidig gemeint ist. »Ich hole die Ausdrucke, okay?«

Ich versuche, nicht auf seinen perfekten Hintern zu starren, und suche stattdessen nach irgendeinem beeindruckend wirkenden Projekt, das mich kompetenter dastehen lässt.

Er kommt zurück, setzt sich wieder hin, und ich biete ihm meinen Tacker an.

»Danke«, antwortet er und beginnt, die ausgedruckten Seiten zu lesen.

»Sie reagieren wie die meisten Menschen – überrascht, dass wir so lange zusammen sind und noch immer keine Ringe tragen«, sage ich, obwohl ich das Thema wohl besser ruhen lassen sollte.

»Ehrlich gesagt bin ich das, aber nur weil alle in meinem Umfeld momentan gar nicht schnell genug vor den Altar treten können«, antwortet er, ohne hochzuschauen.

»Ich kenne das Gefühl. Aber Will *wird* mir einen Antrag machen.«

»Davon bin ich überzeugt.«

»Und es gibt keinen Grund, die Sache zu überstürzen. Ich verstehe auch nicht, warum alle es so eilig haben.«

»Ich auch nicht«, stimmt er zu. »Obwohl …«

Er schüttelt den Kopf und beendet den Satz nicht.

»Was? Sagen Sie es ruhig, Sie können sicher sein, dass meine Mum es auch schon gesagt hat.«

»Nein, ich wollte nichts sagen.«

»Doch. Sie können nicht einfach einen Satz anfangen und ihn dann nicht beenden«, erwidere ich gereizt.

Er atmet tief durch, bevor er antwortet: »Ich wollte sagen, dass er ein Narr ist, wenn er es nicht eilig hat.«

»Echt?«

»Ja, ich finde, Sie sind ein ziemlich guter Fang«, sagt er und hüstelt.

»Bin ich das?« Meine Wangen werden dunkelrosa.

Ich darf nicht vergessen, dass Robin der geborene Charmeur ist und dies hier nichts zu bedeuten hat.

»Na ja, Ihr Gebiss ist noch vollständig, und Sie haben kaum graue Haare. Und hin und wieder sind Ihre Witze ganz nett«, sagt er scherzhaft.

»Danke«, murmele ich und bin plötzlich ein bisschen verlegen, dass ein anderer Mann als Will so mit mir redet. »Ich bin sicher, dass Will all das weiß. Er wird mir schon einen Antrag machen.«

Andernfalls bekommt er ziemlichen Stress mit meiner Mutter.

»Im Grunde spielt es ja auch keine Rolle«, sagt Robin, »ob man verheiratet ist oder nicht. Solange Ihre Beziehung sich nicht in der Weise ändert, dass Sie mehr oder weniger nur noch Freunde sind. Solange es Leidenschaft gibt.«

Beinahe wäre es aus mir herausgeplatzt, dass es natürlich nicht so ist. Aber dann überlege ich, wann Will und ich das letzte Mal Sex hatten. Vor drei Wochen? Vier? Ich hatte ja Sex nach Vanessas Hochzeit eingeplant, aber wir alle wissen, warum es nicht dazu kam.

»Bei uns gibt es noch jede Menge Romantik. Zum Beispiel fahren wir dieses Wochenende weg, ein romantischer Kurzurlaub in einem Cottage auf der Halbinsel Gower.«

Wo ich darauf achten werde, dass wir, eingeflochten in meine Racheaktion, jede Menge Sex haben werden – total normal romantisch.

»Das stellt meinen Glauben an Beziehungen wieder her. Es ist schön zu wissen, dass Sie nach so langer Zeit noch so intensive Gefühle füreinander haben.«

»Ja, haben wir. Das Wochenende war seine Idee«, sage ich und lasse außen vor, dass Will immer noch denkt, wir würden wegfahren, um uns ein Fußballspiel anzusehen.

Ich hoffe wirklich, dass sich dieser Trip als amouröses Abenteuer entpuppt. Was, wenn Robin nun recht hat? Ich habe immer gedacht, die Bequemlichkeit in unserer Beziehung sei ein gutes Zeichen, aber wenn nun genau das nicht in Ordnung ist?

»Bei uns geht es sehr leidenschaftlich zu«, sage ich laut und ein bisschen zu nachdrücklich.

Ich weiß nicht, was schlimmer ist, die Tatsache, dass ich ungeniert lüge, oder dass ich bei der Arbeit offen über mein (angebliches) Sexleben rede. Ich bin sicher, ich kann hören, wie Mike am Nebentisch den Atem anhält.

»Großartig«, sagt Robin. »Sie werden bestimmt ein tolles Wochenende verbringen. Und jetzt schauen wir uns mal die Zahlen an, okay?«

»Klar.« Ich bin erleichtert, dass er wieder dazu übergeht, meine Eventzahlen in die Mangel zu nehmen statt mein Privatleben.

Während Robin die Auswertung des Kreativ-Jahrmarkts studiert, gebe ich mich beschäftigt, kann mich jedoch nicht konzentrieren.

Mir geht Robins Kompliment nicht aus dem Kopf, und ich wünschte beinahe, ich könnte seine Bemerkung als Zitat für den Schutzumschlag eines Buches verwenden. Lexi Hunter – »Ein guter Fang«.

»Sie gehen nicht zufällig zum Spiel vom SC Southampton, wenn Sie in Swansea sind, oder? Das ist doch ganz in der Nähe von Gower? Oder sind meine geografischen Kenntnisse völlig eingerostet?«

»Lediglich Zufall.« Ich winke ab. »Wir gehen nicht zu dem Spiel.«

Was natürlich an mir liegt. Seit der Schreibgruppe am Mittwoch bereite ich meinen Racheplan vor. Wenn alles wie geschmiert läuft, werden Will und ich zu der Zeit, wenn das Spiel stattfindet, in unserem kleinen Cottage auf dem Land festsitzen – mit einer Autopanne und ohne Handyempfang.

»Ah, okay. Ich hatte ihn nur für einen dieser Superfans gehalten, weil er lieber zu einem Spiel als zur Hochzeit Ihrer Freundin gegangen ist.«

Robin lächelt mich freundlich an und ahnt nicht, dass er einen Nerv getroffen hat.

»Er ist ein großer Fan, aber Zeit mit mir zu verbringen ist ihm genauso wichtig.«

Es macht doch nichts, dass ich ihm dabei ein bisschen auf die Sprünge helfen muss, oder? Das Ergebnis ist schließlich dasselbe, sei es nun freiwillig oder nicht. Und auf diese Weise fühle ich mich ein wenig besser wegen Vanessas Hochzeit. Wenn ich dann irgendwann offen mit ihm darüber spreche, er sich entschuldigt und ich ihm verzeihe, dann habe ich zumindest die Genugtuung, mich ein wenig revanchiert zu haben.

»Sind Sie mit der Auswertung durch? Ich habe heute nämlich noch eine Menge zu tun«, sage ich.

Ich kann nicht glauben, dass ich will, dass er sich mit meinem gescheiterten Event beschäftigt, aber das ist immer noch besser, als über mein Liebesleben reden zu müssen.

»Natürlich. Tut mir leid.«

Offenbar erfüllt mein Wink mit dem Zaunpfahl seinen Zweck, denn Robin verfällt für die darauf folgenden Minuten in konzentriertes Schweigen. Ich habe Angst, meine E-Mail-Eingangsbox zu öffnen, aus Sorge, dass sie voller Nachrichten von Cara oder Vanessa ist. Stattdessen arbeite ich an einem Anschreiben für örtliche Künstler, in dem ich ihnen einen neuen privaten Fonds vorstelle, der für sie von Interesse sein könnte. Allerdings fällt es mir schwer, mich zu fokussieren, da ich immer noch über meine Beziehung mit Will nachdenken muss.

»Im Grunde war bei der Werbung im Vorfeld nicht klar genug, worum es bei dem Event geht oder an wen es sich richtet«, sagt Robin schließlich.

Ich nicke.

»Wir werden das nicht noch einmal veranstalten, wir haben entschieden, etwas Ähnliches zu machen, bei dem wir die dafür hergestellten Artikel noch einmal verwenden können, aber als Teil der größeren Kunstwoche Mitte Mai. Auf diese Weise haben wir fast eine Garantie, Publikum anzuziehen.«

»Verstehe«, sagt Robin und macht sich Notizen.

»Wissen Sie, wir führen nicht viele Veranstaltungen durch, aber die wenigen sind in der Regel gut besucht.«

»Davon bin ich überzeugt. Aber leider kann ich nicht nur über die Erfolge berichten. Bei der Prüfung der Wirtschaftlichkeit muss ich mir alle Dienstleistungen anschauen, die wir anbieten. Außerdem würden der Stadtrat und meine Chefin Beth misstrauisch werden, wenn der Bericht zu positiv ausfällt.«

Ich nicke und hoffe, dass ich wegen meiner gescheiterten Veranstaltung nicht das Opferlamm sein muss.

»Also gut, wollen wir die Details dann mal durchgehen?«

Ich hole tief Luft und führe ihn durch diesen schrecklichen Tag letzten April.

Zwanzig Minuten später, nachdem er damit fertig ist, die Veranstaltung in Stücke zu reißen und mir das Gefühl zu geben, dass ich in meinem Job eine ziemliche Niete bin, heftet er meine Auswertung ab, und ich atme erleichtert auf. Jetzt kann ich nur hoffen, dass er sich als Nächstes positivere Aspekte meiner Arbeit anschaut.

»Was ist mit der Kunstwoche? Haben Sie ein paar Zahlen vom letzten Jahr für mich? Oder eine Berechnung?«

»Ich habe Einzelberechnungen für jede Veranstaltung, die wir in dem Rahmen durchführen.«

»Ich würde mir gern sämtliche Zahlen einer Veranstaltung anschauen, um mir einen Überblick zu verschaffen. Vielleicht könnten Sie die zusammenstellen. Es ist nicht allzu viel Arbeit, denn ich weiß ja, dass Sie viel zu tun haben.«

Er schenkt mir ein gewinnendes Lächeln, für das man alles tun würde.

»Kein Problem«, versichere ich, und mir wird klar, dass das Material beeindruckender wirken und mich kompetenter erscheinen lassen wird, wenn man es zusammenstellt.

»Super. Können Sie das bis morgen oder Montag schaffen?«

»Klar«, versichere ich und verabschiede mich stillschweigend von der Arbeit, die ich eigentlich heute machen wollte.

»Toll, vielen Dank. Das bringt mich einen großen Schritt weiter.«

»Sonst wollen Sie nichts von meiner Arbeit sehen? Zum Beispiel über die Projekte, mit denen wir die Künstler selbst unterstützen? Bei der Aufbringung welcher Mittel ich mitgewirkt habe? Die Schulungen, die ich leite?«

Es kommt mir vor, als hätte ich meine Zeit mit Robin verplempert, indem ich mich über mein Privatleben ausgelassen habe, während ich eigentlich Argumente dafür hätte liefern sollen, wie verdammt gut ich in meinem Job bin.

Er überfliegt seine Notizen, schaut mich dann an und lächelt.

»Im Augenblick nicht. Momentan bin ich vor allem daran interessiert, welche öffentlichen Veranstaltungen diese Abteilung durchführt, die Pro-Kopf-Ausgaben und so weiter. Ich werde sicher irgendwann noch dazu kommen, mir auch die anderen Dinge anzuschauen.«

Das beruhigt mich nicht gerade. Ich sehe ihm dabei zu, wie er sich ein paar Notizen in sein Buch macht, und warte darauf, dass er an seinen Schreibtisch geht, damit ich in Ruhe grübeln kann, was wohl aus meinem Job wird.

»Wie sind Sie zu dieser Stelle gekommen? Womit haben Sie sich an der Uni beschäftigt?«, fragt er und schaut mich wieder an.

»Mit einer Menge langweiliger Bücher«, antworte ich lachend, bevor ich merke, dass er meinen Witz nicht versteht. »Ich habe Englische Literatur studiert.«

»Ah, das hätte ich mir denken können. Ist das nicht eines dieser Fächer mit drei oder vier Semesterwochenstunden?«

Ich weiß, dass auch er nur scherzt, trotzdem nervt es. Wenn sich Leute über meine wenigen Semesterwochenstunden lustig machen, gehe ich immer automatisch in die Defensive, denn in meinem letzten Jahr hatte ich tatsächlich nur fünf Stunden. Allerdings habe ich viel Zeit mit Lesen verbracht.

»Ja, aber das liegt daran, dass wir so viele Bücher lesen müssen.«

»Ah, diese langweiligen«, erwidert er lächelnd.

Ich versuche, nicht zu grinsen. Ich bin ihm auf den Leim gegangen.

»Und was haben Sie studiert?«

»Ich habe erst einen Abschluss in Jura gemacht und dann ein Aufbaustudium in Politikwissenschaften.«

Ich hätte wissen müssen, dass er irgendetwas Superaufwendiges studiert hat.

»Englische Literatur also – haben Sie schon immer geschrieben?«

Ich schaue mich um, da mir nicht wohl dabei ist, im Büro darüber zu sprechen. Als würde ich meinen Job hintergehen, indem ich nach Feierabend versuche, mich in eine neue Karriere zu schreiben. Zu meinem Glück ist kaum noch jemand hier, da die Mittagspause gerade anfängt.

»Ich habe immer gern geschrieben. Aber richtig damit angefangen habe ich erst vor ein paar Jahren, in meiner Freizeit.«

Ich betone das Wort Freizeit, nur für den Fall, dass meine Chefin Jacqui gerade vorbeigeht.

»Für eine Thriller-Autorin hätte ich Sie nicht gehalten.«

»Echt? Worauf hätten Sie denn getippt? Hochgeistige Literatur?«

»Ich dachte eher an romantische Komödien.«

»Weil ich eine Frau bin?« Ich verdrehe die Augen.

»Nein, weil Sie so viel Humor haben.«

Ah, am Ende ist er also doch kein Sexist.

»Was für eine Art von Thriller schreiben Sie denn? Psychologische? Politthriller?«

»Eher Abenteuer. So wie Dan Brown oder Sam Bourne.«

»Wow. Okay. Haben Sie schon etwas veröffentlicht?«

Beinahe hätte ich laut losgelacht, denn dann würde neben dem Foto von Will auch ein Exemplar meines veröffentlichten Werkes stehen – so stolz wäre ich nämlich.

»Nein, aber man kann nie wissen, vielleicht eines Tages. Es ist schwer, einen Fuß in die Tür zu bekommen.«

Diesen Spruch habe ich schon oft gebracht, um mich zu motivieren und nicht aufzugeben. *Es ist schwierig, in der Branche Fuß zu fassen. Die Verlage gehen nur ungern das Risiko ein, einen unbekannten Erstlingsautor zu veröffentlichen.* Alles Mögliche ist schuld, nur nicht meine Texte. Die Vorstellung, dass meine Romane bestenfalls Mittelmaß oder schlimmstenfalls grauenhaft sind, würde mich aufgeben lassen.

»Trotzdem witzig, was Sie da über Frauenliteratur sagen, denn genau das meinte meine Tutorin diese Woche auch.«

»Da haben Sie's. Das ist ein Zeichen. Vielleicht werden Sie die nächste Marian Keyes.«

»Keine Ahnung. Anfangs war ich begeistert von der Idee, aber jetzt bin ich nicht mehr sicher. Mir fällt nichts ein, und ich frage mich, ob ich nicht besser bei dem bleiben sollte, was ich bisher schreibe.«

Robin sieht mich an und verengt die Augen.

»Na los, sagen Sie es schon.« Ich merke ihm an, dass er etwas loswerden will.

»Ich finde es schade, dass Sie so viel Zeit damit verbringen, anderen zu helfen, ihre künstlerischen Träume zu verwirklichen, während Ihre nicht Realität werden.«

Das ist echt süß von ihm.

»Eines Tages wird es schon klappen.«

»Ganz bestimmt. Ich denke immer, wenn man etwas nur genügend will, dann hält einen nichts davon ab, es auch zu bekommen.« Er sieht mir fest in die Augen, als wolle er die Bedeutung dieser Lebenslektion betonen. »Sie schicken Ihre Manuskripte doch weiter an Verlage, damit …«

Ich bringe es nicht fertig, ihm zu sagen, dass ich das schon lange nicht mehr gemacht habe. In Wahrheit habe ich vor fast zwei Jahren aufgegeben. Immer dieses verzweifelte Nachschauen im Briefkasten, ob jemand geantwortet hat. Als ich einmal eine E-Mail von einem Agenten bekam, ist mir fast das Herz stehen geblieben, bis ich dann feststellte, dass es nur das übliche »Danke, aber nein, danke« war. Ich schüttele mich bei der Erinnerung daran.

»Ich würde Ihren Roman gern mal lesen. Ich liebe Thriller.«

»Oh, ähm, ich lass andere meine Texte eigentlich nicht lesen.«

»Dann habe ich Neuigkeiten für Sie: Ich glaube nicht, dass Sie es mit der Einstellung als Autorin schaffen werden.«

Ich lächle.

»*Irgendwann* werden die Menschen meine Bücher lesen, aber ich will zuerst, dass die Texte es auch wert sind.«

»Dann hat es bisher noch niemand gelesen?«

»Nur Will und meine beste Freundin Cara.«

»Und was halten die davon?«

»Die finden es gut«, antworte ich schulterzuckend.

»Nun, wenn Sie möchten, dass mal jemand Objektiveres einen Blick darauf wirft, schicken Sie mir das Manuskript einfach per E-Mail. Ein frisches Paar Augen und so.«

Ich bin unsicher. Aber natürlich hat er recht. Wenn ich will, dass mein Buch veröffentlicht wird, muss ich darauf vorbereitet sein, dass Menschen es lesen.

»Okay.« Ich atme tief durch. »Ich habe eine Kopie auf meinem USB-Stick. Ich schicke es Ihnen.«

»Ausgezeichnet, ich habe am Wochenende so gut wie nichts vor und kann in Ruhe lesen.«

»Seien Sie nur nicht zu streng«, sage ich und frage mich gleichzeitig, worauf ich mich da eingelassen habe.

»Keine Sorge«, sagt er, bevor er hochschaut, weil Jacquis persönlicher Assistent gerade an seinen Schreibtisch tritt.

»Ah, Matthew«, begrüßt Robin ihn. »Wir müssen vor dem Meeting mit Jacqui noch kurz reden.«

Ich bin ein bisschen erleichtert, dass unser Gespräch damit beendet ist. Es fühlt sich nämlich so an, als wäre ich auf Herz und Nieren geprüft worden.

»Den anderen Bericht haben Sie morgen früh!«, rufe ich Robin über meine Schulter zu, während ich fast aus dem Büro renne, um etwas frische Luft zu bekommen.

Ich schiebe mich durch die Drehtür, bleibe draußen stehen und atme tief durch – was für ein Meeting. Es war beinahe, als hätte Robin vergessen, dass er meine Arbeit überprüfen soll. Stattdessen hat er mein Privatleben unter die Lupe genommen. Zuerst meine Beziehung, dann meine schriftstellerische Karriere.

Bin ich froh, dass du vorgeschlagen hast, schon heute Abend zu fahren! Ich hätte keine Lust gehabt, mich morgen durch die ganzen Baustellen auf der Autobahn zu kämpfen. Womöglich hätten wir im Stau gestanden und das Spiel verpasst«, sagt Will.

»Das wäre schrecklich gewesen.« Ich nicke zustimmend und versuche, ein ehrliches Gesicht zu machen und nicht zu verraten, dass er das Spiel sowieso verpassen wird, falls meine teuflischen Pläne Früchte tragen.

»Hoffentlich sind wir bald da. Dann kann ich mir endlich ein Bier aufmachen.« Will rutscht unruhig auf seinem Sitz hin und her und gähnt so ansteckend, dass ich es auch tue. »Laut Navi haben wir es fast geschafft.«

Ich wünschte, das wäre wahr, aber wir müssen erst unser Cottage finden, das irgendwo am Arsch der Welt steht. Das mag zwar ein entscheidender Bestandteil meines Plans sein, aber wenn du von der Arbeitswoche erledigt und seit mittlerweile drei Stunden unterwegs bist – ganz davon zu schweigen, dass ich dringend aufs Klo muss –, ist das nicht gerade vorteilhaft.

Ich schaue auf das Display, dem zu entnehmen ist, dass wir kurz vor unserem Ziel sind.

»Gut, wir brauchen die Wegbeschreibung aus meiner Handtasche«, sage ich und zeige auf die Tasche zu seinen Füßen.

»Was? Bringt uns das Navi nicht dorthin?«

»Ja und nein. Es bringt uns *fast* hin. Aber anscheinend ist die Straße, an der das Cottage liegt, nicht im Navigationssystem verzeichnet, deshalb brauchen wir für die letzten fünf Minuten eine Wegbeschreibung.«

»Na super.« Lachend schnappt sich Will meine Tasche.

»Es steht alles auf den beiden Post-its.«

Ich versuche, darauf zu zeigen, aber es ist verdammt dunkel, und ich traue mich nicht, den Blick auch nur eine Sekunde von der Straße zu wenden. Trotz Fernlicht kann ich nicht sehen, wie die Straße verläuft. Normalerweise bewege ich mich auf der falschen Seite der Geschwindigkeitsbegrenzung, aber jetzt schleiche ich wie meine Großmutter.

Will findet die Post-its. »Das ist die Wegbeschreibung?«

Es mag ja dunkel sein, aber ich sehe trotzdem, dass er eine Grimasse zieht.

»Wir werden uns schon nicht verfahren«, versichere ich. »Wir sind im Nullkommanichts da.«

»Aha. Das habe ich schon mal gehört«, antwortet Will und klingt amüsiert.

Fairerweise muss ich gestehen, dass er recht hat. Keiner von uns beiden ist für seinen Orientierungssinn berühmt, und wir haben uns im Laufe der vergangenen sieben Jahre schon ziemlich oft verfahren. Meine Kartenlesefähigkeiten sind bekanntermaßen schlecht, und Wills Sturheit, sich zu weigern umzudrehen, wenn wir falsch abgebogen sind, ist legendär.

»Gut. Hier ist der Pub, an dem die Wegbeschreibung beginnt.«

Mein Blick fällt auf einen hell erleuchteten Pub – er wirkt sogar von draußen echt gemütlich. Nichts würde ich lieber tun, als dort etwas zu trinken. Aber dann kämen wir noch später im Cottage an.

»Okay. Hier steht, dass du vom Pub aus den Weg zurückfahren sollst, den du gekommen bist.« Will seufzt laut und schaut mich an. »Was ist das denn für eine Wegbeschreibung?«

»Eine, die uns ans Ziel bringt«, antworte ich hoffnungsvoll, nachdem ich auf dem Parkplatz des Pubs gewendet habe und wieder auf die Straße fahre.

»Die zweite links abbiegen.«

»Okay.« Ich suche die Straße ab. »Äh, warte mal, ist das da links eine Straße?«

»Hm.«

Ich halte an, und wir spähen nach links auf eine Art Abzweigung. Es ist keine Straße, sondern sieht eher nach einem Feldweg für Traktoren aus.

»Nein, das ist vermutlich nur die Zufahrt zu einem Feld«, sagt Will. »Fahr weiter. Ah, da ist eine Abzweigung nach links.«

»Okay, das wäre dann die erste. Wir biegen bei der zweiten ab, richtig?«

Ich krieche förmlich voran, während wir krampfhaft nach der zweiten Abbiegung Ausschau halten.

»Was ist das da?«, frage ich und wünschte, ich hätte in letzter Zeit mehr Karotten gegessen, denn nicht einmal die Scheinwerfer helfen mir bei der Suche.

»Ich glaube, das ist ein Wanderweg.«

Ich fahre noch ungefähr hundert Meter weiter und entdecke dann eine weitere Abzweigung auf der linken Seite, die tatsächlich wie eine Straße aussieht. Gut, sie ist gerade mal breit genug für ein Auto, und es gibt auch keine Straßenmarkierungen, aber zwischen den vielen Schlaglöchern kann ich so etwas wie Asphalt erkennen.

Wir rumpeln den Weg entlang, und für einen Moment bedaure ich, dass wir mit meinem kleinen Wagen gefahren sind. Er hüpft nur so.

»Pass auf!«, schreit Will.

Ich trete so fest auf die Bremse, dass wir quietschend zum Stehen kommen. Vor uns ragt ein knorriger Baum auf, der das Ende der Straße markiert.

»Das ist seltsam«, sage ich. »Wo ist das Cottage? Was steht denn in der Wegbeschreibung?«

»Nur, dass wir links abbiegen, bis zum Ende fahren und dann nach rechts abbiegen sollen.«

Wir versuchen, in der Dunkelheit irgendetwas zu erkennen – da ist aber nichts.

»Vielleicht sollte ich zurücksetzen.«

Ich lege den Rückwärtsgang ein und hoffe, dass wir die Abzweigung auf den letzten Metern übersehen haben. Aber da sind nur Hecken.

»Was ist mit dem Tor da?«, fragt Will und zeigt auf etwas.

Ich schaue zur anderen Straßenseite, wo ein großes Metalltor im Licht der Scheinwerfer schimmert.

»Aber das ist auf der linken Seite, und in der Wegbeschreibung wird kein Tor erwähnt.«

»Wir müssen umkehren«, sagt Will.

»Wie zum Teufel soll ich hier wenden?«

Will steigt aus und schaut sich um, dann steigt er wieder ein.

»Es ist nirgendwo breit genug, um zu wenden. Du musst zurücksetzen bis zu der Stelle, wo wir abgebogen sind.«

»Aber ich kann nichts sehen«, erwidere ich.

»Dein Rücklicht ist zumindest eine kleine Hilfe, und immerhin ist die Straße gerade.«

Vor mich hin fluchend schalte ich geräuschvoll in den Rückwärtsgang. Sogar mein Wagen protestiert offenkundig gegen diesen Plan.

»Fahr einfach ganz ruhig und gerade«, sagt Will und tätschelt mein Knie.

Ich hole tief Luft und versuche, mich zu entspannen, während wir zurückholpern. Endlich erreichen wir die Hauptstraße beziehungsweise das, was sich hier so nennt, und fahren in die Richtung zurück, aus der wir gekommen sind.

Die Schlaglöcher sorgen dafür, dass ich noch dringender aufs Klo muss.

Ich will gerade vorschlagen, zurück zum Pub zu fahren, als ich die Straße entdecke, an der wir vorbeigekommen sind, und kurz entschlossen abbiege.

»Brr!«, ruft Will und schaut von seiner Wegbeschreibung hoch. »Wo willst du hin?«

»Ich dachte, ich versuche es mal hier. Dieser Weg hat weniger Schlaglöcher als der andere.«

Wir erreichen das Ende der Straße, wo man tatsächlich nach rechts abbiegen kann.

»Super, dann ist das Cottage wohl hier?«

»Hm.« Will benutzt das Licht seines Handys als Taschenlampe, um meine gekritzelte Wegbeschreibung besser lesen zu können. »Laut dem hier müssen wir über den kleinen Hügel fahren, und hinter einer Biegung geht dann links ein Pfad ab.«

Vielleicht bilde ich es mir ja nur ein, aber je weiter wir auf dieser Straße fahren, desto schmaler scheint sie zu werden. Die Bäume und Hecken rücken so bedrohlich nahe, als würden sie uns jeden Moment zerquetschen.

»Ich glaube, wir sind falsch«, sage ich, während wir der Straße weiter folgen, die so flach ist wie ein Pfannkuchen – kein Hügel in Sicht. Wenn wir nun die ganze Nacht auf diesen schmalen Straßen herumirren?

Mein Herz beginnt zu rasen. Ich weiß nicht, wovor ich mich mehr fürchte – dass ich für immer verloren gehe oder dass ich wieder zurücksetzen muss.

»Es wäre vielleicht einfacher gewesen, wenn wir irgendwo in Swansea abgestiegen wären«, sagt Will. »Wir könnten jetzt schon eingecheckt haben.«

»Letztlich wird es die Sache wert sein«, stoße ich zwischen zusammengebissenen Zähnen hervor. Wehe, wenn nicht! Im Internet sah das Cottage nett aus, und dass es abgeschieden liegt, haben wir heute Abend weiß Gott bewiesen, von daher ist es perfekt für meine Zwecke geeignet.

»Sobald du siehst, wie hübsch es dort ist, wirst du verstehen, warum ich es gebucht habe.«

»Ganz bestimmt. Ich kann mich gar nicht mehr daran erinnern, wann wir das letzte Mal in so einer Einöde waren.«

»Das war vermutlich der Ausflug nach Devon.«

»Stimmt. Das war wann? Vor drei Jahren?«

»So lange waren wir damals noch nicht zusammen, also eher vor sechs Jahren.«

»Niemals.«

Will schüttelt den Kopf, und ich kann förmlich hören, wie sich die Zahnräder drehen. »Vielleicht doch, es muss so lange her sein. Das waren tolle Ferien. Die vielen Radtouren.«

»Und die Massagen nach dem Wandern.«

Plötzlich bin ich froh, meine Wanderschuhe eingepackt zu haben.

»Ja, die habe ich nie vergessen. Wir sollten so etwas öfter unternehmen.«

»Unbedingt.«

»Vielleicht könnten wir das ab und zu so machen – du weißt schon, zu Spielen fahren und einen Wochenendausflug damit verbinden.«

Ich beiße mir auf die Lippe. Nicht ganz das, was ich im Kopf hatte.

»Oh, würdest du das hier als Hügel bezeichnen?«

Wir überqueren etwas, das anmutet wie ein großer Hubbel in der Straße, und direkt dahinter folgt eine Biegung.

Will zuckt mit den Schultern, und da ich nicht wirklich daran interessiert bin zurückzusetzen, fahren wir weiter, bis wir auf der linken Seite einen Weg entdecken.

»Ob es hier richtig ist?«, frage ich und werfe einen Blick auf den Weg. »Sobald ich einmal da runtergefahren bin, gibt es kein Zurück mehr.«

»Falls nötig, setze ich den Wagen zurück, aber ich denke, das könnte es sein.«

Ich biege auf den Weg, und tatsächlich entdecke ich am Ende des Wegs ein versteckt liegendes Cottage.

Ich halte vor dem Haus an und ziehe die Handbremse. Sobald ich die Scheinwerfer ausgeschaltet habe, sind wir von Dunkelheit umhüllt.

»Lass die Scheinwerfer an, während wir auspacken«, sagt Will.

»Okay«, antworte ich und schalte sie wieder ein.

Wir steigen aus.

Das Scheinwerferlicht fällt auf eine Seite des Cottages, das von einem Lattenzaun umgeben ist, in dem sich ein Holztor mit einem efeuumrankten Bogen befindet.

»Hideaway Cottage«, sagt Will lachend und zeigt auf das Schild auf dem Tor, während er es aufdrückt. »Das ist es ganz sicher.«

Ich folge ihm dicht auf den Fersen und schaue mich suchend nach dem Blumentopf um, unter dem der Schlüssel versteckt sein soll.

»Die Eigentümerin hat gesagt, sie legt den Schlüssel unter einen Geranientopf.«

»Wie sieht eine Geranie denn aus?«, fragt Will.

»Keine Ahnung.«

Das Einzige, was auf dem winzigen Flecken von Garten bei uns zu Hause gedeiht, ist Unkraut.

Da das Scheinwerferlicht des Wagens von der Hecke abgeschirmt wird, ist es ohnehin schwer, etwas zu erkennen. Ich wechsle von einem Bein aufs andere und versuche, mir nicht in die Hose zu machen. Dabei stoße ich mit Will zusammen, der unter einem riesigen Blumentopf herumtastet.

»Sorry«, entschuldige ich mich.

»Ich hab ihn!«

Er richtet sich wieder auf, und ich kann in dem schwachen Licht den Schlüssel erkennen. Während Will zur Haustür geht, halte ich mich an seinem Arm fest.

»Man sollte meinen, die hätten für uns Licht angelassen.«

»Sie sagte, dass wir eine Taschenlampe mitbringen sollen, aber das habe ich vergessen.«

Will zieht sein Handy aus der Tasche und nutzt es erneut als Lampe, um das Schloss zu finden. Es dauert nicht lange, und die Tür schwingt auf.

Will findet den Lichtschalter, und ich gehe hinein, verzweifelt nach der Toilette Ausschau haltend.

Dicke weiße Steinwände und Natursteinboden. An einer Seite führt eine schmale Holztreppe nach oben, und der Raum direkt vor uns scheint die Küche zu sein. Unter der Treppe entdecke ich eine Tür. Dahinter befindet sich das Gäste-WC – meine Gebete wurden erhört.

»Ich hole die Taschen«, sagt Will, während ich die Tür hinter mir zuziehe.

»Okay!«, rufe ich.

Die Menge, die ich pinkele, verdient einen Eintrag ins Guinnessbuch der Rekorde. Danach eile ich in die Küche und ziehe meinen Mantel enger um mich, denn es ist ein bisschen kühl. Im nächsten Moment verschlägt es mir den Atem – ich habe meine

141

Traumküche vor mir. Cremefarbene Schränke, dunkle Holzarbeitsplatten und ein großer Esstisch. Es gibt sogar einen beigen Aga-Herd im Vintage-Stil.

Dank der Instruktionen der Eigentümer finde ich den dahinterliegenden kleinen Hauswirtschaftsraum und schalte die Heizung ein. Als ich in die Küche zurückkomme, entdecke ich auf der Fensterbank einen Willkommenskorb, in dem sich sogar eine Flasche Prosecco befindet.

»Ausgezeichnet«, sage ich laut. »Genau das, was wir brauchen.«

»Was denn?«, fragt Will, der gerade wieder ins Haus kommt.

Ich winke ihm mit der Flasche zu, bevor ich sie in den Kühlschrank stelle.

»Perfekt. Soll ich die Taschen nach oben bringen?«

»Ja, super. Hast du auch die Lebensmittel reingeholt?«

»Mist, habe ich vergessen.«

»Macht nichts. Ich hole sie.«

»Ich kann noch mal gehen, sobald ich das hier hochgebracht habe.«

»Ist schon gut«, erwidere ich ein bisschen zu euphorisch. »Ich schließe dann auch direkt das Auto ab.«

»Ich glaube nicht, dass du dir über so etwas hier Gedanken machen musst.«

Will lacht und geht nach oben. Möglicherweise muss ich mir tatsächlich keine Gedanken machen, aber ich will Phase eins meines Plans aktivieren.

Da Will die Außenbeleuchtung eingeschaltet hat, ist es jetzt sehr viel einfacher, sich zurechtzufinden. Ich gehe zum Wagen, setze mich auf den Fahrersitz und schalte erst das Standlicht ein, dann die Innenraumbeleuchtung und öffne das Handschuhfach.

Da es draußen stockfinster ist, sitze ich mit meiner Festbeleuchtung wie auf dem Präsentierteller, aber zum Glück kann man den Wagen vom Cottage aus nicht sehen, Will wird also hoffentlich heute Nacht nichts merken.

Ich hole die Lebensmittel vom Rücksitz und schließe den Wagen ab. Bevor ich gehe, werfe ich einen letzten Blick auf das eingeschaltete Licht. Für einen Moment zögere ich und überlege, ob ich vielleicht zu weit gehe. Wenn nun ein Notfall eintritt und wir nicht in der Lage sind, von hier wegzufahren, weil die Batterie leer ist? Aber dann muss ich lachen, denn in etwa zehn Minuten werden wir den Prosecco trinken, und dann kann sowieso keiner von uns mehr fahren.

»War alles in Ordnung?«, fragt Will, als ich in die Küche komme. Er sucht in den Schränken und holt zwei Champagnerflöten heraus.

»Alles bestens.«

Die Eier und den Schinken für das morgige Frühstück packe ich in den Kühlschrank.

»Ich finde es ein bisschen kalt, aber es ist eigentlich zu spät, um den Kamin im Wohnzimmer anzumachen. Was hältst du davon, wenn wir die Flasche mit ins Bett nehmen? Es gibt ein tolles Bad en Suite mit einer Eckbadewanne, die so aussieht, als sei sie groß genug für zwei.«

»Echt?«

Dieses Cottage erfüllt wirklich alle Kriterien.

»Hm.«

Will holt die Flasche aus dem Kühlschrank. Ich will gerade einwenden, dass sie nicht genug Zeit gehabt hat, kalt zu werden, als er zu mir kommt und mich auf den Mund küsst. Da merke ich, dass ein warmer Prosecco das Letzte ist, was mich in diesem Moment interessiert.

Anscheinend habe ich nicht gelogen, als ich Robin erzählte, dass dies ein sehr leidenschaftliches Wochenende wird.

Kapitel 14

Als ich am Samstagmorgen aufwache, frage ich mich für einen Moment, wo ich bin. Im Gegensatz zu meinem Bett zu Hause hat dieses hier keine Kuhlen, und ich fühle mich weich umhüllt. Ich öffne die Augen, blinzele – und dann weiß ich es wieder.

»Morgen«, sagt Will, rollt herüber und legt seinen Arm über meinen Bauch.

»Guten Morgen.«

Es fühlt sich an, als sei ich auf einem romantischen Kurztrip und nicht in einer Geheimmission unterwegs, um meinem Freund den Tag zu verderben.

»Dieses Bett ist so bequem«, murmele ich.

»Stimmt. Ich möchte nie wieder aufstehen.«

Das würde meinen Racheplan vereinfachen. Ich erinnere mich daran, dass ich rausgehen und das Licht am Auto ausschalten muss. Aber dann betrachte ich Will. So verschlafen sieht er total süß aus. Die Augen hat er noch fast geschlossen, und sein Haar ist verstrubbelt.

Unwillkürlich rutsche ich näher an ihn heran.

»Dazu besteht auch keine Eile«, flüstere ich und verdränge den Gedanken an meinen neulich gescheiterten Verführungsversuch.

Sofort wandert seine Hand von meiner Taille fort und packt meinen Hintern. Und als er mich unter sich zieht, weiß ich, dass ich dieses Mal keinen Korb bekomme.

Vielleicht muss ich meinen Plan überdenken, möglicherweise gelingt es mir, Will den ganzen Tag zwischen diesen Laken festzuhalten …

Eine Stunde später betreten wir angezogen die Küche. So viel zum Thema, den ganzen Tag im Bett zu verbringen. Das ist das Problem bei Langzeitbeziehungen, die ausgiebigen Sexsessions der Flitterwochenphase verschwinden allmählich, da man immer besser weiß, auf welchen »Knopf« man beim anderen drücken muss. Warum sollte man noch stundenlang erforschen und entdecken, wenn man alle Abkürzungen kennt, um die Sache durchzuziehen?

Aber das ist in Ordnung, bei einem romantischen Kurzurlaub geht es ja nicht nur um Sex, und auf diese Weise bleibt uns auch ein bisschen Zeit, die Gegend zu erkunden. Es ist jetzt halb elf, und das Spiel beginnt erst um Viertel vor zwei, uns bleiben also noch ein paar Stunden, bevor wir losfahren müssen. Besser gesagt, versuchen werden, loszufahren …

»Da das Spiel erst spät anfängt, habe ich alles für ein üppiges Frühstück eingekauft«, sage ich und gehe zum Kühlschrank, um die Lebensmittel herauszuholen.

»Wieso fahren wir nicht jetzt schon nach Swansea und essen dort etwas?«

O Gott. Das ist nicht Bestandteil meines Plans. Wenn Phase eins funktioniert hat, dürften wir zwar Probleme haben, nach Swansea zu kommen, aber wenn wir es jetzt schon versuchen, bleibt noch genug Zeit, um den Wagen zum Laufen zu bringen.

»Aber ich bin am Verhungern!« Ich reibe mir über den Bauch. »Und ich habe mich darauf gefreut, ein bisschen die Gegend zu erkunden. Du hast doch nichts dagegen, oder? Immerhin opfere ich meinen ganzen Nachmittag für dein Fußballspiel …«

Oder zumindest opfere ich den Nachmittag dafür, dich von dem Spiel abzuhalten.

»Okay. Das ist wohl nur fair.«

Ich trete an den Herd und bemühe mich, ruhig zu bleiben. Irgendwie muss ich mich noch rausschleichen und das Licht am Wagen ausschalten.

»Hey, hast du Handyempfang?«, fragt Will, hält sein Handy hoch über den Kopf und bewegt es dann hin und her.

»Habe ich noch nicht probiert.«

Wozu auch, wenn ich doch weiß, dass es im Umkreis von drei- oder vierhundert Metern um das Cottage keinen Empfang gibt? Danke Moodyman123 auf TripAdvisor für diese hilfreiche Information.

»Ich probiere mal aus, ob ich oben Empfang habe.«

»Okay.« Ich beiße mir auf die Lippe, denn ich sehe förmlich vor mir, wie er sich bei dem Versuch aus dem Fenster beugt.

Diesen Ausflug habe ich mit militärischer Präzision geplant. Ich habe TripAdvisor-Bewertungen studiert, mir die Websites von öffentlichen Verkehrsmitteln angesehen und eine Google-Map-Analyse dieser Gegend durchgeführt. In den Augen der Verlagsbranche mag ich ja eine miese Thriller-Autorin sein, aber zumindest habe ich dabei gelernt, zu recherchieren.

Während Will oben ist, laufe ich raus zum Wagen, schalte hastig das Standlicht aus und schließe das Handschuhfach. Nur die Innenbeleuchtung an der Decke lasse ich an.

Als Will wieder in die Küche kommt, bemühe ich mich, mir meine Nervosität nicht anmerken zu lassen. Ich muss mich entspannen und mich an meinen Plan halten. Ein langes, gemütliches Frühstück, gefolgt von einem Spaziergang zum Meer, der ein bisschen länger als beabsichtigt dauern wird, weil ich die falsche Abzweigung nehme. Dadurch kommen wir erst auf den letzten Drücker wieder hier an, bevor wir zu dem Spiel aufbrechen müssen …

»Teufel, ich dachte, wir würden nie mehr zurückfinden«, stöhnt Will, als wir den Weg zum Haus entlanggehen. Am Tag ist er ein bisschen leichter zu finden, vor allem, da wir einen Fußpfad entdeckt haben, der eine Abkürzung zum Meer ist.

Zum ersten Mal in meinem Leben bin ich an einem sonnigen und trockenen Tag in Wales. Wir wurden mit einem atemberaubenden Ausblick längs der zerklüfteten Klippen bis hinunter zum Meer belohnt, und wir haben einen herrlichen Spaziergang gemacht, auch wenn mir jetzt die Füße wehtun. Anhand der Karte konnte ich nicht erkennen, wie steil und schwierig die Wege zum Teil sind. Und es hat mir gezeigt, dass ich längst nicht so fit bin, wie ich dachte. Vielleicht sollte ich meine Mitgliedschaft im Fitnessstudio für mehr als nur die Dusche nutzen.

Nach unserer Wanderung längs der Klippen sind wir eine steile Treppe hinuntergestiegen und am Strand entlangspaziert. Und dabei haben wir uns tatsächlich an den Händen gehalten.

»Wir haben noch jede Menge Zeit«, antworte ich. Bloß keine Eile!

»Trotzdem. Nur ein kurzer Boxenstopp, und dann lass uns aufbrechen. Wir sollten dafür sorgen, dass wir nicht zu lange nach einem Parkplatz suchen müssen und pünktlich im Stadion sind.«

»Klar.«

Ich schließe die Tür zum Cottage auf und schnappe mir, nach einer Stippvisite aufs Klo, meine Tasche.

»Okay. Ich bin bereit.«

Ich spähe auf die Uhr. Uns bleibt noch eine Stunde bis zum Anstoß. Mein Bauch rumort wie eine Waschmaschine, und meine Wangen beginnen zu glühen. Ich werde ganz sicher nie vom MI5 angeworben.

»Na prima, auf zu den Saints«, sagt Will und nimmt den Wagenschlüssel.

Ich hole tief Luft und hoffe, dass die Auto-Foren, in denen ich diese Woche unterwegs war, recht haben. Falls der Wagen anspringt, habe ich ein Problem, denn dann kann uns nur noch ein unvorhergesehener Stau auf dem Weg zum Stadion davon abhalten, rechtzeitig beim Spiel zu sein.

Will geht hinaus, setzt sich hinters Steuer und steckt den Schlüssel ins Zündschloss.

Ich setze mich neben ihn und halte wie gelähmt den Atem an. Der Motor stottert, springt aber nicht an. Beinahe hätte ich triumphierend in die Luft geboxt, aber mir wird gerade noch rechtzeitig klar, dass ich mich damit verraten könnte.

»Was zum …«, flucht Will und dreht den Schlüssel noch einmal im Zündschloss. Wieder gibt der Motor nur ein jaulendes Geräusch von sich, springt aber nicht an.

Will greift unter das Lenkrad und zieht an einem Hebel, dann stürzt er aus dem Auto und klappt die Haube hoch. Ich steige ebenfalls aus und stelle mich neben ihn, während er in den Motorraum starrt und überall herumstochert.

»Wonach suchst du denn?«, frage ich und wundere mich, wo seine Kfz-Mechanik-Kenntnisse plötzlich herkommen.

»Ich habe nur nachgesehen, ob irgendetwas locker ist.«

Er knallt die Motorhaube zu und setzt sich wieder ans Steuer. Ein neuerlicher Startversuch scheitert ebenfalls, und er schlägt mit der Hand aufs Lenkrad.

»Verdammte Kiste! Ich glaube, die Batterie ist leer.«

»Wie kann das passieren? Ist das Licht an?«

Er checkt sämtliche Schalter.

»Nein, alles aus.«

»Oh, sieh nur.« Ich zeige auf die Deckenlampe. »Könnte die so etwas bewirken?«

Ich kenne die Antwort auf diese Frage. Dieses Lämpchen hätte vermutlich nur bei einer alten Batterie Schaden angerichtet, aber zum Glück hatte sie Unterstützung durch das Standlicht und die Beleuchtung im Handschuhfach.

»Muss wohl.« Will kneift die Augen zu und seufzt laut.

»Keine Sorge, wir rufen einfach den Pannendienst an.« Ich hole mein Handy aus der Tasche. »Oh, kein Empfang.«

Ich drehe mein Handy um, damit er es sieht, als brauche er einen Beweis.

»Fuck«, flucht er. »Was machen wir denn jetzt?«

Er steigt aus, zückt sein Handy, läuft im Garten umher und hält es hoch wie einen Zauberstab. Aber seiner Miene nach zu urteilen, erfolglos.

Ich bemühe mich verzweifelt, nicht zu lachen, denn ich will nicht a) das Biest reizen oder b) ihn mit der Nase auf meine Beteiligung an diesem Desaster stoßen. Stattdessen versuche ich mich angestrengt an die Theater-AG während der Schulzeit zu erinnern und einen besorgten Ausdruck auf mein Gesicht zu zaubern.

»Verdammter Mist. Wir verpassen den Anstoß.«

Und hoffentlich den Rest des Spiels.

»Ich muss den Wagen anschieben.«

»Was?«, frage ich verwirrt.

»Ich werde den Wagen anschieben. Du setzt dich ans Steuer, und wenn der Wagen Schwung hat, legst du den zweiten Gang ein und drehst den Zündschlüssel. Die Einfahrt geht leicht bergab. Wenn wir den Wagen gewendet bekommen, können wir es schaffen.«

Das kann doch nicht funktionieren, oder? Ich dachte, wenn die Batterie mausetot ist, hilft nur ein Starthilfekabel und sonst nichts. Was für eine Art von Hexenwerk ist das denn, und wieso erwähnt das in den Foren niemand?

Will reicht mir sein Handy und stellt sich in Position, legt die Hände auf die Haube.

Ich schiebe sein Handy in meine Tasche und steige zögernd in den Wagen.

»Lös die Handbremse!«, ruft er mir zu.

Das *darf* nicht funktionieren.

»Ist sie los?«, ruft er noch einmal.

Ich drücke den Knopf an der Handbremse, aber statt sie bis ganz nach unten zu schieben, lasse ich sie auf halbem Weg einrasten, um den Widerstand ein bisschen zu erhöhen.

Dann zeige ich Will den erhobenen Daumen. Er beugt sich über die Haube und beginnt zu schieben.

Es ist echt erregend, seinen Freund zu sehen, wie er die Muskeln anspannt und ins Schwitzen gerät. Nach ein paar erfolglosen Versuchen gibt er auf, und ich ziehe rasch die Handbremse wieder ganz hoch, um meine Spuren zu verwischen.

»Wir können doch bis zur Hauptstraße laufen. Vielleicht gibt es irgendwo ein Münztelefon? Dann rufen wir uns ein Taxi«, gebe ich mich hilfreich, dabei weiß ich durch unseren Spaziergang sehr genau, dass es nirgendwo eine Telefonzelle gibt. Ich habe sorgfältig danach Ausschau gehalten.

»Hm. Okay. Ja, vielleicht können wir einen Wagen anhalten, der uns Starthilfe gibt.«

Argh. Er und seine brillanten Ideen seien verflucht.

Ich stopfe meine Tasche unter den Beifahrersitz und steige aus, folge Will, der die Zufahrt hinunterstapft.

Wenn wir von Hauptstraße reden, so ist das lediglich in Relation zu der ungepflasterten Zufahrt zum Haus zu verstehen. Es ist nicht gerade eine Schnellstraße und, o Wunder, weit und breit kein Auto in Sicht.

Unmerklich atme ich auf und frage mich, wie es nun weitergeht.

»Wo war noch mal diese breite Straße, über die wir gestern Abend gekommen sind?«

Will wirbelt herum, als versuche er, sich zu orientieren. Dass wir erst mitten in der Nacht ankommen, hatte ich zwar nicht geplant, aber jetzt leistet es uns gute Dienste, da wir absolut keine Idee haben, in welche Richtung wir gehen müssen, um eine befahrenere Straße zu erreichen.

»Verdammt, Lexi, wohin denn nun? In weniger als einer Stunde wird angepfiffen. Was sollen wir denn jetzt machen? Das schaffen wir doch nie!«

Richtig, Will Talbot, das schaffen wir nie. In meinem Kopf ertönt schrilles Gelächter.

»Ach was, wir geben noch nicht auf.«

Ich habe viel zu viel Spaß dabei, zuzusehen, wie du dich windest. Wenn ich mich schon räche, dann kann ich es genauso gut auch genießen.

»Die Bushaltestelle!«, ruft er plötzlich.

»Ach ja, die Bushaltestelle, die wir von den Klippen aus gesehen haben«, spiele ich mit.

Ich weiß, dass sie keine große Hilfe sein wird. Denn selbst wenn wir einen der seltenen Busse erwischen, fährt der in einem großen Bogen mit endlosen Haltestellen, bis wir Swansea erreichen. Und dann müssen wir noch irgendwie zum Fußballstadion.

»Lass uns gehen«, sage ich und tue so, als sei es ein großes Abenteuer. So viel Spaß hatte ich seit Jahren nicht mehr.

Bis zur Bushaltestelle brauchen wir fünfzehn Minuten. Während dieser Zeit sagt Will kaum ein Wort. Er murmelt zwar manchmal vor sich hin, aber verstehen kann ich nichts.

Der Ärmste ist aber auch wirklich vom Pech verfolgt.

Der Zeitpunkt des Anpfiffs rückt näher, und wir sind immer noch Meilen vom Stadion entfernt.

Als wir die Bushaltestelle erreichen, studiert Will den Fahrplan.

»Der nächste Bus kommt erst in einer Dreiviertelstunde. Mist. Dann hat das Spiel schon angefangen.«

Er fährt mit dem Finger über die Spalten.

»Und vor zwanzig nach drei sind wir nicht in Swansea. Wenn wir am Stadion ankommen, ist das Spiel praktisch vorbei.«

Er beginnt, auf der Straße auf und ab zu marschieren, sucht offenbar angestrengt nach einem Plan.

Ich finde, dass er sich mit seinen bisherigen Ideen ganz gut geschlagen hat.

»Wo ist mein Handy? Vielleicht haben wir hier Empfang«, sagt er und streckt die Hand aus.

Ich greife zu meiner Schulter und gebe mich überrascht.

»Meine Tasche – ich muss sie im Wagen gelassen haben.«

Für eine Sekunde fürchte ich, den Bogen überspannt zu haben, denn er sieht mich misstrauisch an. Das Blut schießt mir in die Wangen, und mein Herz beginnt zu rasen. Ist er mir auf die Schliche gekommen?

»Du hast es nicht bei dir? Was ist mit deinem Handy? Ist das auch in der Tasche?«

Ich nicke langsam.

»Ich habe nicht nachgedacht, wir sind so schnell losgegangen. Und ich war total in Gedanken, was wir jetzt machen sollen.«

»Fuck«, flucht Will, legt die Hände auf den Kopf und schüttelt ihn wie verrückt. »Wir haben Eintrittskarten und kommen nicht rechtzeitig hin. Und ich kann nicht mal das Spiel verfolgen, weil es in dem verdammten Cottage keinen Handyempfang gibt.«

Für einen Moment bin ich versucht, meine Schadenfreude zu zeigen und ihm zu sagen, dass er es nicht anders verdient hat. Aber das kann ich nicht tun. Noch nicht. Ich muss das hier bis zum Ende durchziehen.

»Was ist mit dem Pub?«, schlägt Will vor und sieht mich hoffnungsvoll an.

»Dem Pub?«

»Ja, der auf den Klippen, wo die Wegbeschreibung anfing. Der müsste jetzt geöffnet sein, und sie haben bestimmt ein Telefon. Von dort können wir uns bestimmt ein Taxi rufen.«

Verdammt. Das Telefon im Pub. Wieso habe ich das nicht berücksichtigt? Ich habe es zwar geschafft, zu recherchieren, dass sie keinen Sky-Sport-Kanal haben, aber an ein Telefon habe ich nicht gedacht. Mist, Mist, Mist.

»Ähm, und wie sollen wir das Taxi bezahlen? Ich habe doch meine Tasche nicht mit.«

»Meine Brieftasche steckt in meiner Hosentasche. Jetzt komm schon.«

Er ist bereits losmarschiert, und mir bleibt nichts anderes übrig, als ihm zu folgen.

Ich kann nicht glauben, dass ich es fast geschafft habe und er dann doch noch eine Möglichkeit findet, zu seinem verdammten Fußballspiel zu kommen. Es war so viel Arbeit, diesen Plan auf die Beine zu stellen ...

Wir eilen die holprige Straße entlang in Richtung Pub. Ich kann nur hoffen, dass er geschlossen hat, aber als wir uns nähern, sehe ich Rauch aus dem Schornstein aufsteigen, und auf dem Parkplatz stehen ein paar Autos.

Will legt noch einen Zahn zu, und ich kann kaum mit ihm Schritt halten. Nach diesem Wochenende muss ich definitiv mehr im Fitnessstudio machen. Ich spüre, wie meine Wadenmuskeln brennen.

Ein Blick auf die Armbanduhr sagt mir, dass wir noch eine halbe Stunde bis zum Anpfiff haben. Selbst wenn wir ziemlich schnell ein Taxi bekommen, wird es mindestens eine Dreiviertelstunde dauern, bis wir im Stadion sind. Dann würde Will etwas mehr als die erste Viertelstunde verpassen – eine ziemlich armselige Rache.

Entsetzt beobachte ich, wie Will die große rote Tür aufdrückt und hineingeht. Das war es dann. Mein Traum von Rache ist geplatzt.

Als ich eintrete, hängt er schon in einer Ecke über ein Münztelefon gebeugt.

»Wie lange?«, fragt er ungläubig. Dann saugt er hörbar die Luft ein, und mein Herz macht vor Freude einen Satz. »Nein, kein Problem, danke.«

Mit lautem Knall hängt er den Hörer ein und stößt dann ein seltsam wildes Geräusch aus.

»Was ist los?«

»Bei dem Taxidienst hier im Ort gibt es eine Wartezeit von einer Stunde. Das war's dann.« Er seufzt herzerweichend und schiebt geschlagen die Hände in die Hosentaschen. »Wir sind den ganzen Weg hierhergefahren, um die Saints zu sehen, und jetzt verpassen wir das Spiel. Na ja, das ist wohl Schicksal.«

Nicht ganz.

»Es sind außergewöhnliche Umstände«, sage ich.

Innerlich strahle ich. Mein Plan ist perfekt aufgegangen. Ich kann es kaum glauben. Wer hätte gedacht, dass ich eine so ausgefuchste Seite habe! Reinste Verschwendung, dass ich bei der Stadt arbeite, vielleicht will das MI5 mich am Ende doch.

»Es ist so verdammt frustrierend! Natürlich ist das Cottage schön, und es ist toll, auf dem Land zu sein, aber jetzt wünschte ich, wir hätten das Travelodge direkt neben dem Stadion gebucht.«

O ja, man stelle sich nur vor, wie romantisch das wäre. Wie wir mit den anderen Southampton-Fans, die auch dort abgestiegen sind, nach dem Spiel zurückkommen. Dann gibt es erst mal ein paar Bier, und anschließend geht es zu einem romantischen Abendessen bei Beefeater oder Burger King oder einem ähnlich familienfreundlichen Kettenrestaurant, das ans Hotel angegliedert ist.

»Als ich die Unterkunft gebucht habe, wusste ich schließlich noch nichts von der Panne.«

Ob meine Nase jetzt wohl so wächst wie die von Pinocchio?

»Das Ganze ist einfach unglaublich.« Will schüttelt den Kopf. »Hm.«

Wie lange wird es wohl dauern, bis er sich wieder einkriegt?

»Sollen wir was trinken, wenn wir schon mal hier sind?«, schlage ich vor und hoffe, dass wir wieder in unseren Kurzurlaub-Modus zurückfinden.

»Warum nicht …«

Er ist echt übel drauf, das zeigen die vorgeschobene Unterlippe und die hängenden Schultern.

»Kopf hoch, es ist doch nur ein Fußballspiel. Ich bin sicher, dass sie gewinnen, ob du nun dabei bist oder nicht.«

Will erstarrt, und ich frage mich, ob ich zu weit gegangen bin.

Beinahe rechne ich damit, dass er einen heftigen Streit vom Zaun bricht. Dann werde ich meine Schadenfreude kaum noch zügeln können und ihm garantiert unter die Nase reiben, dass ich alles geplant habe. Aber das wäre verdammt dumm. Wir sitzen mit einer leeren Batterie auf einer Halbinsel fest. Und selbst wenn es uns gelingt, den Pannendienst anzurufen, müssen wir immer noch nach Hause fahren. Nein, wenn ich das mit ihm austrage, dann bitte in meinem gemütlichen Zuhause, wo ich nicht Gefahr laufe, irgendwelche Klippen hinuntergestoßen zu werden.

Aber Will überrascht mich. Er atmet tief durch, scheint herunterzuschlucken, was er eigentlich sagen wollte, und geht schnurstracks zur Theke.

»Was möchtest du trinken?«, fragt er und schaut mich über die Schulter kurz an.

»Ein Glas trockenen Weißwein.«

Will nickt, wendet sich der Barfrau zu und bestellt unsere Getränke.

»Ich nehme nicht an, dass man bei Ihnen irgendwo das Swansea-Spiel sehen kann?«, fragt er, und die letzte Spur Hoffnung ist aus seiner Stimme verschwunden.

»Sorry, Süßer, im Pub gibt es keinen Fernseher.«

Will nickt ergeben.

Ich setze mich an einen Tisch am Fenster, durch das man das Meer sehen kann, und Will gesellt sich zu mir.

»Also …«, beginne ich, weil ich keine Lust habe, dass wir uns den ganzen Nachmittag anschweigen. Das wäre ja noch langweiliger als ein Mist-Fußballspiel. »Es ist hübsch hier.«

»Ja«, stimmt Will zu, und ich könnte schwören, dass er schmunzelt. Es beginnt langsam, aber dann bricht er in hysterisches Lachen aus.

Verlegen schaue ich zu den anderen Gästen.

»Alles okay?«, frage ich und riskiere ein Lächeln.

»Ich kann einfach nicht glauben, was heute passiert ist. Das ist wie in einer grottenschlechten Comedy. Jeder Versuch, zu diesem Spiel zu kommen, scheitert.«

Er lacht immer noch, und das ist so ansteckend, dass ich mit einstimme. Wenn wir doch nur in einer Reality Show wären, in der das Publikum ständig Wills Gesicht sehen könnte. Allein die Erinnerung an den Anblick, als er versucht hat, den Wagen anzuschieben, obwohl die Handbremse halb angezogen war, genügt, und ich kann nicht mehr aufhören zu kichern.

»Wenn ich nicht lachen würde, müsste ich heulen«, sagt Will. »Aber es gibt tatsächlich schlimmere Orte. Ich habe ein Bier, die Aussicht ist gut und der Pub nett und gemütlich.«

Ich nicke. Es ist ein perfekter Samstagnachmittag-Pub.

»Und ich bin mit dir zusammen«, fügt er hinzu.

Beinahe hätte ich mich an meinem Wein verschluckt. Das gehört echt zu den romantischsten Dingen, die er je zu mir gesagt hat.

»Oh, danke.« Ich beuge mich vor und streichle seine Hand.

Nicht schuldig fühlen, er hat das verdient, sage ich mir.

»Wie wäre es, wenn wir austrinken und noch mal runter zum Strand gehen? Es sah so aus, als gäbe es da noch einen Weg in die andere Richtung.«

Meine Waden wollen energisch protestieren, aber mein Herz gerät in Verzückung, dass wir etwas als Paar unternehmen.

»Okay«, stimme ich langsam zu.

Es macht mich irgendwie nervös, wenn sich mein Freund so verhält. Erst das Kompliment (er hat kaum etwas von seinem Bier getrunken, und er hatte heute Morgen Sex – von daher fallen die üblichen Motivationen weg), und jetzt möchte er spazieren gehen, an einem Samstag. Zugegeben, hier gibt es keinen

Fernseher. Aber er hätte immerhin vorschlagen können, zurück zum Cottage zu gehen und das Antennenfernsehen nach Sportsendungen zu durchforsten.

»Der Spaziergang heute Morgen hat echt Spaß gemacht«, sagt er und schlürft sein Bier. »Wir sollten bald mal zum Wandern in die South Downs fahren«, schlägt er vor.

»Sehr gern.«

Ich nippe an meinem Wein und frage mich, ob ich wohl die Formel für einen romantischen Nachmittag frei von jeder Ablenkung gefunden habe.

»Dann prost«, sage ich und hebe mein Glas. »Auf einen schönen Nachmittag, wenn du ihn auch nicht so geplant hast. Hoffen wir mal, dass er trotzdem schön wird.«

»Prost.«

Wir stoßen an, und Will schaut mir dabei in die Augen, was quasi der Garant dafür ist, dass wir sieben Jahre keinen schlechten Sex haben werden. Hm, haben wir an der Stelle vielleicht damals geschludert?

Kapitel 16

ch kriege keinen Bissen mehr runter.« Stöhnend schiebe ich meinen Teller von mir.

Für diese Schoko-Marshmallow-Torte könnte man sterben, und der größte Teil davon war in Windeseile verschwunden. Jetzt sind vielleicht noch zwei Bissen übrig, und obwohl es mir das Herz bricht, muss ich die leider liegen lassen, weil ich sonst platze.

Will hält seine Gabel über meinen Teller und sieht mich fragend an. Ich nicke. Normalerweise gebe ich von meinem Essen nichts ab, schon gar nicht, wenn es sich um etwas Süßes handelt, aber diese Torte ist zu gut, als dass auch nur ein Krümel verschwendet werden sollte. Besser, sie endet in seinem Bauch als in der Mülltonne.

Bei unserem Spaziergang heute Nachmittag sind wir hungrig geworden, und er hat die gigantischen Mengen an Kalorien gerechtfertigt, die wir soeben in Form üppiger Pasteten samt Bergen von Bratkartoffeln, gefolgt von wundervollen Nachspeisen vertilgt haben.

»Hmm, leckerer Kuchen«, schwärmt Will.

»Ja, köstlich. Und wie war dein Crumble?«

»Ziemlich gut. Ist angenehm, zur Abwechslung mal keinen angebrannten, klumpigen Pudding zu bekommen.«

»Vorsicht«, warne ich ihn und ziehe am Rand meines Tellers. »Den kann ich dir ganz schnell wieder wegnehmen.«

Lachend hebt Will die Hände. »Ich nehme es zurück, dein Pudding ist wunderbar. Samt Klumpen.«

Ich lächle. Ich liebe Desserts, aber an der Zubereitung von Pudding scheitere ich kläglich. Ich bin sogar imstande, Fertigpudding zu ruinieren.

»Du wirst mich zum Cottage zurückrollen müssen«, sage ich und wünschte, es wäre kein fünfzehnminütiger Fußmarsch bis dorthin.

»Es wird uns guttun, das Essen wieder abzulaufen. Sollen wir allmählich los?«

»Gern. Im Wohnzimmer habe ich ein paar DVDs gesehen. Wir können auf dem Sofa kuscheln und uns einen Film anschauen.«

»Super, ich versuche mal, den Holzofen anzuwerfen.«

»Klingt himmlisch.«

Es war ein wunderschöner Tag, und dieser Ausflug gestaltet sich tatsächlich wie das romantische Wochenende, von dem ich Robin erzählt habe. Natürlich hatte Will das nicht so geplant, aber ich glaube, es macht ihm mittlerweile Spaß.

»Möchten Sie noch etwas zu trinken?«, fragt der Barmann, während er unsere Teller abräumt. »Kaffee?«

»Danke, wir wollen gleich los«, sagt Will. »Aber es war köstlich.«

»Sie sind wegen des Spiels heute hier?«, fragt der Barmann und zeigt auf Wills Southampton-Schal, der über der Rückenlehne seines Stuhls hängt.

»Eigentlich schon. Ist eine lange Geschichte, aber wir haben das Spiel verpasst. Wissen Sie, wie es ausgegangen ist?«

»Die Swans haben 2 : 0 gewonnen. Super Spiel.«

Der Barmann geht weg, und Will schüttelt den Kopf.

»War am Ende vielleicht ganz gut, dass wir das Spiel verpasst haben. Schlimm genug, dass sie verloren haben, das muss man nicht auch noch mit ansehen.«

Wer ist dieser Mann, und was hat er mit meinem Freund gemacht?

Wir gehen an die Bar, um zu bezahlen.

»Haben Sie eine Unterkunft hier in der Nähe?«, fragt der Barmann, während er unsere Karte ins Lesegerät schiebt.

»Wir wohnen im Hideaway Cottage.«

»Tatsächlich? Gehen Sie zu Fuß zurück, und haben Sie denn eine Taschenlampe dabei?«, fragt er amüsiert.

Oh! Daran habe ich nicht gedacht. Als wir am Nachmittag so hektisch – zumindest war Will hektisch – losmarschiert sind, hatten wir nicht vor, den ganzen Tag wegzubleiben.

»Mein Handy hat eine Lampenfunktion«, antwortet Will und steckt seine Kreditkarte wieder in die Brieftasche.

»Dein Handy ist aber in meiner Handtasche.«

»Oh.«

Allerdings oh.

Ich versuche, den Weg im Kopf zurückzugehen. Er ist von stacheligen Brombeersträuchern und Brennnesseln gesäumt. Und dann fällt mir auch wieder ein, wie dunkel es gestern Abend bei unserer Ankunft war.

»Wie wäre es, wenn ich Ihnen eine Taschenlampe leihe? Sie können sie morgen wieder vorbeibringen«, bietet der Barmann an.

»Danke«, antworte ich erleichtert. »Wir müssen sowieso wieder herkommen, um von Ihrem Telefon aus den Pannendienst anzurufen. Sollen wir dann gleich fürs Mittagessen reservieren?«, wende ich mich an Will.

»Ja, gute Idee«, stimmt er zu.

»Prima. Dann reserviere ich Ihnen einen Tisch.«

Der Barmann verschwindet nach hinten und kommt mit einer Dynamotaschenlampe zurück.

»Bitte sehr. Und bis morgen.«

Wir treten aus dem Pub, und sofort bin ich froh über die Großzügigkeit des Barmanns. Dank einer dichten Wolkenschicht am Himmel ist es stockdunkel, und abgesehen von der Pub-Beleuchtung gibt es keine einzige Lichtquelle, nicht einmal längs der Straße. Als wir losgehen, nimmt Will meine Hand. Es ist so dunkel, dass die Taschenlampe gerade mal dreißig Zentimeter vor uns erleuchtet. Ängstlich presse ich mich an Will.

»Warte mal kurz«, sagt er und lädt mit einem surrenden Geräusch die Taschenlampe auf. »Okay, weiter.«

Ich muss gestehen, dass mir dieser Teil unseres Abenteuers überhaupt nicht gefällt. Am Wegesrand könnte sich sonst was verstecken, zum Beispiel Schlangen. Ich bin nicht sicher, ob Schlangen nachtaktiv sind, dennoch stampfe ich ein bisschen lauter auf, nur für den Fall.

Eine Eule heult, und mir bleibt fast das Herz stehen.

»Wie weit ist es noch?«, frage ich bang.

»Noch etwa zehn Minuten. Geh du doch mit der Taschenlampe vorneweg, und ich folge dir.« Wir tauschen die Plätze. Ich bin nicht ganz sicher, ob ich bei den potenziellen Stolperfallen wirklich als Erste gehen will, aber Will hält weiter meine Hand, sodass ich mich sicher fühle.

»Es ist schön hier«, sagt Will – und diese Bemerkung ist total untypisch für ihn.

»Stimmt, im Schein der Taschenlampe ist die Aussicht umwerfend.«

»Sehr witzig. Nein, ich meinte das allgemein. Das ist ein schönes Fleckchen Erde. Trotz des Desasters mit dem Spiel bin ich froh, dass du vorgeschlagen hast hierherzufahren.«

Mich überkommt eine Welle der Liebe für meinen Freund. Dieses Wochenende, an dem ich ihn von seinem Handy und dem ganzen Sport fernhalte, hat mich wieder daran erinnert, wie es am Anfang unserer Beziehung war. Als wir noch über Dinge geredet und einander wirklich zugehört haben.

»Danke. Unser Cottage ist echt süß, nicht wahr? So gemüt-lich. Eines Tages würde ich gern so leben. Was wir uns vermut-lich nie werden leisten können.«

Ich denke an unsere kleine Doppelhaushälfte in einer gesichts-losen Neubausiedlung. Es ist hübsch, und wir sind froh, dass wir »Hauseigentümer« sind, aber es ist nicht gerade wie ein Cottage auf dem Land mit Holzbalken und einem lauschigen Garten.

»Wer weiß, vielleicht wirst du ja wirklich mal der weibliche Dan Brown.«

»Oje, das wird nie passieren.«

»Sei nicht so streng mit dir. Dein Buch ist gut, und eines Ta-ges wird das auch ein Verleger erkennen und es herausgeben.«

»Danke, Schatz.«

Bei der Erwähnung meines Buches muss ich daran denken, dass Robin es dieses Wochenende liest, und ich werde plötzlich nervös.

»Das ist mein Ernst. Ich weiß nicht, warum du dich wegen deiner Schreiberei so fertigmachst. Wie viele Menschen been-den tatsächlich ein Buch? Du bist die Einzige, die ich kenne.«

»Das liegt daran, dass sich die literarische Fähigkeit deiner Freunde darin erschöpft, auf Facebook die Fußballfans des an-deren Teams zu beleidigen.«

»Sehr lustig. Aber es stimmt. Selbst wenn du dieses Buch nie veröffentlichst, bin ich stolz auf dich, weil du es geschrieben hast.«

»Was meinst du damit – wenn es nie veröffentlicht wird?«

Will ist mein ewiger Cheerleader und Super-Fan – okay, mein einziger Fan –, deshalb ist es sehr verunsichernd, wenn er an meinem Erfolg zweifelt.

»Damit will ich nicht sagen, dass du nie veröffentlichst, ich habe mich nur auf dieses Buch bezogen. Vor ein paar Tagen hast du gesagt, dass du überlegst, etwas anderes zu schreiben. Viel-leicht wird *das* ja der Durchbruch.«

»Vermutlich.«

»Und wenn es dann ein Bestseller wird und du Millionen verdienst, kaufen wir ein kleines Cottage wie dieses.«

»Ja, eines Tages«, antworte ich lachend.

»Und natürlich kaufst du uns eine Loge im Stadion von Southampton.«

»Selbstverständlich.«

»Und die unvermeidliche Jacht, die in Hamble vor Anker liegt, denn bis dahin sind die Saints aufgestiegen und spielen in ganz Europa, und wir können herumkreuzen, um uns überall ihre Spiele anzuschauen. Stell dir nur vor, wie wir mit unserer eigenen Jacht in Barcelona vor Anker gehen!«

So betrachtet, bekomme ich fast Lust auf Fußball.

»Nun ja, bis dahin solltest du mich besser zu einer ehrbaren Frau gemacht haben, sonst brenne ich noch mit irgendeinem spanischen Hengst durch.«

Er ist so dicht hinter mir, dass ich spüre, wie er sich beim Thema Heiraten sofort verspannt.

»Glücklicherweise habe ich bis dahin ja noch ein bisschen Zeit, denn du musst erst einmal den Bestseller schreiben.«

Mir fällt mein Gespräch mit Robin am vergangenen Dienstag ein. Wie ich ihm sagte, haben wir es nicht eilig mit dem Heiraten, warum sollte ich mir also jetzt Sorgen machen? Ich versuche, die Gedanken daran zu verdrängen, um diesen schönen Tag nicht zu verderben.

»Geschafft«, sagt Will und bugsiert mich in Richtung des kleinen Tors, das in den Garten des Cottages führt. Zum Glück ist er bei mir, denn ich hätte das nie entdeckt und würde bei Sonnenaufgang vermutlich immer noch herumirren.

Ich hole als Erstes meine Tasche aus dem Wagen. Nicht, dass uns unsere Handys nutzen würden, so ohne Empfang …

»Dann wollen wir mal das Feuer anzünden«, sagt Will. »Haben wir Wein?«

»Selbstverständlich.«

Ich hole die Flasche und Gläser aus der Küche, und als ich ins Wohnzimmer komme, erwacht gerade das Feuer zu knisterndem Leben.

»Ich wusste gar nicht, dass du so etwas kannst«, sage ich beeindruckt, weil seine Pfadfindertalente anscheinend unendlich sind.

»Na ja, bei unserer Heizung haben wir für solche Fähigkeiten nicht gerade großen Bedarf.«

Nickend setze ich mich aufs Sofa, und er gesellt sich zu mir.

Ich reiche ihm ein Glas und schmiege mich dicht an ihn.

»Danke für diesen schönen Tag«, sage ich.

»Du kannst dir selbst danken. Alles in allem war es ein toller Tag.«

Ich habe auch nicht die Spur eines schlechten Gewissens wegen meiner Rache, denn es war wirklich der schönste Tag, den wir seit sehr langer Zeit hatten.

»Und er ist noch nicht vorbei«, sagt Will, streichelt meinen Bauch und umfasst meine Brust.

Teufel, ich schätze, dass ich zum zweiten Mal an einem Tag Sex haben werde! Das grenzt an ein Wunder. Und es rechtfertigt allemal, dass ich mir die Zeit genommen habe, mir die Beine zu rasieren.

Kapitel 17

Ich schlendere im Büro zu meinem Schreibtisch, immer noch im postromantischen Glanz meines Wochenendes.

»Da sieht aber jemand fröhlich aus«, sagt Mike, der das genaue Gegenteil personifiziert.

»Hatte ein tolles Wochenende«, sage ich, setze mich und schalte den PC ein.

Dank meiner Aktivitäten im Schlafzimmer gehe ich so krummbeinig, wie es nicht mehr der Fall war, seit ich nach einer Dauerwerbesendung den ThighMaster 3000 gekauft habe. Beide Ursachen für den John-Wayne-Gang verbrennen bestimmt jede Menge Kalorien, aber für mich steht fest, was davon ich jeden Tag lieber tun würde.

»Ich mache Kaffee, möchte noch jemand?«, frage ich und stehe wieder auf.

Mike sieht mich erschrocken an.

Normalerweise ist es für mich schon mühsam, es montagmorgens überhaupt ins Büro zu schaffen, deshalb klebe ich dann auf meinem Stuhl und halte den Kaffeebecher wie ein Anhalter heraus in der Hoffnung, dass sich einer meiner Kollegen erbarmt und mir Kaffee bringt. Aber nicht heute. Trotz meiner schmerzenden Schenkel scheine ich über eine grenzenlose Energie zu verfügen.

»Ich nehme mal an, das heißt, du möchtest einen?«, sage ich zu Mike.

»Äh … ja, bitte.«

Ich nehme Mikes Tasse von seinem Tisch und schaue zu Robin, der konzentriert auf seinen Bildschirm starrt. Aber da seine Tasse noch halb voll ist, mache ich mir nicht die Mühe, ihn bei seiner Arbeit zu unterbrechen.

Als ich die Küche betrete und den Wasserkessel aufsetze, überlege ich, es heute richtig krachen zu lassen und auch noch runter in die Kantine zu laufen, um ein paar Plunderstücke zu holen.

Ich beuge mich hinunter, um die Milch aus dem Kühlschrank zu nehmen, und als ich mich wieder aufrichte und dabei einen Schritt zurückgehe, stoße ich gegen Robin.

»Oh, hallo«, sage ich und strahle ihn in der Hoffnung an, dass er mir nun sagen wird, ob ihm mein Buch gefallen hat.

»Morgen.« Er erwidert mein Lächeln. »Schönes Wochenende gehabt?«

»Allerdings.«

»Richtig, es war ja Ihr Kurzurlaub. Ich gehe davon aus, dass alles planmäßig verlaufen ist?«

Ich nicke.

»Auf den Punkt.«

Sofort tauche ich ab in meine Erinnerungen, wie Will und ich Sonntagmorgen ineinander verknotet im Bett lagen und gekuschelt haben, bis es Zeit fürs Mittagessen im Pub wurde.

»Dann haben Sie das Fußballspiel also nicht gesehen?«

»Wir haben stattdessen einen schönen Strandspaziergang gemacht und waren anschließend im Pub. Dort lief nicht einmal ein Fernseher, in dem das Spiel übertragen wurde.«

»Das war bestimmt gut, denn das Spiel war grässlich. Klingt so, als wäre Ihr Tag deutlich besser verlaufen. Sie scheinen Ihre Beziehung echt gut hinzubekommen. Ich bin ein bisschen neidisch.«

Ich schaue Robin an und kann mir nicht vorstellen, dass er Probleme hat, eine passende Frau zu finden. Seine Bemerkung bei unserer ersten Begegnung, dass er sich momentan zwischen zwei Beziehungen befände, hat in mir den Eindruck geweckt, dass er eine Art Drehtürpolitik betreibt.

»Vielleicht kann ich mir bei Ihnen ein paar Tipps holen. Sie könnten für mich zum Beispiel eine Art Beziehungsguru werden.«

Bei der Vorstellung möchte ich laut lachen. Wenn er wissen will, wie man möglichst wenig mit seinem Partner kommuniziert oder ihm irgendetwas heimzahlt, ist er bei mir an der richtigen Adresse.

»Vielleicht«, antworte ich und bereite weiter den Kaffee zu.

»Ich nehme nicht an, dass Sie mein Buch gelesen haben, oder?«

So unverblümt wollte ich ihn nicht darauf ansprechen, aber wir unterhalten uns jetzt bestimmt schon zwei Minuten, und er hat es mit keinem Wort erwähnt.

»O Gott, Ihr Buch. Nein, tut mir leid. Ich wollte es auf meinen Kindle schicken und habe es dann total vergessen«, sagt er.

»Macht doch nichts«, lüge ich. »Ich hab nur gefragt, weil Sie sagten, dass Sie es lesen würden, aber es hat wirklich keine Eile. Lesen Sie es, wann immer es passt«, füge ich lässig hinzu. Obwohl ich anfangs skeptisch war, es ihm zu geben, möchte ich jetzt unbedingt wissen, was er davon hält.

»Ich lese es diese Woche.«

»Und was haben Sie dann am Wochenende gemacht?«

Hoffentlich klingt meine Stimme jetzt nicht so, als würde ich unbedingt herausfinden wollen, warum er zu beschäftigt war, um mein Buch zu lesen.

»Sie wissen schon, das Übliche.«

Ich schütte Zucker in Mikes Kaffee und habe den Überblick verloren, wie viele Löffel es insgesamt waren.

Zwei, oder schon drei? Ratlos starre ich auf die Tasse und gebe dann sicherheitshalber noch einen halben Löffel dazu.

»Was ist das Übliche?«

Es kommt mir so vor, als wisse er mittlerweile viel über mich, ich aber kaum etwas über ihn.

»Samstagmorgen habe ich meine Großeltern besucht und ihnen beim Einkaufen geholfen. Dann bin ich in den Pub, habe mir zusammen mit meinen Freunden das Spiel angesehen und war anschließend auf der Dinnerparty eines anderen Freundes. Gestern folgte das obligatorische Lesen der Zeitung von vorn bis hinten, bevor ich ins Fitnessstudio gegangen bin. Anschließend spätes Mittagessen mit ein paar anderen Freunden.« Er zuckt mit den Schultern. »Das Übliche eben.«

Für mich hat er gerade ein Wochenende wie aus einer Hochglanzzeitschrift beschrieben. Wie mein Leben wohl aussehen würde, wenn ich so einen Partner hätte? Zeitung lesen und erwachsene Dinnerpartys …

»Aber nicht so gut wie Ihres. Ich hätte viel lieber ein romantisches Wochenende auf dem Land verbracht.«

»Sind Sie schon lange Single?«

Die Wörter kommen mir über die Lippen, bevor ich sie zurückhalten kann. Normalerweise frage ich meine Arbeitskollegen nicht so unverfroren aus, vor allem, wenn ich sie kaum kenne, aber bei Robin gelten die üblichen Regeln irgendwie nicht.

»Eigentlich nicht. Etwa zwei Monate. Mit meiner letzten Freundin war ich fast ein Jahr zusammen. Das ist natürlich nicht so beeindruckend wie sieben, aber für mich war es schon ganz schön lange.«

»Was ist passiert?«

»Sie wollte wissen, wo es mit uns hinführt. Ich sagte ihr, dass ich das nicht wisse, und da hat sie Schluss gemacht.«

»Wow, einfach so?«

»Ja, aber sie hatte recht. Zugegebenermaßen war unsere Beziehung nicht das, was sie wollte. Ich glaube, sie hat immer gewusst, dass ich sie nicht heiraten würde. Anscheinend kommt man irgendwann in das Alter, wo man das nicht mehr ignorieren kann. Nicht, wenn man Kinder und all das will.«

»Vermutlich«, antworte ich und frage mich, wo diese Altersgrenze liegt. Ich rede mir ein, dass seine Situation völlig anders ist als meine. Robin muss ein paar Jahre älter sein als ich. Außerdem weiß ich, wo Will und ich hinwollen. Wir leben zusammen. Heiraten und Kinder zeichnen sich am Horizont ab – es ist nur so, dass sie dort ständig bleiben und nie näher kommen.

»Aber sie ist damit doch auch ein großes Risiko eingegangen, oder? Wenn sie den Richtigen nun nie findet und am Ende allein bleibt?«

»Ist es nicht schlimmer, nur aus Angst vor Einsamkeit mit jemandem zusammen zu sein? Davon abgesehen, hat Victoria bereits wieder eine Beziehung.«

»Und Sie haben sich erst vor zwei Monaten getrennt? Wow. Und Sie haben noch niemanden in Aussicht?«

Plötzlich merke ich, wie ich meine Haare um den Finger wickle, und lasse die Locke sofort fallen. Was zum Teufel mache ich da? Flirte ich etwa mit ihm?

»Ich arbeite daran«, sagt er und ist im Begriff, das weiter auszuführen. Aber dazu bekommt er keine Gelegenheit, denn in diesem Moment betritt Mike die Küche.

»Ich dachte schon, du wärst nach Kenia geflogen, um die Kaffeebohnen eigenhändig zu pflücken«, knurrt er.

Ich halte ihm seine Tasse hin und versuche, nicht zu kichern, als er damit wieder hinausmarschiert.

»Mein lieber Schwan, was ist denn mit dem los?«, fragt Robin.

»Vermutlich musste er den Sonntag mit seiner Schwiegermutter verbringen. Das verschafft ihm einmal im Monat diese schlechte Laune. Keine Sorge, bis zur Mittagspause hat er sich wieder gefangen.«

»Gut zu wissen, denn heute Nachmittag habe ich einen Termin mit ihm. Also, ich bin den Bericht durchgegangen, den Sie mir gegeben haben. Sieht so aus, als sei Ihr Kunstfestival dieses Jahr gut gelaufen«, beendet er unser persönliches Gespräch.

»Danke.«

Ungewollt muss ich mit einem Anflug von Stolz lächeln.

»Bestimmt gehen Sie davon aus, dass es nächstes Jahr ähnlich gut laufen wird.«

»Das ist der Plan«, antworte ich und hoffe, dass ich nach seinem Bericht nächstes Jahr noch einen Job haben werde. Aber je besser ich Robin kennenlerne und je mehr ich ihn mag, desto weniger kann ich mir vorstellen, dass er in unserer Abteilung die Köpfe rollen lassen wird.

»Es klappt ganz sicher. Sie scheinen sich sehr ins Zeug zu legen.«

»Allerdings.«

Er lächelt mir zu und verlässt dann die Küche.

Ich schnappe mir meinen Kaffee und folge ihm zurück zu meinem Schreibtisch.

Der Rest des Tages verstreicht in einem Rausch von Arbeit, während sich meine Art zu gehen langsam wieder normalisiert. Ich sehe nicht länger aus wie eine Statistin in einem Cowboyfilm.

Abends zu Hause mache ich es mir im Sessel bequem, balanciere den Laptop auf meinem Schoß und bin entschlossen, einen weiteren Blogpost zu schreiben. Janet möchte, dass wir bis Mittwoch noch einen Post veröffentlicht haben, bevor wir uns dann mit den sozialen Netzwerken beschäftigen und damit, wie wir mehr Leser auf unseren Blog aufmerksam machen können.

»Da bist du ja, Schatz«, sagt Will bald darauf und stellt eine große Tasse vor mir auf den Sofatisch. Dann setzt er sich aufs

Sofa und nimmt mit der Fernbedienung in der Hand seine übliche Position ein.

»Danke«, sage ich und hoffe, dass er nicht sieht, wie mein erster Blogpost gerade geladen wird. Ich betrachte die Tasse, deren Inhalt verdächtig nach heißer Schokolade mit Marshmallows aussieht – eine nette Überraschung.

Ich fühle mich ein bisschen schuldig, dass ich einen weiteren Post schreibe, vor allem nach dem tollen Wochenende in Swansea. Aber letztlich geht es ja nicht um mein Privatleben, sondern darum, veröffentlicht zu werden. Dass ich die Situation ein bisschen ausschmücke, betont lediglich, dass es Fiktion ist.

Meine Blogstatistik öffnet sich, und ich starre ungläubig auf die Zahl. Mein Post hatte achthundert Besucher. Achthundert? Wie kann das sein?

Außer meiner Schreibgruppe habe ich niemandem davon erzählt. Wie also haben die Leute diesen Blog gefunden?

Ich öffne den Post und sehe, dass ich jede Menge Kommentare habe!

Aufgeregt halte ich den Atem an, bis mir klar wird, dass der erste Kommentar eine Werbeanzeige für Viagra ist. Großartig. Ich überfliege den nächsten und erwarte, dass ein weiteres penisvergrößerndes Medikament angepriesen wird, sehe aber stattdessen einen ehrlichen Kommentar.

O mein Gott. Ich hätte meinen Freund umgebracht, wenn er das getan hätte. Kann es nicht erwarten zu hören, wie du es ihm heimgezahlt hast.

Bitte, bitte, sag uns, was du getan hast, um dich zu rächen.

Was für ein Arschloch. Wieso bist du immer noch mit ihm zusammen?

Ich bin ein bisschen stolz darauf, dass die Leute etwas lesen, das ich geschrieben habe, und dass sie wollen, dass ich mehr schreibe. Das Blut schießt mir in die Wangen, und ich spüre, wie sich meine Mundwinkel zu einem breiten Lächeln verziehen.

»Alles in Ordnung?«, fragt Will.

»O ja. Ich sehe mir nur auf Facebook die Fotos von Julies Baby an«, antworte ich und weiß genau, dass er mich niemals bitten wird, ihm die Fotos des einen Monat alten Kindes meiner Studienfreundin zu zeigen.

»Aha.« Er widmet sich wieder seinem Programm.

Ich konzentriere mich auf meinen Blog und entdecke neben dem kleinen Twitter-Symbol am unteren Rand die Zahl 19. Neunzehn Leute haben den Link geteilt? Vermutlich sind die meisten davon in meiner Schreibgruppe.

Am liebsten würde ich vor Freude juchzen, aber ich will nicht, dass Will nach dem Grund fragt.

Ich schaue hoch und stelle fest, dass er völlig von irgendeinem Dart-Turnier vereinnahmt wird. Da wir übers Wochenende weg waren, hinkt er seinem Zeitplan hinterher und kann sich die Aufzeichnung erst heute ansehen. Aber ich beschwere mich nicht darüber, denn auf diese Weise werde ich wenigstens nicht dazu verleitet, mir *Coronation Street* anzusehen, wenn ich eigentlich meinen Blog schreiben sollte.

Dass ich es geschafft habe, so viele Leute dafür zu interessieren, motiviert mich. Ich sollte aber die ganze Geschichte über mehrere Wochen verteilt erzählen und kann deshalb nicht einfach mit dem Swansea-Wochenende anfangen. Also entscheide ich, bis an den Anfang zurückzugehen.

Ich war immer eine pflichtbewusste Freundin, die ihm nie die Spannung bei Spielen kaputt gemacht hat. Niemals ist mir herausgerutscht, dass ich das Ergebnis des Spiels bereits kenne, wenn er sich eine Aufzeichnung anschaut. Aber nach dem abscheulichen Verhalten meines Freundes vor zwei Wochen (ihr könnt alles darüber hier nachlesen) habe ich mit Absicht das Radio lauter gestellt, als er mich bat, es auszuschalten, und die Grand-Prix-Ergebnisse waren nicht zu überhören. Ich weiß nicht, was in meine Hände gefahren ist, es war, als seien sie fremdgesteuert. Nun ja, ihr könnt euch vorstellen, welche Laune er danach hatte. Den ganzen Sonntag ist er wie ein schmollender Teenager herumgelaufen. Und so wütend ich auch über das war, was er angerichtet hatte, so spielte doch ein zufriedenes Grinsen um meinen Mund. Es war definitiv ein Fall von Ich 1 – Freund 0. Und das ist erst der Anfang. Ich habe einen Rachefeldzug begonnen, um es ihm gehörig heimzuzahlen. Wenn er sich schon so aufführt, nur weil er ein Spielergebnis zu früh erfährt, könnt ihr euch vorstellen, wie er erst reagiert, wenn ein aufgezeichnetes Spiel gelöscht wurde oder ich ihn davon abhalte, ins Stadion zu gehen.

»Was schreibst du denn da?«, fragt Will. »Du tippst so schnell, dass der Laptop eigentlich schon qualmen müsste.«

Erschrocken schaue ich hoch, denn für einen Moment hatte ich ganz vergessen, dass er hier ist. Offenbar gibt es in der Aufzeichnung gerade einen Werbeblock, denn er spult vor.

»Das ist eine Hausaufgabe für meinen Schreibkurs«, antworte ich und achte darauf, dass Will vom Sofa aus nur den hochgeklappten Deckel des Laptops sieht. Auf keinen Fall darf er durch Zufall einen Blick auf meinen Text erhaschen.

Der einzige Grund, warum ich mich im selben Raum wie er aufhalte, während er sich Sport anschaut, besteht darin, dass ich hoffe, meine Gefühle als Sportwitwe heraufzubeschwören, die sich nach unserem schönen Wochenende bedauerlicherweise noch rarmachen.

»Ich dachte, du würdest vielleicht deinen neuen Roman in Angriff nehmen.«

Auf der Rückfahrt von Swansea habe ich Will erzählt, dass mir alle geraten haben, es mit Chicklit zu versuchen.

Es ist untypisch für ihn, dass er sich dafür interessiert, was ich mache. Ich weiß nicht, ob ich es mir einbilde, aber seit Swansea ist er ein bisschen aufmerksamer. Als er heute von der Arbeit nach Hause kam, hat er mich geküsst und mir sogar eine Tüte Weingummis mitgebracht – meine Lieblingssüßigkeit. Und dann hat er mir auch noch die heiße Schokolade zubereitet.

»Und was musst du als Hausaufgabe machen?«

»Einen Werbetext schreiben.« Ich versuche, es langweilig klingen zu lassen. Ich kann ihm nicht sagen, dass ich blogge, denn dann würde er natürlich wissen wollen, worüber ich schreibe. Und streng genommen lüge ich ja auch nicht – es ist eine Form von Marketing.

»Schön, dass es dir so gut von der Hand geht.«

Achthundert Leute gut!, möchte ich schreien. Aber stattdessen gebe ich nur ein »Hm« von mir.

Seine Aufmerksamkeit wandert zurück zur Aufzeichnung.

Ich sehe dabei zu, wie er in großen Zügen sein Bier trinkt und vom Geschehen auf dem Bildschirm völlig vereinnahmt ist. Sofort bekomme ich ein schlechtes Gewissen wegen dem, was ich gerade schreibe. Will wird es zwar nie lesen oder davon erfahren, aber es fühlt sich an, als würde ich ihn betrügen, indem ich nicht nur über unsere Beziehung schreibe, sondern ihn auch noch wie ein absolutes Arschloch darstelle.

Ich halte den Finger über die Taste Senden und überlege, ob ich den Text stattdessen löschen soll. Aber dann denke ich daran, wie sehr Will mich in den vergangenen Jahren bei meiner Schreiberei unterstützt hat. Bestimmt würde er wollen, dass ich alles tue, um veröffentlicht zu werden. Letztlich wissen wir doch, dass es Fiktion ist, oder?

»Musst du noch viel machen?«, fragt Will.

»Nein«, antworte ich, drücke auf Senden und schließe den Blog. »Wie steht es beim Dart?«

»Ist gerade zu Ende.«

»Oh, hättest du Lust, eine Folge von *Game of Thrones* anzusehen?«

Ich könnte mir vorstellen, dass mein Freund vielleicht gern mit mir auf dem Sofa kuscheln möchte, so wie letzten Samstag im Cottage.

»Ähm, ehrlich gesagt, fängt das Motorradrennen gerade an. Können wir es uns danach anschauen?«

»Okay«, antworte ich und muss beinahe lachen. Mein kleines Rachemanöver hat ihn kein bisschen geändert, er ist so sportversessen wie eh und je.

Ich kann nicht glauben, dass du damit durchgekommen bist«, sagt Cara. Wir betreten den Pub und gehen direkt zur Bar.

»Geht mir genauso. Ich hatte solchen Schiss, dass er mir auf die Schliche kommt!«

Wir bestellen unsere Drinks und setzen uns damit an unseren üblichen Tisch in der hinteren Ecke.

»Da er es so gut weggesteckt hat, hattest du wohl Glück«, sagt sie und nippt an ihrem Wein.

»Allerdings, wir hatten dreimal Sex«, verkünde ich stolz und muss grinsen, weil wir unsere übliche Monatsquote an einem Wochenende übertroffen haben.

»Wow, dreimal hintereinander! Ziemlich beeindruckend. Ich hatte bisher erst einen Typen mit so viel Ausdauer, ich habe ihm den Spitznamen Duracell Hase gegeben, aber nicht nur, weil er immer weiterlief, sondern er machte auch dieses wilde −«

»Aaah, Gehirnblutung! Zu viel Information! Und ich meinte nicht drei Mal hintereinander, sondern am ganzen Wochenende. Freitagabend, Samstagmorgen und Samstagabend. Als hätte einer von uns beiden Geburtstag.«

»Sollte nicht jedes Wochenende so sein? Ich dachte, das sei der Sinn einer dauerhaften Beziehung? Man kann jederzeit Sex haben.«

»Und es wird nicht von dir erwartet, ständig glatt rasierte Beine zu haben.«

Cara verdreht die Augen. Dann fragt sie: »Und wann willst du ihn nun mit seiner Lüge konfrontieren?«

Ich begutachte meine Fingernägel und tue so, als hätte ich die Frage nicht gehört.

»Du klärst das doch jetzt mit ihm, oder? Ich meine, du hattest deine kleine Rache, er hat das Fußballspiel verpasst. Das reicht doch?«

Ich zucke mit den Schultern und seufze.

Nachdem wir wieder zu Hause waren, wollte ich die tolle Stimmung nicht verderben. Es war eines dieser Wochenenden, an die wir uns immer erinnern würden. Ein heftiger Streit hätte das nur verdorben.

»Eigentlich schon. Wir waren in diesem schwindelerregenden Flitterwochenzustand, in dem wir nicht genug voneinander bekommen konnten und einander aufmerksam zugehört haben. Das hat mir gezeigt, wie unsere Beziehung nach ein paar geringfügigen Korrekturen sein könnte – einfach perfekt.«

»Aber keine Beziehung ist perfekt, oder? Und ich glaube nicht, dass man einen Rachefeldzug als geringfügige Korrektur bezeichnen kann.«

»Vermutlich nicht.«

»Dann wäre das geklärt. Du ziehst einen Schlussstrich unter diese Sache und hörst damit auf, okay?«

Mir ist klar, dass ich irgendwann mit Will darüber sprechen muss. Ganz davon zu schweigen, dass er es womöglich wieder tun wird, wenn er glaubt, dass er damit durchkommt.

»Ich werde mit Will reden. Aber ich bin noch nicht so weit. Irgendwie habe ich das Gefühl, dass Swansea nicht genug war. Ich dachte, es würde meine Wut besänftigen, aber ich spüre sie nach wie vor.«

»Du willst noch mehr Rache?«, fragt Cara und saugt die Luft ein, als sei es das Schrecklichste, was ich je gesagt habe. »Und das hat nichts damit zu tun, dass die Leute deinen Blog lesen?«

Ich schüttle den Kopf. Allerdings wurde mein jüngster Post tausend Mal gelesen, und meine Leser lechzen nach Blut. Mein Post über Swansea steht noch aus, aber ich glaube nicht, dass meine Fans damit zufriedengestellt sein werden – schließlich hat Will das mit dem verpassten Fußballspiel verdammt gut weggesteckt.

»Oder mit deinem Chicklit-Roman?«

»Ha, nein. Bisher habe ich noch nicht einmal eine Idee, wovon der eigentlich handeln soll.«

»Mein Angebot für Anregungen aus meinem Single-Leben steht noch«, sagt sie.

»Apropos, hast du was von Dave, dem Trauzeugen, gehört?«

Cara greift nach ihrem Glas und trinkt einen großen Schluck Wein. »Kann schon sein.«

Sie ist erstaunlich zurückhaltend, und mir drängt sich der Verdacht auf, dass sie nicht alles erzählt.

»Hast du denn was von Vanessa gehört?«, fragt sie.

Diese Verschwiegenheit bezüglich ihres Sexlebens ist total untypisch für Cara. Normalerweise hält auch mein Protest sie nicht davon ab, mir haarklein von ihren neuesten Eroberungen und Erkenntnissen zu berichten. Und nun wechselt sie kategorisch das Thema. Entweder hat sie ganz normalen Sex (und denkt deshalb, dass es nichts zu erzählen gibt), oder sie mag diesen Dave tatsächlich.

»Habe ich«, gehe ich auf ihre Frage ein und lasse das Dave-Thema fallen. Sie wird mir schon davon erzählen, wenn es an der Zeit ist. »Sie hat mir vor dem Rückflug eine WhatsApp geschickt, dass sie einen wunderschönen Urlaub hatten und sie sich darauf freut, uns Samstagabend zu sehen.«

»Ach ja, Mädelsabend«, sagt Cara und reibt sich aufgeregt die Hände. »Wir sind seit einer Ewigkeit nicht mehr auf Tour gegangen.«

»Nun – sie hat gefragt, ob wir diese Woche vielleicht einen ruhigen Abend zu Hause verbringen und dafür nächste Woche auf die Piste gehen können. Irgendwas von wegen Jetlag und so.«

»Aber war sie nicht in Südafrika?«, fragt Cara und runzelt verwirrt die Stirn. »Ist das nicht so ziemlich dieselbe Zeitzone?«

»Schon, aber du kennst ja Vanessa. Vermutlich meint sie einfach, dass sie müde von der Reise sein wird.«

»Ja, Flitterwochen sind bestimmt anstrengend – das ganze Vögeln.«

Jetzt bin ich an der Reihe, die Augen zu verdrehen.

»Aber ein Abend zu Hause ist auch okay. Sollen wir uns bei dir treffen?«, schlägt sie vor. »Bei mir ist es ein bisschen eng.«

Ich möchte gerade darauf hinweisen, dass uns das noch nie abgehalten hat, aber dann fällt mir dieser Dave ein, und ich werde erst recht neugierig. Vielleicht sind er und seine Hausschuhe bereits dauerhaft bei ihr eingezogen.

»Klar, ich werde es mit Will abstimmen, aber es dürfte kein Problem sein.«

Ob Vanessa wohl etwas über Cara und Dave weiß? Immerhin sind er und Ian gute Freunde. Cara mag ja sehr verschwiegen sein, aber Dave vielleicht nicht.

»Also abgemacht – und ehrlich gesagt, so wie es diese Woche bei mir bei der Arbeit zugeht, kann ich es kaum erwarten«, sagt sie stöhnend.

»Wieso, was ist passiert?«

»Dieses Miststück Belinda –«

»Moment mal«, unterbreche ich sie. »Miststück Belinda? Wurde ihr Spitzname von Langweilerin Belinda hochgestuft?«

»Yep. Wir haben unsere Forschungsergebnisse dem Vorstand präsentiert, und sie hat das Lob für meine ganze Arbeit eingeheimst. Wir sind zwar ein Team, und ich habe auch nichts dagegen, Anerkennung zu teilen, aber sie tut so, als sei alles ihr Verdienst. Es sind immer die Stillen, die du im Auge behalten musst«, sagt Cara und runzelt die Stirn.

»Klingt so, als müsstest du das klären. Du weißt schon, mit ihr darüber reden«, plappere ich genau den Rat nach, den sie mir bezüglich Will gegeben hat.

»Oder ich sage nichts und warte den richtigen Augenblick ab, um mich zu rächen.« Sie zieht eine Schnute, als wüsste sie, worauf ich angespielt habe.

»Gut gekontert. Aber im Ernst, du musst etwas unternehmen, oder?«

»Ja, vermutlich. Ich muss einfach dafür sorgen, dass ich beim nächsten Treffen mit dem Vorstand zuerst reingehe und sehr viel deutlicher hervorhebe, was mein Beitrag an dem Projekt ist.«

Unsere Jobs mögen ja so verschieden sein wie Tag und Nacht, aber mit Finanzierungsproblemen und drohenden Budgetkürzungen haben wir beide zu kämpfen.

»Das Gute ist jedoch, dass der Vorstand dem Einsatz eines neuen Proteins bei den Versuchen zugestimmt hat, wir können also weitermachen.«

»Super!«, sage ich aufmunternd. Im Grunde habe ich keinen blassen Schimmer, wovon sie redet, aber sie scheint sich darüber zu freuen.

Mein Handy piept, und ich werfe einen Blick auf das Display. Es ist eine SMS von meiner Mutter.

Hallo Lexi, möchtest du mit Will mal sonntags zum Mittagessen kommen, bevor ihr nach Barbados fliegt? Mum xx

Ich liebe es, dass meine Mutter ihre Textnachrichten so schreibt, als seien es Briefe mit Anrede und Unterschrift – als wüsste ich nicht, von wem der Text stammt.

Der Gedanke an ein Mittagessen bei meinen Eltern lässt meine Laune sofort in den Keller rutschen. Bei solch einem Treffen geht es immer furchtbar formell zu. Wir sitzen in dem zugigen Esszimmer, das den Rest der Woche nicht betreten wird, essen vom guten Geschirr und müssen im Sonntagsstaat erscheinen. Allein die Vorstellung ist ermüdend, und ich muss mich jedes Mal mental dafür aufbauen.

Aber wir haben uns seit Dads Geburtstag nicht mehr gesehen. Bis zu unserem Urlaub bleiben noch zwei unverplante Sonntage, ich werde also Will entscheiden lassen, an welchem von beiden wir meine Eltern besuchen.

»Alles okay?«, fragt Cara.

»Ja, klar«, antworte ich und schreibe rasch meiner Mutter. »War nur von meiner Mum. Einladung zum Mittagessen an einem Sonntag.«

»Was für ein Vergnügen.« Cara zieht die Brauen hoch.

Im Laufe der Jahre ist sie zu einigen solcher Mittagessen mitgeschleppt worden und weiß, was mir bevorsteht.

»Falls es diesen Sonntag ist, kannst du froh sein, dass wir Samstagabend zu Hause bleiben. Dann dürfte dein Kater nicht ganz so schlimm ausfallen.«

»Stimmt.« Ich schüttle mich. Ein Kater *und* meine Mutter sind definitiv zu viel für einen Tag. Vielleicht sollte ich Will nahelegen, diesen Sonntag auszusuchen. »Apropos Samstagabend: Denk dran, Vanessa gegenüber nicht zu erwähnen, dass Will statt zu ihrer Hochzeit zum Fußball gegangen ist.«

»Was? Du willst es ihr nicht sagen?«

»Das geht nicht. Sie würde so sauer werden, dass sie ihm die Meinung geigt.«

»Ist das nicht ein Grund mehr, warum du ihm sagen solltest, dass du Bescheid weißt? Jetzt hast du Geheimnisse vor Will und vor deiner Freundin.«

»Ich weiß, aber die Wahrheit würde sie verletzen. Es war ja nicht meine Hochzeit, die er verpasst hat, sondern ihre. Das war eine persönliche Kränkung.«

Cara seufzt und ist offenkundig anderer Meinung.

»Ich möchte ihr lieber nicht davon erzählen, genauso wenig wie von meiner Rache.«

»O Gott, noch mehr Geheimnisse. Darf ich Swansea erwähnen?«

»Ja, aber nicht mein raffiniertes Vorgehen.«

Cara schüttelt den Kopf.

»Das wird zurückkommen wie ein Bumerang und dich in den Hintern treffen, und wenn das passiert, dann denk dran, dass ich dich gewarnt habe.«

Ich weiß ja, dass sie recht hat, aber vorerst bin ich froh, dass sie Vanessa nichts verraten wird.

Kapitel 19

Ich verstehe einfach nicht, warum ihr euch den Kampf nicht bei Aaron oder Tom ansehen könnt«, sage ich stöhnend, als Will sich auf den Weg zum Pub machen will, wo er seine Freunde trifft, ehe sie alle drei zu uns kommen.

Heute ist einer jener Abende, an denen ich wünschte, ich hätte einen Pantoffelhelden als Freund.

»Weil Aarons Frau schwanger und ein hormoneller Albtraum ist, der ins Bett geht, sobald es dunkel wird. Und Aaron möchte sie nicht stören. Und Tom hat momentan kein Sportpaket.«

Die glücklichen Frauen. Die eine hat nicht nur einen Ring am Finger, sondern ist auch noch schwanger, was ihr die ultimative Oberhand verschafft, und die andere lebt einen Traum – ohne Sportkanal.

Da ich weder schwanger bin noch bis heute Abend Sky Sport loswerde, fällt mir kein überzeugender Grund ein, wieso Will mit seinen Freunden nicht bei uns bis in die Morgenstunden einen Boxkampf anschauen könnte. Mein Schlaf und geistiges Wohl sind anscheinend nicht Grund genug. Auf beides habe ich schon einmal verwiesen – und ein Paar Ohrstöpsel bekommen.

Ich kann froh sein, dass nicht jede Woche um einen Titel geboxt wird und dass die Jungs vorher in den Pub gehen, um zu trinken. Das mag die Sache zwar anschließend etwas lauter gestalten, aber zumindest bleibt mir dann der testosteronbefeuerte Schlagabtausch im Vorfeld erspart.

»Ich weiß gar nicht, warum du dich aufregst. Um Mitternacht werden deine Mädels längst weg sein.«

»Das weißt du doch gar nicht! Vielleicht tanzen wir dann noch und trinken Margaritas.«

Das ist eine Lüge. Ich kann mich gar nicht mehr an das letzte Mal erinnern, als die Mädels länger als bis halb zwölf geblieben sind.

»Bitte«, sagt er und gibt mir erst einen Klaps auf den Po und dann einen Kuss. »Wenn wir hier aufkreuzen, liegst du garantiert im Bett und trinkst Malzkaffee.«

Verdammt, er kennt mich einfach zu gut.

»Hör zu, ich verspreche, dass wir leise sind, wenn wir reinkommen, und du wirst uns kaum bemerken.«

Ich schnaufe verächtlich. Nach einem Ausflug in den Pub sind diese Jungs wie Elefanten im Porzellanladen.

»Ganz sicher«, bekräftigt er.

Ich gehe zum Sofa, setze mich und greife nach meinem Glas. Will beugt sich über mich und küsst mich auf die Wange, bevor er sich zum Gehen wendet. »Viel Spaß mit den Mädels.«

Er öffnet die Haustür und prallt mit Vanessa zusammen, die gerade klingeln wollte.

»Oh, hallo«, begrüßt sie ihn.

»Hi«, antwortet er und wirkt zu Tode erschrocken.

Vanessa starrt ihn an, als wüsste sie nicht, was sie sagen soll, und ich brauche einen Moment, um den Grund für diese Verlegenheit zu verstehen: Die beiden sehen sich zum ersten Mal, seit er ihre Hochzeit verpasst hat. An ihrem großen Tag schien sie seine Abwesenheit locker zu nehmen, aber mittlerweile ist der Champagner abgebaut. Ob sie womöglich den wahren Grund für sein Fernbleiben kennt?

»Will, du könntest Vanessa ruhig noch einmal sagen, wie leid es dir tut, dass du ihre Hochzeit verpasst hast.«

»Oh, ähm, ja, natürlich. Tut mir leid. Die Lebensmittelvergiftung war einfach … schrecklich.«

»Nicht zu ändern«, sagt sie und tätschelt ihm ein bisschen linkisch den Arm, was bei mir den Eindruck erweckt, als ob sie es nicht ehrlich meint.

»Hey, Lexi. Geht es dir gut?«, fragt sie und kommt auf mich zu. Mir wird plötzlich bewusst, dass ich die Wangen nach innen ziehe, als sei ich ein superstarker Staubsauger.

Mitzuerleben, wie Will Vanessa ins Gesicht lügt, lässt meine Wut wieder hochkochen.

Er winkt uns zum Abschied zu, und ich schaffe es, meine Hand zu heben, was beeindruckend ist, denn eigentlich will nur mein Mittelfinger nach oben gehen.

»Also, was habe ich verpasst, während ich weg war?«, fragt Vanessa und setzt sich aufs Sofa.

»Nicht viel. Letztes Wochenende waren Will und ich in Swansea. Wir waren wandern und haben jede Menge Wein getrunken.« Ich bin gerade nicht in der Stimmung, ausführlich von unserem netten Ausflug zu erzählen. »Und die Revision in unserer Abteilung ist in vollem Gange. Durchgeführt wird sie von Robin, dem tollen Typen aus dem obersten Stock.«

»Klingt interessant. Du kannst mir ja später mehr davon erzählen«, sagt sie.

Ich nehme den Krug mit Margarita, den ich vorbereitet habe, und will Vanessa ein Glas einschenken.

»Nicht für mich, danke«, sagt sie.

»Bist du mit dem Wagen gekommen?«

»Ja, weil ich im Moment nichts trinke.«

»O Gott, bist du etwa schon schwanger?«

Ich wusste von ihrem Plan, es direkt nach der Hochzeit zu versuchen – so viel zum Thema Flitterwochenbaby.

»Nein, noch nicht. Aber hoffentlich bald. Hast du eine Ahnung, wie stark Alkohol deine Fruchtbarkeit beeinflusst?«

Ich fülle mein Glas bis zum Rand, da ich mir über dieses Thema glücklicherweise keine Gedanken machen muss.

»Nein, das war mir nicht bewusst.«

»Ist es aber. Deshalb trinken Ian und ich in nächster Zukunft keinen Tropfen.«

»Wow, das nenne ich Einsatz.«

Ob Will in dem Fall wohl auf sein Bier verzichten würde?

»Ja, wir nehmen das sehr ernst. Ich messe Temperatur und verfolge meinen Zyklus, sodass wir hoffentlich nächsten Monat unsere Bemühungen auf den Zeitraum konzentrieren können, wenn ich meinen Eisprung habe.«

Beinahe hätte ich mich an meiner Margarita verschluckt. Erzählt man so etwas anderen Leuten? Ich glaube, sie hat im Laufe der Jahre zu viel Zeit mit Cara verbracht.

»Das ist, ähm, toll. Viel Glück«, sage ich und drücke demonstrativ die Daumen.

»Danke. Wir versuchen es ja erst wenige Wochen, aber ich hätte echt nicht gedacht, dass es so viel zu bedenken gibt.«

Hoffentlich taucht Cara bald auf und rettet mich aus diesem Gespräch.

»Also, die Hochzeit …«, versuche ich das Thema zu wechseln.

»Oh, das war ehrlich der schönste Tag meines Lebens.« Vanessa beginnt zu strahlen, was von ihrer sonnengebräunten Haut noch betont wird. »Es war perfekt. Stimmt doch, oder?«

»Absolut.«

»Wenn ich den Tag wiederholen müsste, würde ich kein einziges Detail ändern.«

Keine Ahnung, warum ich dachte, dieses Thema sei besser. Es erinnert mich nur an den Moment, in dem ich von Mike die

SMS bekam und so von dem scheußlichen kleinen Geheimnis meines Freundes erfuhr.

Es klingelt an der Haustür, und ich rapple mich erleichtert hoch.

»Hi, Cara«, sage ich beim Öffnen und ziehe meine Freundin ins Haus.

»Hallöchen. Hi, Vanessa.«

Cara umarmt uns beide kurz, schnappt sich dann das leere Glas und füllt es aus dem Krug. Anschließend lässt sie sich aufs Sofa fallen und kickt ihre High Heels weg.

»Entschuldigt die Verspätung«, sagt sie und nippt an ihrem Drink.

Ich mustere sie – ihre Wangen sind gerötet, und sie scheint zu glühen. Kann mir schon denken, wer und was der Grund für ihre Verspätung ist.

»Hatten wir Probleme, von zu Hause wegzukommen?«, frage ich und hebe mein Glas, um ihr zuzuprosten.

»Ich habe meine Schuhe gesucht«, antwortet sie.

»Ach so, unter der Bettdecke?«

Normalerweise müsste ich Cara nicht dazu drängen, uns von ihren Schlafzimmeraktivitäten zu berichten, aber diesmal bleibt sie stumm.

»Was ist los?«, fragt Vanessa und zieht die Brauen hoch.

»Nichts«, antwortet Cara. »Lexi bezieht sich auf eine meiner Geschichten aus dem Schreibkurs. Nicht wahr?«

»Ja«, antworte ich, neugieriger denn je. Eigentlich war ich davon ausgegangen, dass Vanessa im Bilde ist, aber anscheinend weiß Ian auch nichts, denn er hat bestimmt keine Geheimnisse vor ihr.

Vanessa beugt sich über ihre Handtasche, die auf dem Boden liegt, und Cara legt in der Zeit rasch den Finger an die Lippen und sieht mich vielsagend an. Lächelnd nicke ich. Anscheinend bin ich nicht die Einzige, die Vanessa etwas verschweigt.

»Lexi und ich haben gerade über die Hochzeit gesprochen«, sagt Vanessa. »Hast du dich gut amüsiert?«

»Und ob«, versichert Cara.

»Prima. Aber es ist dir nicht gelungen, deine Krallen in meinen Cousin Max zu schlagen, oder?«

»Leider nicht. Er sagte, dass er eine Freundin hat.«

»Ja, hat er – Louisa, und sie ist so was von langweilig! Es hätte mir gefallen, wenn ihr beide etwas miteinander angefangen hättet und du dann bei der großen Weihnachtsparty von Ians Familie dabei wärst.«

»Tut mir leid, dass ich dich enttäuscht habe«, sagt Cara.

»Schon gut. Hoffen wir einfach, dass die neue Freundin seines Stiefbruders Dave interessanter ist.«

»Stiefbruder?« Prustend verteile ich den Schluck Margarita, den ich gerade im Mund hatte.

Vanessa lacht. »Ian hasst es, wenn ich Dave so nenne, aber es stimmt. Seine Mum hat vor ein paar Jahren den Vater seines Kumpels Dave geheiratet, streng genommen sind die beiden also Stiefbrüder.«

Ich spähe aus den Augenwinkeln zu Cara, die ganz blass geworden ist. Offenbar kannte sie den Familienstammbaum bisher auch nicht.

»Keine Ahnung, was Ian daran so stört. Weißt du noch, wie wir uns gewünscht haben, unsere Eltern würden sich scheiden lassen, damit meine Mum mit deinem Dad durchbrennen kann?«, fragt sie und sieht mich an.

Bei der Erinnerung daran muss ich kichern.

»Allerdings. Du lieber Himmel! Hatten wir die Idee nicht aus einem dieser *Sweet Valley High*-Bücher?«

»Entweder das oder aus *Der Babysitter-Club*.«

»Ihr beide wart echt durchgeknallt. Ich bin froh, dass wir damals noch nicht befreundet waren.«

Vanessa kenne ich seit dem ersten Tag in der Grundschule. Sie wurde meine beste Freundin, nachdem sie mir gezeigt hatte, wo die Toiletten sind. Cara gesellte sich zu uns, als sie in der neunten Klasse auf unsere Schule kam.

»Du hast etwas verpasst«, erwidere ich kopfschüttelnd.

»Aber wenn dein Dad Ness' Mum geheiratet hätte, dann hätte mein Dad deine Mutter heiraten müssen«, überlegt sie lachend.

»Wieso, glaubst du wohl, habe ich ihren Dad ausgesucht?«, mischt sich Vanessa ein.

»He! So übel ist sie nicht.«

In Wahrheit ist sie das doch, aber ich muss wenigstens so tun, als würde ich sie verteidigen.

Cara schaut auf ihr leeres Glas und füllt es aus dem Krug wieder auf.

»Nicht für mich, danke«, sagt Vanessa und deckt ihr Glas mit der Hand ab, als Cara Anstalten macht, ihr ebenfalls etwas einzugießen.

»Du trinkst nichts?«

»Nein, ich bleibe trocken, solange Ian und ich versuchen, schwanger zu werden. Wusstest du, wie sehr sich Alkohol auf deine Fruchtbarkeit auswirkt?«

»Ich mache dir stattdessen eine Tasse Tee, okay?«, schlage ich vor und stehe in der Hoffnung auf, mich vor dem drohenden Vortrag über Fruchtbarkeit in die Küche retten zu können.

»Keinen Tee. Ich meide auch Koffein und Tein. Ein Glas Wasser wäre prima.«

»Okay!«, rufe ich über die Schulter.

Ich gehe in die Küche und atme tief aus. Dave und Ian sind Stiefbrüder – was für eine Enthüllung. Wenn Cara nun Dave heiraten würde, wären sie und Vanessa dann Stief-Schwägerinnen? Wie gern würde ich diese Überlegung offen ansprechen!

Ich fülle ein Glas mit Leitungswasser und atme noch einmal tief durch, um die Geheimnisse in meinem Kopf zu ordnen, bevor ich zurückgehe.

Als ich mir nachschenke, schwappt Margarita auf den Sofatisch. Meine Hand-Augen-Koordination ist nie sonderlich gut, aber das hier ist der dritte Krug, und da nur Cara und ich trinken, kann sogar mein benebeltes Gehirn erkennen, dass ich schon zu viel intus habe.

»Hat Will Vanessa noch gesehen, als sie kam?«, flüstert Cara mir zu, als Vanessa nach oben aufs Klo verschwindet.

»Hat er, und in seiner Stimme lag nicht der Hauch von schlechtem Gewissen, als er seine verdammte Lebensmittelvergiftung erwähnte.«

Meine Nasenflügel beben, und meine Augen sind vermutlich feuerrot. Seit der Hochzeit war ich nicht mehr so betrunken, und ich fühle mich wie in dem Moment, als ich die SMS von Mike bekam.

»Ich verstehe einfach nicht«, sagt Cara und füllt ihr Glas auf, »wieso er das Verpassen des Swansea-Spiels so gut weggesteckt hat, aber nicht bereit war, für Vanessas Hochzeit auf ein Spiel zu verzichten.«

»Das ist mir auch ein Rätsel.«

Als ich gerade darüber nachdenken will, fällt mir plötzlich etwas anderes ein. Vanessa ist nicht im Zimmer, und wir sollten über Dave statt über Will reden.

»Also, wenn du und Dave heiraten, dann wirst du Vanessas Stief-Schwägerin.«

»Wie viel Drinks hattest du schon? Ich glaube nicht, dass es dieses Wort überhaupt gibt«, erwidert Cara beinahe bissig.

»Nicht? Moment mal, *daran* hängst du dich auf? Nicht an der Tatsache, dass ich sagte, wenn du Dave *heiratest?* Interessant.«

Ich beginne, den Hochzeitsmarsch zu summen, und habe in meinem betrunkenen Zustand nicht gemerkt, dass Vanessa zurück ins Zimmer gekommen ist.

»Was ist denn hier los?«, fragt sie und schaut zwischen mir und Cara hin und her, die aussieht, als würde sie mich am liebsten verprügeln.

»Ach, wir reden nur darüber, was uns an Hochzeiten am besten gefällt, und bei mir ist es der Augenblick, wenn die Braut durch den Mittelgang schreitet und alle sie bewundernd anschauen«, lüge ich.

Vanessa sieht aus, als würde sie in die Erinnerung an diesen Moment abtauchen. Das ist gut so, denn normalerweise hätte sie den Braten gerochen.

»Mein Lieblingsmoment bei Hochzeiten ist das Anschneiden der Torte und wenn man sich mit dem Mund voller Kuchen auf die Lippen küsst. Köstlich. Oder wenn du sagst ›Ich will‹ und dir der Ring angesteckt wird. Oder der erste Tanz. Oder …«

Plötzlich beginnt Vanessa zu schluchzen.

»Ness!« Ich stehe auf, lege den Arm um sie und ziehe sie runter aufs Sofa. »Was ist denn los?«

»Nichts«, antwortet sie, tupft sich die Augen ab und wedelt dann mit der Hand vor ihrem Gesicht herum. Es nutzt nichts, ihre Wimperntusche verläuft bereits. »Das liegt an diesen Hormonen, die ich neuerdings nehme, wegen der Fruchtbarkeit, die machen mich unheimlich emotional. Ich fühlte mich plötzlich wieder auf die Hochzeit zurückversetzt, und das hat mich überwältigt.«

»Ruhig atmen«, sagt Cara und tätschelt ihr das Knie. »Lass uns über etwas anderes reden, okay?«

Sie sagt das zu Vanessa, aber ich weiß, dass es an mich gerichtet ist.

»In Ordnung«, sage ich und springe auf.

»Erzähl uns von deinem Ausflug nach Swansea«, sagt Vanessa. »Das interessiert mich.«

»Nein, das war gar nichts Besonderes. Lieber würden wir etwas über die Flitterwochen in Südafrika hören«, erwidere ich.

»Nein, ich denke, es würde helfen, über etwas anderes zu reden«, sagt Vanessa zwischen zwei Schluchzern.

»Okay.« Ich seufze. »Wir sind zu einem gemütlichen Cottage gefahren, in dem es sogar einen Holzofen gab …«

»Stopp! Das funktioniert auch nicht, das ist viel zu romantisch!«, ruft Vanessa.

Ich bin erleichtert. Heute habe ich den Blog über meine Swansea-Rache geschrieben, und meine Erinnerung daran ist noch so frisch, dass ich mich in meinem betrunkenen Zustand bestimmt verquatschen würde.

»Also, Cara, ich zähle auf dich. Du musst uns etwas von deinen jüngsten Eroberungen berichten, das mich aus der Romantikwolke reißt.«

»Ähm …«, stottert Cara.

Ich kann nicht glauben, dass Vanessa Cara grünes Licht gegeben hat, ihr Sexleben vor uns auszubreiten, und dass Cara um eine Antwort verlegen ist. Was macht Dave nur mit dieser Frau?

»Wie wäre es mit einem unserer Blogs?«, ermuntere ich sie.

»Ihr bloggt neuerdings?«, fragt Vanessa.

»Ja«, antwortet Cara. »Es ist ein Projekt in unserer Schreibgruppe.«

»Lass mich raten, du schreibst über dein Sexleben?«

»Erfasst«, antwortet sie stolz. »Mein Blog heißt ›Spanking in the City‹.«

Vanessa verschluckt sich an ihrem Wasser und verdreht die Augen, bevor sie sich mir zuwendet. »Und worüber schreibst du?«

Mist.

»Ähm …«

»Ihr Leben als Sportwitwe«, sagt Cara rasch. »Du weißt schon, was sie in Kauf nimmt, wie sie damit umgeht und so weiter.«

»Eher langweilig«, füge ich hinzu.

»Es macht aber bestimmt Spaß, darüber zu schreiben«, sagt Vanessa.

Immerhin hat sie aufgehört zu schluchzen, auch wenn ich mich bei diesem Gespräch ziemlich unwohl fühle. Ich gehe zum Sideboard, um mein Glas zu holen, und verschütte dabei ein paar Tropfen.

»Vorsicht«, warnt mich Vanessa. »Die Sky Box darf nicht nass werden, dann geht sie kaputt.«

»Was für eine Katastrophe, wo Will doch nachher mit seinen Freunden den Kampf gucken will«, antworte ich ein bisschen lallend.

»Ian würde die Entsetzensschreie bis zu uns hören«, sagt Vanessa.

»Hmm, dann sollte ich wirklich vorsichtig sein«, sage ich und wedele mit meinem Glas herum, als wolle ich den Inhalt über die Box schütten.

»Sei vorsichtig, Lexi, damit macht man keine Witze«, mischt sich Cara ein und zieht warnend die Brauen hoch.

Sie kann sich ruhig entspannen, ich würde es doch nicht absichtlich verschütten. Vorsichtig stelle ich das Glas neben die Box. Ich möchte es Will zwar heimzahlen, aber eine kaputte Sky Box ist nicht der richtige Weg. Schließlich ist eine neue bestimmt teuer. Ich werde mein Glas … oh, Shit!

Ich muss den Stiel zu energisch angefasst haben, denn die Flüssigkeit schwappt in Richtung der Satellitenbox. Bei dem Versuch, das Glas noch festzuhalten, verschütte ich den gesamten Inhalt.

Alles passiert wie in Zeitlupe, dabei dauert es vermutlich nur wenige Sekunden, in denen die Flüssigkeit in die Box eindringt.

»Lexi!«, schreit Cara.

»Es war ein Unfall«, versuche ich zu protestieren, aber sie sieht mich vorwurfsvoll an. Sie glaubt, dass ich es mit Absicht getan habe, und ihr Blick verrät, dass ich in ihren Augen zu weit gegangen bin. Ich stehe quasi unter Schock und muss plötzlich hysterisch lachen.

Ich habe das zwar vielleicht nicht geplant, aber es scheint, als sei ich meinem Ziel, es Will heimzuzahlen, wieder ein Stück näher gekommen.

Kapitel 20

Spätestens nach dem Malheur mit der Box hätte ich mit dem Trinken aufhören sollen. Im Nachhinein betrachtet, sogar schon lange vorher, denn dann hätte ich besagten Drink nie verschüttet. Aber ich habe nicht aufgehört und arbeite mich weiterhin durch den Krug.

»Ist es wirklich okay für dich, wenn ich schon gehe?«, fragt Vanessa, während sie in ihre Schuhe schlüpft und ihren Mantel nimmt.

»Klar, geh ruhig«, sage ich und winke ab. Wer weiß, was passieren wird, wenn Will aus dem Pub zurückkommt, und falls sich die Gemüter erhitzen, bin ich nicht sicher, ob ich mein Geheimnis länger für mich behalten kann. »Ich rufe dich nächste Woche an.«

»Okay, viel Glück, Süße«, sagt sie und umarmt mich zum Abschied. »Soll ich dich mitnehmen, Cara?«

»Danke, nein, ich bleibe noch ein bisschen.«

Die beiden umarmen sich ebenfalls, und dann geht Vanessa.

Sobald die Tür hinter ihr ins Schloss fällt, starrt Cara mich an.

»Es war ein Unfall, ich schwöre«, versichere ich und hebe abwehrend beide Hände.

»Tatsächlich? Ein Unfall? Wie praktisch, dass du die Box ausgerechnet dann demolierst, wenn Will mit seinen Freunden den Boxkampf anschauen möchte.«

Ich schließe die Augen und wünschte, ich könnte die Zeit zurückdrehen. Aber Cara scheint mir immerhin zu glauben, wie ich ihrem Blick entnehme.

»Vielleicht sollten wir die Box verstecken«, schlage ich panisch vor.

»Und das wäre weniger verdächtig? Nein, wenn es wirklich nur ein Unfall gewesen ist, solltest du ihm die Wahrheit sagen. Er hat keinen Grund, etwas anderes anzunehmen, schließlich weiß er nichts von deinen Racheplänen.«

Ich gehe zur Sky Box und presse ein frisches Trockentuch darauf. Vielleicht sollte ich mich doch schon nach oben verdünnisieren und mich schlafend stellen. Aber in dem Moment geht geräuschvoll die Haustür auf.

Ich erstarre wie ein Reh im Scheinwerferlicht. Ich kann nirgendwohin flüchten.

Die Jungs diskutieren noch darüber, wer in dieser Saison bisher der beste Spieler ist, ehe Will bemerkt, dass wir schuldbewusst neben der Sky Box stehen.

»Oh, ich hätte nicht gedacht, dass ihr noch wach seid. Hey, Cara.«

»Hallo, Will«, antwortet sie verlegen. »Ich bin gerade auf dem Sprung.«

Sie wirft mir jedoch rasch einen beruhigenden Blick zu, offenbar lässt sie mich in der Stunde der Not nicht allein.

»Nur keine Eile, ihr könnt euch gern mit uns den Boxkampf ansehen«, antwortet er lächelnd.

»Ähm ...«, setze ich an und überlege, wie ich das Thema am besten zur Sprache bringe. Aber wie es aussieht, ist das nicht nötig, denn er ist anscheinend nüchterner als ich und blickt jetzt fassungslos auf das Küchentuch, mit dem ich immer noch die Sky Box abtupfe.

»Was machst du da?«

»Ich hab aus Versehen meinen Drink verschüttet.«

Er schaut auf die Box und keucht entsetzt.

»Wie lange ist das her?«

»Keine Ahnung, eine halbe Stunde oder so. Ich habe versucht, die Flüssigkeit aufzusaugen«, antworte ich und zeige auf das feuchte Trockentuch.

Will schiebt mich zur Seite, zieht das Kabel heraus und hält die Box dann für einen Moment an sich gepresst wie ein Neugeborenes, bevor er sie vorsichtig auf die Heizung legt.

»Kumpel, hast du einen Wäschetrockenschrank?«, fragt Tom. Sein Gesicht spiegelt den Ernst der Lage.

»Nein.« Will schüttelt den Kopf.

Die drei Männer beugen sich über die Box wie Ärzte über einen Patienten, und ich kann an ihren Blicken und dem Kopfschütteln ablesen, dass ihre Prognose nicht gut ausfällt.

»O Gott, Lex, was hast du getan?«

Will betrachtet die Box genauso liebevoll, wie er mich während unseres Wochenendtrips angesehen hat. Gut zu wissen, dass ich bei der Rangfolge der wichtigen Dinge in seinem Leben in etwa auf einer Stufe mit der Satellitenbox stehe.

»Ich wollte das nicht. Es war ein Unfall«, lalle ich achselzuckend und verrate ihm damit ungewollt, wie betrunken ich bin.

»Wie sollen wir das denn jetzt so schnell hinkriegen?«, fragt Will, und seine Stimme klingt schriller als sonst. »In einer halben Stunde beginnt der Kampf. Bis dahin wird die Box niemals trocken.«

»Wir könnten sie in Reis legen«, antworte ich hilfsbereit. »Du weißt schon, so wie man es mit einem Handy macht.«

»Hast du denn so viel Reis?«, fragt Aaron lachend.

Ich denke an meine winzigen Kochbeutelportionen im Küchenschrank.

»Wir könnten zum Asia-Supermarkt gehen – die haben solche Riesentüten ...«

Will verdreht die Augen. »Selbst wenn sie um elf noch aufhätten, was sicher nicht der Fall ist, dann ist eine Sky Box immer noch etwas anderes als ein Handy. Es fängt schon damit an, dass dieses Gerät Löcher hat, in die der Reis fällt. Mensch, ausgerechnet heute!«, schimpft er und hält die Hand über die Box, um zu prüfen, ob die Wärme der Heizung aufsteigt. »Bist du sicher, dass wir nicht zu dir gehen können, Aaron? Becky schläft jetzt sicher schon. Sie bekommt doch gar nicht mit, dass wir da sind.«

»Sie merkt es sofort. Die Wände in unserer Wohnung sind aus Pappe. Hör zu, euch jetzt mitzunehmen, ist den Ärger echt nicht wert. Vielleicht könnt ihr morgen im Laufe des Tages kommen, und wir sehen uns die Aufzeichnung an?«

Will schenkt ihm denselben Blick, mit dem ich bedacht wurde, als ich ihm vorschlug, sich den Grand Prix anzusehen, obwohl er das Ergebnis schon kannte.

»Also, das Angebot steht jedenfalls«, sagt Aaron.

»Scheint nicht so, als würde das heute noch was geben«, sagt Tom und spürt offenbar die Anspannung, die in der Luft liegt. »Ich rufe mir dann mal ein Taxi.«

»Wir können uns eins teilen«, sagt Cara und wirkt dankbar, sich auf diese Weise davonmachen zu können.

Sie formt mit den Lippen ein Sorry in meine Richtung, aber ich mache ihr keinen Vorwurf. Ich wünschte, ich könnte mich auch verabschieden.

»Ja, dann gehe ich wohl auch mal nach Hause«, sagt Aaron.

Bilde ich mir das nur ein, oder macht es den anderen beiden Männern viel weniger aus, dass sie den Kampf verpassen, als Will? Warum verhalten sie sich wie normale Menschen, während Will so tut, als hätten die vier apokalyptischen Reiter an die Tür geklopft?

»Wir müssen doch irgendetwas tun können«, sagt Will verzweifelt, während Tom schon sein Handy zückt, um sich ein Taxi zu bestellen.

»Heute sicher nicht mehr. Und eine Sky Box auszutauschen ist nicht gerade billig«, sagt Aaron.

»Möglicherweise deckt das die Versicherung ab. Aber vermutlich wird es eine Ewigkeit dauern, bis ein Techniker hier auftaucht, um die neue anzuschließen. Was bedeutet, dass ich den Grand Prix morgen *wieder* verpasse.« Die Verärgerung ist seiner Stimme anzuhören. Zufrieden registriere ich, dass seine Nasenflügel genauso beben, wie meine es taten, als er Vanessa gegenüber kein bisschen Reue zeigte. »Jetzt verpasse ich in dieser Saison schon das zweite Rennen.«

Sieht es nur so aus, oder bekommt er tatsächlich feuchte Augen? Was für eine Ironie, dass ich diese Aktion nicht einmal geplant habe.

»Und was ist mit meinen gespeicherten Spielen?«

O nein, was habe ich getan? Natürlich sind mir seine gespeicherten Spiele völlig egal, aber was ist mit *meinen* gespeicherten Sendungen?

Ich muss immer noch die Hälfte der Folgen von *The Good Wife* gucken und habe auch nicht die heutige Folge von *Let's Dance* gesehen. Jetzt bin ich diejenige, die fast heult.

»Das Taxi ist gleich hier«, sagt Tom zu Cara.

Will bekommt kaum mit, dass sein Freund ihm aufmunternd auf den Rücken klopft. Er ist zu sehr damit beschäftigt, fassungslos seine geliebte Box anzustarren.

»Was hältst du davon, wenn wir draußen warten?«, flüstert Cara Tom zu.

»Ja, gute Idee.«

Cara drückt mich ganz fest und raunt mir zu, ich solle anrufen, falls ich sie brauche.

Ich nicke in dem Bewusstsein, dass die Situation nur noch schlimmer wird, sobald die beiden gegangen sind.

Die Tür fällt zu, und ich frage mich, was ich jetzt tun soll.

Ich habe nicht vor, die ganze Nacht mit Will neben dieser Box zu wachen. Vor allem bei den vielen Margaritas in meinem Bauch, die plötzlich zu rumoren beginnen. Ich muss mich dringend hinlegen und meinen Rausch ausschlafen.

»Es tut mir echt leid, Will«, sage ich und will den Arm um seine Taille legen.

Er seufzt laut.

Hm. Mir schwant, dass eine Umarmung dieses Mal nicht ausreicht, und mir fällt nur eine einzige Sache ein, die ihn vielleicht auf andere Gedanken bringen könnte. Als ich gerade auf die Knie gehen will, dreht sich mein Magen plötzlich schneller als eine Waschmaschine beim Schleudern. Einen Würgreflex zu kontrollieren ist nie leicht, ganz zu schweigen nach drei Krügen Margarita.

Mir bleibt nichts anderes übrig, als mich ins Bett zu verziehen und meinen todunglücklichen Freund bei seiner wahren Liebe zurückzulassen.

»Wir lassen so schnell wie möglich einen Techniker kommen«, sage ich noch. »Wenn wir ein bisschen mehr bezahlen, schieben sie uns vielleicht dazwischen.«

Dieser Unfall entpuppt sich als ziemlich kostspielig. Für zukünftige Racheaktionen merken: Vorherige Recherche und Planung sind unabdingbar.

»Kann ich noch irgendetwas für dich tun, bevor ich ins Bett gehe?«

Will schüttelt den Kopf.

»Danke, du hast schon genug getan«, knurrt er.

Kapitel 21

Heute Morgen bin ich mit starken Schuldgefühlen aufgewacht. Ich brauchte ein paar Sekunden, um mich an den Grund zu erinnern. Bilder von Cara und Vanessa blitzen in meinem Kopf auf, gefolgt von Krügen voller Margarita. Und – oh, oh, es trifft mich wie ein Blitzschlag – das Malheur mit der Sky Box.

Ich warte darauf, dass mir schlecht wird, sich das Zimmer dreht oder das Trommeln in meinem Kopf einsetzt. Nach der Menge an Alkohol, die ich gestern Abend getrunken habe, ist abzusehen, dass ich mich den ganzen Tag miserabel fühlen werde.

Langsam setze ich mich auf, gebe mich den vermutlich letzten schmerzfreien Minuten hin. Dann aber stelle ich erstaunt fest, dass es mir gut geht.

Will hat das nächste Wochenende für den Besuch bei meinen Eltern gewählt, weil er davon ausging, dass er nach dem Anschauen des Kampfes vergangene Nacht müde sein und lieber auf dem Sofa beim Grand Prix und den Fußballspielen entspannen würde.

Da nun die Satellitenbox kaputt ist, sind seine Pläne hinfällig, und das bedeutet, dass ich diesen Tag noch retten kann. Wenn ich entscheiden dürfte, wie würde dann der perfekte Sonntag aussehen? Ich muss an Robin denken und merke, dass mir bei der Vorstellung von ihm in Pyjamahose und mit nacktem Oberkörper das Blut in die Wangen schießt (in meiner Vorstellung hat er natürlich einen Sixpack). Er schlendert in die Küche, bereitet an seiner schicken Kaffeemaschine einen Kaffee zu und trägt dann ein Tablett mit Kaffee, Sonntagszeitung und Croissants nach oben, um es sich im Bett gemütlich zu machen.

Was würde ich nicht alles für solch einen Morgen geben!

Aber was hält mich davon ab? Will schläft noch tief und fest, und seinem Schnarchen nach zu urteilen, wird sich daran wohl nicht so schnell etwas ändern.

Ich stehe auf und stelle erneut fest, dass ich mich erstaunlich gut fühle. Bevor mein Kater Gelegenheit bekommt, mich heimzusuchen, ziehe ich mich rasch an. Zu duschen ist Quatsch, wenn ich sowieso wieder ins Bett gehe.

Leise tapse ich die Treppe hinunter, bereite in der Pressstempelkanne Kaffee zu und lasse ihn ziehen, während ich die anderen Zutaten besorge. Nachdem ich meine Handtasche gefunden habe, schlüpfe ich aus dem Haus.

Zehn Minuten später kehre ich aus dem kleinen Lebensmittelgeschäft an der Ecke zurück, bewaffnet mit Croissants und der Sonntagszeitung. Ich drücke den Kaffee durch, schenke zwei Tassen ein, stelle alles auf ein Tablett und gehe damit nach oben.

Vor Stolz strahlend, betrete ich das Schlafzimmer.

»Was ist denn das alles?«, fragt Will und reibt sich die Augen. Er setzt sich auf und rückt das Kissen in seinem Rücken zurecht, bevor er auch meines für mich aufrichtet. »Lass mich das Tablett nehmen. Ich habe keine Lust, dass du wieder was verschüttest.«

Er streckt die Hände aus und schenkt mir ein schwaches Lächeln.

Mir ist klar, dass er mir nach letzter Nacht noch nicht verziehen hat, aber zumindest redet er mit mir, was ein Fortschritt ist.

»Friedensangebot«, sage ich und reiche ihm das Tablett.

Er betrachtet die Sachen darauf und nickt erfreut.

»Frische Croissants und Marmelade in einem Schälchen statt im Glas. Du hast dir echt Mühe gegeben.«

Ich zucke mit den Schultern, als sei das keine große Sache. Was es in Wahrheit auch nicht ist. Ich sollte das öfter tun. Wer weiß, dies könnte der erste von vielen gemütlichen Sonntagvormittagen im Bett sein.

Will stürzt sich sofort auf ein Croissant, und ich zucke zusammen, als er die weißen Laken vollkrümelt.

Ich nehme mir auch ein Croissant und halte mir einen Teller unter den Mund, um die blättrigen Krümel aufzufangen. Es ist nicht ganz die entspannte Situation, die ich mir vorgestellt habe.

»Super, die *Sunday Times*«, sagt Will und faltet die Zeitung auseinander. Er beginnt, sie aufzuteilen. »Welchen Teil möchtest du? Nachrichten, Reisen, Kultur, Magazin?«

»Ähm, ich fange mit den Nachrichten an.«

Normalerweise würde ich mich für den Kulturteil entscheiden, aber da wir heute so erwachsen im Bett frühstücken, werde ich mit dem anfangen, was Erwachsene in meiner Vorstellung tun.

Er reicht mir den Hauptteil mit den Nachrichten und behält den Sportteil für sich. Keine große Überraschung.

Schweigend gehe ich die Überschriften durch, bis mir etwas ins Auge springt.

»Das ist interessant«, sage ich und überfliege einen Artikel über Fossilien. »Hier steht, dass Wissenschaftler in China eine neue drachenähnliche Versteinerung entdeckt haben.«

Ich schaue zu Will, um seine Reaktion auf diese erstaunliche Information zu sehen, aber er hört mir nicht zu. Er ist in einen Bericht vertieft. Wie kann er nicht genauso fasziniert davon sein wie ich, dass man Beweise für einen echten Drachen gefunden hat?

Ich seufze, was er ebenfalls nicht wahrnimmt und mir stattdessen beinahe ins Gesicht schlägt, als er den Sportteil zur vollen Größe ausbreitet.

Ich falte meinen Teil ebenfalls auseinander, und wir fangen an, um Platz zu rangeln. Schließlich hält er seine Zeitung um sich herum wie eine Verteidigungsmauer.

So habe ich mir das nicht vorgestellt. In meiner Fantasie haben wir mit einer Zeitung zwischen uns dagesessen, uns gegenseitig auf Artikel aufmerksam gemacht und darüber diskutiert, während wir an unserem Kaffee nippten. In etwa so wie in der Werbung, nur mit mehr Kuscheleinheiten und vielleicht ein bisschen Sex.

Eine Hand taucht unter der Zeitung auf und holt sich ein weiteres Croissant vom Tablett. Kurz darauf rieseln wieder Krümel auf die Decke.

Ich versuche, meine Aufmerksamkeit auf die Nachrichten zu richten, aber die Informationen sind echt deprimierend, und das meiste davon habe ich diese Woche schon auf meinem Handy gelesen.

Nach zehn Minuten reicht es mir. Vielleicht sollte ich ein bisschen Sex in Gang bringen, aber ein Blick auf die vollgekrümelte Decke reicht, dass ich fast ausflippe.

»Ich nehme ein Bad«, sage ich laut und stehe auf. Will scheint gar nicht zu merken, dass ich gehe.

Nicht ganz die Szene, die Robin beschrieben hat.

Bleibt nur zu hoffen, dass Will mit dem Sportteil durch ist, wenn ich aus dem Bad komme, und dann übernehme ich die Kontrolle über diesen Tag. Das mit der Zeitung war ein Anfängerfehler. Ich hätte den Sportteil unterwegs wegwerfen sollen.

Als das Wasser bereits kalt geworden ist, ich endlich mein Buch weglege und aus der Wanne steige, ist Will aus dem Schlafzimmer verschwunden.

Rasch ziehe ich mich an und laufe die Treppe hinunter.

Ich überlege gerade, was wir unternehmen können, als ich laute Rufe aus dem Wohnzimmer höre.

»Da hast du's!«, brüllt Will, und dann folgt ein lautes Knallen.

Ich frage mich, ob er die Überreste der Satellitenbox zertrümmert, und gehe einen Schritt schneller.

»Was zum …«, entfährt es mir beim Eintreten.

Will sitzt mitten im Zimmer auf dem Pouf und umklammert einen Gamecontroller.

Das verheißt nichts Gutes für einen romantischen Sonntag.

»Was machst du da?«, frage ich, obwohl es ziemlich offensichtlich ist.

Will legt eine Spielpause ein und schaut zu mir hoch.

»In der Zeitung wurde ein altes FIFA-Spiel empfohlen. Das hat mir Lust gemacht, meins rauszuholen und damit zu spielen. Da ich mir ja keinen echten Sport angucken kann.«

»Wo war dieses Ding denn?«

Ich wusste nicht einmal, dass Will es hier im Haus hat. Als wir uns kennenlernten und er in einer WG lebte, habe ich ihn mal damit spielen sehen. Damals war mir nicht klar, dass es ihm gehört.

O Gott, ich sehe meine Zukunft vor mir. Ich sitze allein auf dem Sofa, während mein Freund auf dem Boden kauert und seinen Freunden übers Headset Befehle zubrüllt. Mich braucht er nur, damit ich ihn mit Bier aus dem Kühlschrank versorge.

Suchend schaue ich mich nach dem Margaritaglas um. Einmal hat es schließlich schon funktioniert.

»Willst du den ganzen Tag damit spielen?« Ich bezweifle, dass ich ihn davon loseisen kann.

»Ich wollte mir ja den Grand Prix anschauen, aber wie du weißt, ist die Box hinüber«, antwortet er und schenkt mir einen Blick, der besagt, dass ich immer noch in Ungnade stehe.

Er beendet die Spielpause und lässt seine Männer wieder auf dem Spielfeld herumrennen. Im Hintergrund hört man das Brüllen der Menge, und Will beginnt, den Bildschirm anzuschreien. Ehrlich gesagt, klingt es genauso, als würde er sich ein Spiel anschauen.

»Ich dachte, wir machen heute Nachmittag vielleicht einen Spaziergang und gehen anschließend im Pub essen? Oder heute Vormittag brunchen?«

Er schaut zwischen mir und dem Spiel hin und her, als würde er die Möglichkeiten abwägen.

»Okay«, sagt er dann schnell. »Aber lass mich dieses Spiel noch zu Ende spielen.«

Ich schaue ihn überrascht an und kann nicht glauben, dass er einfach so zugestimmt hat.

»Großartig«, sage ich, drehe mich um und eile in die Küche, bevor er seine Meinung ändern kann.

Grey's Anatomy war wirklich ein kleines Opfer, wenn ich dafür Zeit mit Will bekomme.

Es stellt sich heraus, dass dieses Spiel länger dauert als erwartet. Den Brunch haben wir verpasst und suchen nun nach einem Pub, wo um zwei Uhr nachmittags noch Mittagessen serviert wird. Ich versuche, mir von meinem Ärger nicht alles verderben zu lassen, und bin entschlossen, meinen Sonntagsbraten ebenso zu bekommen wie den Spaziergang – noch ist nicht aller Tage Abend.

»Wie wäre es hier?«, schlägt Will vor.

Ich schaue hoch zum Swan und dann rechts und links die Straße hinunter in der Hoffnung, eine Alternative zu finden. Aber die anderen Pubs haben wir alle schon durch.

Mein Magen knurrt, und Will zieht wartend die Brauen hoch.

»Okay, lass es uns versuchen.«

Will hält mir die Tür auf, und ich gehe zur Theke, hoffe, dass sie genauso wie die anderen keinen Tisch mehr frei haben.

»Gibt es noch Mittagessen und einen Tisch für zwei?«

»Das Restaurant ist voll, aber Sie können hier essen«, antwortet die Bardame und räumt von einem Tablett dampfende, frisch gespülte Gläser ins Regal.

»Perfekt«, sagt Will und geht schnurstracks auf einen Tisch zu, der direkt unter einem riesigen Fernsehbildschirm steht, auf dem der Grand Prix läuft.

»Vielleicht gibt es irgendwo einen ruhigeren Platz«, sage ich und suche den Raum ab, aber ringsum hängen jede Menge Bildschirme, und es ist ganz egal, wo wir sitzen, einen sehen wir in jedem Fall.

»Der ist doch prima«, sagt Will und setzt sich, seine Aufmerksamkeit bereits auf das Rennen fixiert.

Ich beiße mir von innen auf die Wangen.

»Wenn wir Glück haben und es mit dem Essen länger dauert, können wir auch noch das Spiel Spurs gegen Man City sehen«, verkündet Will aufgeregt. »Super Vorschlag, hierherzugehen.«

Ich reiße mich mit Mühe zusammen. Rein technisch gesehen, verbringen wir schließlich Zeit miteinander. »Ich geh uns mal Essen bestellen.«

An der Bar tröste ich mich damit, dass zumindest mein knurrender Magen besänftigt wird. »Wir nehmen zweimal Braten, einen Gin Tonic und ein Pint Theaksons, bitte.«

»Die Wartezeit für das Essen beträgt eine Stunde, ist das okay?«

Mir rutschen Herz und Magen in die Hose. Aber welche Alternativen habe ich denn? Wir haben es ja überall versucht.

»Klar. Kein Problem«, lüge ich.

Ich bezahle das Essen und gehe zu Will, um ihm zu berichten.

»Ja!«, sagt er und boxt quasi in die Luft. »Das ist fast besser als eine funktionierende Sky Box, stimmt's? Essen und Bier vom Fass.«

»Aber nachher gehen wir noch spazieren.«

»Klar doch. Nachher kommt sowieso nicht mehr viel Sport.«

Eines muss man diesem Pub lassen: Das Essen ist gut. Ich bin kurz vorm Platzen, und Will muss mich fast zum Wagen rollen. Am liebsten würde ich nach Hause fahren und es mir vor dem Fernseher gemütlich machen. Ich kann mir nichts Schlimmeres vorstellen, als jetzt spazieren zu gehen, aber da ich so viel Gewese darum gemacht habe, darf ich nicht kneifen.

Wir fahren auf den Parkplatz bei einem nahe gelegenen Waldstück. Als wir aussteigen, blicke ich zum Himmel. Er war schon den ganzen Morgen grau verhangen, aber jetzt wird es richtig düster, und es weht ein kalter Wind. Sogar die Elemente wollen mir sagen, dass dies eine blöde Idee ist.

»Dann mal los«, sagt Will und schlendert zu der Tafel mit Wanderwegen. Der Wald liegt quasi vor unserer Haustür, aber es ist eine Weile her, dass wir hier gewesen sind. »Sollen wir diesen Weg hier nehmen? Für den braucht man nur etwa eine Stunde.«

Da mein Bauch bleischwer ist, halte ich das für eine ziemlich optimistische Schätzung, und in Anbetracht der Wolken bin ich nicht sicher, ob der Regen so lange auf sich warten lässt.

Wir sind tatsächlich gerade erst losgegangen, als sich die Himmelsschleusen öffnen. Schutz suchend eile ich unter den nächstbesten Baum.

»Scheiße«, flucht Will. »Sollen wir den Spaziergang lieber auf später verschieben?«

»Ich denke, schon.«

Keiner von uns ist wetterfest angezogen. Ich trage einen Florence-&-Fred-Parka, der zwar kuschelig warm, aber nicht wasserfest ist. Und Will hat gar keinen Mantel dabei, er trägt nur seinen Southampton-Hoodie.

Will drückt auf den Türöffner vom Auto, und die Scheinwerfer leuchten kurz auf.

»Renn!«, ruft Will und läuft los.

Ich ziehe meine Kapuze über und folge ihm.

Der Wagen steht weniger als hundert Meter entfernt, trotzdem bin ich pitschnass, als ich dort ankomme.

»So viel zum Thema Spaziergang«, sagt Will und schüttelt sich wie ein nasser Hund. Er lässt den Motor an und fährt uns nach Hause. Ich gehe sofort nach oben und ziehe mich um. Als ich wieder ins Wohnzimmer komme, möchte ich Will vorschlagen, zusammen eine DVD anzuschauen, aber er sitzt schon wieder vor seinem Computerspiel.

»Oh.« Ich runzle die Stirn.

»Sorry, ich wusste nicht, wie lange du brauchst. Ein kurzes Spiel ist doch okay, oder? Ich hatte ganz vergessen, wie viel Spaß das macht. Wozu hast du denn Lust?«

Ich beiße mir auf die Lippe.

»Na ja, wir könnten, du weißt schon … Wenn ich das Rollo runterziehe.«

Ich versuche, die Stimme in meinem Kopf auszublenden, die verdächtig nach meiner Mutter klingt und die fragt, was wohl die Nachbarn denken, wenn am helllichten Tag bei uns das Rollo heruntergelassen wird.

»Ähm, sollen wir das nicht später tun? Tor!«, schreit er und bejubelt sein Spiel. Dann drückt er auf die Pause-Taste und sieht mich an. »Ich bin immer noch ziemlich voll von dem Mittagessen und nicht so richtig in Stimmung. Aber nachher, ja? Heute Abend?«

»Fein«, antworte ich beleidigt. Dabei habe ich, ehrlich gesagt, auch keine große Lust, es war nur meine letzte Hoffnung, doch noch die Kontrolle über diesen Nachmittag übernehmen zu können.

Ich hocke mich aufs Sofa am anderen Ende des Zimmers und schnappe mir meinen Laptop. Zumindest könnte ich ein bisschen schreiben. Als ich meinen Blogstatus checke, stelle ich fest, dass ich mehr als dreitausend Mal angeklickt wurde. Das kann doch nicht stimmen?

Ich überfliege die Kommentare der Leute, die alle begierig auf den nächsten Schritt meines Rachefeldzugs warten. Nun, das Desaster mit der Satellitenbox war zwar ein Unfall, aber das wissen meine Leserinnen ja nicht, oder?

Ich lockere meine Finger und überlege, was ich schreiben könnte, denn aus Wills Sicht ist der Sonntag am Ende ja noch ganz gut verlaufen. Da ist wohl ein bisschen dichterische Freiheit nötig.

Habt ihr jemals einen erwachsenen Mann weinen sehen? Denkt an die Tränen, die vergossen wurden, als England nach einem Foulelfmeter aus der Weltmeisterschaft ausschied, und potenziert das mit zehn. Genau das ist meinem armen Freund passiert, nachdem ich ein Glas Margarita über unsere Sky Box geschüttet hatte. Er hat nicht nur den Boxkampf verpasst, den er sich mit seinen Freunden bei uns anschauen wollte, sondern auch wichtige aufgezeichnete Spiele verloren.

Heute schmollt er wie ein Teenager. Redet kaum und wandert wie betäubt herum, weiß nicht, was er mit seiner ganzen Zeit anfangen soll. Es fällt mir zu, ihn wieder mit den Freuden des Zeitunglesens, einem Frühstück im Bett und dem Mittagessen im Pub vertraut zu machen.

Ich schwöre, dass er mittlerweile zittert wie ein Süchtiger auf kaltem Entzug.

»Tor!«, ruft Will und boxt in die Luft. Er ist Lichtjahre von dem Mann entfernt, den ich beschreibe. Dennoch drücke ich, ohne lange nachzudenken, auf Senden.

Dann klappe ich den Laptop zu und betrachte meinen Freund, der die Fußballspieler auf dem Bildschirm steuert. In der Realität mag meine Rache heute nicht wirklich ein Erfolg sein, aber für meinen Blog funktioniert sie.

Kapitel 22

lso, wie ist der Stand der Dinge?«, fragt Cara und schaltet ihren Crosstrainer eine Stufe runter.

Ich folge sofort ihrem Beispiel. Schließlich soll sie sich nicht schlecht fühlen, weil ich mehr Kalorien verbrenne – eine so gute Freundin bin ich. Diese Woche trifft sich unsere Schreibgruppe nicht, also haben Cara und ich entschieden, ein bisschen Abwechslung in unsere Routine zu bringen und uns stattdessen an einem Montag zu treffen. In Anbetracht meiner schwachen Leistung beim Wandern in Swansea habe ich sie überredet, mit ins Fitnesscenter zu kommen. So langsam, wie wir uns bewegen, hätten wir uns das allerdings auch sparen können – die Geräte stehen fast. Aber wir wollen uns ja dabei unterhalten, ohne außer Atem zu kommen.

»Will war gestern längst nicht so schlecht drauf wie erwartet. Also habe ich versucht, einen romantischen Tag zu organisieren – du weißt schon, Frühstück im Bett, Mittagessen im Pub und ein Spaziergang –, aber im Unterschied zu Swansea ging alles schief. Am Ende saß er vor seiner wiederentdeckten Play-Station und spielte FIFA, und der einzige Pub, der noch Mittagstisch anbot, als wir endlich kamen, war der Swan, wo auf sämtlichen Bildschirmen Sport übertragen wird. Und unser Spaziergang ist buchstäblich ins Wasser gefallen.«

Cara zieht auf süffisante »Ich hab's dir ja gesagt«-Weise die Brauen hoch. Sie glaubt mir offenbar immer noch nicht, dass ich die Margarita aus Versehen verschüttet habe. »Klingt nicht gerade gelungen«, sagt sie dennoch.

»Nein. Immerhin ist mir dabei klar geworden, dass meine Rachepläne bis ins Letzte durchdacht werden müssen.«

»Nun, auf die Gefahr hin, mich anzuhören wie eine kaputte Schallplatte ... du könntest es ihm auch sagen. Den Spieß umdrehen, damit er derjenige ist, der sich entschuldigen muss.«

»Ich weiß.« Ich wünschte, ich hätte vorgeschlagen, in den Pub zu gehen. Just in diesem Moment könnte ich ein Glas schönen Pinot Grigio schlürfen, stattdessen ist das einzige Getränk in meiner Reichweite das abgestandene Wasser in meiner Sport-Trinkflasche. »Sollen wir uns in die Saftbar setzen?«

»Ahhh«, stöhnt Cara erleichtert, »ich dachte schon, du würdest nie fragen.«

Wir gehen zu der kleinen Saftbar im Eingangsbereich, und ich denke über ihre Worte nach. Sie hat ja recht, aber irgendetwas hält mich davon ab.

»Es war einfach schön in Swansea«, sage ich, schnappe mir ein Glas mit irgendetwas frisch Gepresstem und gehe zu einem Tisch in der Ecke. »Wir hatten eine tolle Zeit. Und ich habe mir eingebildet, die kaputte Satellitenbox könnte uns erneut in diese romantische Umlaufbahn bringen.«

Nachdem dann gestern alles schiefgelaufen war, wollte ich wenigstens früh ins Bett gehen und beim Fernsehgucken ein bisschen kuscheln. Aber Will nahm seine Aufgabe als virtueller Fußballtrainer verdammt ernst.

»Du willst zwei völlig verschiedene Dinge. Zum einen willst du dich rächen, was ich, wie du weißt, für falsch halte. Und zweitens willst du wieder mehr Romantik und Leidenschaft in eure Beziehung bringen.«

Ich nicke bedächtig. Unsere Beziehung war vor Wills Lüge weiß Gott nicht zerrüttet, aber dieser Wochenendtrip hat mich daran erinnert, wie es früher einmal war. »Ich möchte doch nur, dass wir verliebt sind und guten Sex haben«, sage ich.

»So langsam nähern wir uns an«, sagt Cara und hebt schon wieder die Brauen. »Ich glaube, deine Vorgehensweise ist auch deshalb problematisch, weil du Will zwar mehr oder weniger von seinem Sport fernhältst, ihn aber nicht auf die Probe stellst. Würdest du nicht viel lieber wissen, ob du ihm wichtiger bist als der Sport?«

»Bin ich das denn?« Ich atme hörbar ein. »Und wenn nicht?«

»Ich sage es dir ja nur ungern, aber dann hast du ein wesentlich größeres Beziehungsproblem als angenommen.«

Ich seufze. Sie hat recht.

»Du willst guten Sex. Warum versuchst du dann nicht, ihn mit sexy Lexi vom Sport fernzuhalten?«

»Keine Ahnung. Er könnte mich zurückweisen …«

»Echt? Sogar wenn du in scharfer Unterwäsche oder splitternackt ins Wohnzimmer spaziert kommst? Ich wette, das haut ihn um.«

»Hm.« Ich bin nicht sicher, ob es so leicht sein wird.

»Es gibt immer noch Kapitel 8«, sagt sie und spielt damit auf ihren in Arbeit befindlichen Roman an, den ich gerade lese.

»Ganz bestimmt nicht. Ich musste das im Lexikon nachschlagen. Auf keinen Fall werde ich etwas tun, das in manchen Ländern bestimmt sogar verboten ist. Hast du …? Egal«, füge ich rasch hinzu. Ich will es gar nicht wissen.

Cara schenkt mir ein Grinsen, welches bei mir keine Zweifel lässt, dass sie zu diesem Thema gründlich geforscht hat.

»Du und Dave, der Trauzeuge?«

Das Grinsen weicht aus ihrem Gesicht. Sie mag es nicht, auf Dave angesprochen zu werden, der anscheinend bei ihr eingezogen ist.

»Nun ja, wenn du meine Tipps nicht lesen willst, kann ich dich ja coachen.«

»Ähm …« Ich habe keine Ahnung, wie ich das diplomatisch ablehnen kann. Im Vergleich zu Cara bin ich eine prüde Viktorianerin. Das wäre so, als würde Eliza Doolittle von Samantha aus *Sex and the City* gecoacht.

»Das ist nicht nötig. Ich weiß, wie das mit den Bienen und den Blumen funktioniert.«

»Daran habe ich keinen Zweifel. Ich habe aber mehr in eine andere Richtung gedacht. Ich könnte dich zu ein paar Geschäften mitnehmen, in denen du dir was aussuchst, was die Dinge ins Laufen bringt. Du weißt schon, Dessous, Spielzeug, Hilfsmittel …«

Ich weiß nicht, was schlimmer wäre: in eines dieser Geschäfte zu gehen oder Cara, die Expertin, dabeizuhaben. Weiß der Himmel zu welchen Käufen sie mich überreden würde. Und bei jedem Teil, das sie mir empfiehlt, muss ich davon ausgehen, dass sie es bereits getestet hat.

Aber im Prinzip ist Verführung keine schlechte Idee.

»Ich denke, ich komme allein klar. Ich könnte irgendwann nach der Arbeit mal in so einem Laden vorbeigehen.«

Ich verrate Cara nicht, dass ich in meinem ganzen Leben noch nie allein in einem Ann-Summers-Geschäft war und auch nicht weiß, ob ich dafür mutig genug bin.

»Okay, aber gib Bescheid, wenn du Tipps brauchst. Und falls du in den Laden in Southampton gehst, dann frag nach Sinita und sag, dass ich dich geschickt habe.«

»Mach ich«, versichere ich und bin mir sicher, dass es mir viel zu peinlich wäre, mir auch noch von den Verkäuferinnen helfen zu lassen.

»Und vergiss nicht, dass es meinen Roman gibt, falls du nach Inspiration suchst«, sagt sie und zwinkert mir schon wieder zu. »Apropos Schreiben – ich habe deinen neuesten Blog gelesen.«

»Ich habe vielleicht ein bisschen dick aufgetragen. Damit es interessanter wird.«

»Deshalb klingt es gar nicht nach dem Will, den ich kenne.« Sofort bekomme ich wieder ein schlechtes Gewissen.

»Ein bisschen dichterische Freiheit ist doch wohl erlaubt, oder?«

»Klar, die Hälfte von dem Zeug in meinem Blog ist erfunden.«

»Dem Himmel sei's gedankt.«

»Ich habe deinen Link getweetet. Das erhöht hoffentlich deinen Traffic.«

»Großartig. Ich habe gesehen, dass ich jetzt schon sechstausend Mal angeklickt wurde.«

»Wahnsinn! Das ist wunderbar. Ich fand meine paar Hundert schon gut.«

»Das liegt vermutlich daran, dass die meisten deiner Schlüsselbegriffe bei den Suchmaschinen der Zensur zum Opfer fallen«, erwidere ich.

»Sehr lustig.« Cara nippt an ihrem Getränk. »Was ist mit deinem neuen Roman? Hast du schon angefangen?«

»O ja«, verkünde ich stolz.

»Super. Wovon handelt er?«

»Von einer Frau, die nach dem Richtigen sucht. Darum geht es doch bei Chicklit immer, oder?«, antworte ich lachend.

Erstaunlicherweise macht mir die Arbeit daran richtig Spaß. Der Text ist ziemlich girliemäßig, und ich lasse mich hoffentlich nicht anstecken – sonst laufe ich nächste Woche mit Gelnägeln herum und kaufe mir Jimmy Choos.

»Es geht um ein Mädchen, das bei einer Agentur, die spezielle Sporttouren organisiert, einen Job bekommt. Dort verliebt sie sich in einen sportbesessenen Mann, und dann muss sie schauen, wie sie damit klarkommt, eine Sportwitwe zu sein.«

»Also kein bisschen autobiografisch?«

»Natürlich nicht.« Ich verziehe in gespieltem Entsetzen das Gesicht. »Ich habe bereits einige Tausend Wörter geschrieben, und bisher hört es sich überhaupt nicht nach meiner Beziehung mit Will an. Das fängt schon damit an, dass die beiden regelmäßig Sex haben.«

Heute ist definitiv die Nacht der Nächte. Mein Freund weiß nicht, was ihn erwartet.

Seit Cara und ich darüber gesprochen haben, ist es mir nicht mehr aus dem Kopf gegangen. Drei Tage lang nur an Sex denken – so muss es im Gehirn eines Mannes zugehen.

Bedauerlicherweise habe ich es aufgegeben, mir regelmäßig die Bikinizone wachsen zu lassen, sodass Will mich dort jetzt fast immer »au naturel« und mit stoppeligen Beinen vorfindet.

Nicht so heute Abend. Dieses Mal muss ich wie eine Göttin sein, damit ich nicht noch einmal zurückgewiesen werde. Ich bin aufs Ganze gegangen und habe mir während der Mittagspause ein Brazilian Waxing verpassen lassen. Ich persönlich kann zwar nicht nachvollziehen, wieso es meinen Freund anturnen soll, wenn ich da unten aussehe wie ein gerupftes Huhn, aber laut der Kosmetikerin ist dieser »Style« jetzt der letzte Schrei.

Dass ich es meinem Freund heimzahlen will und infolgedessen heute die unangenehmste halbe Stunde meines Lebens verbracht habe, entbehrt nicht einer gewissen Ironie.

»Das war köstlich«, sagt Will und schiebt seinen Teller weg, der so sauber ist, als habe er ihn nach dem Schoko-Chili-Dessert abgeleckt. Meine Recherchen haben nämlich ergeben, dass beides in die Kategorie Aphrodisiakum fällt. Nimmt man noch das würzige Pfannengericht mit Huhn dazu, das ich als Hauptgang serviert habe, sollte seine Libido allmählich auf Hochtouren laufen.

»Allerdings. Das koche ich bestimmt noch mal.«

»Auf jeden Fall. Also, wenn du nichts dagegen hast, werde ich jetzt ein bisschen fernsehen. Mein Bauch ist so voll, dass ich dringend aufs Sofa muss.«

Er streckt seinen nicht vorhandenen Bierbauch vor. Damit macht er das Gegenteil von dem, was mein Verführungsplan vorsieht.

»Ist schon okay«, versichere ich, denn ich muss ja noch nach oben schleichen, um in etwas Unbequemeres zu schlüpfen. Ich kann nur hoffen, dass mir dieses Outfit, das ich bei Ann Summers gekauft habe, in der Hitze des Gefechts vom Leib gerissen wird, denn dieser Netzbody rutscht mit Sicherheit in alle Ritzen, in denen er nichts zu suchen hat. »Wann willst du los?«

»In einer halben Stunde. Um Viertel vor acht ist Anstoß.«

»Gut.« Ich schiebe meinen Ärmel hoch, um auf die Armbanduhr zu sehen.

Das verschafft mir ausreichend Zeit, um mich oben in eine der verruchten Frauen aus Caras Romanen zu verwandeln.

»Möchtest du auch etwas?«, fragte Will und nimmt sich ein Bier aus dem Kühlschrank.

»Nein, danke, Schatz.«

»Okay.« Er verzieht sich ins Wohnzimmer.

Kurz darauf dringt das Geräusch der Sky-Sports-Nachrichten bis in die Küche, und ich laufe nach oben, um meinen Plan in die Tat umzusetzen.

Heute Abend findet das Southampton-Mittwochsspiel statt, das deren Superfan natürlich nicht verpassen darf. Aber ich werde versuchen, ihn nach allen Regeln der Kunst zu verführen, damit er zu Hause bleibt. Nur so kann ich beweisen, dass ich ihm wichtiger bin als eine ganze Fußballmannschaft.

Ich ziehe meine Bürokleidung aus und schlüpfe in den seidigen Morgenmantel, bevor ich mich schminke. Gestern Abend habe ich mir einen YouTube-Videoblog angesehen, in dem erklärt wurde, wie man verführerische Smoky Eyes schminkt, und genau die will ich haben.

Als ich fertig bin, sehe ich eher aus, als würde ich mich als Statistin für Michael Jacksons Video *Thriller* bewerben. Mein Lidschatten wirkt nicht ganz so subtil wie bei der Videobloggerin. Mit einem Wattebällchen wische ich ein bisschen wieder weg. Voilà, jetzt habe ich etwas von einem schwelenden Feuer.

Dann gehe ich zu meiner Frisierkommode, wo ich mir die Beine mit Babyöl einreibe. Mit angehaltenem Atem hebe ich anschließend den Body hoch.

Es ist eine komplizierte Konstruktion, die aus einem Teil besteht. Sobald ich ihn anhabe, sieht es aus, als würde ich einen durchsichtigen Body tragen und dazu halterlose Strümpfe. Tatsächlich ist alles miteinander verbunden, und ich muss meine Beine durch die richtigen Öffnungen schieben. Leichter gesagt als getan, da ich keinen Schimmer habe, wo oben und unten ist.

Normalerweise bin ich nicht der Typ Seidenstrümpfe. Sobald ich etwas mit weniger als hundert Denier anziehe, habe ich sofort eine Laufmasche. Und jetzt muss ich dieses ganze Teil überstreifen, ohne Laufmaschen zu ziehen.

Ich betrachte meine Fingernägel und überlege, ob ich sie vorher kurz schneiden soll. Einerseits schimmern sie mit dem blutroten Nagellack sexy; andererseits würde eine Laufmasche im Strumpf furchtbar aussehen.

Ich schüttle den Kopf über mich selbst. Warum in aller Welt mache ich mir darüber Gedanken? Falls Will sich auf ein winziges Loch in meiner Strumpfhose fixieren sollte, ist dieses ganze Outfit ja wohl ein Reinfall. Es gibt schließlich eine Menge sehr viel heißerer Teile zu betrachten.

»Das krieg ich nie im Leben hin«, murmele ich, als mir klar wird, dass mir nur noch zehn Minuten bleiben.

Obwohl das Babyöl dafür eigentlich nicht gedacht war, hilft es beim Anziehen. Ein letzter Blick in den Spiegel. Mein Outfit überlässt nichts der Fantasie. Es ist mir fast peinlich, mich so zu zeigen. Wie wird Will wohl reagieren?

Ich schnappe mir ein Paar High Heels mit Wahnsinnsabsätzen. In diesen Dingern soll ich schon mal herumgelaufen sein? Das sind eindeutig Schlafzimmer-High-Heels, denn ich bezweifle, mehr als zwei Schritte darin gehen zu können.

Als ich vor der Wohnzimmertür stehen bleibe, um in die Schuhe zu schlüpfen, höre ich, dass der Fernseher noch läuft.

Warum bin ich so nervös, mich Will in etwas derartig Gewagtem zu zeigen? Immerhin sind wir seit sieben Jahren zusammen, und er hat mich schon aus so ziemlich jedem Winkel und in weitaus weniger schmeichelhaften, dafür aber äußerst kompromittierenden Positionen gesehen. Wäre ich splitterfasernackt weniger verlegen?

Ich lege die Hand auf den Türgriff und zögere. Über meinen »Auftritt« habe ich mir bei all der Planung des Outfits und des Essens keine Gedanken gemacht. Was soll ich überhaupt sagen?

Plötzlich bekomme ich Panik. Habe ich die Vorhänge zugezogen, nachdem ich von der Arbeit nach Hause kam? Die Lampe im Wohnzimmer ist ziemlich hell, und wenn die Vorhänge nicht zugezogen sind, bekommen unsere neugierigen Nachbarn von gegenüber gleich etwas geboten.

Mein Herz schlägt wie verrückt. Ich habe keinen Schimmer, was ich machen soll, und mir läuft die Zeit davon. Man gelangt durch das Wohnzimmer zur Haustür, und wenn ich nicht bald etwas unternehme, ruft Will womöglich »Bis nachher« und ist weg. Dann wäre die ganze Mühe umsonst gewesen.

Angetrieben von dieser Furcht, stoße ich die Tür mit so viel Kraft auf, dass sie gegen die Wand knallt. Zumindest habe ich jetzt Wills Aufmerksamkeit.

Die Vorhänge sind zugezogen. Puh.

Ich hole tief Luft und entscheide mich, selbstbewusst zu stolzieren, aber anscheinend haben meine Füße vergessen, wie man auf Stilettos geht. Hinzu kommt die Sorge, mit den spitzen Absätzen den Parkettboden zu ruinieren. Nicht gerade das Einmaleins der Verführung. Auch diesem Teil des Plans hätte ich ein bisschen mehr Aufmerksamkeit widmen sollen.

Ich eiere los, knicke fast um und gerate ins Stolpern. Halt suchend greife ich nach dem Kaminsims und schicke einen Kerzenständer scheppernd zu Boden.

»Was zum …!«, ruft Will, während ich mit weit aufgerissenen Augen am Kaminsims hänge und meine Beine langsam in den Spagat rutschen. Schnell versuche ich, es so aussehen zu lassen, als hätte ich die Situation unter Kontrolle, strecke ein Bein aus, lege lasziv den Kopf zurück und schiebe meine Brüste vor.

Und jetzt?

Ich ziehe einen Schmollmund und verenge die Augen. Hoffentlich sehe ich verführerisch aus und nicht so, als würde ich dringend eine Brille brauchen.

»Lexi, was ist los?«

»Ich war einkaufen.« Der Versuch, ein Schnurren in meine Stimme zu legen, lässt mich irgendwie hochnäsig klingen.

»Das sehe ich«, sagt Will.

Vorsichtig öffne ich die Augen ein bisschen weiter und schaue zu Will. Obwohl er so wirkt, als sei er soeben aus dem Schlaf hochgeschreckt, scheint ihm der Anblick zu gefallen.

»Vielleicht überlegst du es dir ja noch mal und bleibst heute Abend zu Hause.«

Um den drohenden Krampf abzuwenden, ziehe ich mich in eine stehende Position. Soll ich jetzt hier stehen bleiben oder die zwei Meter Entfernung bis zum Sofa überwinden? Keine Ahnung, ob meine Bambi-auf-Eis-Beine das hinbekommen.

Stattdessen beschwöre ich mein inneres Glamourmodel herauf (ich wusste gar nicht, dass es in mir weilt), und während ich mich mit einer Hand immer schön am Kaminsims festhalte, drehe ich mich um, drücke den Rücken durch und biete Will einen Logenblick auf meinen Hintern, der – abgesehen von dem Strumpfmaterial und einer Naht, die aussieht wie ein String – nackt ist.

»Wie findest du das?«, frage ich und drehe den Kopf, damit ich ihn über die Schulter ansehen kann.

Er steht auf, und für den Bruchteil einer Sekunde fürchte ich, er würde fluchtartig den Raum verlassen, aber zu meiner großen Freude kommt er auf mich zu.

»Du weißt aber«, sagt er, drückt sich behutsam an mich und fährt mit den Händen über den Body, »dass das heute ein echt wichtiges Spiel ist und alle Jungs da sein werden?«

»Wie schade«, sage ich und presse meine Hüften in einer neckenden Bewegung gegen seinen Körper. »Dann muss ich mich wohl in dieser Aufmachung aufs Sofa legen und Fernsehen gucken.« Ich mache Anstalten, zu gehen, aber er zieht mich wieder an sich und lacht leise.

»Ich könnte den Jungs natürlich auch eine Nachricht schicken, dass ich es nicht schaffe.«

»Du könntest doch behaupten, du seist krank.« Diese kleine Spitze konnte ich mir einfach nicht verkneifen.

Er schweigt für einen Moment, und ich frage mich, ob er die Anspielung etwa verstanden hat. Aber schon im nächsten Moment beugt er sich herunter, küsst meinen Hals und murmelt: »Ich sage ihnen einfach, dass sich etwas ergeben hat, das keinen Aufschub duldet.«

Er dreht mich herum und hält klugerweise eine Hand auf meinem Rücken, um mich zu stabilisieren. Dann sieht er mich wieder an.

»Es hat sich definitiv etwas Unaufschiebbares ergeben«, sagt er und hebt mich hoch. Ich schlinge die Beine um seine Taille. Mein lieber Schwan! Ich kann mich gar nicht daran erinnern, wann er mich das letzte Mal buchstäblich umgehauen hat.

»Wo soll ich meine ungezogene Freundin denn zuerst nehmen?«

Zuerst? Das hört sich doch schon besser an. Das letzte Mal hatten wir in einer Nacht zweimal Sex, als die Labourpartei noch an der Macht war.

Vielleicht liegt es an dem Honig, dem Chili und der Schokolade oder an dem durchsichtigen Stoff, aber eines ist sicher: Sexy Lexi wird in Zukunft öfter in Erscheinung treten, wenn Will Sport gucken will, Rache hin oder her. Wer hätte gedacht, dass nicht mehr nötig ist, um meinen Couch-Potato-Freund in einen Don Juan zu verwandeln?

Und als er anfängt, an den richtigen Stellen an mir herumzuknabbern, geht mir durch den Kopf, dass diese Rache ungeahnte Vorzüge hat. Wenn es doch so bleiben würde …

Prost!« Ich stoße mit Cara und Vanessa an. Es ist nicht ganz dasselbe, wenn Vanessa Mineralwasser trinkt (nicht einmal ein Hauch Zitrone, das hat irgendetwas mit künstlichen Farbstoffen zu tun), aber wenigstens sind wir zum ersten Mal seit Monaten wieder samstagabends im Pub.

»Ganz schön was los hier«, sagt Vanessa, als sich jemand an ihr vorbeischiebt und gegen ihren Ellbogen stößt.

Dies ist einer unserer Lieblingspubs, und offenbar teilen wir diese Ansicht mit vielen Leuten. Es gibt keinen freien Tisch, und wir mussten uns an einen Mauervorsprung auf dem Weg zu den Toiletten quetschen. Ohne Unterlass strömen in beiden Richtungen Leute an uns vorbei.

»Wir haben Monatsende«, sagt Cara. »Zahltag.«

Vanessa und ich geben ein kollektives »Ah« von uns, da das eine Erklärung sein könnte.

Ich trinke ziemlich schnell, bis mir klar wird, dass ich einen Gang herunterschalten sollte. »Ihr dürft nicht zulassen, dass ich wieder so viele Margaritas trinke wie vergangenes Wochenende«, sage ich und denke daran, wie viel Ärger mir das eingebracht hat.

»Super, noch eine, die auf Mineralwasser umsteigt«, sagt Cara und verdreht die Augen. »Jetzt sag bitte nicht, du willst auch schwanger werden.«

»Gütiger Gott, nein, ich könnte mir nichts Schlimmeres vorstellen«, antworte ich ein bisschen zu schnell. Aus den Augenwinkeln sehe ich Vanessas entsetztes Gesicht. »Ich meine nur, weil ich doch erst heiraten sollte.«

Da habe ich mich gerade noch mal aus dem Loch gezogen.

»Nein, ich kann nicht so viel trinken, weil Will und ich morgen bei meinen Eltern zu Mittag essen.«

»Oh, sagst du deiner Mum Danke für die Karte und das Geschenk? Wir verschicken natürlich auch Karten, aber das dauert wohl noch ein paar Wochen, denn bisher sind sie nicht einmal von der Druckerei geliefert worden«, sagt Vanessa.

»Klar.«

Meine Mum wird begeistert sein – Gespräche über Hochzeiten liebt sie per se.

»Danke, Süße«, antwortet Vanessa und nippt an ihrem Wasser.

»Das ist also der Beginn einer neuen Ära.« Ich zeige auf ihr Glas. »Zuerst trinkst du nicht mehr, dann bekommst du einen Bauch, und schließlich gehst du gar nicht mehr aus.«

»Hey, ich werde ein Kind bekommen und nicht unter Hausarrest gestellt. Natürlich gehe ich danach wieder aus.«

»Nein, das tust du nicht«, erwidert Cara lachend. »Du wirst mit deinen neuen Freundinnen aus dem Geburtsvorbereitungskurs abhängen, und ihr redet über Dammnähte und Babyscheiße, oder was auch immer diese Mütter verbindet.«

»Das stimmt nicht«, widerspricht Vanessa gekränkt. »Ich treffe mich selbstverständlich mit euch.«

Ich drücke ihre Hand. »Wollen wir es hoffen. Allein die Vorstellung, mir die Geschichten von Cara, der Eroberin, anhören zu müssen, ohne dass du da bist und mir hilfst, das Thema zu wechseln …«

»Das geht auf keinen Fall«, bestätigt Vanessa. »Ian muss sich eben ans Babysitten gewöhnen. Apropos Eroberungen, seit ich von der Hochzeitsreise zurück bin, hast du noch gar nichts erzählt. Wer ist denn dein neuestes Opfer?«

Mit großen Augen sieht sie Cara an und wartet auf einen ausführlichen Vortrag. Schon verrückt, denn eigentlich wollen wir nichts über Caras Sexleben hören, aber es ist wie das Gaffen bei einem Autounfall – man will nicht hinschauen, muss aber einfach.

»Dave«, sagt Cara laut.

Für einen Moment bin ich geschockt, dass sie ihre Beziehung gegenüber Vanessa zugibt, ehe mir plötzlich klar wird, dass es gar nicht an Vanessa gerichtet war.

»Cara«, sagt er und beginnt zu strahlen. Er nimmt ihre Hand und will sich gerade vorbeugen, um sie zu küssen, als Vanessa ihn erstaunt anspricht.

»Dave?«

Auf halbem Weg zu Cara erstarrt er und dreht den Kopf.

»Ach, Vanessa!« Er setzt ein Lächeln auf, hält aber immer noch Caras Hand. Vanessa mustert ihn misstrauisch. Dave rettet die Situation, indem er Cara auf die Wange küsst. Dann wendet er sich mir zu, ergreift meine Hand, und auch ich bekomme ein Küsschen auf die Wange. Als Letztes ist Vanessa an der Reihe. Gott sei Dank gibt er nicht den Chandler aus *Friends* und knutscht Cara, denn das hätte er kaschieren müssen, indem er uns alle abknutscht.

Vanessa kräuselt die Nase, als versuche sie herauszufinden, was hier vor sich geht. Tja, das war's dann wohl mit der Heimlichtuerei. Cara denkt das offenbar auch, denn sie sieht aus, als würde sie jeden Moment hyperventilieren.

»Was machst du denn hier?«, fragt Vanessa. »Bist du nicht unterwegs mit ...«

In dem Moment tritt ihr Ehemann hinter Dave, tippt ihm auf die Schulter und reicht ihm sein Bier. Erst dann merkt er, mit wem Dave zusammensteht.

»... Ian«, beendet Vanessa den Satz.

»Hey, Liebling«, begrüßt ihr Mann sie verlegen.

»Hallo!« Sie beugt sich vor, um ihm einen Kuss zu geben, erstarrt jedoch, als ihr Blick auf seine Hand fällt. »Was zur Hölle ist das?« Sie zeigt auf seinen Drink.

»Ich, ähm, es ist nur einer.«

»Was ist so schlimm daran?«, flüstert Dave Cara und mir zu.

»Für die beiden ist Alkohol tabu, seit sie versuchen, schwanger zu werden«, fülle ich seine Wissenslücken auf, während Cara hoch konzentriert einen Flecken auf dem Boden mustert.

»Das ist aber neu«, antwortet Dave grinsend.

»Nicht ganz. Seit sie von der Hochzeitsreise zurück sind.«

»Natürlich«, versichert er schnell. Mich beschleicht der Verdacht, dass Ian es mit dem Verzicht etwas weniger genau nimmt als seine Frau.

Insgeheim freut es mich, dass andere ähnliche Probleme haben, denn offenbar hat Vanessa ihren Mann genauso wenig im Griff wie ich meinen Freund.

»Ich habe ja nicht viel getrunken«, höre ich Ian mürrisch eingestehen.

»Also, ähm … Dave, ja?«, sage ich. Wenn er und Cara so tun wollen, als würden sie sich kaum kennen, spiele ich eben mit. Das fällt mir nicht sonderlich schwer, da ich ihn bisher nur ein paarmal gesehen habe. Vanessa und Ian bringen ihre Freunde nicht oft zusammen. Ich glaube, bei der Hochzeit habe ich nicht einmal mit ihm gesprochen.

»Richtig, Lexi«, sagt er und lächelt mich verschwörerisch an. In dem Moment beginne ich, mich zu fragen, wie viel er über mich weiß. Anscheinend treffen er und Cara sich ziemlich oft. Wenn sie ihm nun von Wills Lüge erzählt hat und er weiß, warum Will nicht bei der Hochzeit gewesen ist? Wenn er sich als Freund – oder Stiefbruder – verpflichtet fühlt, Ian reinen Wein einzuschenken?

Mir wird plötzlich ziemlich warm, aber dann beruhige ich mich wieder. Wenn er es ihm erzählen wollte, hätte er es längst getan. Außerdem stellt Cara ihre Freundinnen normalerweise über ihre Kerle und würde nie irgendwelche Geheimnisse ausplaudern.

Schweigend stehen wir da und versuchen, nicht dem Streit zwischen Vanessa und Ian zuzuhören, aber ihre Stimme ist nur schwer auszublenden.

»Aber du hast es versprochen!«, ruft sie.

»Also, Dave …«, sage ich und schaue zu Cara, die immer noch den Fleck auf dem Boden begutachtet, »was machst du eigentlich beruflich?«

»Ich bin Anwalt.«

»Oh, wie …« Ich suche angestrengt nach einem anderen Adjektiv als »erwachsen«. »… interessant. Worauf hast du dich spezialisiert?«

»Familienrecht, also hauptsächlich Scheidungen.«

»Ist das nicht deprimierend?«

Er zuckt mit den Schultern. »Manchmal schon, aber es führt dir auch vor Augen, dass du sehr genau überlegen solltest, mit wem du eine Ehe eingehst. Und wenn du dann jemanden gefunden hast, hältst du ihn am besten mit aller Kraft fest.«

»Stimmt.« Ich nicke. Mir entgeht nicht, dass er dabei Cara ansieht. Du lieber Himmel, er steht echt auf sie! Und anscheinend beruht das auf Gegenseitigkeit, denn sonst hätte Cara schon längst einen anderen. Aber warum sind die beiden so erpicht darauf, es geheim zu halten?

Mein Gesprächsstoff mit Dave ist wohl schon wieder erschöpft, denn wir stehen verlegen schweigend da. So habe ich mir unseren Mädelsabend nicht vorgestellt – eingeklemmt zwischen Frischverheirateten, die sich streiten, und einem Paar, das seine Beziehung geheim hält.

Auf der Suche nach einem Ausweg schaue ich mich im Pub um – und habe plötzlich Blickkontakt mit Robin. Nie zuvor war ich froher, jemanden zu sehen, und ich winke ihm in der Hoffnung zu, dass er zu mir kommt. Aber nachdem er zurückgewunken hat, widmet er sich wieder seinem Gespräch.

Ich wende mich Vanessa und Ian zu, die sich offenbar vertragen haben, denn sie knutschen.

»Das ging ja schnell«, sage ich, als sie zwischendurch Luft holen.

»Wir sind übereingekommen, dass Ian am Ende der Woche ein paar Drinks braucht, und wenn ich nicht gerade meinen Eisprung habe, sollte das kein Problem sein.«

»Siehst du, wie schnell man Probleme aus der Welt schaffen kann, wenn man miteinander redet?« Cara sieht mich mit hochgezogenen Brauen an.

»Da hast du wohl recht. Also, Dave, bist du heute Abend auf der Suche nach der großen Liebe?«, sage ich als Retourkutsche.

»Vanessa, möchtest du noch ein Wasser?«, fragt Cara laut, bevor Dave antworten kann.

»Ähm, nein«, antwortet sie und schaut auf ihr noch fast volles Glas.

»Kennt ihr Dave eigentlich?«, fragt Ian, der anscheinend genauso im Dunkeln tappt wie Vanessa.

Wir alle geben durch Nicken zu verstehen, dass wir uns miteinander bekannt gemacht haben (die einen mehr als die anderen).

Gerade will ich verkünden, dass ich mal aufs Klo verschwinde, als Robin auf mich zukommt.

»Hey, Lexi«, begrüßt er mich. Er beugt sich vor, als wolle er mich auf die Wange küssen, scheint sich dann aber eines Besseren zu besinnen und reicht mir die Hand.

Verwirrt reiche ich ihm meine Linke, weil ich in der rechten mein Glas halte.

»Hallo, schön, Sie zu sehen.«

»Werde ich hier den berühmten Will kennenlernen?«, fragt er und schaut sich um.

»Nein, wir haben Mädelsabend.«

Verwirrt betrachtet er Ian und Dave.

»Nun ja«, fahre ich hastig fort, »meine Freundin ist gerade zufällig ihrem Mann und seinem Freund über den Weg gelaufen.«

»Ich bin Dave«, stellt der sich vor und reicht Robin die Hand. Robin grinst und wiederholt den Namen, als wolle er sich ihn dadurch fest einprägen.

»Und Sie sind …?« Er lächelt Cara an.

»Ähm …« Cara verabschiedet sich endlich von dem Flecken auf dem Boden, und bei Robins Anblick fallen ihr fast die Augen aus dem Kopf. »Ich bin Cara. Eine sehr gute Freundin von Lexi.«

»Freut mich, Cara, sehr gute Freundin von Lexi.«

»Und Sie …?«, fragt sie und streicht sich das Haar hinters Ohr.

Oho, Flirtalarm.

»Das ist mein Kollege Robin«, versuche ich wieder die Kontrolle über die Situation zu übernehmen.

»Ah, *Robin*«, wiederholt Vanessa. »Nun, ich hoffe, Sie werden sich in Ihrem Bericht äußerst lobend über unsere Lexi äußern.«

Sie ist wie eine Löwin, die eines ihrer Jungen beschützt.

»Keine Sorge«, antwortet er in vollem Charmemodus.

»Ich denke, wir gehen dann mal«, sagt Dave.

Ich kann ihm die Enttäuschung ansehen, vermutlich, weil Cara nicht mehr die Augen von Robin lässt.

»Wir möchten schließlich nicht euren kostbaren Mädelsabend stören«, ergänzt Dave ein wenig spitz.

»Richtig«, stimmt Ian zu. »Bis nachher, Süße.«

Er gibt Vanessa noch einen Kuss, winkt uns zum Abschied zu und schiebt sich dann mit Dave durchs Gedränge.

Ich sehe, wie sich Cara für einen Moment sichtlich entspannt, dann nimmt sie die Schultern zurück, streckt die Brust raus und geht über zu dem, was ich als ihre Jagdhaltung bezeichne.

»Wenn das Ihr Ehemann war, dann müssen Sie Lexis Freundin sein, die kürzlich geheiratet hat«, sagt Robin zu Vanessa.

»Ja, das bin ich.« Sie präsentiert stolz ihren Ringfinger.

Robin nimmt ihre Hand und bewundert pflichtbewusst den Ring, während sie ihn genauso mit den Wimpern anklimpert wie Cara.

Unglaublich, was für eine Wirkung er auf Frauen hat, denke ich fassungslos und verdrehe die Augen.

»Es hörte sich an, als sei es eine umwerfende Hochzeitsfeier gewesen. Ich habe letztes Jahr auf der HMS Warrior eine Führung mitgemacht und dachte sofort, dass es ein super Ort für eine Feier ist.«

»Es war fantastisch. Und aufgrund der Location noch unvergesslicher«, schwärmt sie. »Nicht wahr, Mädels?«

Cara nickt stumm, als stehe sie so sehr unter seinem Bann, dass es ihr die Sprache verschlagen hat.

»Es war toll.« Ich nicke ebenfalls.

»Nur schade, dass Lexi allein kommen musste.«

»O ja, sie hat mir davon erzählt.«

Ich brauche eine Sekunde, bis mir dämmert, dass Robin den wahren Grund für Wills Abwesenheit kennt.

»Also, Robin, sind Sie mit –«

Aber ich war zu langsam, Vanessa hatte schon zum Reden angesetzt.

»Armer Will, ausgerechnet eine Lebensmittelvergiftung«, sagt sie und schüttelt mitfühlend den Kopf.

Ich stöhne. Jetzt wird Robin ihr jeden Moment verklickern, dass Will im Fußballstadion gewesen ist. Ich sehe einen Anflug von Verwirrtheit in Robins Gesicht, das aber sofort einem Lächeln weicht.

»Ja, schrecklich«, sagt er.

Ich atme erleichtert aus und kämpfe gegen den Impuls an, ihn zu umarmen. Aber das wäre unangemessen bei einem Arbeitskollegen, und so wie Cara ihn anhimmelt, würde sie mir vermutlich die Augen auskratzen.

»Sind Sie mit Freunden unterwegs?«, hebe ich erneut an und versuche, ihm auf telepathischem Weg zu danken.

»Ja. Und ich muss wieder zu ihnen gehen, aber ich wollte wenigstens Hallo sagen. War nett, die Damen kennenzulernen«, sagt er, und die beiden seufzen beinahe vor Verzückung, als er ihnen ein Lächeln schenkt. »Wir sehen uns Montag, Lexi.«

»Genau.« Ich winke ihm nach.

»Okay«, sagt Cara, da der Bann nach Robins Verschwinden offenbar gebrochen ist. »Als du erzählt hast, dass er süß ist, hast du nicht erwähnt, dass es sich um den fleischgewordenen Adonis handelt. Und du sitzt ihm jeden Tag gegenüber?«

»Ich muss zugeben«, bestätigt Vanessa, »dass er ziemlich attraktiv ist und äußerst charmant.«

Verlegen fummelt sie an ihrem Ehering herum, als habe sie ein schlechtes Gewissen, jemand anderen als ihren Ehemann als attraktiv zu bezeichnen.

»Ja, das ist er. Aber man gewöhnt sich dran. Anfangs haut es dich um, aber dann merkst du, dass er seinen Charme bei jeder einsetzt.«

»Also, ich hätte nichts dagegen, mehr von diesem Charme zu sehen«, sagt Cara und leckt sich kurz über die Lippen.

Armer Dave – hoffentlich ist das nicht das Ende ihrer geheimen Beziehung.

»Sieht nicht so aus, als müsstest du dir Sorgen wegen deines Jobs machen. Er wirkt sehr nett«, sagt Vanessa.

»Daumen drücken.«

Ich weiß aus Erfahrung, dass man nie sicher sein kann, wenn es um die Finanzen der Stadtverwaltung geht.

»Aber lasst uns nicht davon reden«, fahre ich fort, weil ich nicht samstagabends über meine Arbeit grübeln will. »Es ist unser Mädelsabend, und ich habe echte Neuigkeiten. Will und ich haben es Mittwoch zweimal in einer Nacht getan.«

»Was?«, fragt Vanessa entsetzt. »Es war doch nicht sein Geburtstag, oder?«

»Nein, nur ein normaler Mittwochabend …«

Ich berichte ihnen die Highlights des Abends und achte darauf, nicht wie Cara zu sehr ins Detail zu gehen oder zu erwähnen, dass es Teil meiner Rache war. Jedenfalls sind die beiden angemessen beeindruckt, und unser Abend bewegt sich wieder in die richtige Richtung – kichern und tratschen.

Kapitel 25

Bist du bereit?«, frage ich, als ich ins Wohnzimmer komme.

Nicht, dass ich es wäre, aber leider müssen wir los, weil wir sonst zu spät zum Mittagessen bei meinen Eltern sind. Und sich zu verspäten ist keine Option. Als Strafe holt meine Mum das Essen nämlich erst aus dem Ofen, wenn wir da sind. Wer nicht auf seine Zeitplanung achtet, läuft Gefahr, knochentrockenen Braten und verkohlte Kartoffeln vorgesetzt zu bekommen.

Um meinem Kater wenigstens ein bisschen mehr Schlaf zu gönnen, habe ich nicht gerade viel Zeit in mein Aussehen investiert. Das macht mich natürlich angreifbar für die Kritik meiner Mutter. Bei den fusseligen Haaren, den dunklen Augenringen, die unter dem Concealer durchschimmern, und den ungebügelten Klamotten hat sie eine Menge zu kritisieren.

Will stöhnt. Genauso wie ich heute Morgen, als ich aufstehen musste.

»Ich glaube nicht, dass ich das heute schaffe«, sagt er.

»Was meinst du damit?«

»Ich habe keine Lust. Würde es dir etwas ausmachen, wenn ich zu Hause bleibe?«

Alarmglocken läuten in meinem Kopf. Welche Sportsendung will er sich ansehen? Ich weiß, dass diese Woche kein Grand Prix stattfindet, und Fußball gibt es erst später. Was könnte es

sein? Rugby? American Football? Die Eröffnung der Kricketmeisterschaft?

»Welche Sportart?«

»Was? Keine. Es läuft nichts. Ich habe einfach keine Lust.«

Ich verenge die Augen. Normalerweise würde ich denken,
dass er die Wahrheit sagt, aber nach seiner angeblichen Lebensmittelvergiftung bin ich mir nicht mehr so sicher.

»Bist du krank?« Meine Stimme ist schriller als sonst.

»Nein.«

»Dann kannst du nicht zu Hause bleiben.«

Will stöhnt erneut und rührt sich immer noch nicht. »Sag
doch einfach, ich sei krank. Sie müssen es ja nicht wissen.«

Ich beiße mir auf die Zunge. »Aber *ich* würde es wissen.«

Will zuckt mit den Schultern und seufzt. Ich weiß, dass er
nicht gern sonntags zum Mittagessen zu meinen Eltern geht,
aber wer tut das schon? Das gute Porzellan und diese Förmlich-
keit – das ist anstrengend.

»Komm schon, Will. Wir müssen dahin. Sie sind meine Eltern, und ich bin ihr einziges Kind.«

Ich kann nicht glauben, dass ich dieselbe Karte ziehe wie
Mum immer bei mir.

»Dann geh doch allein. Ich sehe die beiden, wenn wir aus dem
Urlaub zurück sind.«

»Ich kann nicht allein hingehen!«

Meine Mutter würde sofort in Panik verfallen, weil sie das als
Signal deutet, dass meine Beziehung mit Will dem Untergang
geweiht ist.

»Glaubst du denn, *ich* hätte Lust?«

Will schaut mich an und zieht die Brauen hoch.

»Dann lass uns beide hierbleiben.«

Zum ersten Mal während dieses Gesprächs erhellt sich sein
Gesicht.

»Wir können auf dem Sofa kuscheln und einen Film anschauen. Oder wieder ins Bett gehen und Croissants essen, so wie letztes Wochenende.«

In diesem Bett wird es niemals wieder Croissants geben. Wegen der Krümel habe ich in der darauffolgenden Nacht wie auf Sägemehl geschlafen.

Aber Sofa und Film klingen verlockend. Im Küchenschrank ist noch Popcorn, und wir könnten die große Fleecedecke rausholen und über uns ausbreiten. Offenbar steht bei ihm wirklich keine Sportveranstaltung auf dem Programm.

Fast schon hätte ich meinen Mantel wieder ausgezogen, als mir klar wird, dass meine Mutter mich dann vermutlich enterbt.

»Nun komm schon. Das alles können wir machen, wenn wir zurück sind. Mit ein bisschen Glück ist es ein kurzes Mittagessen, und wir sind um drei schon wieder hier.«

Will seufzt. Ich glaube, ich habe ihn.

»Ich kann deiner Mum heute nicht gegenübertreten«, sagt er jedoch mit beinahe besorgter Miene.

Verständlich, wir sehen uns das erste Mal seit Vanessas Hochzeit, und sie will bestimmt jedes noch so winzige Detail erfahren. Zumindest glaubt Will das.

»Keine Sorge, sie wird die Hochzeit nicht ansprechen.«

»Welche Hochzeit?«, fragt Will verwirrt.

»Die von Vanessa und Ian. Das ist doch der Grund, warum du nicht hingehen willst, oder? Aber egal. Wir müssen los.«

Ich klatsche möglichst autoritär in die Hände und hoffe, ihn damit zum Aufstehen zu bewegen. Er ist ein vierunddreißigjähriger Mann, der zweiundachtzig Kilo wiegt, ich kann ihn also unmöglich mit Gewalt vom Sofa zerren.

Zum Glück steht er auf und setzt sich in Bewegung. Ich sehe ihm dabei zu, wie er einen Mantel über sein langärmeliges Southampton-T-Shirt zieht. Normalerweise würde ich darauf hinweisen, dass er sich umziehen muss, da Mums Einladung immer einen Dresscode impliziert, aber womöglich macht er dann doch noch einen Rückzieher.

Als wir in die Einfahrt meiner Eltern biegen, schaue ich auf die Uhr. Gut gemacht! Wir sind nur ein paar Minuten zu spät.

»Kopf hoch«, versuche ich Will aufzumuntern. »Vielleicht ist es gar nicht so schlimm wie sonst.«

Er wirft mir einen vielsagenden Blick zu.

»Okay, vermutlich ist es das doch, aber lächle wenigstens.«

Ich steige aus und bin schon auf halbem Weg zur Haustür, als ich merke, dass er mir nicht folgt. Er sitzt immer noch im Wagen, und für eine Sekunde fürchte ich, er könnte einfach ohne mich wieder wegfahren. Warum ist er so komisch? Er meckert zwar jedes Mal, bevor wir hierherfahren, aber so einen Aufstand hat er noch nie gemacht.

Ich winke ihn mit der Hand zu mir, damit er sich in Bewegung setzt, bevor Mum die Tür öffnet – was sie in just diesem Moment tut.

»Hi Mum!«, begrüße ich sie theatralisch und umarme sie länger als sonst. Als ich sie wieder loslasse, steht Will neben mir. Puh.

»Hallo, William«, sagt sie und schließt ihn wie ihren lange verschollenen Sohn in die Arme.

»Schön langsam, Mum. Das ist *mein* Freund, den du vor Freude fast erdrückst«, murmele ich zu mir selbst. Nicht nur Will verhält sich heute seltsam. Vielleicht ist Vollmond.

Endlich lässt sie ihn wieder los, und wir werden ins offizielle Esszimmer geführt. Diesen Raum nutzt sie nur, wenn sie Gäste hat. Ich habe ihr schon eine Million Mal gesagt, dass ich kein Gast bin und dass das gemütliche Wohnzimmer hinten raus viel bequemer ist, aber sie besteht darauf. »Setzt euch«, sagt Mum. »Ich mache schnell das Essen fertig.«

»Okay, danke.«

Irgendetwas Seltsames geht hier vor. Sie war tatsächlich zu sehr damit beschäftigt, Will begeistert zu begrüßen, um mich von oben bis unten zu mustern und einen Kommentar über mein Aussehen abzugeben. Bin ich froh, dass ich dafür nicht früher aufgestanden bin!

»Geht es dir gut, Liebes?«, fragt mein Dad, der gerade durch die Tür hereinkommt.

»Ja, danke, Dad«, versichere ich und drücke ihn kurz.

Will versteckt sich förmlich hinter mir, was meinen Dad zwingt, sich um mich herumzubeugen, um ihm die Hand zu schütteln.

Anschließend lässt Dad sich auf einen Sessel nieder, aber statt wie üblich etwas zu erzählen, sitzt er da und starrt uns an.

»Ist alles in Ordnung?«, frage ich verwirrt.

»Ja, ja, alles gut.« Er nickt.

Ich wende mich Will zu, um zu sehen, ob ihm Dads merkwürdiges Verhalten auch auffällt, aber er sitzt mit gesenktem Kopf auf einem Stuhl und spielt mit einem losen Faden seines T-Shirts.

»Also …«, sagt Dad.

»Also …«, sage ich und habe keinen Schimmer, worüber wir reden sollen.

Als ich den erwartungsvollen Blick meines Vaters irgendwann nicht mehr aushalte, frage ich: »Wie läuft's bei den Saints?«

Ich habe keine Ahnung, was genau diese Frage bedeutet, aber ich habe oft genug gehört, wie er sie Will gestellt hat.

»Oh, es läuft gut, nicht wahr, Will?«

Will reißt den Kopf hoch, als sein Name fällt.

»Äh, was?«, fragt er mit einem leisen Anflug von Panik im Gesicht.

»Wir reden gerade darüber, dass es für den SC Southampton diese Saison ziemlich gut läuft.«

Will scheint sich zu entspannen.

»Ja, gar nicht so übel.«

»Warst du am Mittwoch beim Spiel? Hast du dieses Tor gesehen? Es hat angeblich Chancen, das Tor der Saison zu werden.«

»Nein, ich habe es nicht gesehen. Mir kam etwas dazwischen, ähm, beruflich.«

Bei dem Gedanken an Mittwoch beginnen meine Wangen zu glühen. Was Will »dazwischenkam«, braucht mein Dad definitiv nicht zu wissen.

»Aber ich habe das Tor bei *Match of the Day* gesehen. Es war unglaublich«, fährt Will fort.

Normalerweise käme es für ihn dem Weltuntergang gleich, ein solches Tor zu verpassen, aber anscheinend hat jene Nacht ihn hinreichend entschädigt.

»Ja, nicht wahr?«

Da sich Will langsam entspannt, werde ich die beiden sich selbst überlassen und nachsehen, ob Mum Hilfe braucht. Natürlich wird sie ablehnen, aber wenn ich nicht frage, beschwert sie sich hinterher.

»Hi, Mum, kann ich dir irgendetwas abnehmen?«, frage ich, nachdem ich in die Küche spaziert bin, und setze mich an den Tisch.

Hier zu sitzen hat etwas wehmütig Tröstliches. Seit wir diese Küche bekommen haben, als ich acht Jahre alt war, habe ich immer auf demselben Stuhl an der hinteren Wand gesessen. Ich brauche lediglich die Augen zu schließen, und schon bin ich zurückversetzt in die Vergangenheit und sehe meiner Mum beim Kochen zu.

»Ich bin fast fertig, danke.«

Sie öffnet den Backofen, und mir weht ein köstlicher Duft entgegen. Sosehr es mir auch immer vor diesen Treffen graut, das Essen macht vieles wett. Sie pikst in eine der perfekt gerösteten Kartoffeln und zieht dann das Blech heraus.

»Ist mit Dad alles in Ordnung?«, frage ich.

Laut krachend lässt sie das Blech auf die Arbeitsplatte fallen.

»Es geht ihm gut. Wieso fragst du?«

»Er kommt mir heute ein bisschen seltsam vor und letztens am Telefon auch schon. Ist er krank?«

Es wäre typisch für meine Eltern, mir das nicht zu erzählen.

»Mit deinem Vater ist alles in Ordnung, glaube mir«, versichert sie und lächelt tatsächlich. »Könntest du die Kartoffeln in eine Schüssel füllen?«

Falls ich mir bisher keine Sorgen gemacht habe, dann jetzt bestimmt. Mum will tatsächlich, dass ich ihr helfe. Das kann nur eines bedeuten – sie versucht, mich abzulenken.

Beunruhigt stehe ich auf und hole eine Schüssel aus dem Küchenschrank. Vorsichtig löffele ich eine Kartoffel nach der anderen hinein, um sie nur ja nicht zu beschädigen. Wenn er nun lebensbedrohlich erkrankt ist?

»Wir können dann alles rüberbringen«, sagt Mum und nimmt den Deckel von dem ruhenden Braten. »Nimmst du das hier?«

»Okay.« Vorsichtig nehme ich die Schüssel und befördere sie ins Esszimmer. Meine Mum besteht auf dem Geschirr, das sie zur Hochzeit bekommen haben. Dieses Porzellan wird aber seit Mitte der Achtziger nicht mehr hergestellt, sodass man nichts nachkaufen könnte, sollte etwas kaputtgehen.

Als Will zum ersten Mal hier war, hat er eine Sauciere zerbrochen. Das wurde ihm bis zum heutigen Tag nicht verziehen. Ich muss ihm jetzt immer die Soße auf den Teller geben.

Als ich die Schüssel auf die geblümten Untersetzer in der Tischmitte stelle, fröstle ich. Im Esszimmer ist es immer furchtbar kalt. Das ist so albern, denn zu viert könnten wir gemütlich am Küchentisch sitzen.

Ich bin so langsam beim Helfen, dass meine Mum bereits alles andere gebracht hat und ich genötigt werde, mich zu setzen, während sie noch schnell die vorgewärmten Teller aus dem Ofen holt.

»Alles okay?«, frage ich Will, als er sich neben mich setzt.

»Ja, bestens«, versichert er und wirkt ein bisschen entspannter als bei unserem Eintreffen.

»Hat mein Dad irgendetwas Seltsames gesagt?«, frage ich, als wir für einen Moment allein im Zimmer sind.

»Nein, wieso sollte er?«

Ich will ihm gerade erzählen, was mir aufgefallen ist, als meine Eltern zurückkommen.

»Das sieht köstlich aus«, sagt Will.

Meine Mum strahlt vor Stolz.

»Danke. Und jetzt greift alle zu.«

Wir bedienen uns, reichen die Schüsseln herum und stellen sie dann dort ab, wo gerade Platz ist. Mit einem raschen Blick vergewissere ich mich, dass ich von allem genommen habe. Einmal habe ich fast ein gesamtes Abendessen verdrückt, bis mir auffiel, dass ich die gerösteten Pastinaken übersehen hatte – was für eine Katastrophe. Zufrieden stelle ich fest, dass ich alles auf dem Teller habe, versorge schnell noch Will und mich mit Soße, und dann können wir loslegen.

»Gestern Abend habe ich Vanessa gesehen«, sage ich und schneide mein Fleisch klein. »Ich soll euch Danke sagen für das Hochzeitsgeschenk. Demnächst verschickt sie auch noch Karten.«

Damit ist es erledigt. Als würde man ein Pflaster abreißen – kurz und schmerzlos.

»Freut mich«, sagt Mum.

Ich warte auf ihren Kommentar, dass es immer nur um Hochzeitsgeschenke für andere und nie für mich geht, aber der bleibt aus.

Erst meckert sie nicht über mein Outfit und nun das. Dafür kann es nur einen Grund geben. Dad ist krank, und sie ist zu sehr mit den Gedanken woanders.

»Wie läuft's im Job, Dad?«

Wenn sie mir nichts verraten, muss ich wohl im Trüben fischen.

»Das Übliche. Ich zähle die Tage bis zur Rente.«

Mein Dad ist Bauingenieur, und obwohl er diesen Job hat, seit ich klein war, weiß ich immer noch nicht genau, was er eigentlich macht.

»Dann hattest du in letzter Zeit wohl nicht frei?«, frage ich.

»Nein, wir haben erst für nächstes Jahr einen Urlaub gebucht. Wir wollen noch mal nach Griechenland. Im Mai«, sagt er langsam. »Aber davon abgesehen …«

»Natürlich ist Zante längst nicht so aufregend wie Barbados, ihr Glücklichen. So romantisch«, mischt Mum sich ein.

Will lässt aus Versehen sein Messer krachend auf den Teller fallen. Ich halte den Atem an und wage es nicht, hinzusehen. Aber meine Mutter schreit nicht auf, also ist wohl alles heil geblieben.

»Ich kann es kaum erwarten«, sage ich und träume schon wieder von dem vielen Sand, dem Meer und … na, was schon. Aber in Anwesenheit meiner Eltern funktioniert das nicht richtig. »Das wird wunderbar.«

»Habt ihr schon geplant, was ihr unternehmen wollt?«, fragt Mum.

»Nicht im Detail«, antworte ich. »Wir werden uns ein paar Kricketspiele ansehen, aber ansonsten vor allem ausruhen.«

»Klingt himmlisch«, sagt mein Dad.

Mit ihm stimmt definitiv etwas nicht. Normalerweise sagt er beim Mittagessen nie etwas, und er verwendet schon gar keine Wörter wie »himmlisch«.

»Wir werden euch berichten, wenn wir wieder zurück sind. Vielleicht können wir uns an dem Wochenende danach zum Mittagessen treffen?«

Ich sollte wirklich mehr Zeit mit meinen Eltern verbringen – vor allem, falls Dad tatsächlich krank ist.

»Gute Idee«, sagt Will.

Hat er das jetzt ironisch gemeint? Aber er scheint sich ehrlich zu freuen. Erstaunlich, wenn ich bedenke, dass ich ihn heute fast hierherschleifen musste.

Da hilft nur eines. Ich lade mir noch eine Portion Kartoffeln auf den Teller. Um das hier zu überstehen, muss ich ins Fresskoma fallen.

Kapitel 26

*D*a ist aber jemand fröhlich«, sagt Robin und schaut hoch, als ich vom Stuhl aufspringe.

Natürlich bin ich das. Soeben habe ich meinen Abwesenheits-Assistenten eingeschaltet, was bedeutet, dass ich offiziell im Urlaub bin. Juchhu!

»Das wären Sie auch, wenn Sie nach Barbados fliegen würden.«

»Es erklärt auf jeden Fall Ihren federnden Gang«, antwortet er nickend.

Genau genommen nicht, vielmehr kann ich zum ersten Mal in dieser Woche normal gehen. Lassen wir es uns einfach so ausdrücken: Meine Erwerbung bei Ann Summers ist ihr Geld wert.

Das Outfit hat nur 35 Pfund gekostet, und bisher bin ich runter auf einen Schnitt von 5 Pfund pro Tragen. Nicht schlecht, wenn man bedenkt, dass ich es erst seit einer Woche besitze. Allerdings kann man es nicht wirklich als Tragen bezeichnen, wenn man etwas nur etwa eine Minute anhat, bevor es einem wieder ausgezogen wird, oder? Das Ding hat jetzt mehr Laufmaschen als heile Stellen. Aber hey, solange es diese Wirkung auf meinen Freund hat, wen stört's?

Häufiger Sex *und* Urlaub. Als wäre Weihnachten dieses Jahr vorverlegt worden.

»Ich halte beim Fernsehgucken nach Ihnen Ausschau«, sagt Robin und reißt mich damit aus meinen Träumen.

»Ich glaube nicht, dass wir uns viele Spiele ansehen«, antworte ich lässig. Dank Wills sexuellem Wiedererwachen werden wir vielleicht nicht einmal den Bungalow verlassen. Vor allem, wenn er sieht, was ich auf meinem jüngsten Trip zu Ann Summers gekauft habe. Ich habe meine Scheu, diesen Laden zu betreten, endgültig überwunden.

Aber auch abgesehen von den Dessous, glaube ich, dass es eine Neuauflage von Swansea werden wird, nur mit mehr Sonne und Rum. Dank meines letzten Rachemanövers sind wir auf dem richtigen Kurs, und Barbados wird ihn festigen.

Obwohl mein Blog stündlich mehr Follower bekommt, habe ich bereits entschieden, ihn nach dieser Reise zu beenden. Unterwegs werde ich Will einen letzten Streich spielen, sozusagen als Finale für den Blog, und damit sind wir quitt. Noch weiß ich zwar nicht, wie ich Will davon abhalten soll, zum Kricket zu gehen, aber es wird schon nicht allzu schwierig sein. Ich habe es in Swansea geschafft, dann sollte ich es auf einer entlegenen tropischen Insel erst recht hinbekommen.

Und wenn wir wieder zu Hause sind, werde ich mit ihm eine offene Aussprache führen. Dank meiner Rache ist meine Wut dann geschrumpft, und wir können wie vernünftige Menschen miteinander reden.

»Nein, nicht sehr viel Kricket«, betone ich noch einmal. »Wir wollen ein paar Ausflüge machen, die Insel erkunden und einheimische Spezialitäten ausprobieren.« Ich bemühe mich, gebildet zu klingen, aber in Wahrheit plappere ich nach, was im Reiseführer steht. Recherchiert habe ich bisher nur, wo man außerhalb der Saison die günstigsten Bikinis kaufen kann.

»Wow, Ihr Freund ist aber echt diszipliniert. Wenn ich so weit zu einem Turnier reisen würde, dann würde ich mir so viele Spiele wie möglich ansehen. Sie beide führen wirklich die perfekte Beziehung.«

Ich lächle matt. Wir werden die perfekte Beziehung führen, nachdem ich sie endgültig wieder auf den richtigen Weg gebracht habe.

»Zu dieser Jahreszeit soll Barbados wunderschön sein. Ich wünsche Ihnen einen schönen Urlaub.«

»Danke. Ich werde an Sie denken, während Sie hier schuften.«

Mein Computer ist heruntergefahren. Ich hebe den Kopf und begegne Robins Blick. Er sieht mich so eindringlich an, dass ich schon wieder rot werde.

»Ich meine, ich werde an *alle* hier denken, während ich faul in der Sonne liege.«

Ich drehe mich um, schnappe mir meinen Mantel und ziehe ihn hastig über und wickle mir den Schal um den Hals.

»Wenn Sie zurück sind, habe ich meine Arbeit in dieser Abteilung vermutlich abgeschlossen.«

»Wirklich? So schnell?«, erwidere ich und erwürge mich beinahe mit meinem Schal. Ich lockere ihn ein bisschen, halte die Enden mit den langen Fransen jedoch fest.

Ich bin betrübt und kann nicht sagen, ob es daran liegt, dass das Schicksal unserer Abteilung mit ihren zwölf Mitarbeitern von seinem Bericht abhängt oder ob ich es vermissen werde, ihm gegenüberzusitzen.

»Ich denke, schon. Mir fehlen noch ein paar Zahlen und Angaben, aber ansonsten habe ich jetzt alle Informationen, die ich für den Wirtschaftlichkeitsbericht brauche.«

»Dann ziehen Sie danach wieder in die oberste Etage?«, frage ich ein bisschen traurig.

»Ja«, antwortet Robin und nickt, während er in dem dicken Papierstapel vor ihm noch eine letzte Stelle mit dem Marker hervorhebt. »Zurück in die Führungsetage, bevor es dann ins Bauamt geht.«

Seine Zeit hier ist unheimlich schnell vergangen. Vorher dachte ich, seine Anwesenheit hätte etwas von Big Brother, aber so schlimm war es überhaupt nicht.

Robin schaltet seinen Rechner aus, steht dann auf und zieht ebenfalls seinen Mantel an.

Ich schnappe mir meine Tasche und hänge sie über die Schulter, verabschiede mich im Vorbeigehen von den noch anwesenden Kollegen.

»Und? Werden unsere Jobs erhalten bleiben, nachdem Sie Ihren Bericht vorgelegt haben?«, frage ich Robin, während wir das Treppenhaus betreten und nebeneinander hinuntergehen.

»Sie wissen, dass ich Ihnen das nicht sagen darf. Diese Information ist ausschließlich für die Stadtverwaltung bestimmt. Aber würde ich Ihnen mit einer Stellenstreichung nicht sogar einen Gefallen tun?«

»Klar doch«, erwidere ich sarkastisch. Meine Bank wird vor Begeisterung schier ausflippen.

Er ist bestimmt ein vernünftiger Typ, der ein hübsches Sümmchen an Rücklagen gebildet hat, aber so sind wir nun mal nicht alle.

»Ich habe das nicht böse gemeint. Aber ich habe gestern Abend Ihr Buch zu Ende gelesen, und es hat mir wirklich gefallen.«

»Echt?« Mir wird plötzlich ein bisschen schwindelig.

»Ja.«

»Jetzt lassen Sie mich doch nicht so zappeln.«

»So wie Sie mich fast bis zum Ende des Buches«, antwortet er lachend. »Ich fand es wirklich gut. Vielleicht könnte man es hier und da noch glätten, und mir sind ein paar logische Fehler in der Handlung aufgefallen – die man aber problemlos beheben kann. Im Großen und Ganzen ist es wirklich gut.«

Ich stoße die Luft aus, die ich unbewusst angehalten habe.

»Sie haben Talent. Deshalb birgt Ihr Job eine gewisse Ironie. Sie sind ein kreativer Mensch, verbringen aber die meiste Zeit des Tages damit, anderen beim Verwirklichen ihrer Träume zu helfen, statt Ihre eigenen Träume wahr werden zu lassen.«

»Ich halte meine Träume nicht davon ab, wahr zu werden. Aber ich kann meine Bücher schlecht selbst veröffentlichen.«

»Mit solchen Dingen kenne ich mich nicht aus, aber ich dachte, etwas im Selbstverlag herauszugeben sei heute keine große Sache mehr?«

Wir schieben uns durch die Drehtür und treten hinaus in die kühle Novemberluft, die mich wünschen lässt, ich hätte nicht nur einen Schal, sondern auch noch eine Mütze.

»So sieht mein Traum aber nicht aus. Ich möchte einen Verlag und einen Agenten finden«, antworte ich.

»Okay, ich will auch nur sagen, dass Sie Ihre eigenen Träume nicht vergessen dürfen. Sie tun doch alles, um sie zu verwirklichen, oder?«

Das hoffe ich. Ich fühle mich zunehmend mies dabei, Will in meinem Blog wie ein Scheusal dastehen zu lassen. Nur der Gedanke, dadurch meine frischgebackene Schriftstellerkarriere anzukurbeln, hält mich bei der Stange.

»Ich probiere gerade neue Sachen aus, einen Blog und einen Frauenroman. Anscheinend sind Sie nicht der Einzige, der denkt, die Schreiberei könnte etwas für mich sein.«

»Klingt gut.«

»Noch weiß ich nicht, was dabei herauskommt. Ich stehe ganz am Anfang, aber wir werden sehen«, antworte ich achselzuckend.

»Seien Sie nicht so pessimistisch. Ihr Roman ist gut, offenbar wurde er bisher nur noch nicht von dem richtigen Agenten gelesen. Wissen Sie, was meiner Meinung nach Ihr größtes Problem ist? Sie scheinen an jeden zu glauben, nur nicht an sich selbst.«

Ich bin so geschockt, dass es mir für einen Moment die Sprache verschlägt. Während der vergangenen Wochen habe ich mich derartig an seinen Charme gewöhnt, dass ich auf solch brutale Ehrlichkeit nicht gefasst war. Vielleicht ist es ganz gut, dass er nach meinem Urlaub nicht mehr da ist.

Robin lächelt breit. »Nun, ich wünsche Ihnen noch einmal schöne Ferien«, sagt er und wendet sich zum Gehen. »Vergessen Sie nicht zu winken, falls die Fernsehkamera auf Sie gerichtet wird.«

Ich lächle und sage: »Das mache ich.«

Dann drehe ich mich um, gehe zu meinem Wagen und freue mich, dass ich erst in zehn Tagen wieder herkommen muss.

Sobald ich zu Hause bin, schalte ich in den Urlaubsmodus. Ich öffne eine Flasche Rum, die sich seit unserer Einweihungsparty vor vielen Jahren in unserem Spirituosenvorrat befindet. Ich schnuppere daran, um sicherzugehen, dass der Inhalt noch gut ist. Der Geruch zieht mir fast die Schuhe aus, aber so soll es wohl sein. Alkohol kann nicht verderben, oder? Jegliche Bedenken beiseiteschiebend, gebe ich einen Schuss in meine Cola und voilà – Cuba Libre. Schon beim ersten Schluck spüre ich förmlich, wie ich auf die magische Insel Barbados entschwebe.

»Hallo, Schatz, ich bin zu Hause!«, ruft Will.

Er kommt zu mir und gibt mir einen Kuss. Dann umfasst er mich wie beim Standardtanz und wirbelt mich durch die Küche.

»Vorsichtig, du verschüttest meinen Drink«, sage ich lachend.

»Oh, was trinkst du denn?« Er lässt mich los und nimmt mir das Glas aus der Hand. »Verdammt, ist das stark.«

Er gibt mir das Glas zurück und geht zum Kühlschrank, um sich stattdessen ein Bier zu holen.

»Zwölf Stunden, Countdown läuft«, sagt er und macht eine Handbewegung, von der ich normalerweise annehmen würde, er habe einen Krampf in den Fingern. Ich weiß jedoch, dass er den Kricketschiedsrichter imitiert, der eine Sechs anzeigt (wenn der Ball über die Grenze geschlagen wurde). Wenn diese nutzlosen Sportinformationen nicht so viel Platz in meinem Gedächtnis beanspruchen würden, könnte ich mir möglicherweise die Namen sämtlicher Kardashians merken.

»Apropos Reise, man hat mich heute gefragt, zu welchen Spielen wir gehen, und da ist mir klar geworden, dass ich gar nicht weiß, welche Tickets du gekauft hast.«

Noch wichtiger ist, dass ich wissen muss, an welchem Tag meine Rache stattfinden wird, damit ich sofort nach der Landung mit der Planung beginnen kann.

»Am Dienstag schauen wir uns England gegen Australien an, das muss der absolute Kracher sein, und ich habe dann noch eine Karte für das Spiel Irland gegen Indien.«

»Also einmal wir beide, und einmal gehst du allein?«

Will wühlt im Küchenschrank herum, und mich befällt der Verdacht, dass er weniger nach etwas sucht, sondern sich vor dem Gespräch mit mir drückt.

»Ähm, nun ja, ich habe noch Karten für uns für das Spiel England gegen West Indies, und dann habe ich noch eine für mich Neuseeland gegen Pakistan.«

Vier Spiele. Ich höre Robins Stimme in meinem Kopf, dass er nicht widerstehen könnte, wenn er extra so weit gereist wäre.

»Vier Spiele an vier Tagen. Dann bleibt nicht viel Zeit für Besichtigungen.«

»Die Twenty20-Spiele dauern nur ein paar Stunden. Wenn wir vormittags zu einem Spiel gehen, sind wir zum Mittagessen schon wieder frei und haben den ganzen Nachmittag für uns oder umgekehrt. Dieser Urlaub wird toll, bestimmt«, versichert Will, kommt zu mir und nimmt mich in die Arme. Er spürt offenbar, dass ich über seine Informationen nicht glücklich bin.

»Wir haben jede Menge Zeit füreinander, und mein Gefühl sagt mir, dass es ein ganz besonderes Erlebnis wird.«

»Wieso, weil England dieses blöde Turnier gewinnt?«

Schmollend entziehe ich mich ihm. Ich habe mich so auf diesen Urlaub gefreut und war offenbar blind. Ich werde ihn von diesen Spielen nicht fernhalten können – so einfallsreich bin ich nicht.

»Lexi, wenn du es wirklich nicht möchtest, muss ich mir diese Spiele nicht alle ansehen.«

Ich spitze die Ohren. Hat er das tatsächlich gesagt?

»Wirklich?«

»Ja, ich kann auf ein Spiel verzichten.«

»Danke, das fände ich echt toll. Während der Mittagspause habe ich ein bisschen gegoogelt und festgestellt, dass freitags vom Hotel ein Ausflug mit dem Katamaran angeboten wird. Man fährt hinaus zu einer Bucht, in der man zwischen Scharen von Schildkröten schwimmt und –«

Ich breche mitten im Satz ab, weil ich sehe, dass Will blass wird. Noch bevor er den Mund aufmacht, ahne ich, was jetzt kommt.

»Also … Dieses Spiel am Freitag ist eins der wichtigen.«

Ich schließe die Augen und beiße mir auf die Zunge, während mich eine Welle des Zorns überflutet.

»Ich gebe die Karten für eins der anderen Spiele zurück, und dann können wir diesen Ausflug an einem anderen Tag machen.«

»Er wird aber nur freitags angeboten und … Ach, vergiss es!«

Er würde es sowieso nicht verstehen. Für ihn zählt nur dieses verdammte Kricket. Ich drehe mich um und gehe nach oben.

Diese Katamaranfahrt wäre ein schöner Abschluss für unseren Urlaub gewesen. Erst meine Rache und dann die Fahrt als Höhepunkt.

Ich öffne den Koffer und stopfe die letzten meiner frisch gewaschenen Sachen hinein. Ich mache mir nicht die Mühe, sie ordentlich zu falten – wofür, wenn ich sie nur anziehe, um im Kricketstadion zu sitzen.

Natürlich bin ich stur, und wir können auch an einem anderen Tag irgendeine Tour machen, aber ich wollte unbedingt diesen Ausflug, und da Will den Rest der Reise um sein Kricket herum geplant hat, fand ich, dass ich einen schönen Tag verdiene.

Ich bin versucht, im Koffer zu wühlen und die neuen Dessous wieder herauszuholen. Aber einen Sexbann zu verhängen würde mich genauso sehr bestrafen wie ihn.

Ich hole tief Luft und versuche, meinen Zorn in Richtung Rache zu dirigieren. Wenn ihm das Freitagspiel so viel bedeutet, dann wird er das verpassen. Wenn ich doch nur eine Idee hätte, wie ich ihn auf diesen Katamaran locken kann, und dann segeln wir hinaus, während sein Spiel anfängt …

Ich schüttle den Kopf. Das wird allmählich albern. Vielleicht sollte ich ihm einfach sagen, dass es reicht.

Ich könnte das tun, wozu Cara mir schon die ganze Zeit rät – die Karten auf den Tisch legen. Ich könnte ihm sagen, dass ich nicht länger die zweite Geige in seinem Sportleben spielen will, dass ich an erster Stelle stehen möchte, und von ihm verlangen, dass wir diesen Ausflug machen.

Ich stehe auf und atme laut aus. Das mache ich jetzt, sage ich mir und gehe nach unten.

Aber auf halbem Wege gerät meine Entschlossenheit ins Wanken, und ich muss mich vor Nervosität am Geländer festhalten.

»Will!«, rufe ich.

Verlegen kommt er aus dem Wohnzimmer.

»Wir müssen reden«, sage ich so energisch wie möglich.

»Es tut mir leid«, antwortet er. »Ich hätte für mich nicht zwei Spiele reservieren sollen. Ich habe mich hinreißen lassen. Aber ich storniere eine Karte – zwei sehen wir uns zusammen an, und zu einem gehe ich. Dann bist du nur einen Vormittag allein am Pool. Und ich verspreche dir, dass dieser Urlaub toll wird«, sagt er und liebkost mein Ohr.

Seine Stirn lehnt an meiner, und ich sehe ihm in die Augen. Ich blinzele eine Träne weg. Da weiß ich, dass ich ihn nicht mit seiner Lüge konfrontieren werde. Nicht jetzt.

»Du versprichst, dass uns das Kricket nicht dauernd in die Quere kommt?«, frage ich kleinlaut. Als würde ich ihn ein letztes Mal auf die Probe stellen.

»Versprochen«, versichert er, gibt mir einen zarten Kuss und reibt mir über den Rücken. »Wo ist jetzt dieser Rum? Lass uns den Urlaub so beginnen, wie es weitergehen soll.«

Kapitel 27

Das Taxi hält vor dem Hotel, aber es kann sich nur um ein Missverständnis handeln. Ein Portier öffnet uns die Wagentür, und ich bleibe wie erstarrt sitzen, bis Will mich anstupst.

Zögernd steige ich aus. Hier sollen wir richtig sein? Genau wie beim Verlassen des Terminals schlägt mir die Hitze entgegen, und mein Körper kann nicht begreifen, dass wir die Mäntel und Hoodies nicht mehr brauchen, in denen wir losgeflogen sind. Der Taxifahrer lädt unsere Koffer auf den goldgerahmten Gepäckwagen, den der Portier dann ins Gebäude schiebt.

»Na dann«, sagt Will. »Lass uns mal einchecken.«

Ich stehe reglos da und komme aus dem Staunen nicht heraus. Das hier entspricht nicht unseren üblichen Urlaubsunterkünften – Apartments in der Größe von Schuhkartons, nach dem Preis und weniger nach dem Komfort ausgesucht. Diese Anlage hier ist unglaublich chic. Als ich mir die Website angesehen habe, bin ich davon ausgegangen, dass lediglich ein geschickter Fotograf am Werk war, dabei wird nicht einmal der Internetauftritt diesem Ort gerecht.

Ein überdachter, mit Palmen und pinkfarbenen Blumen gesäumter Weg führt zum Gebäude. Als wir die Lobby betreten, erhasche ich einen ersten Blick auf den dahinterliegenden Pool, der im Sonnenlicht glitzert. Mein ganzer Körper zittert erwartungsvoll.

»Kann ich behilflich sein?«, fragt die Empfangsdame lächelnd.

»Ähm, ja. Ich habe reserviert. Auf den Namen Talbot«, sagt Will.

Die Frau wandert mit den Augen über ihren Computerbildschirm, und je länger es dauert, desto stärker bin ich davon überzeugt, dass ein Irrtum vorliegt. Jeden Moment wird sie sagen, dass wir hier nicht reserviert haben. Das Schicksal spielt uns einen grausamen Streich, denn unser Hotel heißt zwar genauso, liegt aber ein Stück weiter die Straße hinunter.

»Ah.« Sie nickt. »Mr Talbot. Da haben wir Sie. Wenn Sie dann bitte die Anmeldung ausfüllen würden …«

Beinahe hätte ich vor Freude aufgeschrien.

Während Will ihr seinen Ausweis reicht und das Anmeldeformular ausfüllt, gehe ich zu einem der einladenden Sofas, mache es mir bequem und bediene mich an den kostenlosen Pfefferminzbonbons aus der Schale auf dem Tisch.

Mühsam halte ich mich zurück, mir noch ein paar für später in die Tasche zu stecken. So sollte man sich in einem derart vornehmen Hotel wohl kaum benehmen. Betont interessiert studiere ich die Devisenkurse auf einer Tafel und tue so, als würde ich an einen Ort wie diesen gehören.

Ein Mann im Anzug kommt zu Will und schüttelt ihm die Hand, als begrüße er einen lange vermissten Freund.

»Mr Talbot, wie schön, Sie bei uns willkommen heißen zu dürfen«, sagt er. Ich gehe zu den beiden.

»Danke«, antwortet Will und zeigt auf mich. »Das ist meine Freundin, Lexi.«

»Ah«, nickt der Mann. »Lexi, freut mich sehr. Ich begrüße Sie beide herzlich im Tropical Beach Hotel.«

Ich lächle. Diese Fünf-Sterne-Hotels sind ja so gastfreundlich. In einem Billighotel wird man höchstens von einem Animateur in Empfang genommen, der einem überteuerte Ausflüge verkaufen will.

»Ich bin Joe, der Concierge«, stellt sich mir der Mann vor. »Sollten Sie während Ihres Aufenthalts irgendetwas benötigen, lassen Sie es mich bitte wissen.«

»Vielen Dank.« Ich strahle ihn an. Das Lächeln hier ist ansteckend.

Er klopft Will auf den Rücken und begibt sich dann zu einem Tisch in der Ecke.

»Sollen wir uns auf die Suche nach unserem Bungalow machen?«, sagt Will und hält den Schlüssel hoch.

»Unbedingt.«

Als wir an dem ausladenden Pool vorbeigehen, halte ich meine Erregung nur mühsam im Zaum. Neidisch beäuge ich die Leute, die ihre atemberaubende Bräune zur Schau stellen. Wie lange werde ich wohl brauchen, um meinen Bikini im Koffer zu finden und mich zu ihnen zu gesellen?

Wir gelangen in einen parkähnlichen Garten, der mit verschiedenen Palmenarten und duftenden bunten Blumen bepflanzt ist.

»Sieh nur!«, rufe ich. Vor uns läuft eine kleine neongrüne Echse über den Weg.

»Ziemlich cool hier, was?«, sagt Will, als könne er es selbst nicht glauben.

Er hat zwar etwas von einem guten Angebot erzählt, trotzdem staune ich, dass er einen solchen Ort aussucht. Es ist die Art Hotel, in dem das Kricketteam absteigt, aber nicht seine Fans.

Abrupt bleibe ich stehen.

»Will, das englische Kricketteam wohnt doch nicht hier, oder?«

»Nicht, dass ich wüsste. Die sind vermutlich im Hilton untergebracht.«

Ich entspanne mich und gehe weiter.

»Da ist es«, sagt Will. »103.«

Staunend bleibe ich stehen. Ich hatte mir eine Art Camping-Bungalow vorgestellt, so wie in diesen Glamping-Anlagen, aber das hier ist eine Mini-Villa aus weißen Ziegelsteinen. Auf der einladenden Terrasse stehen ein Holztisch und Stühle, und Doppelschiebetüren aus Glas führen ins Haus.

Will schließt auf, und wir betreten das Wohnzimmer, in dem sich ein riesiges weißes Ledersofa mit fuchsienfarbenen Kissen befindet. Weiter hinten gibt es einen kleinen Küchenbereich, abgetrennt durch eine Frühstückstheke mit Barhockern, und rechts von uns ist die Essecke mit einem Glastisch und Stühlen.

»Wow, ist das toll.« Ich lasse meine Handtasche aufs Sofa fallen und gehe durch die Tür am hinteren Ende des Wohnzimmers. Als mein Blick auf das Himmelbett fällt, sauge ich hörbar die Luft ein. Vom Schlafzimmer führt eine Tür ins Bad, und ich stoße einen leisen Schrei aus, als ich den mit beigefarbenem Marmor gefliesten Raum betrete.

Plötzlich bin ich hin- und hergerissen, ob ich zuerst die Dusche oder den Pool ausprobieren soll.

Ich gehe zurück ins Schlafzimmer, wo Will dem Pagen, der gerade unser Gepäck gebracht hat, Trinkgeld gibt. Sobald wir allein sind, grinst Will mich an und wirft sich aufs Bett.

»O Mann, ist das bequem«, stöhnt er.

Wer könnte da widerstehen? Ich nehme Anlauf und lande mit Schwung neben ihm.

»Mein geflügelter Elefant.«

»Hey, nimm dich in Acht.« Ich schnappe mir ein Kissen und schlage damit nach ihm.

»Zwing mich nicht, dich zu kitzeln!«

Von Will ausgekitzelt zu werden, ist die Hölle. Er kennt diese Stelle hinter meinem Ohr, die mich in den Wahnsinn treibt.

Aber bevor ich flüchten kann, packt er meinen Arm und zieht mich an sich.

Er hebt eine Hand gefährlich nahe an mein Ohr, streichelt dann stattdessen mein Gesicht und küsst mich.

»Was möchtest du als Erstes tun? Den Pool testen? Essen gehen?«

Er will vom Bett aufstehen, aber ich ziehe ihn zurück.

»Wie wäre es, wenn wir ein bisschen liegen bleiben?«, schlage ich vor, schmiege mich in seinen Arm und merke plötzlich, dass ich vom Flug richtig erledigt bin. »Wir haben noch die ganze Woche. Jetzt möchte ich mich erst mal nicht von der Stelle rühren.«

»Ich habe nichts dagegen.«

Er küsst mich auf den Scheitel, drückt mich liebevoll, und ich wünschte, wir könnten für den Rest des Urlaubs in diesem magischen Augenblick verharren. Kein Kricket. Keine Rache. Nur Will und ich.

Anscheinend war nicht nur ich erschöpft von dem Flug. Drei Stunden später wache ich auf, weil mein Arm eingeschlafen ist. Es ist dunkler im Zimmer, und ich brauchte einen Moment, bis ich wieder weiß, wo ich mich befinde. Als ich mich aus Wills Arm winde, wird er ebenfalls wach.

Nach einer ausgedehnten Dusche – dieses Badezimmer ist genauso fantastisch, wie es aussieht – ziehen wir los, um zu Abend zu essen und uns einen ersten Eindruck von der Umgebung zu verschaffen.

»Es gibt anscheinend ein paar sehr nette Restaurants direkt gegenüber am Strand. Sollen wir dahin gehen?«, fragt Will, während wir die Gartenanlage durchqueren. Die Sonne geht allmählich unter und hat den Himmel dunkelrot gefärbt. Die kleinen Laternen längs des Weges flackern wie Kerzen.

»Klingt perfekt.«

Ich nehme Wills Hand und schwinge sie beim Gehen. Wir passieren den nun leeren Pool. An den Korbtischen der Poolbar sitzen ein paar Leute, und der schwache Klang von UB40 dringt zu uns.

»Das wirkt nett«, sage ich.

»Ja, vielleicht können wir später da noch etwas trinken.«

Ich nicke, und wir durchqueren die Lobby. Joe winkt uns freundlich zu.

»Ich wünsche Ihnen einen schönen Abend!«, ruft er.

»Hier sind alle so nett«, sage ich.

»Ja, aber das ist auch ihr Job, oder?« Will ist offenkundig weniger beeindruckt als ich. »Wie gut, dass es gleich Essen gibt. Ich bin am Verhungern.«

»Geht mir genauso. Von diesem Hühnchen im Flugzeug habe ich nicht wirklich viel gegessen.«

»Ich auch nicht.«

Hand in Hand überqueren wir die ruhige Straße und sind nach ein paar Schritten am Strand.

»Wow, ist das schön.«

Vor uns erstreckt sich ein langer Sandstrand, und wir hören das Rauschen der Brandung. Bis auf einige Pärchen, die spazieren gehen, ist es ziemlich leer. Am Ufer reihen sich kleine Hotels und verschiedene Restaurants mit Tischen und Stühlen auf der Veranda aneinander. Näher als hier werden wir dem Paradies wohl nie sein.

Aber dann gelangen wir zu dem ersten Restaurant. Mir vergeht die Freude, als ich die riesigen Fernsehbildschirme sehe. Grundsätzlich ist der Shabby Chic mit dem getünchten Holz und den glaslosen Fenstern ja hübsch. An den Wänden hängen Angelgeräte, und alte Weinflaschen auf den Tischen dienen als Kerzenständer. Aber wenn mich nicht alles täuscht und den ausschließlich männlichen Gästen nach zu urteilen, handelt es sich um eine Sportsbar.

Da Will mit Sicherheit hier essen will, wappne ich mich innerlich. Aber wir spazieren daran vorbei. Er würdigt die Sportsbar kaum eines Blickes und erwähnt nicht einmal, dass im Fernsehen Kricket läuft. Stattdessen gehen wir zu dem Restaurant daneben, das auf völlig andere Weise wunderschön ist. Es gibt eine große Terrasse mit weißen Musselinvorhängen wie bei unserem Himmelbett, was den Gästen eine gewisse Privatsphäre verschafft. Die blauen und türkisfarbenen Stühle spiegeln die Farbe des Meeres wider.

Es ist zum Essen noch ziemlich früh, und da das Restaurant leer ist, gibt uns der Kellner einen Tisch mit Blick auf das Meer.

»Ich kann nicht glauben, dass wir wirklich hier sind«, sage ich und bin versucht, mich zu kneifen.

»Geht mir genauso.«

»Stell dir vor, wir würden jetzt zu Hause gerade diese scheußliche Tapete abreißen.«

»Bloß nicht dran denken.«

»Es war deine Idee, stattdessen wegzufahren«, sage ich lachend.

»Na ja, irgendwann müssen wir renovieren. Von dieser Alien-Tapete bekomme ich noch mal Albträume.«

»Über Weihnachten könnte ich mich ein bisschen daran begeben.«

»Statt *Der Zauberer von Oz* zu gucken und Quality Street zu naschen?«

»Das ist allerdings ein Argument«, pflichte ich ihm bei und registriere, wie gut er mich kennt. »Mit Traditionen sollte man nicht brechen.«

»Ich kann es mal am Wochenende machen.«

»Und Fußball verpassen?«

Das ist noch unwahrscheinlicher, als dass ich meinen mit Weihnachtsessen gefüllten Bauch vom Sofa wegbewege.

»Ich glaube, es gibt in ein paar Wochen ein Wochenende, an dem nicht gespielt wird, weil am Dienstag drauf ein Länderspiel stattfindet.«

»Das wäre eine Möglichkeit.«

»Nicht gerade das, was ich mir unter einem schönen Wochenende vorstelle, aber es muss ja mal getan werden.«

Ich lache und genieße die entspannte Urlaubsatmosphäre. Unser Gespräch fließt so dahin und wird nicht unterbrochen durch einen Streit, wer dran ist, die Spülmaschine auszuräumen, oder wer das Klopapier aufgebraucht und kein neues hingestellt hat. Es ist schön, einfach hier zu sitzen, ohne in Eile zu sein, weil man noch etwas erledigen muss oder einen Termin hat. Oder weil man sich, in Wills Fall, unbedingt ein Spiel ansehen muss.

Wir bestellen, und schon bald kommt der Kellner mit einer Flasche Wein zurück.

»Auf einen tollen Urlaub«, sagt Will und erhebt sein Glas.

Ich stoße mit ihm an, sehe ihm dabei in die Augen und versuche herauszufinden, was mit ihm passiert ist. Er scheint sich in den perfekten Freund verwandelt zu haben, der Rache überflüssig macht.

Kapitel 28

Ich verfluche Will und zwänge mich in meine engen – aber scheiß drauf, ich bin im Urlaub – Jeansshorts. Ich nehme ihm zwar nicht übel, dass ich kaum noch hineinpasse (er nötigt mich schließlich nicht zu den Mega-Eisbechern, die ich seit unserer Ankunft verdrücke), sondern weil er wollte, dass ich mich umziehe. Rasch mustere ich mich noch einmal im Spiegel. Das Outfit steht mir zwar ziemlich gut – mein weißes fließendes Top bringt die Bräune hübsch zur Geltung und verdeckt meinen Bauch –, aber ich denke immer noch, dass ich in dem gelben Kleid, das ich ursprünglich anhatte, besser aussah.

Sehnsüchtig betrachte ich das Kleid, das jetzt auf dem Stuhl in der Ecke liegt. Es ist die Art von Kleid, die man zu Hause nur an den echt seltenen superheißen Tagen anziehen kann. Es ist aus Leinen und besonders luftig, aber auch elegant. Perfekt für ein Kricketmatch, aber ich wurde gezwungen, mich umzuziehen, weil ich darin offenbar aussehe, als würde ich Australien die Treue halten, Englands heutigem Gegner.

Ich trete aus dem Bungalow und schließe die Tür ab. Als ich um den Pool herum zur Lobby gehe, sehe ich Will mit Joe reden. Will ist schon vorgegangen, um nach dem Weg zum Kricketstadion zu fragen. Aber dem angeregten Gespräch nach zu urteilen, könnte ich wetten, dass die beiden eine gemeinsame Sportleidenschaft entdeckt haben.

»Hallo«, begrüße ich Joe, als ich mich ihnen nähere.

»Ah, Miss Hunter, schön, Sie zu sehen.« Joe strahlt mich an.

»Nennen Sie mich bitte Lexi«, sage ich und fühle mich sofort schuldig, weil er sich bereits meinen Nachnamen eingeprägt hat, obwohl seine mentale Rollkartei bei den vielen Gästen doch rappelvoll sein muss.

»Gern. Sie sollten sich besser auf den Weg machen«, sagt Joe.

»Danke und tschüss!«, ruft Will, nimmt meine Hand und führt mich nach draußen.

»Du siehst super aus in diesen Shorts«, sagt Will, verlangsamt das Tempo, legt die Hand auf meinen Hintern und knabbert an meinem Ohrläppchen.

Liebevoll schiebe ich ihn weg. Mir ist durchaus bewusst, was nach dieser Geste normalerweise folgt, aber da wir in der Öffentlichkeit sind, wird das wohl nicht passieren.

»Wo müssen wir denn hin?«, frage ich und schaue die Hauptstraße entlang.

»Wir sind schon da«, sagt Will grinsend. »Wenn sich ein kleiner Bus nähert, müssen wir ihn heranwinken. Mit dem fahren wir dann nach Bridgetown.«

Meine Schultern sacken nach unten. Über meinen Racheplan für Freitag habe ich noch nicht viel nachgedacht und hatte gehofft, etwas Ähnliches wie bei dem Swansea-Spiel durchziehen zu können. Naiverweise habe ich diese Insel für ein rückständiges Nest gehalten, aber Barbados verfügt über eine solide Infrastruktur, und wir wohnen in einem piekfeinen Fünf-Sterne-Hotel, wo in null Komma nichts ein Taxi herbeigerufen werden kann. Ich hatte zumindest gehofft, dass wir uns auf dem Weg zur Bushaltestelle verlaufen, aber auch das kann ich vergessen.

»Weißt du, wie oft der Bus fährt?« Meine letzte Chance besteht darin, dass die öffentlichen Verkehrsmittel nach Inselzeit verkehren – wie in der Werbung von Malibu –, also höchst unzuverlässig.

»Offenbar fahren sie alle fünf oder zehn Minuten.«

»Großartig!« Ich fluche leise vor mich hin.

»Ah, da kommt schon einer«, sagt Will und gibt ein Zeichen, als würde er ein Taxi heranwinken.

Vor uns hält ein Fahrzeug, das nicht viel größer ist als ein Kleinbus.

»Na bitte«, sagt Will.

»Das ist es?«, frage ich und folge ihm hinein.

»Yep.«

Er bezahlt beim Fahrer, der sofort wieder Gas gibt, während wir zu zwei Sitzplätzen ganz hinten stolpern und unterwegs andere Fahrgäste anrempeln. Es scheint jedoch niemanden zu stören.

Der Klang von Hip-Hop wabert durch den Bus, und ein paar der Fahrgäste nicken im Takt dazu, während sich andere angeregt unterhalten. Im Bus befinden sich unübersehbar ein paar Kricketfans. Sie tragen leuchtend gelbe oder grüne T-Shirts, und dank meines Garderoben-Fauxpas von vorhin weiß ich zumindest, wen sie unterstützen.

Ich schaue aus dem Fenster und betrachte die Hotels und Geschäfte längs der Straße. Gelegentlich werde ich mit einem kurzen Blick aufs Meer belohnt, das zwischen den Gebäuden auftaucht.

»Da hat Tiger Woods geheiratet«, sagt Will und zeigt auf eine große Anlage zu unserer Linken. »Das muss ein Vermögen gekostet haben.«

Mit offenem Mund starre ich auf den Eingang zu der Anlage. Dagegen wirkt unser Hotel wie eine Pension.

»Du bist ja gut informiert«, antworte ich.

»Es gibt hier einen berühmten Golfplatz.«

»Spielt da jemand Superberühmtes wie Beyoncé oder Madonna?«

265

»Keine Ahnung.« Will zuckt mit den Schultern. Natürlich weiß er das nicht. Für Promi-Klatsch interessiert er sich nicht, nur für Sport-Klatsch.

»Du erinnerst dich nur an die wichtigen Details«, sage ich seufzend. »Also den langweiligen Teil.«

Dann betrachte ich wieder die Landschaft.

»Hat England gute Chancen, das Spiel heute zu gewinnen?«, frage ich schließlich in dem Versuch, mich innerlich auf das Spiel vorzubereiten. Ich sollte mir zumindest Mühe geben, denn wenn alles so läuft, wie ich es mir vorstelle, wird dies das einzige Spiel sein, das wir sehen (vorausgesetzt, mir fällt endlich ein vernünftiger Plan ein).

»Sie haben gute Chancen«, antwortet Will trotzig. Vermutlich kränkt es ihn ein bisschen, weil ich seinen unerschütterlichen Glauben nicht teile, dass England immer gewinnen wird, egal, um welche Sportart es sich handelt. »Sie haben bei diesem Turnier schon ein paar sehr gute Partien gespielt.«

Ich versuche, nicht zu lächeln. Dieselbe Begeisterung zeigt er während des größten Teils der Fußballsaison, bis ein Punkt erreicht ist, an dem es keine Rolle mehr spielt, bei wie vielen Begegnungen Southampton noch als Sieger hervorgeht und wie viele Tore sie noch schießen werden, denn sie können den Titel nicht mehr gewinnen.

»Allerdings sind die Australier auch nicht schlecht«, räumt er ein bisschen leiser ein.

»Dann drücken wir also die Daumen«, sage ich.

Will nickt und schaut dann hoch, weil der Bus an den Straßenrand fährt und hält.

»Ich glaube, hier müssen wir aussteigen«, sagt er.

Seine Vermutung scheint sich darauf zu stützen, dass die Typen in den gelben T-Shirts aufgestanden sind und zur Tür drängen.

»Komm!« Er zieht mich mit, damit der Bus nicht wieder losfährt, bevor wir draußen sind.

Wir steigen aus und versuchen, uns zurechtzufinden. Das ist nicht leicht, denn ringsum befindet sich nur ein Meer kleiner Häuser mit umzäunten Gärten. Ich sehe kein Kricketstadion.

Ich will gerade vorschlagen, wieder in den Bus zu steigen, als der losfährt und eine dunkle Abgaswolke zurücklässt.

»Ähm, wo sind wir hier? Wo ist das Stadion?«

»Joe sagte, wir müssten aussteigen, sobald der Bus die Stadt erreicht. Er meinte, dann würden wir die Flutlichter sehen und brauchen ihnen nur zu folgen. Es wären etwa fünf Minuten zu Fuß.«

Will dreht sich um die eigene Achse, entdeckt aber das Gesuchte offensichtlich nicht. Vielleicht sind wir zu früh ausgestiegen.

Vielleicht verirren wir uns in diesen Vororten und schaffen es nicht zum Spiel. Möglicherweise schlägt die Rache von allein wieder zu.

»In welche Richtung sollen wir gehen?«, frage ich und sehe mich um.

»Lass uns den Typen dort folgen«, sagt Will und zeigt auf unsere neuen australischen Freunde. Sie gehen zielstrebig eine Straße entlang, die diagonal von der Hauptstraße wegführt.

»Aber vielleicht wollen die woandershin? Ich möchte mich auf keinen Fall verlaufen. Wir sollten auf den nächsten Bus warten und weiter in die Stadt fahren. Bestimmt gibt es einen Bus, der direkt zum Stadion fährt.«

»Es kann nicht mehr weit sein, bitte komm, ich will die Jungs nicht verlieren«, drängt Will und marschiert los.

Mir bleibt nichts anderes übrig, als ihm zu folgen. Nachdem wir etwa hundert Meter gegangen sind, zeigt er triumphierend auf riesige Flutlichtmasten, die zwischen den Häusern aufragen.

»Aha.« Ich gebe mich geschlagen.

Innerhalb weniger Minuten erreichen wir das Kricketstadion. Was meinen Racheplan für Freitag betrifft, werde ich mir noch schwer Gedanken machen müssen, denn der Weg hierhin ist ziemlich unkompliziert. Es wird wohl kaum irgendein Problemchen genügen, um unsere pünktliche Ankunft zu vereiteln.

Als wir uns am Eingang anstellen, grinst Will mich breit an.

»Wir sind tatsächlich hier! Ich wollte schon immer mal in den Windies ein Kricketspiel ansehen.«

Verwirrt ziehe ich die Nase kraus. »In den wo?«

»Den Windies – du weißt schon – West Indies, der Karibik.«

»Natürlich.« Ich nicke und tue so, als seien meine geografischen Kenntnisse über jeden Zweifel erhaben.

»Du wirst es toll finden«, sagt er. »Jede Wette, wenn du dieses Spiel gesehen hast, wirst du darum betteln, wiederkommen und noch eins sehen zu dürfen.«

Eine Frau vor uns lacht prustend.

»Sorry«, entschuldigt sie sich, während sie sich lächelnd umdreht. »Ich wollte nicht lauschen, aber genau dasselbe hat mein Mann zu mir gesagt, als ich zum ersten Mal zum Kricket mitgegangen bin.«

Liebevoll reibt sie über den Arm des Mannes in ihrer Begleitung.

»Du findest es doch auch gut«, sagt er und schüttelt den Kopf. »Ich weiß gar nicht, warum du immer so tust, als sei das nicht der Fall.«

Sie zwinkert mir zu, und ich lächle sie solidarisch an. Eine Sportwitwe erkenne ich sofort.

Sie schiebt ihre Jackie-O-Sonnenbrille hoch auf den Kopf, und das Sonnenlicht fängt sich in dem goldfarbenen Chanel-Logo.

Die Frau kommt mir bekannt vor, und ich bin froh, dass ich meine Sonnenbrille noch aufhabe, denn dadurch kann ich unbemerkt die Augen zusammenkneifen und weiter grübeln, woher ich sie wohl kenne. Die schimmernde Bräune, ihr teuer wirkendes Maxi-Kleid. Vielleicht ist sie ein C-Promi aus *Made in Chelsea* oder so.

»Sie wohnen im selben Hotel wie wir, stimmt's?«, fragt die Frau in diesem Moment. »Dem Tropical Beach.«

»Richtig«, antworte ich ein bisschen enttäuscht. Daher kenne ich sie also. »Ich habe Sie am Pool gesehen.«

Neidisch habe ich sie am Vortag betrachtet, als sie auf der Liege ein Buch las und aussah, als würde sie für ein Werbefoto des Hotels posieren. Ihr Haar lag perfekt, und ihr Make-up war makellos. Im Gegensatz zu mir, denn ich sehe im Urlaub immer aus, als hätte ich Kriegsbemalung aufgetragen, da kein noch so hoher Sonnenschutzfaktor meine T-Zone vor einem Sonnenbrand bewahrt und mir ständig Schweißperlen übers Gesicht laufen. Aber nachdem ich jetzt mit ihr gesprochen habe und sie anscheinend ganz nett ist, fühle ich mich schlecht, weil ich ihr hässliche Bräunungsstreifen gewünscht habe.

»Dann sind Sie also Jungfrau?«

»Wie bitte?«, frage ich hüstelnd, weil ich mich offenbar verhört habe.

»Sie wissen schon, eine Kricket-Jungfrau? Sorry, aber es hörte sich an, als wäre es Ihr erstes Mal.«

»Du und deine großen Ohren«, sagt ihr Mann.

Sie neigt den Kopf zur Seite und zieht die Brauen hoch.

»Es ist tatsächlich mein erstes Spiel im Ausland«, sage ich in besänftigendem Ton, da ich nicht möchte, dass zwischen den beiden ein Krach ausbricht.

»Das ähnelt dem Verlieren der Jungfräulichkeit. Ich kann Ihnen nur den Rat geben, zu lächeln und es zu ertragen«, sagt sie kichernd. »Aber hierbei können Sie wenigstens trinken.«

»Was ist nur los mit dir?«, fragt ihr Mann und dreht sie herum, sodass sie ihn ansehen muss. »Ich entschuldige mich für meine Frau. Sie hat zum Frühstück Mimosas getrunken.«

»Waren Sie schon in der kleinen Strandbar am Meer? Die machen die unglaublichsten Bagels und Mimosas«, sagt sie.

»Nein. Aber vielleicht probieren wir die morgen mal aus.« Oder Freitag. Möglicherweise sind wir dann zu betrunken, um zum Kricket zu gehen …

»Das sollten Sie tun.«

Das Gespräch schläft für einen Moment ein, und wir schieben uns weiter vor.

»Noch ist es nicht zu spät für Sie, um wegzulaufen«, sagt die Frau, während sie ihre Karte am Eingang vorzeigt.

Ich lächle. »Ein Spiel pro Urlaub werde ich wohl verkraften«, antworte ich lachend.

»Zwei Spiele«, korrigiert Will entschieden. »Vergiss nicht, dass wir Freitag wieder hier sind.«

Das Paar vor uns passiert das Drehkreuz, und wir zeigen unsere Tickets vor.

»Ach ja, zwei Spiele«, sage ich, als hätte ich das andere ganz vergessen. Ich muss echt aufpassen, sonst verquatsche ich mich noch.

»Jetzt ist es zu spät zum Abhauen«, sagt die Frau. »Hoffentlich haben Sie Spaß. Mein Top-Tipp lautet, ein kleines Trinkspiel zu veranstalten: bei jedem vierten nehmen Sie einen Schluck, und bei jedem sechsten leeren Sie das Glas.«

»Das hat das letzte Mal in Sri Lanka ja auch so wunderbar funktioniert«, sagt ihr Mann.

»O ja«, sagt sie und scheint in Erinnerungen zu schwelgen.

»Nun komm schon, bevor du noch dafür sorgst, dass dieses arme Mädchen im Krankenhaus landet und sich den Magen auspumpen lassen muss.«

»Ich hatte lediglich eine Infusion, mein Magen wurde nicht ausgepumpt«, betont sie, als sei das weniger schlimm. »Jedenfalls wünsche ich Ihnen viel Spaß und hoffe, dass wir uns am Pool sehen.«

»Danke.« Ich winke ihr nach, während ihr Mann sie wegzieht.

Will führt uns in die entgegengesetzte Richtung, und für einen Moment bedaure ich, dass wir nicht mit den beiden zusammensitzen. Die Frau scheint witzig zu sein, und auch wenn meine Leber vielleicht nicht begeistert wäre, mir hätte das mit dem Trinkspiel durchaus gefallen.

»Hier sind wir richtig«, sagt Will, während wir die Treppen zu unserer Tribüne hinaufsteigen.

Ich schaue aufs Kricketfeld und sehe eine Explosion von Farben. Eine Steeldrum-Band spielt, und Cheerleader in bunten Kostümen wirbeln mit ihren Pompons.

»Möchtest du einen Rumcocktail?«, fragt Will und winkt den Getränkeverkäufer heran. Der Mann trägt ein Tablett an Gurten vor dem Bauch, aber statt mit Eiscreme wie im Kino ist es mit Bechern beladen.

»Gute Idee.« Das nenne ich tropisches Paradies. Es ist alles so anders, als ich mir vorgestellt habe.

Will reicht mir den Becher und bezahlt. In dem Moment treten die englischen Spieler aufs Feld, um sich aufzuwärmen. Die Zuschauer beginnen zu toben, klatschen aufblasbare Paddel zusammen und feuern ihr Team lautstark an.

Will nimmt meine Hand und streichelt sie behutsam, und zu meiner großen Überraschung grinse ich glücklich – bei einem Spiel! Ich versuche, das Lächeln zu reduzieren. Er soll nicht merken, dass ich es genieße, sonst – der Himmel möge es verhindern – finde ich mich jedes Jahr in einem Urlaub dieser Art wieder.

Ein wenig atemlos renne ich durch die Lobby und versuche, nicht von dem stets aufmerksamen Joe gesehen zu werden. Niemand soll mitbekommen, dass ich jetzt erst hier auftauche.

Ich suche den Pool nach einer passenden Stelle ab, wo ich mich postieren kann, und entdecke eine Hängematte zwischen zwei Palmen.

Ich streife mein Sommerkleid ab, sodass ich nur noch den Bikini anhabe, und kicke die Flip-Flops weg. Gern würde ich auf möglichst elegante Weise in diese Hängematte steigen, aber Will kann jeden Moment zurück sein. Also setze ich mich rittlings darauf und lasse mich zurückfallen. Es dauert ein bisschen, bis ich mich bequem zurechtgelegt habe.

»Kann ich Ihnen etwas bringen?«, fragt eine Kellnerin, die mit einem Tablett vorbeikommt.

»Ich hätte gern einen Rumcocktail, besser zwei, und kann ich hier Essen von der Bar bestellen?«

Sie nickt.

»Dann nehme ich die gegrillten Riesengarnelen.«

Die Kellnerin marschiert davon, und ich widme mich dem Inhalt meiner Handtasche. Ich hole ein Buch heraus und biege es auseinander, damit es so aussieht, als hätte ich mehr als nur die erste Seite gelesen. Auf dem Boden unter mir verteile ich Zeitschriften und Sonnencreme.

Ich atme tief aus und versuche, mich zu entspannen. Geschafft! Will ist noch nicht zurück. Das ist das Entscheidende. Er soll denken, dass ich seit Stunden hier liege. Heute Morgen ist er zu einem Kricketspiel gegangen und hat mir dadurch das perfekte Zeitfenster für Recherchen beschert. Ich muss dafür sorgen, dass meine morgige Rache spektakulär ausfällt – das schulde ich meinen neuen Blogfans genauso wie mir selbst (und Vanessa).

Meine erste Idee war, die Karten für das morgige Spiel zu »verlieren«. Aber als ich die wenigen Dinge in unserem Zimmersafe durchging, waren sie nicht dabei. Offenbar schleppt Will sie in seinem Rucksack mit sich herum. Und dann kam ich zu dem Schluss, dass der Verlust der Karten einen Superfan wie Will nicht von dem Spiel fernhalten würde, da er sicher seinen besten Freund aller Zeiten, Joe, den Concierge, dazu bringen kann, uns neue zu besorgen.

Um meine Kreativität anzukurbeln, habe ich einen langen Strandspaziergang gemacht, bei dem ich buchstäblich über eine Idee stolperte. Sie kam in Gestalt einer schwarzen Tafel, auf der Riesengarnelen angepriesen wurden. Wie brillant wäre es, ihn in seinem eigenen Spiel zu schlagen? Ich könnte auf dem Weg ins Stadion eine Lebensmittelvergiftung vortäuschen, und er müsste mit mir auf dem Weg nach Bridgetown an jeder Toilette haltmachen und dort auf mich warten.

Die Kellnerin kommt, reicht mir einen meiner Drinks, und ich leere ihn in einem Zug.

Sie zieht die Brauen hoch, sagt jedoch nichts und stellt das andere Glas auf den kleinen Tisch neben der Hängematte.

Sofort schnappe ich es mir und nippe daran. Ich mache mir keine Illusionen, dass mein Freund nüchtern von dem Spiel zurückkehren wird, und ich möchte mit ihm auf einem Alkohollevel sein.

Ich suche gerade den Pool nach der Frau vom Kricketstadion ab, als ich plötzlich Will entdecke, der an der Rezeption mit Joe redet.

Die beiden gestikulieren heftig, und ich habe den Eindruck, dass ich hingehen und fragen sollte, ob alles in Ordnung ist.

»Bitte sehr«, sagt die Kellnerin und reicht mir eine Platte mit gegrillten Riesengarnelen.

Ich lächle ihr dankend zu und vergesse für einen Moment meinen Freund, bis ich sehe, dass die beiden Männer aus dem Gebäude kommen und kurz vor dem Pool stehen bleiben. Sie verabschieden sich Hände schüttelnd, und dann geht Will in Richtung der Bungalows.

»Will!«, rufe ich und winke so heftig, dass ich aus der Matte kippe. Reflexartig entscheide ich, lieber die Platte mit den Riesengarnelen zu retten als meine Würde, und lande auf den Knien.

»Na, du«, sagt er und wirkt beinahe erschrocken, mich hier zu sehen. »Ich dachte, du hältst im Bungalow Siesta.«

»Das geht doch auch in der Hängematte …«

»Super, ich bringe nur meine Tasche weg und leiste dir dann beim Essen Gesellschaft.«

»Okay. Hast du schon gegessen?« Beinahe schützend halte ich die Hände über meinen Teller. Er darf auf keinen Fall von meiner Portion essen, das würde meinen Plan ruinieren.

»Nein, ähm, ja. Ich habe beim Kricket was gegessen«, antwortet er nickend.

»Okay«, sage ich langsam. Irgendetwas stimmt nicht mit ihm. Er ist total zappelig und nervös. Wenn sich jemand so aufführen sollte, dann ja wohl ich. Schließlich bin ich diejenige, die lügt. »Geht es dir gut?«

Mir fällt wieder sein besorgter Gesichtsausdruck während des Gesprächs mit Joe ein.

»Ja, alles bestens«, versichert er hastig. »Bin sofort wieder da.«

Ich sehe ihm nach, als er zu unserem Bungalow eilt. So geht normalerweise ein Pendler zur Bahn – mit gesenktem Kopf und schnell. Er schiebt sich förmlich zwischen einer entgegenkommenden Familie hindurch und nötigt sie, mit dem Kinderwagen auf den Rasen auszuweichen. Wohin ist die entspannte Urlaubsversion meines Freundes verschwunden?

Aber mir bleibt keine Zeit, darüber nachzudenken. Ich muss diese kleinen Biester hier vertilgen, bevor Will zurück ist. Angeblich hat er zwar gegessen, aber wenn er mir dabei zusieht, möchte er vielleicht doch probieren. Und dann würde sich mein Plan mit der Lebensmittelvergiftung in Luft auflösen. Also konzentriere ich mich auf das Verzehren der Garnelen.

Als ich bald darauf Will wieder auf mich zukommen sehe, sind auf meinem Teller noch drei Garnelen übrig, und ich gerate in Panik. Hastig schlinge ich die nächste hinunter, aber je schneller ich diese Dinger schälen will, desto mehr gleiten sie mir aus den Händen. Verdammte Mistviecher! Will ist fast bei mir, als ich die letzte Garnele in den Mund schiebe. So viel zum Thema Genießen – ich habe das Essen praktisch inhaliert.

»Teufel, hast du schnell gegessen.«

»Ich war hungrig«, antworte ich und habe das Gefühl, dass mir schlecht wird. Das wäre aber zu früh. »Wie war's beim Kricket?«

»Ähm, ja, es war gut.«

»Wer hat gewonnen?«

»Wie bitte …?«, fragt er unkonzentriert.

»Beim Kricket, wer hat gewonnen?«

»Ähm, ich glaube, Neuseeland.«

Bilde ich es mir ein, oder verhält sich mein Freund wirklich seltsam?

»Du *glaubst?* Warst du denn nicht bei dem Spiel?«

Ich sehe ihn forschend an.

»Natürlich! Ich meinte, Neuseeland hat gewonnen. Sorry, mir macht die Hitze zu schaffen.«

Hat er vielleicht zu viel getrunken? Aber sein Atem riecht nicht nach Alkohol.

»Mir ist so heiß … Ich werde mal kurz in den Pool springen.«
Will eilt zum Wasser, zieht sein T-Shirt und die Flip-Flops
aus und springt hinein.

Wow, das war seltsam.

Die Kellnerin kommt und nimmt meinen Teller mit. Ich beja-
he ihre Frage nach einem weiteren Cocktail und hole dann mein
Tablet aus der Tasche. Nachdem ich festgestellt habe, dass die
einzigen Leute, die mich lieben, ASOS und Debenhams sind,
öffne ich mein Blog Dashboard. Mit einem raschen Blick zu Will
vergewissere ich mich, dass er noch im Pool ist. Als sein Kopf aus
dem Wasser auftaucht, öffne ich gerade meine Blogseite.

Ein leiser Schauer läuft mir über den Rücken, weil ich erwischt werden könnte. Rasch überfliege ich die jüngsten Kommentare. Es ist herzerwärmend zu lesen, dass ich nicht allein bin
mit meinem Sportwitwendasein. Als ich die Blogstatistik öffne,
stelle ich mit Erstaunen fest, dass ich über siebentausend Mal
angeklickt wurde. Meine Wangen beginnen zu brennen, und das
hat nichts mit der Mittagshitze zu tun.

Ich logge mich aus dem Blog aus und könnte vor Freude platzen, weil ich beinahe eine Berühmtheit bin. Als Nächstes öffne
ich meine Facebookseite. Dort gehe ich die Mitteilungen durch,
um zu sehen, was die Leute über das Selfie von Will und mir
beim Kricket geschrieben haben. Die meisten finden, dass wir
toll aussehen. Ich gratuliere mir gerade selbst zu der klugen Entscheidung, den Haarglätter eingepackt zu haben, als ich einen
Kommentar von Robin entdecke. Seit wir hier sind, habe ich es
geschafft, jeden Gedanken an den Job auszublenden, aber als ich
seinen Namen sehe, fällt mir sofort sein Bericht ein.

Robin Cassidy
Hoffe, Sie bringen zwischen dem Kricket auch genügend
Sightseeing unter!

Bei jedem anderen würde ich darin eine Spur Sarkasmus sehen, aber das ist nicht seine Art. Allerdings empfinde ich es wie einen Weckruf, denn zwischen all dem Sand und, natürlich, Sex haben wir nicht wirklich viel von der Insel gesehen. Es wäre ein bisschen peinlich, wieder ins Büro zu kommen und zugeben zu müssen, dass ich, abgesehen von der Taxifahrt vom Flughafen und der Busfahrt zum Kricketspiel, nichts von der Insel gesehen habe.

Aber mir bleibt noch Zeit, um das zu korrigieren. Es ist erst Mittag – wir haben noch den ganzen Nachmittag.

Ich stehe auf und merke plötzlich, dass ich schwanke. Diese Rumcocktails sind stärker, als ich dachte. Zum Glück sind alle um mich herum viel zu sehr mit ihren Headphones oder dem Herumwischen auf ihren Handys beschäftigt, um etwas mitzubekommen.

Ich wate am flachen Ende des Pools ins Wasser und schwimme zu Will. »Hallo«, sage ich, strahle ihn an und lege die Arme um seinen Nacken. Er umfasst meine Taille, und ich nutze den Auftrieb des Wassers, um die Beine um seine Hüften zu schlingen.

»Selber hallo«, antwortet er und küsst mich.

Dann dreht er mich spielerisch im Wasser herum, und für einen Moment vergesse ich die wachsamen – oder auch nicht so wachsamen – Augen am Rand des Swimmingpools. Wenn wir doch in unserer Unterkunft wären – dann würde dieses romantische Intermezzo anders enden.

»Was möchtest du mit dem Rest des Tages anfangen?«

»Ist mir egal«, sagt Will. »Allerdings bin ich gerade beschäftigt.«

»Hm. Wie wäre es, wenn wir zum Bungalow gehen, uns anziehen und dann etwas unternehmen?«, schlage ich vor und frage mich, ob es eine gute Idee ist, zum Bungalow zu gehen, wenn wir gerade Frühlingsgefühle haben.

Ich stelle mich wieder hin, Will nimmt meine Hand und zieht mich aus dem Wasser.

»Ich bin so froh, dass wir hergekommen sind«, sage ich zu ihm.

»Ich weiß. Mir geht es aber genauso.«

Wir wickeln uns in unsere Handtücher, und ich sammle meine Sachen ein, bevor wir tropfend zum Häuschen zurücktapsen. Als wir eintreten, will das Zimmermädchen gerade gehen.

»Ah, Mr Talbot«, sagt sie und zwinkert ihm lächelnd zu.

Überrascht schaue ich Will an.

»Wieso hat sie dir zugezwinkert?«, frage ich empört, sobald sie fort ist. Hat sie etwa mit ihm geflirtet? In meinem Beisein?

»Ist mir gar nicht aufgefallen«, sagt er und lügt eindeutig. Seine Wangen sind röter als meine sonnenverbrannte Nase.

Er ist schon wieder so nervös wie vorhin, als er vom Kricket zurückkam.

Die Gedanken in meinem Kopf rasen, versuchen, eins und eins zusammenzuzählen. Der Hotelconcierge, das Zimmermädchen und ein Will, der sich nicht erinnern kann, wer das Kricketspiel gewonnen hat. Aber leider ergibt das in meinem Kopf kein Bild.

»Also das Kricketspiel heute ...«, setze ich daher noch mal an.

»Ich springe rasch unter die Dusche, um das Chlor abzuspülen. Dauert nur eine Minute. Und wenn ich zurück bin, lass uns nicht über Kricket reden. Schließlich waren wir uns einig, dass es nicht unseren Urlaub verderben soll.«

Normalerweise hätte ich sofort zugestimmt, aber da ich mir nicht vorstellen kann, dass mein Freund plötzlich so verändert ist, frage ich mich, was los ist. Vielleicht war er nicht beim Kricketspiel, sondern hat eine Affäre mit dem Zimmermädchen, und die beiden wurden von Joe in einem der Bungalows erwischt. Das würde Wills Nervosität erklären, sein Bedürfnis, sich im Pool abzukühlen, jetzt zu duschen (den Geruch der Untreue abwaschen), sein Verlangen loszuziehen (wegzukommen von denen, die sein Geheimnis kennen) und nicht über Kricket zu reden (seine Schande).

Das alles ergibt einen Moment lang Sinn, bis mir klar wird, dass es überhaupt nicht zu Will passt. Wir alle wissen, wie schwer es ist, ihn vom Sport fernzuhalten.

Ich interpretiere eindeutig zu viel in sein Verhalten. Rasch versuche ich, meine Gedanken wieder in den Urlaubsmodus zu schalten. Wenn ich möchte, dass diese Reise zu einer rundum romantischen Geschichte wird, dann muss ich auch dafür sorgen.

Ich höre das Geräusch der Dusche und denke an den warmen Wasserstrahl. Noch während ich meinen Bikini abstreife, gehe ich zum Badezimmer.

»Abermals hallo«, sagt Will. Und dann wird es unter der Dusche noch sehr viel heißer.

An diesem Tag haben wir also auch nichts mehr von Barbados gesehen, dank des Zwischenspiels in der Dusche, gefolgt von einer ungeplanten Siesta im Bett. Erst um fünf Uhr nachmittags haben wir unseren Bungalow wieder verlassen. Nicht mehr viel Tageslicht für Erkundungstouren. Stattdessen sind wir in den Shop gegangen, haben eine Flasche Cava gekauft und uns damit an den Strand gesetzt, um den Sonnenuntergang zu betrachten, bevor wir gleich in eines der Restaurants gehen werden.

»Glaubst du, wir könnten hier bleiben?«, flüstert Will mir ins Ohr.

»Ich wünschte, ja.«

Unser Leben in Hampshire scheint Lichtjahre entfernt. Es ist so herrlich hier, ohne die tägliche Schufterei und die Dauerbeschallung durch Fernsehen und Smartphones, die wir hier die meiste Zeit im Safe des Bungalows aufbewahren.

»Wir könnten hierherziehen. Barbados braucht bestimmt Datenanalysten, und ich wette, dass es auch eine Kunstinstitution gibt, bei der du arbeiten kannst. Oder du konzentrierst dich darauf, Bestsellerautorin zu werden.«

»Damit würde ein Traum wahr werden.«

»Ich könnte mir keinen besseren Ort als Inspirationsquelle für das Schreiben vorstellen. Ist das hier etwa nicht das perfekte Setting für einen Liebesroman?«

Ich rutsche mit meinem Hintern im Sand hin und her. Momentan rede ich ungern über die Schreiberei, da mein Blog ein zentraler Teil davon ist. Und weil Will jetzt so nett ist, fange ich an zu bedauern, einen Schurken aus ihm gemacht zu haben.

Ich lasse mich gegen seine Brust sinken, und er legt beide Arme fest um mich.

»Lass es uns tun. Lass uns wegziehen«, sagt er.

»Aber wie willst du es ohne den FC Southampton aushalten?«, frage ich kichernd.

»Ach, wie konnte ich das nur vergessen …«

»Du würdest deinen Status als Fan Nr. 1 verlieren.«

»Das geht natürlich nicht. Sorry, Lexi, sieht so aus, als würden wir doch nicht hierherziehen.«

»So ein Mist. Verflucht seien die Saints.« Ich schnipse mit den Fingern und schüttle den Kopf.

Aber auch ohne einen Umzug nach Barbados fühlt sich mein Leben momentan perfekt an. Okay, Will liebt immer noch Sport, aber diese Reise hat bewiesen, dass dieser nicht unser Leben beherrschen muss. Neben dem Kricket haben wir jede Menge Zeit zusammen verbracht. Das ist doch das Entscheidende, oder?

Ich weiß, dass ich nach unserer Rückkehr offen mit Will reden wollte, aber wenn er nun anders als erwartet reagiert? Wenn er sich nicht entschuldigt, sondern wir einen Riesenkrach bekommen? Diese Reise hat mehr denn je bewiesen, dass Will mein Seelenverwandter ist. Unvorstellbar, ihn zu verlieren.

Ich schüttle erneut den Kopf.

»Was ist los?«, fragt Will und sieht mich seltsam an.

»Ich strecke mich nur ein bisschen«, antworte ich und drehe den Hals in alle Richtungen.

Mein Herz sagt mir, es gut sein zu lassen mit meiner Rache. Ich habe es Will heimgezahlt, und jetzt ist es an der Zeit, mit ihm zu reden und nach vorn zu schauen. Unsere Beziehung scheint stabiler denn je zu sein, und ich sollte nicht die Fans meines Blogs an die erste Stelle setzen. Aber irgendwie kann ich es doch nicht lassen und will unbedingt einen abschließenden Höhepunkt für den Blog haben.

»Möchtest du noch ein bisschen hier sitzen bleiben, oder sollen wir irgendwo etwas essen gehen?«

»Hier bleiben«, sage ich. »Nur noch ein paar Minuten.«

Ich möchte mich für immer an diesen Augenblick erinnern, den Moment, in dem mir klar geworden ist, wie wunderbar zufrieden ich im Grunde mit meinem Freund und meinem Leben bin.

Kapitel 30

Zum Glück ist der Boden gefliest, einen Teppich hättest du mittlerweile durchgelaufen«, sage ich zu Will, als ich vom Schlafzimmer ins Wohnzimmer komme.

Während ich zehn Minuten lang meine Haare geglättet habe, konnte ich ihn dabei beobachten, wie er im Zimmer auf und ab marschiert ist.

Ich versuche, die Zeit zu überbrücken, bis meine Lebensmittelvergiftung sich in genau dem Moment zeigen wird, wenn wir aufbrechen wollen. Aber es ist, als spürte Will, was ich vorhabe, denn er geht unruhig auf und ab und kann es kaum erwarten, dass es losgeht.

»Hä? Oh, ja«, antwortet er geistesabwesend. »Ich dachte, wenn du fertig bist, können wir noch einen Spaziergang machen, bevor wir zum Bus müssen.«

»Ähm …«, antworte ich zögernd und versuche zu erkennen, ob das für meinen Plan von Vorteil ist oder nicht. Ich könnte gegen Ende des Spaziergangs, kurz bevor wir in den Bus steigen, über Bauchschmerzen klagen – ja, das funktioniert.

»Okay, warum nicht. Dann lass uns gehen«, stimme ich zu und schnappe mir meine Tasche. Ich will gerade durch die Tür, als Will mein Kleid betrachtet. Mein wunderschönes *gelbes* Sommerkleid. O nein, mir gefällt gar nicht, was jetzt gleich kommen wird.

»Musst du das anziehen?«

»Wieso? Es hat nicht dieselbe Farbe wie die Flagge der Westindischen Inseln, oder? Ich denke, die ist purpur.«

»Ja, aber mit einer gelben Sonne«, murmelt er. »Kannst du nicht wieder die Shorts anziehen?«

Ich starre ihn an. Abgesehen vom Rückflug, ist dies meine letzte Gelegenheit, das Kleid anzuziehen. Und es spielt auch keine Rolle, was ich anziehe – da wir sowieso nicht zum Kricket gehen werden.

»Das ist aber nicht so ein dämlicher Aberglaube, weil ich die Shorts am Dienstag anhatte, als England gewonnen hat, oder?«

Er schaut mich an und nickt dann langsam. »Ich weiß, dass es verrückt klingt«, sagt er und senkt den Kopf. »Aber … Ich würde dich ja nicht bitten, aber das ist ein wahnsinnig wichtiges Spiel.«

Ich verdrehe die Augen und will ihm gerade sagen, wie lächerlich das ist. Aber Will ist sehr nervös, und ich möchte ihn nicht schon verärgern, bevor mein Plan überhaupt anläuft. Statt also Theater zu machen, marschiere ich zurück ins Schlafzimmer und ziehe das Kleid aus. In dem Klamottenstapel auf dem Kleiderschrankboden finde ich die Shorts. Sie sitzen ein bisschen weniger eng als Anfang der Woche, zumindest ein Pluspunkt. Ich suche nach meinem weißen luftigen Top, aber es hat Sonnencremeflecken und eine bräunliche Stelle, die nach Rum riecht. Igitt! Schließlich finde ich ein ärmelloses weißes T-Shirt, eines der wenigen sauberen Oberteile, die ich noch habe, und ziehe es an. Es sieht ein bisschen anders aus als das weiter geschnittene, aber das wird Will schon nicht merken.

Als ich ins Wohnzimmer zurückkomme, entspannt er sich sichtlich. Meine Kleidungswahl hat den Test offenbar bestanden.

Ich wende mich der Tür zu und sehe unser Zimmermädchen auf der Terrasse stehen, die Hand erhoben, als wolle sie gerade anklopfen.

»Hallo, gute Zeit zum Saubermachen?«, fragt sie und lächelt breit, während sie die Tür aufdrückt.

»Ja, wir wollen gerade ausgehen«, sage ich, lächle höflich zurück und zerre Will nach draußen. Nach dem Zuzwinkern bin ich lieber auf der Hut.

Wir laufen durch den Garten in Richtung Pool, und Will wirkt noch nervöser als im Bungalow. Ich komme mir vor, als würde ich neben einem überdrehten Kleinkind hergehen.

»Was ist los mit dir?«

Ich nehme seine Hand und versuche, ihn auf diese Weise zu beruhigen. Wir schaffen es gerade mal bis zur Lobby, als ich gezwungen bin, seine Hand loszulassen.

»Mein Gott, bist du verschwitzt.« Ich reibe meine jetzt ebenfalls feuchte Hand an den Shorts trocken.

Wenn hier jemand vor Angst schwitzen sollte, dann doch wohl ich.

»Sorry«, stottert er. »Ist vermutlich sowieso ein bisschen zu heiß zum Händchenhalten.«

Es sind 32 Grad, und es ist stickig, aber wir halten uns seit gerade mal zwei Minuten in der Sonne auf – in dem Tempo wird er eimerweise Wasser verlieren.

»Wo möchtest du denn hin?«

»Ich dachte, wir gehen zum Strand«, sagt er, nimmt meine Hand und zieht mich über die Straße, weil es gerade eine Lücke im Verkehr gibt und bevor ich für die Shops plädieren kann. Will lässt meine Hand auf der anderen Seite sofort wieder los. Er rennt förmlich. Ich gebe mein Bestes, um Schritt zu halten. Meine Flip-Flops klappern laut, und der Steg zwischen den Zehen zwickt.

Wie kann er so unruhig sein wegen eines Kricketspiels? Ich weiß zwar, dass England gewinnen muss, um ins Halbfinale zu kommen, aber er führt sich auf, als würde er selbst spielen.

»Entspann dich, Will. England wird es schon schaffen. Ich trage meine Glücks-Shorts.«

Er bekommt ein halbherziges Lächeln zustande, marschiert aber genauso angespannt weiter. Vielleicht war der Spaziergang doch eine blöde Idee, und wir sollten lieber in die Sports Bar gehen und etwas trinken.

Ja, ich weiß, Sports Bar … Aber dieses eine Mal würde ich es durchgehen lassen – und immerhin ist die Aussicht toll.

»Will!«, rufe ich, als er an der Bar vorbeistürmt. »Wieso machen wir nicht halt und trinken etwas?«

Er wirbelt herum und sieht mich an.

»Ich möchte laufen«, sagt er und würdigt die Bar keines Blickes.

»Okay«, antworte ich und wappne mich innerlich für einen Kraftmarsch.

Er wartet auf mich, um meine Hand zu nehmen, weil er mich vermutlich mitziehen will. Da höre ich jemanden rufen.

»Juhu!«

Die Frau vom Kricketstadion. Ihr Mann schüttelt peinlich berührt den Kopf.

Ich lächle sie an, und sie winkt mich zu sich. Gehorsam lasse ich Wills feuchte Hand los und gehe zu den beiden. Sie sitzen auf der Holzveranda der Bar, und ich beuge mich über das Geländer.

»Hallo«, begrüße ich sie.

»Hi«, antwortet sie. »Und, wie läuft's? Haben Sie einen schönen Urlaub?«

»Ja, danke. Morgen müssen wir schon zurück.«

»Wir auch. Mist, nicht wahr?«

»Ja, ich wünschte, wir könnten für immer bleiben«, sage ich und schaue zu Will.

»Hätten Sie Lust, mit uns etwas zu trinken? Es ist noch jede Menge in meinem Krug«, sagt sie und hält ein Gefäß mit leuchtend roter Flüssigkeit hoch, in der unzählige Schirmchen und Glitzerstäbchen stecken. »Und Richard ist absolut keine Hilfe.«

»Ich habe noch von gestern einen Kater und sagte dir ja, du sollst nur ein Glas bestellen.«

Ich bemühe mich, nicht über die beiden zu kichern. »Sehr gern«, antworte ich und beäuge das Getränk. Erstens könnte ich wirklich etwas vertragen, und es wäre zudem einen Versuch wert, Will derartig abzufüllen, dass er das Kricket vergisst.

»Super«, sagt die Frau und stibitzt von einem anderen Tisch ein sauberes Glas. »Ich bin übrigens Josie, und das ist Richard.«

»Ich heiße Lexi, und das ist Will.«

Ich will um das Geländer herum zu dem Tisch gehen, aber Will hält mich zurück.

»Danke, aber ehrlich gesagt, möchten wir jetzt keinen Drink. Wir wollten spazieren gehen, du erinnerst dich?«

Ich starre meinen Freund an. Das war sehr unhöflich. Ganz zu schweigen davon, dass ich einen riesigen Brand habe.

»Du vielleicht!«, sage ich. »*Ich* hätte gern einen Drink.«

Josie fängt an, mir einzuschenken.

»Also wirklich«, insistiert Will. »Du hast gesagt, du würdest mit mir spazieren gehen.«

Es passiert nicht oft, dass ein Spaziergang Alkohol aussticht, weder bei mir noch bei Will. Aber dieser traurige Hundeblick, den mein Freund mir zuwirft, sagt mir deutlich, was ich tun soll. Davon abgesehen, erhöht es unsere Chancen, zu spät zur Bushaltestelle zu kommen.

»Ich fürchte, ihr müsst es allein austrinken«, sage ich und setze ein »Tut mir leid«-Gesicht auf. »Wir sind ein bisschen knapp mit der Zeit, weil wir heute Nachmittag zum Kricket wollen.«

Irgendwie meine ich, Wills unhöfliches Benehmen rechtfertigen zu müssen.

»Ihr habt Karten? Ihr Glückspilze. Wir haben keine mehr bekommen«, sagt Richard.

»Gott sei Dank.«

»Das habe ich gehört, Josie«, tadelt er sie mit gespielt strenger Stimme.

»Okay, wir sollten dann mal los«, sagt Will und nimmt wieder meine Hand.

»Vielleicht sehen wir uns später im Hotel auf einen Drink?«, rufe ich noch, während Will und seine verschwitzte Hand mich davonschleifen.

»Jetzt komm schon, lass uns gehen«, sagt er und legt einen Zahn zu.

»Was sollte das? Ich dachte, du würdest gern etwas trinken, um dich zu entspannen.«

»Mir ist nicht nach sitzen. Wir sitzen noch den ganzen Nachmittag beim Kricket. Besser, wir bewegen uns jetzt ein bisschen.«

Wenn er wüsste, dass wir sowieso nicht zum Kricket gehen …

Schweigend laufen wir ein Stück, und ich verliere mich darin, aufs Meer zu schauen. Es ist so schön, wie sich das Sonnenlicht in den Wellen fängt, und der Sand glitzert wie Diamanten. Das werde ich vermissen, wenn wir morgen zurückfliegen.

Will bleibt stehen und schaut zu einem Strandshop, vor dem eine Staffelei mit Fotos von atemberaubenden Stränden steht.

»Sieh nur, wie schön diese Strände sind«, sagt er und zeigt darauf.

»Wirklich umwerfend«, antworte ich und lasse die Robinson-Crusoe-Romantik auf mich wirken. Endloser goldfarbener Sand und sich kreuzende Palmen.

»Wieso fahren wir nicht hin?«, schlägt Will vor.

Erst jetzt fällt mir auf, dass man in diesem Laden die davor aufgereihten Boote und Jetskis mieten kann.

»Ich glaube nicht, dass wir dafür morgen vor dem Rückflug noch Zeit haben.«

Ich seufze leise. Wenn wir doch nur heute Morgen einen Spaziergang hierhin gemacht und diesen Shop entdeckt hätten! Ganz sicher hätte ich einen Racheplan aushecken können, bei dem wir uns Jetskis ausgeliehen und dann irgendwo am Strand festgesessen hätten. Ich hätte Will zum Beispiel ein bisschen ins Meer geschickt und in der Zeit das Benzin abgelassen. Typisch, dass mir so ein Einfall viel zu spät kommt.

»Dafür werden wir wohl noch mal hier Urlaub machen müssen«, sage ich lachend.

»Dann machen wir es eben jetzt«, sagt Will.

Mir klappt die Kinnlade hinunter.

»Aber wir haben keine Zeit – das Kricketspiel!«, entfährt es mir, bevor ich mich zurückhalten kann. Was bin ich nur für eine Idiotin, ihn auch noch daran zu erinnern?

»Lass uns stattdessen das hier machen. Es wird noch andere Kricketspiele geben, aber wie oft haben wir Gelegenheit, Jetski zu fahren?«

Wie unter Schock starre ich ihn an. *Es wird noch andere Kricketspiele geben?* Wer ist dieser Mann? Etwas derart Ketzerisches würde mein Freund nie sagen.

Weiß er vielleicht nicht, dass *ich* dafür zuständig bin, ihn von dem Spiel fernzuhalten, und nicht er? Ich muss gestehen, dass ich leicht angesäuert bin, weil ich von Anfang an nie zu diesem Spiel gehen wollte und sehr viel lieber den Ausflug mit dem Katamaran gemacht hätte, um mir die Schildkröten anzusehen.

Gerade will ich pampig werden, als mir klar wird, dass er mir meinen abschließenden Racheakt quasi auf dem Tablett serviert. Zugegeben, es war seine Entscheidung, aber mit ein bisschen Kreativität kann ich es in meinem Blog so darstellen, als sei es meine Idee gewesen.

Und vielleicht, nur vielleicht, ist das der Beweis, dass meine Rache ihn verändert hat – dass meinem Freund unsere Beziehung wichtiger ist als der Sport.

»Na, dann los«, sage ich und nicke, bevor Will Gelegenheit hat, seine Meinung zu ändern.

Er strahlt mich an und marschiert zielstrebig in den Shop.

Zehn Minuten später treten wir wieder auf den Sand hinaus. Wir tragen Schwimmwesten und ein breites Grinsen im Gesicht in Erwartung unseres großen Abenteuers.

»Ich bin so aufgeregt!«, sage ich und betrachte mit großen Augen das Ungetüm von Jetski, mit dem ich gleich losgelassen werde.

Das ist das Spontanste, was wir als Paar je getan haben, und ich freue mich riesig, dass es ganz ohne meine Einmischung dazu gekommen ist.

»So sieht man sich wieder«, sagt Josie in dem Moment.

»Ach.« Ich lächle sie und Richard an. Offenbar machen die beiden einen Verdauungsspaziergang.

»Was habt ihr vor? Mit Jetskis zum Kricket fahren?«, fragt sie und zeigt auf unsere leuchtend gelben Schwimmwesten.

»Wir haben uns anders entschieden. Wir fahren stattdessen mit diesen Dingern zu ein paar Stränden.«

»Was? Ihr lasst die Karten verfallen?«, fragt Richard mit entsetzter Miene.

»Stimmt. Wieso geben wir sie nicht einfach euch? Nicht wahr, Will, es wäre eine Schande, sie nicht zu nutzen, und noch ist genügend Zeit, dass die beiden rechtzeitig ins Stadion kommen.«

Richard tritt vor und küsst mich mit überschäumender Begeisterung auf die Wangen. Als er dann auf Will zugeht, frage ich mich, ob er mit ihm das Gleiche vorhat, aber er ändert anscheinend seine Meinung und klopft Will stattdessen auf den Rücken.

Ich grinse, denn das nenne ich eine echte Win-win-Situation.

»Ähm, das geht leider nicht«, sagt Will.

»Aber wir brauchen die Karten doch nicht mehr.« Das Lächeln fällt mir aus dem Gesicht.

»Das ist nicht der Punkt. Ich habe sie nicht mehr«, sagt er schnell.

»Wie bitte?«

»Ich habe sie verloren.«

»Du hast sie verloren?«

Ich bin so baff, dass ich nur noch nachplappern kann, was er sagt.

Richard stößt einen leisen Pfiff aus und schüttelt ungläubig den Kopf. »Kumpel, von allen Spielen ausgerechnet diese Karten zu verlieren …«

»Ich weiß.« Will nickt.

»O mein Gott. Deshalb verhältst du dich so seltsam«, stoße ich hervor. Plötzlich ergibt alles einen Sinn. Dass er wie ein Tiger im Käfig auf und ab marschiert ist. Dass er mich dazu gebracht hat, Shorts anzuziehen, in denen ich gut Jetski fahren kann. Dass er einen Spaziergang machen wollte und keine Lust auf einen Drink hatte. »Du hast die Tickets verloren und wolltest mir das als einen freiwilligen Verzicht zugunsten eines Jetski-Ausflugs verkaufen?«

Will nickt langsam, als sei ihm peinlich, dass ich ihm auf die Schliche gekommen bin.

Deshalb konnte ich die Karten am Vortag nicht im Safe finden.

Ich stoße ein ersticktes Lachen aus. Und ich Dummerchen dachte, er hätte sich geändert, dabei wollte er nur einen Fehler vertuschen.

»Sorry, Lexi, ich weiß, dass ich dir wegen dieses Spiels die Katamaranfahrt vermasselt habe. Als ich dann merkte, dass die Karten weg sind, wollte ich es wiedergutmachen, und mir fiel dieser Verleih-Shop ein.«

»Du Ärmster, verpasst schon wieder ein Spiel«, fauche ich mit einer Spur Sarkasmus in der Stimme.

»Ja, aber ich glaube, die Jetskis werden uns dafür entschädigen.«

Richard gibt ein Geräusch von sich, das seinen Zweifel zum Ausdruck bringt.

»Bestimmt sogar«, sagt Josie, die glücklich darüber wirkt, verschont zu bleiben. »Ich wollte schon immer mal mit so einem Teil fahren.«

»Dann kommt doch einfach mit«, sage ich, weil ich ein schlechtes Gewissen habe, dass ich Richard erst Hoffnungen gemacht und sie dann zerstört habe.

»Nein!«, entfährt es Will.

Wir sehen ihn alle drei an, und ich ziehe die Brauen hoch, um ihm zu signalisieren, wie unhöflich er schon wieder ist.

»Ich wollte sagen, es gibt nur noch zwei Jetskis, vielleicht machen die beiden stattdessen eine Bootsfahrt?«

»Aber sie können einen von unseren haben, und ich fahre bei dir mit«, schlage ich hoffnungsvoll vor. Ich hatte sowieso ein bisschen Schiss, dass ich womöglich zu weit aufs Meer rausfahre und nicht wieder zurückkomme.

»Aber sie hat getrunken«, sagt Will und zeigt mit dem Finger auf Josie.

»Ich aber nicht«, erwidert Richard. »Und der Alkohol von gestern Abend müsste mein System mittlerweile verlassen haben. Ich finde die Idee toll. Ich geh mal rein und regle das.«

Er winkt dem Inhaber der Jetskis zu und verhandelt mit ihm. Will wird auch hinzugezogen, weil der Besitzer ein bisschen beunruhigt ist, dass das andere Paar einen unserer Jetskis nehmen möchte. Aber schon bald ist alles geklärt.

»Das wird ein Riesenspaß«, freut sich Josie und drückt meine Hand.

»Allerdings«, antworte ich, und meine Stimme ist vor Aufregung schriller als sonst.

Ich freue mich, dass wir den Nachmittag mit den beiden verbringen werden, denn ich habe mir schon immer gewünscht, im Urlaub Freundschaften fürs Leben zu schließen. Und schließlich gibt es jede Menge Gemeinsamkeiten. Die Männer und ihre Sportbesessenheit. Wir Frauen als Sportwitwen. Bis heute Abend sind wir dicke Freunde, das weiß ich.

Ich schaue zu, wie Will und Richard vor uns auf dem Wasser ihre Kreise ziehen. Bilde ich mir das nur ein, oder fahren sie ein bisschen sehr schnell?

Die beiden kommen auf den Strand zugerast und bremsen im letzten Moment ab. Richard bespritzt Will, als er dicht hinter ihm zum Stehen kommt.

»Sorry, Kumpel«, sagt er.

»Kein Problem, Kumpel«, stößt Will zwischen zusammengebissenen Zähnen hervor.

Vielleicht haben die Jungs das Potenzial einer tiefen Freundschaft noch nicht erkannt, aber uns bleibt ja noch der ganze Nachmittag, um daran zu arbeiten.

Der Verleiher der Jetskis klopft Will auf den Rücken, hebt den Daumen und geht zurück in seinen Laden. Offenbar haben die Jungs bewiesen, dass sie wissen, was sie tun, und aufs Meer losgelassen werden können.

»Kommt schon, Ladys!«, ruft Richard und klopft hinten auf seinen Jetski.

»Ich könnte doch mit Will fahren, das bringt ein bisschen Abwechslung«, schlägt Josie vor, watet durch das flache Wasser und schwingt sich hinter ihn auf den Jetski.

»Okay.« Ich nicke.

»Wir lernen im Urlaub gern andere Leute kennen«, sagt Richard und tätschelt meinen Oberschenkel, als ich hinter ihm aufsteige. Vielleicht sollte ich mich besser an den Griffen fest-halten statt an seiner Taille.

»Möchtest du nicht lieber mit deinem Mann fahren?«, fragt Will. Ich kann Josies Antwort nicht hören, da Richard bereits Gas gibt und wir losschießen.

Sofort lasse ich die Griffe los und klammere mich an ihn, als hinge mein Leben davon ab.

Ich dachte, wir würden gemütlich die Küste entlangtuckern, und nun klammere ich mich an Richard und versuche verzweifelt, nicht abgeworfen zu werden.

Es dauert nicht lange, da taucht Will mit seinem Jetski vor uns auf, und ich wünschte, ich säße hinter ihm. Josie klebt förmlich an ihm, und ihre Hände sind verdammt tief an seiner Taille.

In dem Moment gibt Richard richtig Gas und überholt. Wir springen über die Wellen, und ich hüpfe auf meinem Sitz auf und ab.

Als wir endlich anhalten, können wir nur Minuten unterwegs gewesen sein, aber es kommt mir vor wie Stunden.

»Wie wäre es mit diesem Strand?«, sagt Richard und weist nach vorn.

Es ist nicht einer der Strände von den Fotos, aber er ist auch ziemlich hübsch. Er liegt in einer geschützten Bucht vor einer Wand aus Bäumen, die ihn sehr lauschig wirken lassen.

»Ich glaube, ein Stückchen weiter gibt es noch einen besseren«, sagt Will, der nun neben uns ist.

»Woher weißt du das?«, frage ich und würde gern wissen, wann mein Freund sich in die Inselgeografie eingearbeitet hat, da wir das Hotel kaum verlassen haben.

»Aber dieser hier ist auch schön, und ich muss mal Pipi. Der Baum da vorn bietet eine perfekte Deckung«, schnurrt Josie.

»Ich habe dir ja gesagt, dass du nicht einen ganzen Krug bestellen sollst«, sagt Richard, gibt Gas und fährt langsam auf den Strand zu. Sobald wir halten, springe ich ins Wasser. Ich bin richtig seekrank und froh, wieder festen Boden unter die Füße zu bekommen.

Richard zieht den Jetski bereits an Land, als Will angefahren kommt. Josie springt ab und rennt zu dem Baum.

Kurz darauf kommt sie zurück und wäscht sich ihre Hände im Meer. Dann richtet sie sich wieder auf und begutachtet den Strand. »Das ist wirklich ein Paradies«, sagt sie.

»Ja, nicht wahr?« Ich schaue mich um und kann kaum glauben, dass wir tatsächlich die einzigen Menschen hier sind.

»Der andere Strand soll noch besser sein, wir sollten also wieder aufsteigen und –«, sagt Will.

»Entspann dich, wir haben noch den ganzen Nachmittag«, unterbreche ich ihn. »Wir können ein bisschen hierbleiben und dann zu dem anderen Strand fahren. Wir haben es doch nicht eilig, oder?«

Will wirft einen Blick auf seine Uhr und wirkt nervös.

»Nein, eigentlich nicht«, sagt er dann, lässt sich neben mir fallen und bespritzt mich dabei mit Sand, der an meinen nassen Füßen kleben bleibt.

Ich versuche, den Sand abzureiben, und ziehe dann die Schwimmweste aus. Sofort bedaure ich, das weiße T-Shirt angezogen zu haben. Im Wasser wird es durchsichtig, und ich habe darunter keinen Bikini an. Das ist wohl der Preis der Spontaneität. Verlegen verschränke ich die Arme vor der Brust, weil Richard zu mir herüberpeilt.

»Das ist genau das, was wir gesucht haben«, sagt Josie und fängt an, sich auszuziehen. Sie hat zwar an einen Bikini gedacht, hält aber mit dem Entkleiden nicht inne. »Seid frei, meine Schönen«, sagt sie und atmet erleichtert aus, als sie ihr Oberteil in den Sand wirft.

Verdammt, als wäre ich nicht schon neidisch genug gewesen, dass sie einen Bikini anhatte!

»Das fühlt sich so viel besser an.« Josie lehnt sich nach hinten und stützt sich auf den Ellbogen ab. Richard knöpft derweil sein Hemd so langsam auf, als würde er einen Striptease hinlegen. Dann langt er nach seiner Hose. O Gott. Das wird von Minute zu Minute schlimmer. Die Shorts fallen in den Sand und enthüllen eine eng sitzende Badehose. Ich zucke zusammen vor Angst, dass er sich dieser auch noch entledigen könnte. Glücklicherweise setzt er sich aber neben Josie in den Sand. Puh!

»Also, ähm …« Ich frage mich, was wir jetzt machen sollen. Als ich die beiden spontan zu unserem Strandausflug einlud, habe ich das nicht genug durchdacht. Wenn Will und ich allein hier wären, wären wir jetzt vermutlich genauso spärlich bekleidet wie die beiden anderen. Aber wir sind nicht allein. Richards Bemerkung über das Kennenlernen von Leuten kommt mir in den Sinn, und wie er meinen Oberschenkel angefasst hat … Mich beschleicht der Verdacht, dass die beiden auf der Suche nach einer *Ménage à quatre* sind.

Und das Schlimmste ist, dass Will nichts davon zu merken scheint.

Normalerweise habe ich kein Problem damit, wenn Frauen oben ohne in der Sonne liegen, aber Josie ist direkt neben mir, und ich durchlebe einen dieser peinlichen Momente wie in Umkleideräumen von Fitnesscentern. Wenn die Umkleide ziemlich leer ist und man sich trotzdem ein winziges Stück Bank mit einer Frau teilt, die gern nackt herumläuft und alles baumeln lässt.

»Kombiniert ihr oft Urlaub mit Sportveranstaltungen?«, frage ich dennoch in einem Ton, als sei es für mich völlig normal, mit halb nackten neuen Freunden abzuhängen.

»O ja, zu oft«, antwortet Josie und verdreht demonstrativ die Augen. »Ein paarmal sind wir dafür auf die Westindischen Inseln gereist, und wir waren bei den Ashes, dem Kricketturnier in Australien.«

»Halt dir die Ohren zu, Will.«

Und die Augen. Dabei besteht kein Anlass zur Sorge, so intensiv, wie er den Himmel anstarrt.

»Was denn?«, fragt er und hat offenkundig unser Gespräch gar nicht mitverfolgt.

Ich frage mich, wonach er Ausschau hält, da keine einzige Wolke am Himmel zu sehen ist.

»Josie war mit ihrem Mann beim Kricketturnier in Australien.«

»Auf unserer Hochzeitsreise«, fügt sie hinzu.

»Du liebe Güte«, erwidere ich lachend. Das könnte uns glatt auch passieren. »Das nenne ich Einsatz.«

»Allerdings. So eine Reise macht man aber nur einmal im Leben.«

»Das stimmt nicht ganz. An unserem vierten Hochzeitstag werden wir wieder hinfliegen, wenn der nächste Kricketländerkampf ansteht«, korrigiert Richard.

Josie schüttelt den Kopf. »Er ist total sportverrückt. Sei vorsichtig, Lexi. Du lässt dich einmal auf solch einen Urlaub ein, und plötzlich sind alle deine Ferien um Sportereignisse herum organisiert.«

Immerhin haben wir jetzt ein harmloses Gesprächsthema. Unser Sportwitwendasein verbindet uns.

»Ach, komm schon«, mischt Richard sich ein. »Du findest es doch genauso gut wie ich. Weißt du noch, als wir zufällig an der Bar Jimmy Anderson getroffen haben? Da hast du dich nicht beschwert.«

Josie schießt das Blut in die Wangen, und sie fächert sich mit der Hand Luft zu. »Ah, Jimmy! Zu schade, dass er unser Angebot nicht angenommen hat.«

Ich schwöre, sie hat dasselbe Glitzern in den Augen, wie ich es von Cara kenne. Deshalb will ich lieber nicht wissen, worin genau dieses Angebot bestand, schon gar nicht, wenn ich sehe, wie sie sich über die Lippen leckt, versunken in einem Tagtraum. So viel zu meiner Freude, wieder festen Boden unter den Füßen zu haben.

»Also, erzählt mal ein bisschen von euch beiden«, sagt sie. Offenbar hat sie sich soeben in die Gegenwart zurückkatapultiert. »Von wo genau stammt ihr?«

»Aus Hampshire. Wir leben in einem Vorort von Southampton«, antworte ich.

»Nahe dem Rose Bowl«, sagt ihr Mann. »Oder heißt das jetzt Ageas Bowl?«

Ich nicke. Du meine Güte, er klingt wie Will. Und seine geografischen Kenntnisse orientieren sich an Sportteams und Stadien. Er könnte wirklich Wills bester Freund sein – auch wenn Richards leicht schlüpfrige Seite und sein Kleidungsmangel eher kontraproduktiv sind.

»Und wo kommt ihr her?«

»Cheltenham«, antwortet Josie.

»Oh, ich mag Cheltenham. Will und ich waren mal im Dezember dort.«

»Lass mich raten, zu den Rennen?«

»Erstaunlich, woher weißt du das?«

»War nur so eine Ahnung«, antwortet sie, und wir lachen.

»Und was machst du beruflich?«

»Ich bin Kunstbeauftragte bei der örtlichen Stadtverwaltung.«

»Und aufstrebende Schriftstellerin«, fügt Will hinzu.

Mir war gar nicht klar, dass er jetzt zuhört. Zum ersten Mal, seit wir hier sitzen, löst er den Blick vom Himmel und wendet sich uns zu, womit er Josies Titten voll im Blick hat. Sofort dreht er den Kopf wieder dem Horizont zu.

»Das klingt spannend. Was für eine Art von Texten schreibst du? Belletristik oder Sachbücher?«

»Belletristik. Hauptsächlich Thriller, aber momentan probiere ich etwas im Bereich Liebeskomödie aus.«

Ich höre über uns ein Brummen und spüre, dass Will die Hand auf mein Bein legt. Als ich hochschaue, sehe ich in einiger Entfernung ein Passagierflugzeug, das von der Insel wegfliegt. Morgen sitzen wir auch in solch einer Maschine, denke ich traurig. So schnell, wie Will die Hand auf mein Bein gelegt hat, zieht er sie auch wieder weg und konzentriert sich erneut auf seine Himmelsbeobachtung. Er wird doch nicht auch noch zum Planespotter werden?

»Das ist wirklich interessant. Ich wünschte, ich könnte das. Aber ich hätte keine Idee, worüber ich überhaupt schreiben soll«, sagt Josie.

»Die Rohfassung ist nicht der schwierige Teil«, erkläre ich, als sei ich eine erfahrene Autorin. Ich bohre die Zehen in den Sand und schaue zu, wie das kristallklare Wasser immer näher kommt. »Das Überarbeiten ist anstrengend. Wenn du den Mist, den du geschrieben hast, in eine allgemein verständliche Form bringen musst. Ideen findet man schnell, wenn man erst einmal anfängt. So wie gestern beim Kricket, da habe ich mich plötzlich gefragt, wie es wohl für all die Spielerfrauen sein mag. Was machen sie, während ihre Partner bei Kricketturnieren wie diesem hier sind? Bleiben sie zu Hause und kümmern sich um die Kinder, oder ziehen sie mit ihren Männern in der Karibik umher?«

Richard holt eine Flasche Sonnenmilch aus seinem Rucksack und beginnt, ohne zu fragen, Josies Rücken einzureiben. Sie stöhnt vor Wonne, und ich unterstütze Will dabei, den Horizont anzustarren.

»In dieser Idee steckt aber nicht viel von einem Mörder-Thriller«, sagt Josie zwischen zwei wohligen Seufzern.

»Stimmt. Aber wie ich schon sagte, habe ich kürzlich angefangen mit Frauenliteratur.«

Ich sehe, dass Will jetzt neben sich ein Loch in den Sand gräbt. Vielleicht legt er einen Fluchttunnel an. Angesichts der erotischen Massage, die neben uns abläuft, kann ich ihm keine Vorwürfe machen.

»Alles okay?«, flüstere ich ihm zu und hoffe, dass er mir vorschlägt, zügig von hier zu verschwinden.

»Jaja«, versichert er. »Aber du kennst mich doch. Sonnenbaden ist nicht so mein Ding.«

»Wir können ja zu einem anderen Strand fahren. Noch ein bisschen mit dem Jetski herumkurven.«

»Aber wir sind doch gerade erst angekommen«, erwidert Richard. »Wir haben die Skis noch ein paar Stunden, es besteht also kein Grund zur Eile.«

Wenn Will doch nur vorschlagen würde, dass wir beide losfahren und uns mit den anderen später wieder treffen! Aber das tut er nicht.

»Ja, lass uns noch ein bisschen hierbleiben«, sagt er stattdessen.

Ich seufze. Zumindest scheint Richard mit dem Einreiben fertig zu sein.

»Möchtest du auch Sonnencreme, Lexi?«, fragt er und grinst mich frech an.

»Nein, danke«, antworte ich und versuche, mich zu erinnern, wann ich mich das letzte Mal eingecremt habe. Aber eher lasse ich mich von der Sonne rösten.

»Wie du willst, aber dir entgehen diese magischen Hände«, sagt er und wedelt damit.

Ich wende mich Will zu, der unruhig herumzappelt und sich vermutlich genauso unwohl fühlt wie ich. Warum will er dann hierbleiben?

»Du solltest über diese Sachen schreiben«, sagt Josie.

Worüber? Mit zwei halb nackten Swingern auf einer einsamen Insel festzusitzen?

»Relaxen an einem einsamen Strand?«

»Nein, über die Sportevent-Urlaube. Schreib darüber, wie es ist, am Spielfeldrand festzusitzen.«

Sie ahnt ja nicht, wie weit ich damit schon bin.

»Ich kann mir nicht vorstellen, dass die Leute so etwas interessiert«, sage ich lahm. Mir ist nicht wohl dabei, über dieses Thema zu reden, wenn Will direkt neben mir sitzt.

»Natürlich tut es das! Dir ist das vielleicht nicht bewusst, aber du hast bestimmt jede Menge Anekdoten auf Lager. Seit Neuestem verfolge ich den Blog einer Sportwitwe im Internet.«

Ich huste, weil ich beinahe meine Zunge verschluckt hätte. Mein Gesicht beginnt zu glühen, und das liegt nicht an der Sonne.

»Sollen wir nicht doch noch ein Stück weiterfahren? Ich bilde mir ein, man kann von hier aus die Hauptstraße hören. Vielleicht finden wir einen ruhigeren Ort«, schlage ich vor und blicke in die Runde. Möglicherweise bringt die Angst, dass Menschen in der Nähe sind, die anderen ja zum Weiterfahren.

»Du hast anscheinend ein Gehör wie Fledermäuse. Ich höre nichts«, sagt Will.

Gut zu wissen, dass er immer noch unser Gespräch verfolgt.

»Du musst den Blog unbedingt lesen«, sagt Josie und ignoriert meinen Vorschlag einfach. »An den vollen Titel kann ich mich nicht erinnern. Aber sie ist eine richtige Sportwitwe, so wie wir.« Lachend stößt sie mich mit dem Ellbogen an.

Meine Kehle ist plötzlich ganz trocken, und in meinem Bauch grummelt es ungemütlich. Offenbar hat mein Magen die Memo nicht erhalten, dass kein Grund mehr besteht, eine Lebensmittelvergiftung vorzutäuschen.

»Ich glaube, der Titel ist irgendetwas mit Rache.«

Aha. Das muss ein anderer Blog sein. Zu diesem Thema gibt es bestimmt jede Menge. Sie kann unmöglich einer der siebentausend Menschen sein, der meinen liest, oder?

»Sportwitwe rächt sich«, schaltet sich ihr Mann in das Gespräch ein.

»Genau, so heißt er.« Josie nickt.

Verdammt!

Schweißperlen treten mir auf die Stirn, und meine Hände werden so feucht wie Wills vorhin. Ich schaue mich nach einer Fluchtmöglichkeit um, aber ich werde es kaum schaffen, den Jetski zurück ins Wasser zu schieben, und eine besonders gute Schwimmerin bin ich auch nicht. Ich spähe zu den Bäumen hinter uns. Vielleicht kann ich bis zur Straße rennen?

Keine Panik, sage ich mir und ermahne mich weiterzuatmen. Letztlich ist es ein Blog im World Wide Web. Josie weiß nicht, dass ich die Urheberin bin. Und Will wird nur anhand des Titels nicht auf mich kommen.

Obwohl ich mich bei diesem Thema sehr unwohl fühle, bin ich doch ein winziges bisschen stolz. Josie findet meinen Blog brillant! Du liebe Güte, ich bin hin- und hergerissen, ob ich vor lauter Angst wegrennen oder aufspringen und laut schreien soll, dass der Text von mir ist.

»Jetzt hätte ich gern was zu trinken«, sage ich zu Will. »Schieb mich doch mit einem Jetski raus, und ich besorge was.« Schon bin ich aufgesprungen.

»Oh, für mich bitte einen Rumcocktail«, sagt Josie und klatscht vor Vergnügen in die Hände.

»Du kannst nicht einfach mit so einem Ding fahren, du hattest keine Einweisung«, sagt Will und sieht mich an, als wäre ich durchgeknallt.

»Aber ich habe echt riesigen Durst«, halte ich dagegen und tue so, als müsse ich husten. »Vielleicht könntest du mich zurückfahren?«

»Trink einen Schluck Wasser.«

Er wühlt mit einer Hand in seinem Rucksack.

»Aber das ist warm«, jammere ich wie eine Diva.

»Wenn du wirklich Durst hast, trinkst du es«, erklärt Will energisch, und die Diskussion scheint für ihn damit beendet zu sein.

»Aber –« Noch bin ich nicht bereit, nachzugeben.

»Bleib einfach hier«, sagt er im Befehlston und zieht mich wieder nach unten.

Erschrocken schaue ich ihn an.

»Wir fahren bald weiter, versprochen. Dann halten wir Ausschau nach einer Bar. Aber wir sollten noch ein bisschen hierbleiben, okay? Wir wollen schließlich nichts verpassen.«

Ich betrachte den schimmernden Sand, das türkisblaue Meer und den babyblauen Himmel. Nichts hat sich verändert, seit wir hier angekommen sind. Wieso denkt er, wir könnten etwas verpassen?

»Aber –«, beginne ich noch einmal, mir fällt jedoch nichts mehr ein.

Josie beginnt zu lachen.

»Was ist los?«, fragt Richard.

»Mir ist gerade einer dieser Blogposts eingefallen. Das war so lustig!«

Reden wir etwa immer noch darüber?

»Ich habe Durst, und ich finde wirklich, wir sollten auf die Jetskis steigen und –«

Will legt den Arm um mich und zieht mich fest an sich. Ich beklage mich zwar oft, dass er das zu selten tut, aber das ist jetzt wirklich nicht der richtige Moment.

»Warte mal, Lexi«, sagt Richard und läuft zu einem der Jetskis.

Ich habe wirklich keine Lust, noch mal mit ihm zu fahren, aber in der Not frisst der Teufel Fliegen. Wenn ich dadurch diesem Gespräch entfliehen kann, setze ich mich hinter ihn, Schenkelstreicheln hin oder her.

Ich versuche, mich aus Wills erstaunlich fester Umarmung zu winden.

»Hier«, sagt Richard und zieht mit triumphierender Miene eine Dose Cola aus der Kühltasche. »Der Typ hat gesagt, dass er Erfrischungen eingepackt hat.«

Er reicht jedem von uns eine Dose.

»Na also«, sagt Will. »Problem gelöst, Lex. Danke, Richard.« Er nimmt seine Dose und trinkt einen Schluck. Na toll, jetzt werden die beiden tatsächlich dicke Freunde.

Kapitel 32

*U*nd was machst du beruflich?«, frage ich Josie in der Hoffnung, sie von dem Blog abzulenken.

»Ich arbeite im PR-Bereich.«

»Oh, das klingt aufregend.«

»Na ja … Ich arbeite für einen Hersteller von Tiefkühlprodukten, und es geht um die Meinung der Verbraucher zu Fischstäbchen und so. Das Spannendste, was ich je erlebt habe, war der Pferdefleischskandal, und das war auch das einzige Mal, dass die Medien mit Begeisterung berichtet haben.«

»Hat deine Firma denn Pferdefleisch verarbeitet?«

»Nein, zum Glück nicht. Aber es ist schon traurig, wenn das der Höhepunkt deines Arbeitslebens ist. Ich habe immer davon geträumt, in einer großen PR-Agentur in London zu arbeiten. Aber dann lernte ich Richard kennen, und es ist nie dazu gekommen.«

Josie wirkt wehmütig, aber ich bin einfach froh über den Themenwechsel.

»Vielleicht solltest du dich mal kämmen«, sagt Will plötzlich und schaut zum bestimmt millionsten Mal auf die Uhr.

»Mich kämmen?« Erstaunt fahre ich mir über den Pferdeschwanz.

Bevor wir das Hotel verließen, habe ich meine Haare mühsam geglättet und sie dann nur schnell hochgebunden, bevor wir auf den Jetski gestiegen sind.

Aber Will ist in einer solch seltsamen Verfassung, dass ich seinem Vorschlag nachkomme. Ich ziehe das Gummiband aus den Haaren, fahre mit den Fingern hindurch und binde mir dann einen neuen Pferdeschwanz.

»Besser?«, frage ich.

»Besser.« Er nickt kaum merklich.

Was ist nur in ihn gefahren?

»Richard hat mir schon oft gesagt, ich soll kündigen und eine eigene PR-Agentur gründen. Aber wir wollen bald versuchen, schwanger zu werden, und das ist ein schlechter Zeitpunkt, um meinen Job aufzugeben. Es ist sinnvoller, bei einer Firma zu bleiben, die ausgezeichnete Mutterschaftsleistungen bietet. Findest du nicht auch?« Josie schweigt für einen Moment und starrt mich mit leicht zur Seite geneigtem Kopf an.

»Ähm, ja, bleib, bis deine Kinder ein bisschen größer sind«, antworte ich halbherzig, da ich immer noch darüber brüte, was mit Will los ist.

»Genau das denke ich auch.«

Josie rollt sich herum, sodass sie auf dem Bauch liegt. Sie schweigt wieder, und ich will auf keinen Fall, dass sie sich in ihren Gedanken verliert und wieder auf den Blog zu sprechen kommt.

»Was war der beste Ort, an dem ihr beide während eines Sportevent-Urlaubs gewesen seid?«

Damit bewege ich mich zwar nicht ganz so weit von dem kritischen Thema weg, wie ich gern möchte, aber auf die Schnelle fällt mir nichts anderes ein.

»Abgesehen von dem Kricketturnier in Australien, ging unsere beste Reise zu einem Kricketspiel nach Dublin. Es fiel wegen Regen aus, und wir haben stattdessen den ganzen Tag in einer Guinness-Brauerei verbracht, gefolgt von diversen Pubs mit Live-Musik. Ein fantastischer Ort. Wart ihr schon mal da?«

»Nein.« Ich schüttle den Kopf. »Aber ich würde gern mal hinfahren.«

»*Die* Fahrt fandest du am besten? Bei der wir kein Kricket gesehen haben, obwohl mich die Karten ein Vermögen gekostet haben?«, meldet sich Richard zu Wort.

»Darling, entscheidend ist die Zeit, die wir zusammen verbracht haben. Ist es nicht genau das, was du mir immer sagst, wenn wir diese Reisen unternehmen?«

Vor sich hin grummelnd steht Richard auf. »Möchte noch jemand etwas zu trinken? Was ist mit dir, Kumpel?«, wendet er sich an Will.

Will sieht ihn mit einem Gesichtsausdruck an, als sei er soeben von einer Weltraumstation zurückgekehrt. »Was denn?«

»Etwas trinken?«

»Äh, ja.«

»Und du, Josie?«

»Versteckt sich zwischen der Cola vielleicht auch Rum?«

»Ich glaube nicht«, antwortet Richard, beugt sich aber dennoch tief über die Kühltasche.

»Nein. Wir hätten daran denken sollen, welchen mitzunehmen, nicht wahr, Lexi?«

Ich nicke. Eine Flasche Rum wäre jetzt genau das Richtige, um mich zu entspannen.

»Lexi, deine Schultern sehen ziemlich rot aus. Soll ich sie dir nicht doch eincremen?«, fragt Richard und greift bereits nach der Sonnenmilch.

»Das kann ich selbst«, sage ich und schnappe sie ihm weg.

»Wo bleibt denn der Spaß dabei?«, fragt er.

Oh, unser Swinger-Freund will offenbar zum Angriff übergehen.

»Will kann das machen«, erwidere ich und drücke ihm die Flasche in die Hand.

»Hä?«

»Meine Schultern eincremen. Anscheinend sind sie rot.«

Richard setzt sich wieder neben Josie in den Sand, weil ihm offenbar klar wird, dass er keine Chance hat. Will gibt ein bisschen Sonnenmilch auf meine Schultern und massiert sie behutsam ein.

»Apropos Sportreisen. Bei diesem Blog, den ich vorhin erwähnte, hat sich die Frau während eines Wochenendtrips gerächt, indem sie dafür sorgte, dass ihr Freund nicht wie geplant zu einem Fußballspiel kam«, sagt Josie.

Ich hoffe verzweifelt, dass Will wieder ins Weltall entschwirrt ist.

»Ganz schön gemein, oder?«, sagt er jedoch.

Er schaut Josie an. Da sie jetzt auf dem Bauch liegt und man ihre Brüste nicht mehr sehen kann, fühlt er sich wohl sicher genug, an dem Gespräch teilzunehmen.

»Die beiden sind den ganzen Weg dorthin gefahren, und sie hat ihn davon abgehalten, ins Stadion zu gehen? Der Kerl muss Eier aus Schaumstoff haben«, sagt Richard.

»Was ist das für ein Geräusch?«, frage ich und halte mir die Hand wie einen Trichter ans Ohr, um so zu tun, als würde ich etwas hören.

Will, der bisher bei jedem noch so fernen Rumpeln aufgeschreckt ist, bekommt gar nicht mit, was ich sage, sondern starrt Richard an.

»Er wusste ja nicht, dass sie das eingefädelt hat«, wendet Josie ein. »Das Ganze war eine clevere Sabotage. Sie hatte ein Cottage gebucht, in dem es keinen Handyempfang gab, und das Licht am Wagen angelassen, bis die Batterie leer war. Sie konnten nirgendwohin fahren. Aber er muss dir nicht leidtun. Du solltest erst mal hören, was *er* angestellt hat.«

»Ich glaube, meine Füße verbrennen, könntest du sie bitte eincremen?«, wende ich mich verzweifelt an Richard und hoffe, dass er ein heimlicher Fußfetischist ist oder dass es Will zumindest hinreichend ablenkt, wenn mich ein anderer Mann anfasst.

Richard stürzt sich sofort auf diese Gelegenheit, schnappt sich die Sonnenmilch und fällt vor meinen ausgetreckten Beinen auf die Knie.

»Und wieso hatte er das verdient?«, fragt Will und wirkt völlig ungerührt, dass ein anderer Mann meine Füße massiert.

»Das ist der üble Teil. Er hat eine Magenverstimmung vorgetäuscht, um nicht zur Hochzeit ihrer Freundin mitgehen zu müssen, und ist stattdessen zum Fußball gegangen. Was für ein Mistkerl.«

O Gott. Ich bin kurz davor, mein Top auszuziehen und Richard zu bitten, meine Brüste einzucremen, da ich nicht weiß, wie ich die drohende Katastrophe sonst noch aufhalten soll.

»Ja, aber sie ist genauso hinterhältig – total durchgeknallt«, sagt Richard. »Könnt ihr euch vorstellen, dass sie zu Hause absichtlich ihren Drink über ihre Sky Box geschüttet hat, damit er sich einen Boxkampf nicht ansehen kann? Sosehr ich dich auch liebe, Schatz, aber das wäre für mich ein Scheidungsgrund. Au, fuck!«, flucht er, weil ich ihn aus Reflex getreten habe.

»Tut mir leid, Richard, alles in Ordnung? Sollen wir zurück zum Hotel, damit du Eis darauflegen kannst?«

»Nein«, stöhnt Richard, springt auf und wechselt von einem Fuß auf den anderen, während er seine Männlichkeit umfasst. »Ist gleich wieder gut.«

»Es tut mir so leid«, sage ich zu Josie. »Ich hatte plötzlich einen Krampf im Fuß. Aber wir sollten vielleicht wirklich zusammenpacken und fahren.«

Ich schnappe meine Tasche und will aufstehen, aber Will streckt schweigend den Arm aus und hält mich fest. Das genügt, um mir zu bestätigen, dass er Bescheid weiß.

Natürlich weiß er es. Er ist ja kein Idiot.

»Ach, mach dir deswegen keine Gedanken«, sagt Josie lachend. »Er hat es gern, ein bisschen härter angefasst zu werden.«

Ihr Mann lacht verhalten und zuckt zusammen, als er sich wieder setzt. Sie rollt sich zurück auf den Rücken und reibt ihm über den Arm.

»Und was hat diese Bloggerin noch getan?«, fragt Will ruhig und schaut zwischen Josie und Richard hin und her.

Ich muss ihm sagen, dass es nicht so ist, wie er denkt, dass der Blog ausgeschmückt ist und die Grenze zwischen Realität und Fantasie verschwimmt.

»Da war noch einer über Sex«, sagt Richard. »Der gefiel mir am besten. Sie hat sich in einem Sexshop ausstaffiert, um ihn davon abzuhalten, zum Fußballspiel zu gehen. Ich warte immer noch darauf, dass mir das mal passiert.«

»Darauf kannst du warten, bis du schwarz wirst«, erwidert Josie.

Ich ertrage das nicht länger. Meine Wangen glühen, und ich zittere. Ich wende mich Will zu, und er sieht mich an.

»Wie konntest du?« Seine Stimme ist kaum mehr als ein Flüstern. Dann steht er auf.

»Wie konntest du *was*?«, fragt Josie verwirrt.

Für einen Moment bin ich wie vor den Kopf geschlagen, aber dann fasse ich mich wieder. Schließlich braucht er sich gar nicht so aufzuspielen.

»Wie *ich* konnte?«, schreie ich ihn an. »Was ist denn mit dir?«

»Was soll mit mir sein?«, fragt er.

Rasch stehe ich auf. »Die Hochzeit wegen eines Fußballspiels sausen zu lassen! Möchtest du nicht wissen, wie ich das erfahren habe?«

»Vermutlich hast du es auf Sky Sports gesehen.«

»Allerdings. Mike aus meinem Büro hat mir einen Screenshot geschickt, während ich bei der Hochzeit war. Der Hochzeit, auf der ich allen erzählt habe, dass du beinahe mit dem Tode ringst.«

»Seitdem weißt du es schon und hast kein Wort gesagt?«

Ihm gehen förmlich die Augen über. Nie zuvor habe ich ihn so wütend erlebt.

»Jetzt gib nicht mir die Schuld. *Du* hast dich falsch verhalten. *Du* bist derjenige, der mich angelogen hat. Du hattest an dem Sonntag danach reichlich Gelegenheit, es mir zu sagen.«

»Warum hast du mich nicht einfach darauf angesprochen, statt diese schrecklichen Dinge zu tun? Dafür zu sorgen, dass ich ein Spiel verpasse, die Sky Box zu demolieren ... Was hast du wohl noch getan?«

»Spielt es eine Rolle? Du übersiehst offenbar, dass ich nichts davon je getan hätte, wenn du mich nicht belogen hättest. Was war denn so verdammt wichtig an diesem Spiel, dass du dafür die Hochzeit verpassen und mich anlügen musstest?«

»Das solltest du deinen Dad fragen.«

»Klar, ihr Southampton-Fans haltet natürlich zusammen. In dem Fall hätte er doch wohl verstanden, dass du verhindert bist.«

»Du würdest es nicht verstehen.« Er seufzt.

»Natürlich nicht.« Ich verdrehe die Augen. »Wie könnte ich etwas so Wichtiges wie deinen Sport verstehen? Hast du überhaupt eine Ahnung, wie es für mich war, allein zu der Hochzeit zu gehen? Oder wie schlecht ich mich gefühlt habe, dich allein krank zu Hause zu lassen?«

»Ich habe mich auch schlecht gefühlt, deshalb habe ich ja den Ausflug nach Swansea vorgeschlagen. Ich wollte es wiedergutmachen. Aber wie sich jetzt herausstellt, brauche ich kein schlechtes Gewissen zu haben, denn was du getan hast, ist wohl sehr viel schlimmer.«

»Ich habe nur dafür gesorgt, dass wir quitt sind.«

»Kapierst du denn nicht, warum ich so wütend bin? Natürlich bin ich nicht gerade begeistert, dass ich dank dir das Spiel verpasst habe oder dass du die Satellitenbox zerstört hast – aber wenn du es *mir* erzählt hättest, hätte ich vielleicht sogar darüber lachen können. Ich bin so verdammt sauer, weil du es der ganzen Welt außer mir erzählt hast. Das alles ist etwas sehr Persönliches. Du hast über unser Sexleben gebloggt, Himmel, Arsch und Wolkenbruch!«

»So würde ich es nicht ausdrücken. Letztlich war es nur eine Schreibübung. Es weiß doch auch niemand, dass ich die Verfasserin bin. Ich habe die Namen und die Sportteams geändert, und es gibt keine Fotos. Vermutlich haben es nicht einmal viele Leute gelesen.«

»Einige offenbar schon, denn wir fliegen nach Barbados und treffen prompt Leute, die den Blog kennen. Das nenne ich weltweite Publicity.«

Josie und Richard tun so, als würden sie nicht zuhören. Dabei sitzen sie so nah bei uns, dass vermutlich unser Speichel auf sie herabregnet, so wie wir herumgeifern. Jetzt sind die beiden die Gefangenen, die nirgendwohin flüchten können.

»Ich verstehe nicht, warum alles meine Schuld sein soll«, sage ich, wo doch sein Betrug endlich ans Licht gekommen ist. So lange habe ich darauf gewartet, und nun wird alles ins Gegenteil verkehrt.

»Weil du unser Vertrauen zerstört hast.«

»Nein, das hast du schon getan, als du sagtest, du seiest krank. Du hast damit angefangen. Du …«

Ich schaue auf meinen Finger, der auf sein Gesicht gerichtet ist.

»Also schön, dann beende ich das jetzt.«

Er dreht sich um und geht zum Jetski.

»Wie meinst du das?«, rufe ich.

»Es ist vorbei, Lexi. Mit uns. Es ist aus.« Er schiebt den Jetski ins Wasser.

Josie und Richard saugen hörbar die Luft ein, aber das ist nichts im Vergleich dazu, wie ich nach Luft schnappe.

Ich kann nicht glauben, dass er mir an allem die Schuld gibt. Und dass er mit mir Schluss macht.

Fassungslos und wie gelähmt stehe ich da. Will startet den Jetski und fährt mit heulendem Motor davon.

»Oje, Süße …«, sagt Josie, steht auf und nimmt mich in den Arm. Richard macht es ihr nach, um mich ebenfalls zu trösten, und schon stecke ich zwischen den beiden wie in einem Sandwich.

Wenn ich nicht schon sauer genug auf Will war, dann koche ich jetzt vor Wut, weil er mich hier im Stich gelassen hat mit diesen beiden, die ihre sämtlichen Beulen gegen mich drücken.

»Es geht mir gut«, lüge ich und winde mich aus der Umarmung.

Im Kopf gehe ich den Streit mit Will noch einmal durch, und sofort schwappt der Ärger wieder hoch. Wieso versteht er nicht, dass er im Unrecht ist? Und wenn überhaupt, dann müsste doch wohl ich diejenige sein, die Schluss macht?

»Soll ich dich ins Hotel zurückbringen, damit du nachdenken kannst?«, fragt Richard. »Wir passen bestimmt zu dritt auf den Jetski. Uns macht es nichts aus, ein bisschen zusammenzurücken, nicht wahr, Josie?«

»Nein«, erwidere ich und mache hastig ein paar Schritte von den beiden fort. »Dem Geräusch nach muss die Hauptstraße direkt hinter den Bäumen verlaufen. Ich schau mal nach, ob das stimmt.«

»Wenn es dir zu dritt zu eng ist, kann ich auch hierbleiben, und Richard holt mich später«, schlägt Josie vor.

»Schon gut. Die Straße verläuft längs der Küste, und es gibt überall Taxis. Ich komme klar.«

»Wir warten hier sicherheitshalber noch ein bisschen«, sagt Josie. »Falls du kein Taxi erwischst oder nicht durchkommst, finden wir eine andere Lösung.«

»Danke«, antworte ich, ziehe meine Flip-Flops an und eile in Richtung der Bäume.

Ich brauche nicht lange, um die Hauptstraße zu erreichen. Unser Strand war längst nicht das abgeschiedene Paradies, für das wir es gehalten haben.

Hochrot vor Wut winke ich ein Taxi heran. Sobald der Fahrer losfährt, hole ich tief Luft und versuche, mir zu überlegen, was genau ich meinem Exfreund sagen werde, wenn ich ihn wieder-sehe.

Kapitel 33

Ich springe aus dem Taxi und lasse die Dollarscheine aus meinen zitternden Händen fallen. Dabei schwanke ich zwischen meiner Wut auf Will und dem Wunsch, alles wieder in Ordnung bringen zu können. In den sieben Jahren unserer Beziehung haben wir noch nie so heftig gestritten, und ich weiß nicht, was ich tun soll.

In Rekordzeit rase ich durch die Hotellobby und am Pool vorbei zu unserem Bungalow.

»Sorry«, murmele ich, als ich mit jemandem zusammen-pralle.

»Schon gut«, sagt Joe, der Concierge. Als er mich erkennt, erhellt sich sein Gesicht. »Ah, Miss Hunter, oder sollte ich sagen, die zukünftige Mrs Talbot?«

Mir ist zwar klar, dass man in einem Fünf-Sterne-Hotel dafür bezahlt, dass sich die Leute deinen Namen merken, aber das finde ich jetzt doch ein bisschen zu vertraulich.

Als ich an ihm vorbeigehen will, hält er mich zurück. Dabei strahlt er, als sei er glücklich, mich zu sehen.

»Ich habe Sie nicht so bald zurückerwartet. Und wo ist Mr Talbot?« Erwartungsvoll schaut Joe mich an.

Frustriert verziehe ich das Gesicht, da ich absolut nicht in Plauderlaune bin und so schnell wie möglich in meinen Bunga-low möchte. Ich zwinge meine Lippen dennoch in ein halbher-ziges Lächeln, um ihn abzuwimmeln, aber er strahlt mich weiterhin an, bis sein Blick weiter nach unten wandert und er hörbar die Luft einsaugt.

»Was?«, frage ich und befürchte schon, mein T-Shirt sei immer noch nass und durchsichtig. Mit einem kurzen Abtasten vergewissere ich mich, dass alles trocken ist.

»Ach nichts.« Er winkt ab. »Ähm, begleiten Sie mich doch ein Stück. Ich glaube, das Zimmermädchen ist noch nicht fertig mit Ihrem Bungalow.«

»Nicht fertig? Aber sie hat angefangen, als wir vor Stunden weggefahren sind! So schmutzig war es nun auch nicht.«

Es kränkt mich ein bisschen, dass man uns für Ferkel hält.

Wieder will ich um Joe herumgehen, der mich langsam echt nervt, aber erneut verstellt er mir den Weg.

»Ein Gratis-Cocktail? Es ist Happy Hour, und der erste Drink ist frei. Leisten Sie mir Gesellschaft.«

»Ich dachte, die Happy Hour beginnt um sechs«, erwidere ich verwirrt. Und jetzt ist es erst kurz nach vier.

»Gratis-Cocktail«, wiederholt er.

Für einen Moment bin ich versucht. Ein Drink könnte mich beruhigen. Aber dann fällt mir Will wieder ein. Ich muss ihn sehen, jetzt.

»Danke, aber ich passe.«

»Aber …« Er hebt den Arm.

»Kein Aber. Ich gehe jetzt in meinen Bungalow.«

Auch wenn das Zimmermädchen noch putzt. Es ist ja schließlich nicht so, als hätte ich in meinem Leben noch nie eine Flasche Reinigungsmittel gesehen.

Ich stoße Joe praktisch aus dem Weg und höre ihn hinter mir herumstottern, aber das ignoriere ich.

Als ich die Tür öffne, sehe ich sofort die Rosenblätter. Sie sind überall auf dem Boden verstreut. Kein Wunder, dass Joe denkt, das Zimmermädchen sei noch nicht fertig.

»Will?«, rufe ich. »Will!«

Nichts. Bis auf das Summen des Kühlschranks ist es gespenstisch still im Bungalow.

Ich folge der Spur der Rosenblätter ins Schlafzimmer und erstarre. Auf dem Bett sind sie in Form eines riesigen Herzens verstreut. Rechts steckt eine Flasche Moët-Champagner in einem Sektkühler. Überall auf dem Boden stehen Kerzen, die noch nicht angezündet sind. Ich komme mir vor, als sei ich in den Set eines Liebesfilms geplatzt.

Und dann schwant mir allmählich, was Joes seltsames Verhalten zu bedeuten hatte. Wie hat er mich genannt – die zukünftige Mrs Talbot?

O Gott. Er hat nicht auf meine Brust gestarrt, sondern auf meinen nackten Ringfinger. Ich streiche mit der anderen Hand darüber und sehne mich plötzlich nach dem, was sich dort jetzt befinden sollte.

Will wollte mir einen Antrag machen.

Ich höre, wie die Tür aufgestoßen wird, gefolgt von lauten Schritten.

Als Will mich sieht, bleibt er abrupt stehen. Er schaut zwischen mir und den Rosenblättern hin und her, und statt Wut sehe ich nur Trauer in seinen Augen.

»Ich hatte gehofft, vor dir zurück zu sein. Ich wollte alles wegräumen, bevor du es siehst.«

»Will«, sage ich mit sanfter Stimme. Meine Wut schwindet bei dem Gedanken, dass er um meine Hand anhalten wollte.

Er sieht mich an und seufzt.

»Ich wollte dich fragen, ob du mich heiraten willst.«

»Hier?«

Ich schaue mich in dem Raum mit den Rosenblättern und dem Champagner um und denke, wie untypisch das für ihn ist. Solche Dinge tun Romantiker, aber nicht mein sportbesessener Freund.

Ich lächle Will an, aber er lächelt nicht zurück. Der traurige Ausdruck ist in sein Gesicht gebrannt.

Dann schnappt er sich seinen Koffer aus der Zimmerecke und beginnt, Shorts und T-Shirts hineinzuwerfen.

»Wie wolltest du mich fragen?« Die Worte bleiben mir fast im Hals stecken. Sieben lange Jahre habe ich auf seinen Antrag gewartet, und nun scheitert es im letzten Moment.

Trotzdem muss ich wissen, wie er es tun wollte. Das ist sonst so, als würde man das Ende eines Films sehen, ohne den Anfang zu kennen. Wie lautet die Geschichte, die ich stolz immer wieder erzählt hätte?

Er geht ins Bad, und ich höre ihn herumklappern. Ich bin zu geschockt, um ihm zu folgen. Eine Minute später kommt er zurück, Flaschen ragen aus seinem Kulturbeutel. Er stopft ihn in den Koffer und drückt alles zusammen.

»Will, wie wolltest du um meine Hand anhalten?«

Wollte er es hier tun? Beim Kricketmatch, wenn er nicht die Karten verloren hätte? Am Strand?

Er seufzt laut. »Wenn du es unbedingt wissen willst – der ganze Jetski-Nachmittag war geplant. Wir wären nie zum Kricket gegangen. Wir wären zu dem Strand ein Stück weiter gefahren, und dann sollte ein Flugzeug vorbeifliegen, an dem ein Banner flattert.«

Ich blinzle die Tränen weg.

»Darauf stand: HEIRATE MICH, LEXI.«

»Das klingt wundervoll«, sage ich leise. Eine Träne entwischt meinem Auge, öffnet die Schleusentore. Ehe ich mich's versehe, schluchze ich. Ich habe die beste Verlobungsgeschichte aller Zeiten ruiniert.

»Aber wir können uns doch trotzdem verloben«, stoße ich zwischen zwei Schluchzern hervor. Es geht mir in diesem Moment weiß Gott nicht um den Ring. Ich will meinen Freund

318

zurück. Gut, er hat mich belogen, und das war nicht in Ordnung, aber in den sieben Jahren unserer Beziehung hat er ansonsten nie etwas Schlimmes getan. Und wenn ich ihm seine Lüge verzeihe, dann kann er mir doch bestimmt auch vergeben? Ich habe ein paar seiner Sportpläne verdorben und ein paar Leuten anonym von uns erzählt. Niemand weiß, dass es um uns ging. Na ja, abgesehen von Josie und Richard, aber die anderen siebentausend haben keine Ahnung.

»Josie und Richard …«, sage ich laut. »Kein Wunder, dass du dich so seltsam verhalten hast, als sie mitwollten.«

»Ha!«, stößt er hervor und lacht dann wie ein Wahnsinniger. »Ich dachte, die beiden würden alles verderben, aber wie sich herausstellte, haben sie mir einen Riesengefallen getan. Ohne sie hätte ich nie erfahren, was du …«

Ich und meine blöde große Klappe. Wenn ich die beiden nicht eingeladen hätte, dann hätte Will es nie herausgefunden. Wir hätten uns verlobt, ein vernünftiges Gespräch darüber geführt, was bei Ians und Vanessas Hochzeit passiert ist, und ich hätte den Blog gelöscht.

»Wir können uns immer noch verloben. Ich will dich gern heiraten.«

Er sieht mich an, lacht erneut bitter auf und schüttelt dann den Kopf.

»Überleg doch nur, was für eine tolle Woche wir hier hatten. Und während der vergangenen Monate haben wir den Zauber unserer Beziehung neu entfacht.«

»Mir war gar nicht klar, dass wir das tun müssen. Willst du etwa sagen, dass, abgesehen von diesen paar Monaten, die letzten Jahre Mist waren?«

»Natürlich nicht.« Ach du Schreck, ich grabe mir eine immer tiefere Grube. »Aber es war alles ein bisschen eingefahren. Du hast dir Sport angeschaut, und ich habe geschrieben. Dieser

Ausflug nach Swansea und mein Outfit von Ann Summer haben wieder Würze in unsere Beziehung gebracht.«

»Du meinst, als du mich manipuliert und es dann der ganzen Welt erzählt hast, damit sich alle totlachen können.«

»Niemand hat gelacht.«

»Ach nein? Sagte Josie nicht, dass sie es saukomisch fand? Und sie war bestimmt nicht die Einzige. Um Himmels willen, Lexi. Wenn du das Gefühl hattest, dass in unserer Beziehung etwas fehlt, warum hast du es nicht einfach gesagt? ›Hey, Will, sollen wir nicht mal etwas unternehmen, statt dass du vor der Glotze hängst?‹ Ich wäre einverstanden gewesen. Ich hätte es nett gefunden, unter der Woche etwas trinken zu gehen oder öfter übers Wochenende wegzufahren. Du brauchtest mich nicht auszutricksen.«

»Ha!«, lache ich nun laut auf und schluchze. »Ich hätte dich nur fragen müssen? Ständig versuche ich, dich zu irgendetwas zu bewegen, und immer steht etwas anderes an. Ein Wettkampf, den du dir ansehen musst, oder ein Spiel, zu dem du dringend gehen willst.«

Merkt Will etwa nicht, dass er sportbesessen ist? Dass er sein ganzes Leben danach ausrichtet?

»Der Sport kommt immer an erster Stelle.«

»Du weißt genau, dass das nicht stimmt.«

»Und was war mit Vanessas und Ians Hochzeit? Fußball war wichtiger.«

»So schlecht denkst du von mir?« Er schüttelt den Kopf. »Was für ein Idiot ich doch gewesen bin. Monatelang habe ich diese Reise und den Antrag geplant.«

Er wirft seine letzten Klamotten in den Koffer und knallt den Deckel zu.

»Willst du damit sagen, dass alles lange geplant war? Diesen Urlaub machen wir nicht wegen deines schlechten Gewissens?«

»Natürlich nicht! Weswegen sollte ich ein schlechtes Gewissen haben? Ich habe die Reise bereits im Juli gebucht, als wir entschieden, eine Woche freizunehmen, um zu renovieren. Ich wusste, dass du etwas ahnen würdest, wenn ich es dir nicht als Last-minute-Entscheidung verkaufe.«

»Aber ...« In meinem Kopf dreht sich alles.

»Es ist zu spät«, sagt er mit fester Stimme und schließt den Reißverschluss des Koffers.

Mir ist klar, dass ich mit dem Blog meine Beziehung sabotiert habe, aber ich bin nicht bereit, die Verantwortung für alles allein zu übernehmen.

»Du hättest mir trotzdem bei Vanessas und Ians Hochzeit die Wahrheit sagen müssen. Dieses Desaster hätte vermieden werden können, wenn du ehrlich zu mir gewesen wärst.«

Er stößt ein verächtliches Geräusch aus und zieht den Koffer so ruckartig vom Bett, dass er auf den Boden knallt. Wieso will er nicht mit mir darüber reden?

»Hör zu, Will«, sage ich, als er zur Tür geht. Er kann doch jetzt nicht einfach verschwinden. Noch vor einer Stunde hatte er vor, mich zu heiraten – in guten wie in schlechten Tagen mit mir zusammen zu sein. Wie kann er dann jetzt gehen?

»Lass uns doch bitte wie Erwachsene über alles reden. Uns trifft beide Schuld. Du hättest mich nicht belügen sollen, und meine Rachenummer war auch nicht in Ordnung. Und ich hätte erst recht nicht darüber schreiben dürfen.«

Will verharrt und scheint über meine Worte nachzudenken. Die Falten verschwinden von seiner Stirn, und er sieht mich ruhig an. Für einen Moment überkommt mich die Hoffnung, dass er jetzt wieder auspacken und den Ring aus seiner Tasche ziehen wird.

»Du hast recht. Wir sollten vernünftig sein. Die ganze Situation ist verfahren, und das beweist nur, dass wir nicht die Richtigen füreinander sind.«

Ich schniefe laut und wische eine Mischung aus Tränen und Rotze mit dem Unterarm aus meinem Gesicht. Aber die Wut kocht erneut hoch.

»Fein!«, schreie ich ihn an. »Wenn du so fühlst, dann haben wir ja noch mal Glück gehabt. Ich bin froh, dass wir dein Flugzeug mit dem Heiratsantrag verpasst haben. Ich möchte nicht den Rest meines Lebens an der Seite von jemandem verbringen, bei dem ich immer nur die zweite Geige hinter dem Sport spiele. Du hast also recht: Lass uns Schluss machen.«

»Einverstanden!«, brüllt er und schnappt sich wieder seinen Koffer.

Die vergangenen sieben Jahre laufen im Zeitraffer vor meinem geistigen Auge ab – und einfach so ist alles vorbei. Will ist weg.

Ich setze mich aufs Bett, mitten zwischen die Rosenblätter, und frage mich, was ich jetzt tun soll. Ich bin allein, Tausende Meilen von meinen Freunden und meiner Familie entfernt. Der einzige Mensch, den ich jetzt hier haben möchte, hat auf meinem Herzen herumgetrampelt und mich verlassen. Also tue ich das, was jede verlassene Frau tun würde. Ich schnappe mir die Champagnerflasche und drücke den Korken heraus. Ich muss meinen Kummer ertränken, und zwar schnell.

ls ich am nächsten Morgen erwache, ist mein Kissen feucht. Für einen Moment überlege ich, ob ich so viel geweint habe, aber es riecht nach Chlor.

Ich rolle mich herum zu Will, um ihm Bescheid zu sagen. Aber er ist nicht da.

Mein Schädel dröhnt, während ich angestrengt versuche, meine Erinnerungen an den Vortag zusammenzusetzen. Wie in einer Zeitschleife kreisen die Wörter unseres Streits durchs Zimmer. Er hat herumgeschrien, ich habe geweint.

Ich setze mich auf und überlege, was passiert ist, nachdem er weg war. Es gab diesen leckeren Moët, verfeinert mit ein paar salzigen Tränen.

Aber das erklärt nicht das feuchte Bett.

Jemand klopft an die Tür. Das muss Will sein! Er kommt zurück, um zuzugeben, dass er gestern übertrieben reagiert hat.

»Hallo?« Meine Stimme klingt heiser, als sei sie vergangene Nacht überstrapaziert worden. Ein Bild davon, wie ich singe, taucht in meinem Kopf auf. Genau genommen, wie ich »All by Myself« à la Bridget Jones singe. Die Erinnerung nimmt Gestalt an, und ich weiß plötzlich wieder, dass ich in einer Bar Karaoke gesungen habe, in der einen Hand das Mikro, in der anderen einen Drink.

Oh, Rum-Cocktails.

Es klopft noch einmal.

Ich huste bei dem Versuch, mich zu räuspern.

»Hallo?«, rufe ich erneut. »Will?«

Ich sollte aufstehen, aber dass ich nackt auf dem Bett liege und den Kater des Jahrhunderts habe, hält mich davon ab.

»Hallo?«, ruft eine weibliche Stimme, und die Terrassentür geht auf.

Es ist nicht Will. Ich ziehe die Laken über mich.

»Lexi?« Josies Stimme hallt durch den Bungalow.

»Wenn sie nun an ihrer eigenen Kotze erstickt ist?«, höre ich Richard sagen. »Wir hätten sie nicht allein lassen dürfen.«

»Sie wäre doch durchgedreht, wenn sie nackt mit uns im Bett aufgewacht wäre«, erwidert Josie.

Ich ziehe die Laken noch fester um mich, damit kein Zentimeter Fleisch unbedeckt ist.

Die Tür zu meinem Schlafzimmer geht auf, und als die beiden mich sehen, seufzen sie.

»Ah, Lexi, es geht dir gut«, sagt Josie erleichtert und setzt sich zu mir auf die Bettkante.

Woher wussten sie, dass ich nackt bin?

O Gott. Gestern Nacht muss etwas passiert sein. Wenn ich nun auf der Suche nach Trost zu ihnen gegangen bin und etwas anderes bekommen habe?

Fast rechne ich damit, dass Richard ins Bett geklettert kommt. Aber er hält sich hinter Josie auf respektablem Abstand.

Ich starre ihn wohl total panisch an, denn er mustert mich irritiert.

»Ich warte im Restaurant auf euch«, sagt er.

»Okay, Schatz. Bis gleich«, sagt Josie, wendet Richard kurz den Kopf zu und sieht mich dann wieder an. »Alles okay, Süße?«

Ich schüttle den Kopf.

Ich habe nicht nur einen Kater von der Größe eines Tigers, sondern zudem nicht den Hauch einer Ahnung, was vergangene Nacht passiert ist.

»Das war zu erwarten, nach allem, was du durchgemacht hast.«

»Und was wäre das genau?«, frage ich stirnrunzelnd. Hat der Blackout womöglich gar nichts mit meinem Kater zu tun, sondern ist vielmehr der Versuch, peinliche Erinnerungen zu verdrängen?

Josie starrt mich an.

»Du weißt schon, die Trennung.«

»Ja, das weiß ich natürlich. Aber das war's auch schon. Außer einer vagen Erinnerung an Karaoke.«

»Ach, das war ziemlich … speziell. Ich will ja deine Gefühle nicht verletzen, Süße, aber ich glaube nicht, dass du dich bei *The X Factor* bewerben solltest. Erinnerst du dich daran, dass du in der Bar gewesen bist?«

Ich überlege. Nachdem ich den Champagner geleert hatte, bin ich in die Bar gegangen, um Nachschub zu besorgen. Dort habe ich in einer Ecke die Karaoke-Anlage gesehen – das perfekte Hilfsmittel, um meinen Gefühlen Ausdruck zu verleihen. Aber das erklärt noch nicht das feuchte Bett und die nassen Haare …

Josie neigt den Kopf zur Seite, macht ein mitfühlendes Gesicht – und bamm, plötzlich bin ich wieder in der Bar. Ich erinnere mich.

Nachdem ich meinen wunderbaren Auftritt an der Karaoke-Anlage beendet hatte, entdeckte ich Josie und Richard, die draußen vorbeigingen, und zerrte sie an die Bar. Sie mussten sich setzen, und ich habe ihnen, während wir Cocktails tranken, die ganze traurige Geschichte erzählt – nicht die ausgeschmückte Version meines Blogs. Und dann …

»Ähm, also letzte Nacht, der Swimmingpool«, taste ich mich vorsichtig heran.

»Das hat Spaß gemacht, nicht wahr?«

»Klar«, versichere ich. »Nur wir waren da, oder?«

»Und die anderen Leute aus der Bar. Du hast uns alle dazu überredet, hineinzuspringen. War in dem Moment eine prima Idee«, antwortet sie lachend.

Ich versuche mitzulachen, aber eine Erinnerung klopft an. Eine Titte hier. Ein Willy da. Oh, oh – wir waren alle nackt.

Joes Gesicht blitzt vor meinem inneren Auge auf.

Ich habe ihn doch nicht etwa auch dazu gebracht, ins Wasser zu springen? Und dann fällt mir ein, dass er ziemlich wütend war und etwas von Ärger mit der Polizei gesagt hat.

»Ihr habt mich dann hierhergebracht?«, frage ich langsam.

»Ja.«

»Und dann seid ihr gegangen?« Ich bete, dass das Nacktbaden das Schlimmste war, was passiert ist.

»Ja, natürlich.« Sie sieht mich verwirrt an.

»Es ist nur, weil ich mich an nichts erinnern kann ... und gestern hast du doch von diesem Jimmy Anderson erzählt. Dass du ihm einen Vorschlag gemacht hattest ...«

Ich will nicht aussprechen, was ich denke.

»Als ich ihn auf einen Absacker einladen wollte?«

»Einen Absacker?« Ich zucke zusammen. »Nennt man das heute so?«

»Lexi!«, kreischt sie. »Du hast nicht allen Ernstes geglaubt, dass wir *so etwas* tun, oder? Für was hältst du uns? Für Swinger?«

»Nein, natürlich nicht«, versuche ich zurückzurudern.

»Du hast dich hier selbst ausgezogen und bist dann ins Bett gegangen. Deine Klamotten hast du auf den Boden geworfen, und ich habe sie zum Trocknen nach draußen gehängt, damit du sie heute in den Koffer packen kannst. Deshalb bin ich jetzt auch hier, um zu fragen, ob du Hilfe beim Packen brauchst.«

Packen? O nein! Heute fliegen wir zurück.

»Wie viel Uhr ist es?« Plötzlich überfällt mich Panik, dass ich in meinem Rausch verschlafen haben könnte.

»Es ist erst halb zwölf. Bis elf sollten wir eigentlich auschecken, und als ich am Empfang nachgefragt habe, sagte man mir, du seist noch im Bungalow. Deshalb dachte ich, du brauchst vielleicht Hilfe. Du hast bestimmt einen gewaltigen Kater?«

»Und ob.«

»Wir haben herausgefunden, dass wir mit derselben Maschine zurückfliegen. Um halb drei fährst du mit uns im Taxi zum Flughafen. Ich habe mit dem Manager gesprochen, der über deine Situation im Bilde ist, und man lässt dir Zeit bis zwölf. Wie wäre es, wenn du schnell unter die Dusche springst und ich in der Zeit anfange, deine Sachen zusammenzusuchen? Dann essen wir zu Mittag, und anschließend fühlst du dich besser. Einverstanden?«

Ich sehe Josie an. Einerseits ist sie ja der Grund, warum ich jetzt hier allein bin, andererseits würde ich mich immer noch fragen, warum ich feuchte, nach Chlor riechende Haare habe, wenn sie nicht aufgetaucht wäre. Außerdem würde ich vermutlich von den Reinigungskräften gewaltsam ausquartiert werden. Und sie hat wenigstens einen Plan.

»Na los, unter die Dusche mit dir. Ich fange mit dem Zeug im Wohnzimmer an!«, ruft sie mir über die Schulter zu und verlässt das Schlafzimmer. Ich eile unter die Dusche und hoffe, dass ich mich danach wie durch Zauberhand gut fühlen werde und alles Schlechte vom Vortag einfach weggespült ist.

»Kommen Sie unbedingt mal wieder, Miss Hunter«, verabschiedet sich Joe an der Rezeption von mir. »Und falls Sie einen Berufswechsel in Betracht ziehen, können wir Ihnen bestimmt ein Angebot im Unterhaltungsbereich des Hotels machen. Karaoke, Pool-Spiele …«

Er zwinkert mir zu, und ich wünschte, ich hätte Zauberschuhe an, mit denen ich nur dreimal auf den Boden tippen müsste, und schon wäre ich wieder zu Hause. Aber zu meinem Pech scheinen meine Espadrilles über keinerlei magische Kräfte zu verfügen.

Wenigstens muss ich Joe nie wiedersehen.

Seit ich aufgewacht bin, gab es so viel zu tun, dass mir kaum Zeit blieb, über Will und unsere Trennung nachzudenken. Ich habe versucht, unter der Dusche die Scham wegen des gestrigen Abends abzuschrubben, anschließend gepackt und meinen Kater im Zaum gehalten. Richard und Josie haben mich die ganze Zeit angetrieben.

Der Kater mag sich ja gelegt haben, aber ich bin immer noch sauer auf Will und kann mir nicht vorstellen, wie ich es aushalten soll, acht Stunden lang neben ihm im Flugzeug zu sitzen. Hoffentlich habe ich Glück, und es gibt einen freien Platz, und das Flugpersonal hat Mitleid mit mir. Wer weiß, wenn ich ihnen beim Einchecken meine traurige Geschichte erzähle, bekomme ich vielleicht sogar ein Upgrade in die First Class. Da England es gestern nicht ins Halbfinale geschafft hat, sitze ich dann möglicherweise neben Joe Root, und wir verlieben uns Hals über Kopf ineinander. Das wäre dann die ultimative Sportwitwenrache an Will. Aber nicht einmal dieser Gedanke muntert mich auf, denn ich kann mir nicht vorstellen, mit jemand anderem zusammen zu sein.

»Da kommt das Taxi«, holt Richard mich in die Realität zurück.

Er lädt die Koffer in den Wagen, während Josie und ich uns auf die Rückbank schieben. Richard setzt sich nach vorn.

Während der Fahrt zum Flughafen gucke ich die meiste Zeit aus dem Fenster und versuche, Richards Gespräch mit dem Fahrer über Kricket auszublenden. Genau dasselbe Gespräch würde Will auch führen.

Wenn ich daran denke, spüre ich einen brennenden Schmerz in der Brust. So wütend ich auch auf ihn bin, ich kann nicht glauben, dass es vorbei ist. Tränen treten mir in die Augen, und ich wische sie rasch fort, bevor sie mir über die Wangen laufen.

»Geht es, Süße?«, fragt Josie.

»Ich denke, schon.«

Ich lüge, weil ich ihr unmöglich sagen kann, wie mir zumute ist, denn wenn ich jetzt anfange zu heulen, werde ich während des ganzen Fluges nicht mehr aufhören.

Will soll mich nicht so sehen.

»Man weiß nie, vielleicht klärt sich während des Fluges noch alles.«

Wir könnten natürlich die acht Stunden mit Streiten verbringen. Aber nach gestern Abend weiß ich nicht, ob wir einander überhaupt noch etwas zu sagen haben.

»Wie wäre es, wenn wir dem Mile-High-Club beitreten? Ob wir wohl zu dritt in die Bordtoilette passen?«, fragt Richard lachend.

Josie hat ihm von meinem Verdacht erzählt. Er amüsiert sich köstlich darüber und macht bei jeder Gelegenheit Witze, dass wir es doch zu dritt treiben könnten. Der einzige Vorteil ist, dass er mich nun nicht mehr antatscht. Anscheinend ist ihm klar geworden, wie das bei mir angekommen ist.

Josie lacht über seinen Witz, und ich lächle bemüht, bevor ich wieder aus dem Fenster schaue.

Ich bedaure jetzt schon denjenigen, der im Flugzeug neben Will und mir sitzen wird. Selbst wenn wir nicht streiten, wird die Luft so dick sein, dass man sie mit dem Messer schneiden kann.

»Du weißt aber, dass er gestern wegen dir zurückgekommen ist?«, fragt Josie.

»Was? Wann? Letzte Nacht?«

»Nein, als wir noch am Strand waren. Kurz nachdem du zwischen den Bäumen verschwunden bist, war er mit seinem Jetski wieder da. Er sagte, er fühle sich schlecht, weil er dich einfach zurückgelassen hat.«

Er war wütend und ist trotzdem noch einmal an den Strand gekommen, um zu sehen, ob es mir gut geht. Jetzt verstehe ich auch, warum er erst nach mir wieder am Bungalow war. Das bricht mir das Herz noch ein bisschen mehr, und ich schlucke nur mühsam die Tränen hinunter.

Das Taxi hält am Flughafen. Josie und ich zahlen jeder die Hälfte des Fahrpreises, während Richard mit dem Gepäck ringt.

Sobald wir den großen, hellen Terminal betreten haben, schaue ich mich nach Will um, kann ihn aber nicht entdecken. Vermutlich ist er noch nicht da – er kommt immer auf die letzte Minute.

Wir schieben uns um die Warteschlange herum, und mein Blick bleibt fest auf den Eingang geheftet. Jedes Mal, wenn jemand hereinkommt, beginnt mein Herz zu rasen. Die Schlange hinter uns wird länger, und ich mache mir Sorgen, dass er das Einchecken verpasst.

»Der Nächste, bitte«, ertönt eine Stimme am Schalter vor uns.

Ich starre immer noch zum Eingang, aber Josie schiebt mich behutsam vorwärts.

Ich ziehe meinen Koffer mit und wuchte ihn auf das Transportband.

»Eigentlich sollte ich gemeinsam mit meinem Freund einchecken, na ja, Exfreund. Die Reservierung lautet auf uns beide, aber er ist nicht hier«, sage ich schnell.

Die Frau hinter dem Tisch schaut von meinem Ausweis zu meinem Gesicht und zieht die Brauen hoch, als wolle sie sagen, dass sie das alles schon mal gehört hat.

»Wir haben zwei Plätze nebeneinander reserviert, aber es besteht wohl nicht die Möglichkeit, dass ich woanders sitzen kann, oder?«

Mir ist der Gedanke an einen Streit – oder schlimmer noch, an Schweigen – unerträglich. Wenn er mich acht Stunden lang ignoriert, drehe ich durch.

Die Frau wendet sich ihrem Computer zu und tippt etwas ein.

»Mal sehen«, sagt sie. »Ah, da gibt es einen Vermerk. Offenbar ist er mit einer früheren Maschine geflogen.«

»Er ist *was?*«, frage ich ein bisschen zu laut. Jetzt weiß auch der Letzte in der Reihe hinter mir Bescheid.

»Er hat seinen Flug umgebucht«, sagt sie.

»Aber wir haben eine gemeinsame Reservierung, wie ist das möglich?«

»Anscheinend ist er Mitglied im Executive Club. Er hat die Differenz bezahlt.«

»Er ist also schon weg?«

»Ja, er landet in etwa einer halben Stunde in Heathrow. Sie haben also einen freien Platz neben sich. Dann können Sie es sich bequem machen.«

Sie tippt wieder auf der Tastatur herum, und ich bin wie vor den Kopf geschlagen. Noch vor fünf Minuten wollte ich nicht neben ihm sitzen – aber in der Nähe sollte er schon sein. Dass er mich einfach so auf Barbados zurücklässt, ist zu viel für mich. Die Schleusentore gehen wieder einmal auf, und die Tränen fließen.

»Na, na, Lexi«, sagt Josie und reicht mir ein Papiertaschentuch. »Du bist ja bald zu Hause.«

Sie hat das Gespräch offenbar mitbekommen, während sie am Schalter neben mir eingecheckt hat.

Ich nehme den Boarding Pass von der Mitarbeiterin des Bodenpersonals entgegen, presse ihn an meine Brust und folge Josie zu unserem Gate.

Auf einer Plakatwand ist ein perfekter Strand abgebildet, pudriger Sand und kristallblaues Wasser. Sofort muss ich daran denken, dass ich mit Will vor ein paar Tagen an einem solchen Strand gewesen bin. Dieser magische Moment, in dem mir klar wurde, wie perfekt mein Leben mit ihm war.

Und jetzt könnten wir nicht weiter davon entfernt sein.

Als ich die Bildunterschrift lese, schüttle ich den Kopf. »Kommen Sie bald wieder.« Als würde mich dieses Poster verhöhnen, denn es gibt keinen Weg zurück. Niemals wieder.

Kapitel 35

Ich habe schon oft gedacht, dass man nach einem Urlaub nur langsam wieder in den Job einsteigen sollte. Am ersten Tag vielleicht zwei oder drei Stunden arbeiten und dann jeden Tag ein bisschen mehr, bis die alte Routine wieder erreicht ist. Der abrupte Übergang vom faulen Nichtstun, bei dem man einen Cocktail in der Hand hält und lediglich die Entscheidung treffen muss, wie lange man jede Körperseite bräunt, zum Sprechen in vollständigen Sätzen, um die Gelder für eine Veranstaltung zu beschaffen, ist ein gewaltiger Schock für das gesamte System.

Und dabei habe ich noch nicht einmal die Mittagspause berücksichtigt. Wie soll ich das alles durchstehen? Ich muss nicht nur meinen Kopf davon abbringen, in einer Endlosschleife abzuspulen, was passiert ist, sondern auch noch normal und höflich zu meinen Kollegen sein und darüber hinaus richtig arbeiten.

Ich steige aus meinem Wagen und gehe auf das bedrückende Betonmonster aus den Sechzigerjahren zu, in dem ich arbeite. Es wirkt immer düster und trostlos, aber unter dem verhangenen, grauen Himmel ist es noch weniger einladend als sonst. Das Wetter passt zu meiner Stimmung.

Als ich hineingehe, blendet mich für einen Moment das ultrahelle Neonlicht am Empfang. Meine Augen brennen von dem vielen Weinen an den vergangenen beiden Tagen.

Auf dem Rückflug habe ich mich zusammengerissen, aber mein Haus zu betreten – mein kaltes, leeres Haus –, hat mir den Rest gegeben. Will hat sich Sachen geholt und ist wieder verschwunden, während ich auf dem Rückflug war. Er hat mir nicht gesagt, wo er sich aufhält, und momentan habe ich auch keine Lust, es zu erfahren. Ich bin zu verletzt, wütend und angeschlagen und auch ein bisschen dankbar, dass ich ihn nicht sehen muss, solange mein Kopf noch versucht, alles zu verarbeiten.

»Hey, Lexi, wie war dein Urlaub?«, fragt Nancy, eine meiner Kolleginnen, als ich unsere Abteilung betrete. »Du bist ja richtig braun. Ich nehme an, das Wetter war gut?«

»Ja, das Wetter war gut«, antworte ich.

Ich gehe weiter zu meinem Schreibtisch, schalte wie ferngesteuert den Computer ein, betrachte den Stapel Unterlagen, der sich während meiner Abwesenheit angesammelt hat – und dann fällt mein Blick auf das gerahmte Foto.

Will lächelt darauf so sorglos. Seine Haut hat den gleichen leicht gebräunten Ton wie am Freitag, als er aus dem Bungalow gestürmt ist. Das Bild wurde während unseres ersten gemeinsamen Urlaubs in Zante geschossen. Damals ist mir klar geworden, wie sehr ich ihn liebe.

Daneben steht ein Bild von uns beiden bei der Hochzeit von Freunden. Wir sehen so glücklich aus, und ich weiß noch, dass ich damals dachte, wir würden die Nächsten sein.

Tränen steigen auf, und ich blinzle sie rasch weg. Was soll ich mit den Fotos machen? Ich kann sie nicht auf meinem Schreibtisch stehen lassen. Sie würden mich ständig daran erinnern, dass mein Privatleben in Scherben liegt.

Vielleicht kann ich sie in eine Schublade legen und heute Abend mit nach Hause nehmen.

»Hi, Lexi«, sagt Mike, als ich den ersten Rahmen gerade in die Hand genommen habe.

»Ach, hallo.« Ich versuche, ihn anzulächeln, während er sich an seinen Tisch setzt.

Es fühlt sich an, als sei ich auf frischer Tat ertappt worden, und in meiner Panik führe ich den Rahmen an mein Gesicht, hauche auf das Glas und poliere es ein bisschen mit dem Ärmel. Dann stelle ich es wieder an seinen ursprünglichen Platz.

Na super, genau das, was ich wollte – jetzt sehe ich Will noch klarer.

»War der Urlaub schön?«, fragt Mike.

»Ja«, antworte ich und setze das beste Lächeln auf, das ich zustande bringe.

»Das Kricketturnier war super, nicht wahr? Warst du bei dem Spiel England gegen die Windies?«

Mir wird schwer ums Herz. Das war das Spiel am Freitag.

»Nein«, antworte ich. Mehr bekomme ich nicht heraus. Die Erinnerungen an diesen Tag – die verlorenen Tickets und der Ausflug mit den Jetskis – überfluten mich.

»Oh. Aber du musst mir von denen erzählen, die du gesehen hast. Ich mach mal Kaffee. Möchtest du auch einen?«

»Ja, bitte«, antworte ich erleichtert.

Sobald Mike außer Sichtweite ist, stopfe ich die beiden Bilderrahmen in eine Schublade.

Meinen besten Freunden von der Trennung zu erzählen ist das eine, aber wann erwähnt man es gegenüber seinen Kollegen?

Soll ich es beiläufig ins Gespräch einfließen lassen? Ach, übrigens, ich bin jetzt wieder Single. Will ist ausgezogen. Oder entscheide ich mich für die Geist-Variante? Tue so, als würde er nicht existieren. Erwähne weder Will noch die Trennung und hoffe, dass es irgendwann alle kapieren, ohne dass ich es aussprechen muss.

»Hallo, Lexi.«

Erschrocken knalle ich die Schublade zu, hebe den Kopf und sehe, dass sich Robin mir gegenüber an den Schreibtisch setzt.

»Hallo«, antworte ich so gefasst wie möglich. »Ich dachte, Sie wären bei meiner Rückkehr längst wieder oben?«

Heute hätte ich gut darauf verzichten können, dass er mir gegenübersitzt, denn jetzt gibt es einen Menschen mehr, dem ich etwas vormachen muss.

»Ja, ich bin auch nahezu fertig. Ich würde nur gern noch ein paar Punkte mit Ihnen durchgehen, und dann ist mein Bericht vollständig. Nach der Mittagspause sind Sie mich los.«

Puh, bis dahin werde ich es wohl schaffen, mein Pokerface aufzusetzen.

»Hätten Sie jetzt Zeit, die Zahlen kurz anzusehen?«

»Ja, ich wollte gerade meine E-Mails durchgehen, aber das wird dauern, also sollten wir erst Ihre Fragen klären.«

Je früher ich ihm helfe, desto schneller kann er gehen und ich meine Gesichtsmuskeln entspannen. Dann sind nur noch Mike und ich hier, und der ist nicht der scharfsinnigste Mann, wenn es darum geht, Körpersprache zu deuten. Alles, was mit Gefühlen zu tun hat, bringt ihn normalerweise dazu, in die Küche zu rennen, um Kaffee zu kochen.

»Okay«, sagt Robin, steht auf und ergreift die Rückenlehne seines Stuhls. »Ich komme zu Ihnen.«

Für einen Moment bin ich völlig verdattert. Wieso muss er an meinen Tisch kommen? Warum kann ich ihm die Informationen nicht zurufen?

Ich seufze so leise wie möglich.

»Sie sind bestimmt unheimlich froh, wieder hier zu sein?«

»Klar. Kann es kaum erwarten, loszulegen«, antworte ich und klinge wie ein Cheerleader bei einer Beerdigung.

»Hatten Sie denn eine gute Zeit? Viel gesehen zwischen den Kricketspielen?«

»So viel gab es da gar nicht zu sehen«, blaffe ich ihn an. »Aber ich war auch nicht oft beim Kricket. Es war eine echt schöne, romantische Reise.«

Rasch blinzle ich und versuche, nicht zu weinen.

»Tatsächlich?« Robin sieht mir so intensiv in die Augen, als würde er in meine Seele eindringen.

»Ja.«

Das leise Zittern meiner Stimme verrät mich bestimmt.

»Und warum sind dann die Fotos von Will und Ihnen vom Tisch verschwunden?«

Ich folge seinem Blick. Wo vorhin noch die Rahmen gestanden haben, liegen jetzt nur kleine Staubflocken.

»Du lieber Himmel, Sie sind ja wie der Sherlock Holmes der Stadtverwaltung.« Ich nehme ein grünes Tuch aus der Schublade und versuche, den Staub wegzuwischen. »Vielleicht möchte ich die Bilder gegen aktuelle aus dem Urlaub austauschen?«

»Oder Sie haben sie weggenommen, weil es im Urlaub nicht so toll gelaufen ist?«

»Ich – wir …«, stottere ich, aber es hilft nichts. Sobald die erste Träne über meine Wange kullert, erzähle ich ihm alles Wesentliche.

»Nur zu Ihrer Information, es waren nicht die Fotos, die Sie verraten haben. Es war Ihr Aussehen.«

»Mein Aussehen?«, frage ich verwirrt.

»Ja, Ihre Haut mag ja schön gebräunt sein, aber Ihre Augen sehen aus wie nach zwölf Runden mit Mike Tyson, und Sie haben Ihren Pullover verkehrt herum an.«

Ich schaue an mir hinab, um ihm zu sagen, dass er sich irrt, aber das ist leider nicht der Fall. Der V-Ausschnitt, der eigentlich vorn sein sollte, ist nicht zu sehen.

Hastig ziehe ich die Arme aus dem Pulli und drehe ihn um.

Was für ein Mann bemerkt denn solche Dinge? Er ist eindeutig sehr viel aufmerksamer als Will – oder in diesem Fall auch ich.

»Ohne ihn sind Sie bestimmt besser dran«, sagt er und schiebt seine Papiere zusammen, wie die Nachrichtensprecher es am Ende der Sendung immer tun. »Und Sie sind noch jung. Sie werden also jemand anderen finden und Kinder haben.«

Er lächelt, als wolle er mich aufheitern, dabei habe ich an diesen Punkt noch gar nicht gedacht. Wenn ich nun zu alt bin? Ich bin zwar erst einunddreißig, aber dennoch …

Rasch rechne ich im Kopf ein paar Zahlen durch. Wenn ich nächstes Jahr jemanden kennenlerne, bin ich zweiunddreißig, dann müssen wir uns nach spätestens zwei Jahren verloben, ein Jahr später heiraten. Und wenn ich möglichst schon in den Flitterwochen schwanger werde, könnte ich mit sechsunddreißig Mutter sein. Das ist doch heutzutage völlig normal, oder?

Meine biologische Uhr tickt plötzlich ohrenbetäubend laut in meinem Kopf. Und wenn ich in einem Jahr niemanden kennenlerne? Es wird dauern, mein gebrochenes Herz zu heilen und über Will hinwegzukommen. Und wenn ich dann eine neue Beziehung eingehe und feststelle, dass derjenige auch nicht der Richtige ist?

O Gott.

Oder schlimmer noch, wenn ich niemanden mehr kennenlerne?

Bisher habe ich mich so auf die Trennung von Will fokussiert, dass ich über eine Zukunft ohne ihn noch gar nicht nachgedacht habe.

Mein Atem geht so schnell, dass ich kurz vorm Hyperventilieren bin. Panik blitzt in Robins Augen auf.

»Keine Sorge, es wird alles gut«, sagt er und legt die Hand auf meine Schulter. »Und jetzt lassen Sie uns einen Blick auf

338

diese Zahlen werfen, okay?«, fährt er fort. »Ich möchte sichergehen, dass die Fakten in meinem Bericht hieb- und stichfest sind.«

Er zieht ein Blatt aus dem Papierstapel, legt es oben auf die anderen und beginnt vorzulesen. Es fällt mir schwer, mich zu konzentrieren.

Mike kommt und gewährt mir einen vorübergehenden Aufschub, als er mir eine Tasse Kaffee hinstellt und Robin in ein Gespräch über irgendein Rugbyspiel verwickelt. Doch dann geht Mike zurück zu seinem Schreibtisch, und wir widmen uns wieder den Zahlen. Ich konzentriere mich auf Robins Worte, und wenn es nur dazu dient, um mich von dem traurigen Zustand meines Lebens abzulenken.

Endlich ist es fünf Uhr, und ich kann Feierabend machen. Irgendwie ist es mir gelungen, den Tag zu überstehen, ohne den Kollegen Details über meinen Urlaub zu erzählen. Auch wenn die anderen vielleicht etwas ahnen, so ist Robin doch der Einzige geblieben, der mich auf die Trennung angesprochen hat. Und als er gegen Mittag unsere Abteilung verließ, hat er mein Geheimnis mit sich genommen, was bedeutet, dass ich weiterhin so tun konnte, als sei alles in Butter.

Jetzt darf ich nach Hause gehen und vor Selbstmitleid zerfließen, jedenfalls bis Cara und Vanessa zur Nachbesprechung der Trennung kommen.

Ich nehme meine Handtasche und gehe ins Treppenhaus. Als ich die Treppe gerade eine Etage hinabgestiegen bin, höre ich jemanden meinen Namen rufen.

»Lexi«, dröhnt Robins Stimme von oben und hallt von den Betonwänden zurück.

Ich bleibe stehen und höre ihn die Stufen runterlaufen, bis er bei mir ist.

»Wie geht es Ihnen?«, fragt er, während wir nebeneinander weiter nach unten gehen.

Schon spüre ich wieder Tränen aufsteigen. Dennoch sage ich: »Es geht mir gut, danke. Und wie ist es, wieder in der Chefetage zu sitzen?«

»Fühlt sich super an, endlich von den ganzen Faulpelzen weg zu sein.«

»Natürlich. Und wir sind froh, jetzt wieder in Ruhe Tee trinken, herumsitzen und mit den Antistressbällen spielen zu können.«

Ich werde ihn echt vermissen.

»Ich wollte Ihnen nur kurz Bescheid geben, dass ich meinen Bericht fertiggestellt habe und Sie keinen Grund zur Sorge haben müssen. Ich darf Ihnen natürlich keine Details nennen, aber Ihr Posten ist sicher. Ob das nun gut oder schlecht ist«, fügt er stirnrunzelnd hinzu. »Sie wissen schon, ohne Freund und ohne Job könnten Sie jetzt einen kompletten Neuanfang machen.«

»Ja, arbeitslos zu sein ist genau das, was ich brauche, wenn ich die Hypothek von jetzt an allein bezahle.«

Mich schaudert es beim Gedanken an alles, was mit dem Haus zu tun hat. Vermutlich werden wir die Hypothek weiter gemeinsam bezahlen, bis das Haus verkauft ist. Ich kann es mir definitiv nicht leisten, Will auszuzahlen, und er hat bestimmt auch kein Verlangen danach, das Haus zu behalten. Allein kann Will die Hypothek niemals aufbringen.

»Ach ja.« Robin nickt, als hätte er das nicht bedacht. »Aber darüber brauchen Sie sich als Bestsellerautorin wohl keine Sorgen mehr zu machen.«

»Und die werde ich ja in jedem Fall.«

»Ehrlich gesagt, wollte ich genau darüber mit Ihnen reden. Ich hoffe, Sie werden nicht sauer.«

Das klingt nicht gut.

»Ich habe die ersten Kapitel Ihres Buches an eine alte Studienfreundin geschickt, die in einem Verlag arbeitet.«

»Sie haben *was?*«, schreie ich.

»Ich weiß, ich hätte Sie fragen müssen, aber ich hatte gar nicht mehr an diese Freundin gedacht, bis sie auf Facebook etwas über eine Buchpräsentation gepostet hat. Da habe ich ihr spontan ein paar Kapitel gemailt.«

»Ich glaub's einfach nicht«, sage ich und fühle mich ziemlich überrumpelt.

»Wo Sie es mir schon ungern anvertraut haben … Aber sind Sie nicht neugierig auf ihre Reaktion?«

»Sie hat sich bereits gemeldet?«

»Yep, und sie hat mich gebeten, Ihnen ihre Kontaktdaten zu geben, damit Sie ihr das ganze Manuskript zuschicken.«

»Echt?« Mir bleibt vor Staunen der Mund offen stehen.

»Der Anfang hat ihr wirklich gut gefallen.«

Vor Aufregung kann ich mich nicht bremsen und falle Robin um den Hals. Verlegen lasse ich ihn dann wieder los.

»Sorry, ähm … danke.«

»Gern geschehen«, sagt er und strahlt mich an. »Ich maile Ihnen die Daten.«

Ich nicke, und zum ersten Mal an diesem Tag kreisen positive Gedanken durch meinen Kopf.

»Vielen Dank. Wie kann ich das jemals wiedergutmachen?«, frage ich und würde ihm in diesem Moment vermutlich sogar eine Niere spenden.

»Sie können mir einen Drink spendieren. Am Freitag habe ich Geburtstag und möchte bei einem kleinen Umtrunk darauf anstoßen. Es kommen hauptsächlich Leute aus der oberen Etage, aber Mike hat auch zugesagt, und ich würde mich sehr freuen, wenn Sie dabei wären.«

»Okay.« Dann muss ich wenigstens nicht zu Hause herumhocken, dem momentan deprimierendsten Fleck auf dieser Erde.

»Super. Wir sind im King's Head.«

»Also bis dann.« Ich winke ihm zu. »Und noch mal danke!«, rufe ich im Weggehen. Wie heißt es doch immer: Auf jeden Abschied folgt ein Neubeginn. Meine Beziehung mit Will mag zu Ende sein, aber vielleicht bin ich dem Veröffentlichen meines Buches einen Schritt näher gekommen.

Als ich durch die Haustür trete, schlägt mir Wills Duft entgegen. Wieso habe ich bisher nie gemerkt, dass Hugo Boss unser ganzes Haus durchzieht? Ich stürme in die Küche und suche nach etwas, um den Geruch zu überdecken. Ich bin nicht gerade berühmt für meine Putztüchtigkeit, aber ich finde tatsächlich eine Dose Möbelpolitur und Kloreiniger mit Zitrusduft. Wild entschlossen, diesen Mann auf der Stelle aus unserem Haus zu putzen, krempele ich die Ärmel hoch. Zumindest will ich seinen Duft loswerden, allerdings bin ich noch nicht so weit, seine Sachen auszusortieren. Das fühlt sich zu früh an.

Ich schalte das Radio ein und scheuere die Arbeitsflächen in der Küche. Es dauert fünf ganze Minuten, bis ich merke, dass ich mir den Sportsender anhöre.

Was zum Teufel soll das? Nummer 42 Springfield Crescent ist von nun an eine sportfreie Zone. Ich gehe zum Radio und stelle einen anderen Sender ein. Optimistisch, wie ich nun mal bin, finde ich sogar in dieser Trennung einen Silberstreif.

Nachdem ich mit meinem Blitzangriff auf die Küche halb durch bin, klingelt es an der Haustür.

Im ersten Moment bekomme ich Panik. Wenn das nun Will ist? Ich schaue an mir hinunter. Arbeitsklamotten, pinkfarbene Gummihandschuhe und die Haare zu einem wirren Knoten hochgesteckt.

»Hallo«, ruft Cara durch den Briefschlitz und zwingt meine Beine, sich in Bewegung zu setzen.

Puh. Erleichtert atme ich auf.

»Na, du«, begrüßt sie mich und drückt mich ganz fest, noch bevor ich die Tür richtig aufgemacht habe.

Zum Glück für mich und meine Blutzirkulation lässt sie mich wieder los und marschiert dann an mir vorbei ins Haus.

»O Gott, du putzt. Es muss dir echt mies gehen«, sagt sie mit Blick auf die Arbeitsplatten.

»Es ist eine Art Therapie.«

»Gib mir Bescheid, wenn du aus therapeutischen Gründen auch noch mit Backen anfängst. Für Cupcakes bin ich immer zu haben. Aber jetzt war ich erst einmal einkaufen und habe dir ein paar unerlässliche Hilfsmittel für Trennungsgeschädigte besorgt«, sagt sie, hebt ihre Einkaufstüte und beginnt, den Inhalt auf den Tisch zu packen.

»Fusel und Kippen?«, frage ich hoffnungsvoll, weil das die Grundnahrung war, als es mit meinem Freund von der Uni auseinanderging.

»Nein. Heutzutage setzt man auf Clean Eating. Ich habe dir Gemüsespiralen und Avocados gekauft. War nur Spaß«, fügt sie beim Anblick meines entsetzten Gesichts hinzu. »Ich habe ein Paket Schokoladenkekse, Ben-&-Jerry's-Eis und Essen vom Chinesen.«

»Gott sei Dank. Und ein bisschen Fusel ist auch noch in der Tasche, oder? Auf die Kippen kann ich verzichten, aber Alkohol …«

»Ja, eine Flasche Weißwein.«

Ich nehme ihr die Flasche ab und verspüre ein Glücksgefühl, als ich sie in den Kühlschrank lege. Na also, klappt doch. Ich mag ein bisschen eingerostet sein, aber das wird schon.

»Packst du Wills Sachen zusammen, während du putzt?«, fragt Cara.

»Nein, ich weiß noch nicht, was damit passiert. Keine Ahnung, wer von uns beiden auszieht oder ob wir es beide tun, ob er zurückkommt und seine Sachen holt oder ob ich sie für ihn zusammenlegen soll«, antworte ich, ziehe die Handschuhe aus und greife in die Schachtel mit den Schokokeksen.

»Ich verstehe einfach nicht, dass du immer noch nicht mit ihm gesprochen hast. Wie lange ist die Sache jetzt her? Drei Tage?«

Ich nicke. Wenn man den Zeitunterschied zu Barbados berücksichtigt, sind es nur zweieinhalb Tage, aber es kommt mir sehr viel länger vor. Seit wir uns kennengelernt haben, ist das die längste Sprechpause, die wir je hatten.

»Ich wollte ihn ja anrufen, aber dann habe ich wieder aufgelegt. Natürlich haben wir einiges zu klären, aber ich muss mich erst noch an die Vorstellung gewöhnen.«

Bei dem Gedanken, was alles ansteht, möchte ich nur noch die Augen zumachen. Da ist das Haus, die gemeinsame CD-Sammlung, das gemeinsame Bankkonto, seine alten T-Shirts, die ich als Pyjamas anziehe. Wo fangen wir an? Unsere Leben sind unentwirrbar ineinander verwoben.

»Aber es ist definitiv aus? Keine Hoffnung auf Versöhnung?«

»Keine. Und ich bin froh, dass es vorbei ist. Im Grunde war es unvermeidbar. Wegen seines ganzen Sports.«

»War es das?« Cara konzentriert sich auf die Schokokekse, und es kommt mir so vor, als würde sie meinem Blick ausweichen. »Du warst doch so erpicht darauf, deine Beziehung wieder in die richtige Spur zu bringen.«

»Genau.« Ich schlage mit der flachen Hand auf den Tisch. »Das ist der Punkt. Wenn wir so gut zusammenpassen würden, dann wäre es gar nicht nötig gewesen, unsere Beziehung wieder auf den richtigen Weg zu bringen.«

Ich sehe Cara fragend an, aber sie hält den Blick stur nach unten gerichtet.

»Was?«, dränge ich und hoffe, dass sie mich nicht auf etwas aufmerksam machen wird, was ich übersehen habe. Cara ist einer der unverblümtesten Menschen, die ich kenne, aber manchmal kann sie unglaublich zurückhaltend sein. Normalerweise ist das der Fall, wenn sie kurz davor ist, etwas zu sagen, das man nur ungern hören möchte.

»Ich glaube einfach, dass Will der Richtige für dich war, das ist alles. Als du mir erzählt hast, dass ihr nach Barbados fliegt, hatte ich so eine Ahnung, dass er dir einen Antrag machen will, und ich habe mich für dich gefreut, denn ich weiß, dass er dich glücklich machen würde.«

»Aber du bist doch diejenige, die immer meint, eine Beziehung müsse ausreichend Würze haben!«

Sie steht auf und holt, ohne zu fragen, den Wein aus dem Kühlschrank. Cara ist eine wahre Freundin, denn sie kann zweifellos Gedanken lesen.

»Schon, aber das bedeutet nicht, dass er der Falsche ist. Ich dachte einfach, du könntest ein bisschen mehr Action gebrauchen, weil es sich angehört hat, als sei dein Sexleben so ausgedörrt wie die Sahara.«

Ich nehme das Glas Wein, das sie mir reicht. »Aber du hast dich auch ständig über ihn und seinen Sport beschwert. Hast mir gesagt, ich solle mal ein Machtwort sprechen.«

»Aber damit«, sagt sie und setzt sich wieder an den Tisch, »meinte ich nicht, dass du dich von ihm trennen sollst. Jeder Mann hat irgendein Laster. Sei es Sport, Pokern oder Computerspiele. Genauso, wie ich süchtig bin nach Instagram und Tinder. Wir alle haben einen Fehler. Wir alle machen uns manchmal der Vernachlässigung des anderen schuldig.«

Ich könnte schreien. All die Jahre habe ich gedacht, sie könne Will nicht ausstehen, und jetzt klingt sie wie sein größter Fan.

»Ich dachte, du wärst froh.«

»Worüber? Dass ich noch mehr Konkurrenz bekomme im ständig schrumpfenden Pool von Männern, die noch eigene Haare haben?«

Ich lächle.

»Du solltest noch mal mit ihm reden. Sieben Jahre sind eine lange Zeit, und es wäre so schade, alles wegen eines Blogs wegzuwerfen.«

»Aber es war nicht nur der Blog. Er konnte einfach nicht verstehen, dass er mich quasi zu meinem Verhalten gezwungen hat, weil er nicht mit zur Hochzeit gegangen ist.«

»Er hat dich gezwungen, deinen Drink über die Sky Box zu schütten? Ihn davon abzuhalten, sich ein Spiel anzuschauen, für das er fast zweihundert Kilometer gefahren ist? Ich hätte angenommen, er hätte dich gezwungen, offen mit ihm zu reden.«

Ich breche den Schokokeks, den ich in der Hand halte, in zwei Hälften.

»Willst du damit sagen, dass alles meine Schuld ist? Dass ich das vergeigt habe?«

»Ja.«

Cara sieht mir in die Augen, und ich bemühe mich, nicht neidisch auf ihre perfekten Brauen zu werden, während ich ihrem Blick standhalte. Eines der Dinge, die ich am meisten an der Freundschaft zu Cara schätze, ist ihre Ehrlichkeit.

Heute tut sie jedoch verdammt weh.

Das Einzige, was mich nach der Trennung von Will noch zusammengehalten hat, war die Vorstellung, dass es so besser ist. Ich habe mich an den Gedanken geklammert, dass ich ohne Wills Superfan-Dasein und seine Sportbesessenheit besser dran bin. Dass Cara mir nun sagt, dass ich diese Trennung verschuldet habe und dafür weiß Gott nicht dankbar sein sollte, ist eine verdammt bittere Pille.

»Lex, versetzt du dich denn gar nicht in seine Lage? Wie würde es dir gefallen, wenn du herausfindest, dass er im Internet Fremden von eurem Leben erzählt?«

»Aber du fandest es doch gut, dass ich als Sportwitwe über mein Leben blogge.«

»Schon, aber ich dachte, du würdest es ironisch aufziehen in der Art eines Ratgebers für Sportwitwen. Tipps und Tricks, wie man es überlebt, mit einem Besessenen zusammen zu sein.«

Ich nehme das Weinglas und leere es auf einen Zug. Sie hat recht. So hätte es sein sollen, aber ich habe mich hinreißen lassen, um meinen Lesern etwas Sensationelles zu bieten.

»Trotzdem hat er angefangen«, lasse ich nicht locker. »Möglicherweise bin ich mit dem Blog zu weit gegangen, aber er hat angefangen mit den Lügen.«

Cara schürzt die Lippen. »Ich gebe zu, dass sein Verhalten falsch war und er nicht ganz unschuldig an eurer Trennung ist. Aber du warst viele Jahre mit ihm zusammen, und ich möchte nur sichergehen, dass du das Richtige tust und nicht unnötig alles wegwirfst.«

Ich schüttle den Kopf. »Es ist so, wie Robin im Büro gesagt hat: Zeit für einen Neuanfang, solange ich noch jung genug dafür bin.«

»Entschuldige mal – jung genug? Wir sind erst einunddreißig.«

»Ich weiß, aber in biologischer Hinsicht haben wir unseren Zenit fast überschritten. Auf diese Weise bleibt mir noch Zeit, jemand Neues zu finden und glücklich zu werden.«

»Und mit Will hättest du das nicht haben können?«

»Genug von Will.« Ich knalle mein Weinglas so fest auf den Tisch, dass ich zusammenschrecke, aber zum Glück ist nichts zerbrochen.

Es klingelt an der Haustür.

»Das wird Vanessa sein«, sagt Cara und geht öffnen. Eine Minute später kehrt sie mit unserer Freundin im Schlepptau zurück.

»Hallo, Süße.« Sie küsst mich auf die Wange. »Wie hältst du dich?«

»Ganz gut«, lüge ich.

»Ich kann es immer noch nicht glauben«, sagt sie und setzt sich ans andere Ende des Tisches. »Es ergibt überhaupt keinen Sinn, dass ihr beide euch aus heiterem Himmel trennt.«

Cara sieht mich mit hochgezogenen Brauen an, und ich versuche abermals, ihrem Blick standzuhalten.

»Habe ich euch bei irgendetwas unterbrochen?«, fragt Vanessa und schaut sichtlich verwirrt zwischen Cara und mir hin und her.

»Wir reden nur über das, was passiert ist«, sagt Cara.

Ich werfe ihr einen warnenden Blick zu. Schließlich weiß Vanessa nichts von meiner Rache, da ich es nicht riskieren konnte, ihr von Wills »Lebensmittelvergiftung« zu erzählen.

»Jetzt komm schon, Lexi, du musst ihr die Wahrheit sagen. Du brauchst Will nicht länger zu schützen.«

»Will schützen? Wovor? Lexi, was ist los?«

Seufzend wende ich mich Vanessa zu.

»Ich wollte es dir nicht sagen, aber Will hat gelogen, was seine Lebensmittelvergiftung am Tag eurer Hochzeit betrifft.«

Ich verkrampfe mich in Erwartung eines Wutausbruchs, aber sie schweigt. Stattdessen rutscht sie nervös auf ihrem Stuhl herum.

»Du wusstest es?«, flüstere ich ungläubig.

Sie nickt, und ich schaue automatisch zu Cara.

»Hey, sieh nicht mich an!« Cara hebt abwehrend die Hände. »Ich habe es niemandem erzählt. Nicht einmal Dave.«

»Welchem Dave?«, fragt Vanessa.

»Ähm …«, stottert Cara.

Zu jedem anderen Zeitpunkt hätte ich mich gern der Frage angeschlossen, aber nicht jetzt.

»Es spielt jetzt keine Rolle, mit wem Cara zusammen ist – woher wusstest du das mit Will?«

»Er hat es mir gesagt.«

»Er hat *was?*«, kreischen Cara und ich gleichzeitig.

»Wann?«, füge ich hinzu.

»Erinnerst du dich an die Woche vor der Hochzeit, als wir uns vor dem Schreibkurs im Pub getroffen haben? Will kam vorbei, um dir etwas zu bringen.«

»Meine Hausaufgaben«, antworte ich nickend.

»Er hat draußen auf dem Parkplatz auf mich gewartet, und als ich rauskam, hat er mir von seinem Dilemma erzählt.«

»Was für ein Dilemma?«

»Du weißt schon, wegen deines Dads.«

»Nein, keine Ahnung! Was hat der damit zu tun?«

Plötzlich erinnere ich mich daran, dass Will auf Barbados auch irgendetwas über meinen Dad gesagt hat.

»Ich verstehe gar nichts mehr«, sagt Vanessa. »Ich dachte, du wüsstest, warum er meine Hochzeit verpasst hat!«

»Tue ich auch. Er ist stattdessen zum Fußball gegangen.«

»Ja«, antwortet sie langsam. »Um bei der Gelegenheit bei deinem Vater um deine Hand anzuhalten.«

»*Was?*«

Meine Kinnlade fällt praktisch bis auf die Tischplatte.

»Offenbar hat er seit einer Ewigkeit versucht, deinen Dad allein zu fassen zu kriegen, was aber sehr schwierig ist, also hatte er die Idee, mit ihm zu einem Spiel zu gehen. Sein Freund Tom musste im letzten Moment geschäftlich verreisen und hat Will seine Saisonkarte überlassen, was jedoch bedeutete, dass er am Tag meiner Hochzeit ins Stadion gehen musste. Er erzählte mir also, dass er einen Teil der Feier verpassen würde. Wir haben dann gemeinsam nach einer Ausrede für dich gesucht, uns ist aber nichts Gescheites eingefallen. Am Ende schien es sicherer, eine Lebensmittelvergiftung vorzutäuschen und gar nicht auf der Feier zu erscheinen. Gott, bin ich froh, dass es endlich raus ist! Ich habe mich immer so schlecht gefühlt, wenn ich mit euch beiden zusammen war.«

Und ich dachte, sie hätte sich seltsam verhalten, weil sie sauer auf Will war!

»Hast du es jetzt auf Barbados herausgefunden?«

»Nein, schon bei deiner Hochzeit. Ein Arbeitskollege hat ein Foto von Will gemacht, als die Fernsehkamera ihn einfing.«

Instinktiv lange ich nach meinem Handy, um mir die Nachricht noch einmal anzusehen. Da ist Will in all seiner Pracht. Links von ihm steht ein Mann, den ich nicht kenne, und rechts von ihm ist ein Arm in einem schwarzen Mantel zu sehen – vermutlich der meines Dads.

»O mein Gott. Ich habe all diese schrecklichen Dinge getan, um mich an ihm zu rächen, weil ich dachte, sein Fußball sei ihm wichtiger als alles andere!«

»Welche Rache? Und wer ist Dave? Kommt schon, Ladys. Ich finde, ihr solltet mich aufklären.«

Ich stütze den Kopf in beide Hände und überlasse Cara das Reden.

Kapitel 37

nichts übertrifft dieses Freitagsgefühl. Es ist immer wie ein Rausch, wenn die imaginäre Glocke zum Feierabend läutet. Und nach der Woche, die ich hinter mir habe, bin ich diesmal froher denn je.

Ich bin nicht nur erleichtert, aus dem Büro zu kommen, sondern auch, im Pub auf Robins Geburtstag anstoßen zu können. Das bedeutet nämlich, dass ich das Nachhausegehen noch ein paar Stunden hinausschieben kann. Ich wünschte nur, ich würde auf dieser Party mehr Leute kennen. Doch da Mike, abgesehen vom Geburtstagskind, wohl die einzige Person ist, die mir bekannt ist, wird er aller Voraussicht nach für heute Abend mein neuer bester Freund sein. Ich schaue zu ihm hinüber und strahle ihn an. Er erwidert den Blick und niest.

»Hatschi!«, entfährt es ihm geräuschvoll.

Mein neuer bester Freund ist ein bisschen infektiöser, als mir lieb ist.

»Sorry«, sagt er, beugt sich vor und zieht ein Papiertaschentuch aus der Schachtel auf dem Tisch. »Ich glaube, meine Erkältung wird schlimmer.«

Er spricht durch die Nase und ist ziemlich blass.

»Du siehst wirklich nicht gut aus«, stimme ich zu und ahne schon, was jetzt kommt.

»Ich gehe wohl lieber nach Hause, lege mich ins Bett und lass mir von Louise Erkältungssaft einflößen.«

Ich nicke und versuche gar nicht erst, ihn zu überreden, zu der Party zu gehen. Schließlich will ich auf keinen Fall krank werden, schon gar nicht jetzt, wo es niemanden mehr gibt, der sich um mich kümmert.

»Das ist sicher das Beste. Ruh dich aus.«

Wir stehen auf, um gemeinsam das Büro zu verlassen. Als mein Blick draußen auf mein Auto fällt, überlege ich, statt zu der Party ins Fitnessstudio zu gehen. Das würde meine Rückkehr nach Hause ebenfalls hinauszögern, und dort spielt es keine Rolle, dass ich allein bin. Oder ich könnte mutig sein, nach Hause gehen und ein bisschen schreiben. Gestern lief es wie geschmiert, und ich bin sicher, dass ich heute daran anknüpfen könnte.

»Ich komme nur schnell mit dir in den Pub, um Robin persönlich Bescheid zu sagen«, bemerkt Mike und marschiert an den parkenden Fahrzeugen vorbei.

»Brauchst du nicht, ich kann es ihm sagen.«

Verdammt, jetzt muss ich auch hingehen und darf nicht einfach telefonisch absagen.

»Nein, ich mache das selbst. Ich will ihn nicht verärgern. Du weißt doch – der Bericht steht an.«

»Ach ja, der Bericht.« Ich nicke. Obwohl ich die inoffizielle Zusage bekommen habe, dass mein Job sicher ist, besteht immer noch die Gefahr, dass Robins Ergebnis sich von dem der »Obrigkeit« unterscheidet.

Bevor mir eine tragfähige Ausrede eingefallen ist, sind wir schon beim Pub.

Drinnen entdecken wir Robin sofort, und ich lasse den Blick über das Meer unbekannter Gesichter schweifen. Von einigen weiß ich, dass wir seit Jahren im selben Gebäude arbeiten, aber ich habe noch nie mit ihnen gesprochen. Nervös winke ich dem Geburtstagskind zu und gehe dann auf dem kürzesten Weg zur Bar.

Das Handy in meiner Handtasche klingelt. Ich hole es heraus und sehe mit schlechtem Gewissen, dass meine Mum anruft. Seit meiner Rückkehr aus Barbados habe ich mich noch nicht bei ihr gemeldet. Ich weiß einfach nicht, wie ich meinen Eltern beibringen soll, dass Will und ich uns getrennt haben. Ich will den Anruf gerade an meine Voicemail weiterleiten, als mir durch den Kopf schießt, dass es sich ja auch um einen Notfall handeln könnte. Vielleicht ist etwas mit Dad. Er verhält sich in letzter Zeit so seltsam. Wenn es nun nicht nur daran liegt, dass er von Wills Plänen wusste? Und falls es sich wirklich um einen Notfall handelt, hätte ich die perfekte Ausrede für heute Abend.

Meine Güte, was bin ich doch für ein schlechter Mensch! Ich nehme den Anruf entgegen und hoffe natürlich, dass es allen gut geht.

»Hi, Mum«, melde ich mich betont fröhlich.

»Lexi? Hier ist dein Dad.«

»Dad? Ist alles in Ordnung?« Mein Herz beginnt sofort zu rasen.

»Genau das wollte ich dich fragen. Wir haben seit eurem Urlaub nichts von dir gehört. War es denn schön?«

Ich schaue zu Robin, der von seinen lachenden Kollegen umringt ist. Das ist wirklich nicht der Ort und die Zeit, um auf dieses Thema einzugehen.

»Ähm, ja und nein«, antworte ich.

»Aha«, sagt er, und obwohl ich ihn nicht sehe, weiß ich, dass er jetzt nickt. »Das dachte ich mir.«

»Du möchtest wissen, warum wir nicht verlobt sind, nicht wahr? Vanessa hat mir erzählt, dass du von den Plänen wusstest, weil du damals mit Will beim Fußball warst.«

»Das hat solchen Spaß gemacht! Aber er hätte das nicht tun müssen, er hätte meinen Segen jederzeit bekommen. Aber deine Mutter und ich fanden es toll, dass er gefragt hat.«

Ich kneife die Augen zu, damit ich nicht anfange zu heulen.

»Du musst uns nicht erzählen, was los ist, Liebes«, sagt er und fährt dann, offenbar an meine Mutter gewandt, fort: »Nein, muss sie nicht. Wenn sie es nicht sagen will, ist das in Ordnung.«

»Entschuldige«, sagt er dann zu mir. »Deshalb rufe ich an und nicht sie. Wir wollten dich nur wissen lassen, dass wir für dich da sind, falls du uns brauchst.«

»Danke, Dad.« Ich bemühe mich, ohne Zittern in der Stimme zu sprechen.

»Klingt so, als seist du unterwegs, dann will ich dich nicht aufhalten. Aber komm doch Sonntag auf einen Kaffee vorbei. Ja?«

»Einverstanden.«

»Super, Liebes. Ruf an, falls du uns brauchst. Und pass auf dich auf.«

»Danke, Dad. Bye.«

Ich lege auf und starre auf mein Handy. Ich kann nicht glauben, dass sogar meine Eltern Komplizen in diesem Plan waren.

Rasch blinzle ich die Tränen zurück. Ich kann unmöglich in diesem Pub bleiben. Ich muss nach Hause und allein sein. Als ich gerade das Handy zurück in die Tasche schiebe und mich zum Gehen wende, stoße ich mit Robin zusammen.

»Oh, ähm, herzlichen Glückwunsch«, sage ich und versuche, mir nicht anmerken zu lassen, dass ich mich gerade davonschleichen wollte.

»Danke, dass Sie gekommen sind, vor allem, da Mike leider ausgefallen ist.«

»Gern geschehen. Ist nicht gerade so, als hätte ich bessere Angebote.«

»Wie charmant«, antwortet er lächelnd. »Was darf ich Ihnen zu trinken holen?«

»Ich mache das«, antworte ich und wende mich der Bar zu. »Es ist schließlich Ihr Geburtstag. Was möchten Sie?«

»Ich nehme ein Hoegaarden, danke.«

Ich bestelle ihm sein Bier und mir einen doppelten Wodka und Cola – ich muss mir ein bisschen Mut antrinken, um diesen Abend durchzustehen.

»Und? Kennen Sie jemanden hier?«, fragt Robin, als ich ihm sein Glas reiche.

»Nein.« Ich schüttle den Kopf. Schon erstaunlich, dass ich seit sieben Jahren bei der Stadt arbeite und wirklich nur die Leute in meiner Abteilung und diese seltsame Frau aus dem Finanzbereich kenne.

»Die sind alle sehr nett. Kommen Sie mit. Ich stelle Sie vor.«

Ich folge ihm zu einer Gruppe von Leuten, die um einen hohen Tisch in der Ecke stehen.

»Becky, Anita, das ist Lexi, sie arbeitet in der Kulturabteilung.«

Die beiden mustern mich von oben bis unten und schürzen die Lippen. »Schön, Sie kennenzulernen«, sagen sie wie aus einem Mund mit frostigen Stimmen.

»Freut mich auch«, antworte ich, nippe an meinem Drink, spähe zur Uhr hinter den Köpfen der beiden und frage mich, wie lange ich wohl bleiben muss.

Ich will mich gerade wieder Robin zuwenden und die frostigen Zwillinge ignorieren, als er ein paar Leuten winkt, die gerade den Pub betreten, und dann zu ihnen geht, um sie zu begrüßen. Die Zwillinge beobachten jeden seiner Schritte.

Ah, das erklärt es. Die beiden wären gern mehr als nur seine Kolleginnen.

»Sie haben also mit Robin bei seinem letzten Projekt zusammengearbeitet?«, fragt Anita.

Becky zieht die Brauen hoch und sieht aus, als würde sie die Laser in ihren Augen ausrichten und abschussbereit machen.

»Richtig. Er war eine ziemliche Nervensäge, brauchte alle möglichen Zahlen und Unterlagen. Ich bin echt froh, dass er wieder oben ist.«

Möglicherweise habe ich ein bisschen dick aufgetragen, aber es hat den Zweck erfüllt. Anita hat ein schwaches Lächeln im Gesicht, und Beckys Augenbrauen berühren nicht länger den Haaransatz.

»Also, wir sind froh, ihn zurückzuhaben. Ohne ihn ist es im Büro irgendwie langweiliger.«

Mit verträumtem Blick beobachten die beiden, wie er sich uns wieder nähert. Ich sehe förmlich kleine Herzen durch die Luft flattern, wie in einem Disney-Zeichentrickfilm.

Ich weiß ja durch unsere gemeinsame Zeit, dass er jedem das Gefühl gibt, etwas Besonderes zu sein. Vielleicht sind Anita und Becky zu jung und zu naiv, um das zu merken, und bilden sich ein, dass er nur ihnen gegenüber so ist.

Unauffällig spähe ich wieder zur Uhr. Ich bin gerade mal fünf Minuten hier. Nicht annähernd lange genug, um abhauen zu können.

Ich wende mich wieder Anita und Becky zu, aber die beiden sind verschwunden – haben Robin in ihre Mitte genommen.

Und ich bin allein. Ich tue das einzig Mögliche. Ich entdecke eine andere Frau, am Rand einer Gruppe, die den Blick durch den Raum schweifen lässt und gelegentlich über den Bildschirm ihres Smartphones wischt. Vermutlich ist sie die Freundin eines Kollegen von Robin und kennt auch niemanden. Als ich mich neben sie setze, lächelt sie, und ich spüre, dass ich anfange, mich zu entspannen.

»Das hast du nicht ernsthaft getan«, sagt die Frau, die ich zu meiner besten Freundin erklärt habe. Diese Stelle ist nämlich gerade frei geworden, da Cara meinen neu erworbenen Single-Status nicht gutheißt und Vanessa das Geheimnis von Wills Antrag über Monate für sich behalten hat. Bisher ist diese Frau die vielversprechendste Kandidatin: Sie lacht über meine Geschichten, scheint mich nicht zu verurteilen, und vor allem ist sie hier in diesem Pub.

»Ich habe … nun ja, offenbar – ich kann mich an nicht viel erinnern. Am nächsten Morgen bin ich mit feuchten, nach Chlor riechenden Haaren aufgewacht und habe mich gefragt, was passiert ist.«

Die Frau kichert, und ich schließe mich an. Es ist erst das zweite Mal, dass ich die Geschichte von der peinlichen Nacht auf Barbados erzähle, aber dieses Mal finde ich sie richtig lustig. Möglicherweise liegt das an den drei doppelten Wodkas, die ich intus habe.

»Wenn ich nicht aufpasse, mache ich mir vor Lachen in die Hose«, sagt sie und steht auf. »Wenn ich zurück bin, musst du mir noch mehr erzählen.«

Grinsend stelle ich fest, dass sie soeben Bonuspunkte für ihre Bewerbung als beste Freundin aller Zeiten bekommen hat.

Ich beobachte, wie sie einem Mann einen Kuss auf die Wange haucht, vermutlich ihrem Freund, und sich dann auf die Suche nach den Toiletten begibt.

»Amüsieren Sie sich?«, fragt Robin und gleitet auf den frei gewordenen Platz.

»Ja«, antworte ich ehrlich. Mir schmerzen die Wangen, weil ich die vergangene halbe Stunde so herzhaft gelacht habe. Lachen ist eine echt gute Therapie.

»Jetzt schulde ich Ihnen zum zweiten Mal in dieser Woche ein riesiges Dankeschön.«

»Haben Sie Sarah den Rest Ihres Buches gemailt?«

»Yep, gestern Abend, also Daumen drücken.«

»Super.«

Ich nicke. Möglicherweise kommt zwar nichts dabei heraus, aber ich bin froh, dass wenigstens etwas in meinem Leben in die richtige Richtung strebt.

»Ich freue mich ehrlich, dass Sie hergekommen sind. Es ist schön, Sie außerhalb der Arbeit zu sehen.«

»Ja, finde ich auch. Konnte mir gar nicht vorstellen, dass Mr Unternehmensrevision auch ganz normal in den Pub geht. Ich dachte, Sie würden dann zerfallen wie ein Vampir in der Sonne.«

»Haha, sehr lustig. Aber auch ich schalte gern mal ab. Und außerhalb des Jobs bin ich tatsächlich ein ganz normaler Mensch.«

»Das glaube ich Ihnen nicht.«

»Okay, vielleicht nicht normal, aber zumindest anders als im Büro.«

Mir wird klar, wie wenig ich über Robin weiß. Ich weiß, dass er Single ist und in einem der schicken Apartments mit Blick auf den Hamble wohnt, aber abgesehen davon, habe ich keinen Schimmer.

»Lassen Sie mich raten, Sie tragen Jogginganzüge und züchten Tauben.«

»Sie haben es erfasst. Genau so verbringe ich meine Zeit.« Er grinst mich an, und seine perfekten weißen Zähne blitzen. »Okay, vielleicht gibt es keine Tauben, aber ich trage Jogginghosen. An den Wochenenden gammle ich genauso darin herum wie alle anderen Leute.«

Ich lasse meiner Fantasie freien Lauf und stelle mir vor, wie er mit einer lockeren Jogginghose und einem weißen T-Shirt über seinen Parkettboden spaziert, die Brille auf der Nasenspitze, in der einen Hand die Sonntagszeitung, in der anderen frisch gebrühten Bohnenkaffee.

Ich reiße mich von dem Bild los, kehre in die Realität zurück und stelle fest, dass ich jetzt ein bisschen näher bei Robin sitze.

Als ich nach meiner neuen besten Freundin Ausschau halte, entdecke ich sie in einer Ecke, wo sie mit ihrem Freund knutscht. Außer den frostigen Zwillingen, die mir giftige Blicke zuwerfen, scheint niemand mehr da zu sein. Wann sind denn alle gegangen?

»Und was machen Sie in diesen Jogginghosen?«

»Das Übliche. Ein bisschen Klavier spielen und Fitnesstraining.«

»I am Sexy and I know it« spielt plötzlich in meinem Kopf. Der Wochenend-Robin meiner Fantasie macht gerade Liegestütze, und mir schießt das Blut in die Wangen.

Als könne er spüren, dass sich die Stimmung zwischen uns verändert hat, beugt er sich zu mir. Das Nächste, was ich spüre, sind seine Lippen auf meinen, und bevor mein Gehirn das verarbeitet hat, auch seine Zunge.

Seit sieben Jahren habe ich niemanden außer Will geküsst, und ich habe vergessen, wie seltsam das ist. Er macht es nicht richtig und schmeckt komisch.

»Hey, was tust du da?«, frage ich, stoße ihn weg und versuche, die tödlichen Strahlen zu ignorieren, die von den frostigen Zwillingen ausgehen.

»Ich dachte, dass du es willst. Du bist jetzt Single und bist hergekommen – und bis zum Schluss geblieben.«

Mit gerunzelter Stirn mustert er mein Gesicht auf der Suche nach Anzeichen der Zustimmung.

»Du denkst, weil ich Single und hier bin, möchte ich dich küssen? Was ist mit Mike? Ihn hast du auch eingeladen. Und ich könnte wetten, dass du ihm nicht zum Abschied die Zunge in den Hals geschoben hättest.«

»Er ist erkältet«, erwidert Robin trocken. »Hör zu, es tut mir leid, aber ich hatte in den vergangenen Wochen das Gefühl, dass du auf mich stehst. Und dann hast du mich gestern auch noch umarmt.«

»Weil du mir mit deiner Verlagsfreundin einen Riesengefallen getan hast!«

»Nun, ich wollte dir helfen, deine Schreiberei auf die richtige Spur zu bringen.«

»Das hast du auch getan, aber ich verstehe nicht, was das damit zu tun hat, mich zu küssen.«

»Na ja, du hast ständig mit mir geflirtet.«

»Nein, habe ich nicht.« Ich bemühe mich, entrüstet zu klingen, bin aber selbst nicht von meinen Worten überzeugt. Er hatte schon stets eine besondere Wirkung auf mich, aber ich wollte nicht richtig flirten, nicht, als ich noch mit Will zusammen war.

»Und dann hast du mit deinem Freund Schluss gemacht und bist zu meiner Feier gekommen. Was sollte ich denn da denken?«

»Dass ich einem Kollegen zum Geburtstag gratulieren wollte, so wie alle anderen auch, die eingeladen waren.«

Ich sehe mich nach meinem Mantel um und schiebe mich aus der Sitzecke.

»Tut mir leid, ich hätte warten sollen. Es ist vielleicht noch ein bisschen zu früh nach deiner Trennung. Ich hätte dir ein paar Wochen Zeit lassen und dich dann korrekt um ein Date bitten sollen. Ich dachte nur, da deine Beziehung quasi schon seit einer Ewigkeit vorbei war, wärst du bereit für jemand Neuen.«

Zitternd stehe ich auf.

»Wie kommst du darauf, dass meine Beziehung schon lange vorbei war?«

»Wegen der Art, wie du über ihn und seine Sportbesessenheit geredet hast – als würde er das immer an die erste Stelle setzen. Als Außenstehender erkennt man sofort, dass du dein Leben nach seinen Bedingungen lebst. Wenn du doch nur sehen könntest, was er dir seit Jahren antut, ohne sich fest zu binden! Er hält dich von dem Leben ab, das du wirklich möchtest, das du verdienst.«

»Mit jemandem wie dir?«

Schon erstaunlich, dass man sich nach einem Kuss so fühlen kann, als habe man mit einem elektrischen Viehtreiber eins übergezogen bekommen. Aber genau das habe ich gebraucht, um wieder klar denken zu können.

»Ja, mit jemandem wie mir. Eines Tages wirst du zurückschauen und erkennen, dass du einen Riesenfehler gemacht hast. Ich hätte das Beste sein können, was dir je passiert ist.«

Ich schaue Robin an, und es ist wirklich der Moment, in dem mir klar wird, dass ich den größten Fehler meines Lebens gemacht habe. Aber vielleicht ist es noch nicht zu spät, um es wieder in Ordnung zu bringen.

Ich ziehe meinen Mantel an und wickle den Schal um meinen Hals, bevor ich mich zum Gehen wende.

»Viel Glück, Lexi. Du wirst es vielleicht brauchen, wenn ich den Bericht weiterleite.«

»Aber du sagtest doch, ich hätte nichts zu befürchten?«

Robin zuckt mit den Schultern, und zum ersten Mal, seit ich ihn kenne, lässt er seine charmante Fassade fallen. »Schon erstaunlich, wie man jede Zahl so verdrehen kann, dass man das gewünschte Ergebnis erhält«, sagt er mit eisiger Stimme.

Ich bin so erschrocken, dass ausgerechnet er zu solcher Boshaftigkeit fähig ist, dass ich beinahe sein Bier nehme, um es ihm über den Kopf zu schütten. Aber in dem Moment stellt sich plötzlich meine neue beste Freundin zwischen uns.

»Ähm, ich hoffe, du hast nicht vor, den Bericht zu manipulieren, um eine private Rechnung zu begleichen«, sagt sie und macht ein strenges Gesicht.

Er schaut erst sie überrascht an und blickt dann wieder zu mir.

»Äh, nein, Beth«, antwortet er und wirkt wie von seiner Mutter auf frischer Tat ertappt.

»Gut, denn wenn ich auf die Empfehlung stoßen sollte, die Position der Kunstbeauftragten zu streichen, müsste ich gegebenenfalls in meinem Mitarbeiterstab auch ein paar Veränderungen vornehmen.«

Mir bleibt der Mund offen stehen. Sie ist seine Chefin Beth? Dieser Drachen? Gütiger Gott, ich habe vorhin jemandem aus der Führungsriege erzählt, dass ich an der Hotelbar alle dazu gebracht habe, nackt in den Pool zu springen!

»Guck nicht so entsetzt«, flüstert sie mir zu. »Du warst im Urlaub. Dein Geheimnis ist bei mir gut aufgehoben.«

Ich lächle sie dankbar an, und dann fällt mir wieder ein, was ich zu tun habe.

Kapitel 38

Einen Augenblick, einen Augenblick!«, ruft Cara.

Sie öffnet die Tür, und mir fällt alles aus dem Gesicht.

»Ähm, Entschuldigung, ich bin auf der Suche nach meiner Freundin Cara«, sage ich und muss lachen – sie trägt ein Flanellnachthemd und einen Frotteebademantel.

»Sehr witzig«, sagt sie und späht in beide Richtungen die Straße entlang, bevor sie mich ins Haus zieht.

»Nette Pantoffeln«, sage ich beim Anblick ihrer flauschigen Latschen.

»Schscht«, zischt sie mir zu, als wir am Schlafzimmer vorbeigehen.

»Wer ist da, Cara?«, ruft eine männliche Stimme, und ich erstarre.

»Alles okay, es ist nur Lexi. Schlaf ruhig weiter.«

Sie schiebt mich durch den Flur in die Küche, und ich kichere immer noch, als sie hinter uns die Tür schließt.

»Ich nehme mal an, dass Dave hier ist?«

»In dem Schlafzimmer könnte jeder sein. Woher weißt du, dass es Dave ist?«

»Als ich das letzte Mal unangemeldet bei dir aufgetaucht bin, hattest du einen Leder-Catsuit und zwölf Zentimeter hohe Absätze an. Jetzt trägst du ein Großmutternachthemd und Pantoffeln.«

»Hm, aber weißt du was – es ist verdammt bequem. Würdest du mir nun bitte verraten, was du mitten in der Nacht hier willst?«

Sie geht zum Wasserkocher, füllt ihn auf und schaltet ihn ein. »Ich spüre doch, dass du etwas loswerden willst.«

Sie setzt sich an die Frühstückstheke, und ich pflanze mich auf den Stuhl ihr gegenüber.

»Will ich auch. Robin hat mich geküsst.«

»Robin aus dem Büro? Dieser heiße Typ?«

»Yep, der superheiße Typ, der in Wahrheit ein totales Arschloch ist. Als ich ihm sagte, dass ich ihn nicht küssen will, hat er mir damit gedroht, in dem Bericht die Streichung meiner Stelle zu empfehlen.«

»Wie bitte?«

»Du hast richtig gehört.« Im Nachhinein kommt es mir selbst geradezu surreal vor.

Caras Miene ist eine Mischung aus Schock und Wut.

»Wo ist er? Noch im Pub?« Sie steht auf und sieht aus, als wolle sie sofort losmarschieren und ihm eine verpassen.

»Vermutlich, aber keine Sorge, seine Chefin war da und hat alles mit angehört. Da war er plötzlich so klein, dass er mit Hut unterm Teppich durchpasste. Es war so peinlich! Ich habe seiner Chefin – die übrigens so alt ist wie wir – vom Nacktbaden auf Barbados erzählt. Ich dachte, sie sei die gelangweilte Freundin irgendeines Arbeitskollegen.«

»Du hast gegen eine wichtige Grundregel verstoßen: Was auf der Tour passiert, bleibt auf der Tour. Habe ich dir oder jemand anderem jemals erzählt, was letztes Jahr auf meinem Ausflug nach Amsterdam passiert ist?«

»Nein …«

»Na also. Was auf der Tour passiert, bleibt auf der Tour.«

Ich bin in diesem Fall ziemlich froh über ihre Regeln.

»Aber egal, was war denn nun mit dem Arschloch Rob?«

»Wir haben uns unterhalten, und das Nächste, was ich spüre, ist seine Zunge in meinem Hals, und zwar so.« Ich schiebe meine Zunge in ruckartigen Bewegungen vor und zurück. »Es war schrecklich. Nicht nur, weil er schlecht küsst, sondern auch, weil er nicht Will war.«

Cara lächelt mich auf diese »Ich hab's dir ja gesagt«-Weise an.

»Du brauchst nichts zu sagen.«

Es ist eine Sache, wenn sie es denkt, aber eine ganz andere, wenn sie es laut ausspricht.

»Ich weiß nicht, was in Robin gefahren ist. Habe ich etwa wirklich Signale an ihn ausgesandt? Was für einen Eindruck muss ich ihm von meiner Beziehung mit Will vermittelt haben, dass er auf die Idee kommt, ich würde mit ihm in die Kiste steigen, eine Woche nachdem ich mich von Will getrennt habe?«

»Ähm, erstens, Männer denken nicht, jedenfalls nicht, wenn es um die Kiste geht.«

Auf sie ist immer Verlass. Sie bringt mich auch dann zum Lachen, wenn alles den Bach runtergeht.

»Als wir ihm mal im Pub begegnet sind, habe ich mich schon gefragt, ob er auf dich steht.«

»Meinst du den Abend, als du versucht hast, deinen neuen Freund loszuwerden, damit du mit Robin flirten kannst?«

Cara späht nervös zur Tür. »Zugegeben, das war nicht ganz okay, aber ja, an jenem Abend schien er nur Augen für dich zu haben.«

»Aber er war auch total charmant zu Vanessa, als es um ihre Hochzeit ging.«

»Weil du eine Ewigkeit mit Will zusammen warst, fallen dir die Anzeichen vielleicht nicht so auf wie mir, und außerdem ist er zweifellos in der Lage, jede um den Finger zu wickeln, auch mich – oder zumindest, bevor ich mit Dave zusammenkam.«

»Du bist offiziell mit ihm zusammen?«

»Yep. Sogar Vanessa weiß es, und sie plant bereits, zu viert auszugehen, was genau der Grund ist, warum ich es anfangs geheim halten wollte. Aber darüber können wir später reden.«

Ich will protestieren, aber sie kehrt zurück zum Thema Robin.

»Trotzdem – er hat dich einfach anders angesehen. Und vergiss nicht, er hat dein Buch an diese Lektorin geschickt.«

»Ich weiß, aber hätte er das nicht für jeden getan?«

Cara verzieht das Gesicht. »Das ist schon ein ziemlich großer Gefallen, es sei denn, diese Lektorin ist eine sehr enge Freundin von ihm. Ist sie das?«

»Ich glaube nicht. Der E-Mail-Korrespondenz nach zu urteilen, war sie mit einer seiner Exfreundinnen befreundet.«

»Nach meiner Erfahrung strengen Männer sich für gewöhnlich nicht für Frauen an, es sei denn, sie stehen auf sie.«

»Wie kann ich mich nur so in ihm getäuscht haben?« Ungläubig schüttle ich den Kopf und nippe an meinem Tee. »Er hat tatsächlich angedroht, mich um meinen Job zu bringen.«

»Vermutlich war er verletzt. Er ist es bestimmt nicht gewohnt, einen Korb zu bekommen, und hat dann einfach um sich geschlagen.«

»Meinst du?«

»Ja. Trotzdem hat er sich wie das letzte Arschloch verhalten.«

Ich bin so froh, dass ich hergekommen bin! Schon jetzt fühle ich mich besser.

»Robin wollte mir einreden, dass ich jemand Besseren verdient habe als Will, dass der mich nicht wertschätzt. Und als er mir seinen Eindruck von unserer Beziehung geschildert hat, ist mir klar geworden, wie sehr er sich irrt. Noch vor ein paar Wochen hätte ich ihm vielleicht zugestimmt, dass Will unromantisch sei und sich nicht binden will, aber jetzt kenne ich die Wahrheit. Dabei habe ich die ganze Zeit meine helle Freude daran gehabt, mich an ihm zu rächen und darüber zu bloggen.«

Kraftlos lasse ich den Kopf in meine Hände sinken. »Was habe ich nur getan? Ich war ja so eine Idiotin!«

»Jetzt mal langsam. Zugegeben, wenn du meinen Rat befolgt und von Anfang an offen mit Will geredet hättest, würdest du jetzt nicht in diesem Schlamassel stecken. Andererseits ist dir erst durch diese Rachenummer klar geworden, was du an eurer Beziehung vermisst hast. Ich will nicht behaupten, dass sie kaputt war, aber sie brauchte vielleicht ein bisschen Pflege.«

Ich versuche, Caras Worten zu folgen, aber entweder liegt es am Alkohol oder an den Gefühlen, die in mir toben, jedenfalls dreht sich in meinem Kopf alles.

»Was habe ich mir nur gedacht?«

Cara steht auf und bereitet den Tee zu.

»Sei nicht so streng mit dir. Du warst echt sauer, und zu dem Zeitpunkt hielten wir das für gerechtfertigt. Woher sollten wir denn wissen, dass es Vanessas dämliche Idee war?«

»Wieso habe ich ihm nicht einfach gesagt, dass ich Bescheid weiß?«

»Es führt zu nichts, wenn du dich selbst fertigmachst. Was passiert ist, ist passiert. Jetzt brauchst du eine Idee, wie du alles wieder in Ordnung bringen kannst.«

»Du denkst also nicht, dass es dafür zu spät ist? Seit Barbados habe ich nicht mehr mit Will gesprochen. Ich weiß nicht einmal, wo er jetzt steckt. Und bei unserer letzten Begegnung schien er froh zu sein, dass alles vorbei ist.«

»Komm schon, zunächst mal habt ihr ein gemeinsames Haus, irgendwann müsst ihr also wieder miteinander reden. Und seinen Kram hat er auch noch nicht abgeholt. Das hätte er aber getan, wenn er wirklich davon überzeugt wäre, dass alles aus ist. Vielleicht braucht er einfach nur Zeit.«

»Ich weiß nicht, er war so sauer auf Barbados. Er wollte mir überhaupt nicht zuhören.«

»Wenn du es ihm jetzt noch einmal erklärst, wird er es verstehen.«

Ich schüttle den Kopf. »Nein, ich fürchte nicht. Er wirkte sehr entschieden. Entweder ich akzeptiere das oder …«

»Oder was?«, fragt Cara, zieht die Teebeutel aus den Tassen und wirft sie in den Mülleimer. Dann reicht sie mir eine Tasse.

»Oder ich muss ihm beweisen, dass er sich irrt.«

»Und wie willst du das anstellen?«

»Ich muss ihm einen Heiratsantrag machen.«

Cara spuckt eine Ladung Tee auf die Frühstückstheke.

»Nach all den Jahren, die du auf den Traumantrag gewartet hast, willst du die Sache selbst in die Hand nehmen?«

»Warum nicht?«

»Du willst ihn bei irgendeinem seiner Kumpels zu Hause aufspüren und vor ihm auf die Knie fallen?« Sie starrt mich ungläubig an.

»O nein, es muss schon ein bisschen größer ausfallen.« Ich denke daran, wie er mir einen Antrag machen wollte – er hatte vor, *Heirate mich* an den Himmel zu schreiben. »Ich weiß ganz genau, wie ich es tun werde, aber ich brauche dafür ein bisschen Hilfe.«

Ich schnappe mir mein Handy und gehe die Kontakte durch. Hastig schreibe ich eine SMS und drücke auf Senden.

Dann weihe ich Cara in die Einzelheiten ein, und ihr Gesicht beginnt zu strahlen, als wären all ihre Weihnachtswünsche wahr geworden.

»Ich setze noch mal Wasser auf«, sagt sie und springt hoch, obwohl wir frisch gebrühten Tee vor uns stehen haben, »und dann koche ich uns einen Kaffee. Irgendwie habe ich das Gefühl, dass wir heute Nacht nicht sehr viel Schlaf bekommen werden.«

Da könnte sie recht haben. In den kommenden zwölf Stunden steht viel Arbeit an. Ich schließe für einen Moment die Augen und wünsche mir, dass mein Plan aufgeht, denn ich möchte nichts mehr als morgen um diese Zeit wieder in Wills Armen liegen.

Kapitel 39

Hatschi!«, niest Mike in sein Taschentuch.

»Du hörst dich übel an und hättest im Bett bleiben sollen«, sage ich und fühle mich schlecht, weil er wegen mir das Haus verlassen hat.

»Um nichts auf der Welt hätte ich das verpassen wollen«, antwortet er. »Außerdem hielt ich es für einfacher, ein paar Strippen persönlich zu ziehen als vom Bett aus.«

Ich lächle ihn an. Er wird nie erfahren, dass seine SMS diese ganze Katastrophe ins Rollen gebracht hat. Wenn er das Fußballspiel nicht im Fernsehen gesehen oder sich zufällig in dem Moment ein Bier aus der Küche geholt hätte, als Will ins Bild kam, wäre alles anders gelaufen.

Ich denke zurück an die vergangenen Wochen meines Lebens und frage mich, ob ich irgendetwas würde ändern wollen. Zwar gibt es bisher nicht gerade ein Happy End, aber dafür sind in dieser Zeit einige der schönsten Dinge in unserer Beziehung passiert. Der Wochenendtrip nach Swansea. Die heiße Sexnacht. Der Urlaub auf Barbados – oder zumindest der Teil, bevor alles zu Bruch ging.

Ich weiß jetzt, dass wir diese Rache nicht gebraucht hätten, um unsere Beziehung wieder in Schwung zu bringen. Wir hätten ihr lediglich ein bisschen Aufmerksamkeit widmen müssen. Aber zumindest hat mir das Ganze gezeigt, dass unsere Beziehung nicht grundlegend kaputt war und dass sie es wert ist, darum zu kämpfen.

»Also gut«, sagt Amelia, die Eventmanagerin, und kommt auf ihren High Heels auf uns zugeklackert.

Misstrauisch beäuge ich das Mikrofon in ihrer Hand.

»Nervös?«, fragt sie lächelnd.

»Und wie«, antworte ich und denke daran, dass ich das letzte Mal in einem Raum voller Kuratoren bei einer Konferenz öffentlich gesprochen habe. Ich bin es gewohnt, eine Rede vor Kollegen aus meiner Branche zu halten, die sich für die Finanzierung interessieren, die ich ihnen vorstelle. Vor dreißigtausend Fußballfans zu sprechen, jedoch weniger.

»Gut, jeden Moment ertönt der Halbzeitpfiff. Du gehst dann direkt raus, bevor er verschwinden kann, um sich etwas zu trinken zu holen.«

»Okay«, sage ich und folge ihr durch einen Tunnel, der aufs Spielfeld führt. Der Lärm trifft mich wie eine Welle. Die Schlachtrufe, das Klatschen und Pfeifen. Es ist ohrenbetäubend laut, und ich muss mich anstrengen, um Amelia noch zu verstehen.

»Ich werde dich kurz vorstellen!«, ruft sie mir zu, beugt sich nach unten und schiebt Kappen über ihre Absätze. »Dann beginnst du sofort zu reden. Ich habe dem Chef gesagt, dass es schnell geht, du hast also etwa zwei Minuten, bevor wir mit der Werbung der Sponsoren beginnen.«

»Okay«, sage ich noch einmal und zittere leicht.

Ein Pfiff ertönt, und die Menge jubelt. Amelia packt meinen Arm und führt mich an den Spielfeldrand, bevor mich der Mut verlässt und ich abhauen kann. Ich versuche, meine Beine zur Kooperation zu zwingen, aber sie sind wie Wackelpudding.

»Der Platz für die Saisonkarte deines Freundes ist dort drüben«, sagt sie und zeigt auf eine Stelle.

Die Menge klatscht immer noch der Mannschaft Beifall, die langsam vom Feld trottet. Ich danke meinem Glücksstern, dass

Southampton auf einen Sieg zusteuert, denn dann sind die Fans in guter Stimmung.

Wir erreichen die Stelle, von der aus ich sprechen werde, und alles scheint plötzlich wie in Zeitlupe abzulaufen. Ich versuche, diesen Trick anzuwenden, bei dem man sich vorstellt, das Publikum säße in Unterwäsche vor einem, aber da ich nur Männer mit Bierbäuchen vor mir habe, ziehe ich sie im Kopf rasch wieder an. Stattdessen versuche ich, alles verschwimmen zu lassen und mir einzubilden, diese rot-weißen Fußballtrikots seien in Wahrheit riesige Zuckerstangen – wenn auch ziemlich ordinäre Zuckerstangen.

»Ladies and Gentlemen«, beginnt Amelia mit donnernder Stimme, als sei sie eine Zirkusdirektorin in der Manege. »Bevor Sie die Halbzeitpause genießen, hat Lexi einem der Saisonkartenbesitzer etwas zu sagen. Lexi?«

Sie reicht mir das Mikrofon, und ich erstarre wie ein Reh im Scheinwerferlicht. Meine Hand zittert so stark, dass ich kaum das Mikro halten kann. Amelia sieht sich gezwungen, ihre Hand um meine zu legen, um es zu stabilisieren. Sie schiebt es mir direkt unters Kinn und nickt mir ermutigend zu.

Ich weiß, dass die Uhr läuft und dass Will und alle anderen Fans mich mittlerweile entdeckt haben. Es ist zu spät, um wegzulaufen.

»Hallo zusammen«, sage ich mit zittriger Stimme.

Niemanden scheint es sonderlich zu interessieren, was ich zu sagen habe. Die Leute setzen sich in Bewegung, und ich sehe, dass Amelia ihren Arm dreht, um auf die Uhr zu schauen.

»Habt ihr jemals eure bessere Hälfte angelogen, damit ihr zu einem Spiel vom FC Southampton gehen konntet?«, platze ich so energisch und selbstbewusst heraus, dass ich Amelia überrascht anschaue und mich frage, wer das gerade gesagt hat. »Also, mein Exfreund Will hat es getan. Er hat einen verdorbenen Magen vorgetäuscht, um mich nicht zu einer Hochzeit begleiten zu müssen, sondern hierherkommen zu können.«

Hier und da erklingen zustimmende Rufe, und ich merke, dass die Leute mir langsam zuhören.

»Ihr könnt euch vielleicht nicht vorstellen, wie sauer ich war. Ich habe einen Rachefeldzug gestartet, der zum Ziel hatte, dass mein Freund so viel Sport wie möglich verpasst. Und nicht nur das, ich habe in einem Blog darüber geschrieben, sodass jeder es lesen konnte.«

Die Menge beginnt, mich auszubuhen.

»Mir ist klar, dass das eine ganz üble Sache war, vor allem, da ich kürzlich erfahren habe, dass er die Hochzeit mit Erlaubnis der Braut verpasst hat, um mit meinem Vater ins Stadion zu gehen und ihn dort um meine Hand zu bitten.«

Die Buhrufe wandeln sich in Laute der Überraschung.

»Glaubt mir, ich könnte mich nicht schlechter fühlen wegen dem, was ich getan habe. Doch nun bin ich hier, um das wieder in Ordnung zu bringen. Um ihm zu sagen, dass ich ihn liebe und dass ich an uns glaube.«

Ich lächle Amelia an und lasse mich dann auf ein Knie fallen. Sofort spüre ich, wie ich in den Matsch einsinke, und wünschte, ich hätte das besser durchdacht. Aber nun gibt es kein Zurück mehr.

»Will Talbot, wo auch immer du bist«, sage ich ins Mikro, »willst du mich heiraten?«

Das ganze Stadion scheint die Luft anzuhalten.

Viele recken die Köpfe, um zu sehen, wer dieser Will Talbot ist und ob er mich aus meinem Elend erlöst.

In meiner Vorstellung teilt sich die Menge, und er kommt zu mir aufs Spielfeld gelaufen. Er hebt mich hoch, wirbelt mich herum und ruft, dass er mich natürlich heiraten will. Dann geht ein Feuerwerk los, Beyoncé betritt die Bühne und singt, und vom Himmel regnet Konfetti herab, das an unseren Lippen kleben bleibt, während wir uns küssen. Okay, möglicherweise verwechsele ich die Halbzeit beim Fußball mit der beim Superbowl, aber ich habe zumindest erwartet, Will zu sehen. Es gibt jedoch keine Spur von ihm.

Mein Knie sinkt noch tiefer in den Matsch, und ich weiß nicht, was ich tun soll.

In dem Moment sehe ich jemanden auf der Tribüne vor mir wie wahnsinnig winken. Mein Herz beginnt zu rasen, denn das muss Will sein.

Ich kneife die Augen halb zu und erkenne, dass es sein bester Freund Tom ist. Tom, der im Stadion immer neben ihm sitzt. Aber Will ist nicht da – sein Platz ist leer. Verzweifelt schaue ich mich nach ihm um. Ist er schon geflüchtet?

Amelia legt die Hand aufs Mikro und beugt sich zu mir herunter.

»Ich glaube, er kommt nicht.«

»Aber er *muss*«, erwidere ich, und mein Mund ist ganz trocken.

Er muss kommen. Ich verzichte auch auf Beyoncé und das Konfetti. Ich kann doch nicht meine schmutzige Wäsche ganz umsonst in aller Öffentlichkeit gewaschen haben.

Amelia richtet sich wieder auf und zieht mich ebenfalls hoch.

»Vermutlich ist er nicht da.« Ich greife nach dem letzten Strohhalm.

»Wir haben das überprüft, und er hat seine Saisonkarte einscannen lassen.«

Die Worte dringen langsam zu mir durch, und dann kann ich es nicht länger leugnen. Vermutlich ist er geflohen – peinlich berührt von meinem Auftritt. Ich muss gehen und weiß nicht, wie meine Beine mich vom Spielfeld tragen sollen.

Noch einmal betrachte ich die mitleidigen Gesichter ringsum, hoffe, mich geirrt zu haben und Will irgendwo zu entdecken. Aber mein Kopf weiß, was mein Herz nicht hören möchte – er will mich nicht.

»Also gut, vielen Dank an Lexi, dass sie so mutig war. Das hat einen großen Applaus verdient.«

Amelia, durch und durch Profi, tut so, als sei es nicht so schlimm, dass ich gerade meine Selbstachtung vor dreißigtausend Fans verloren habe. Auf dem Weg zum Tunnel stützt Amelia mich.

Die Menge beginnt zu applaudieren, und das ist das Einzige, was mich davor bewahrt, in Tränen auszubrechen. Als wir uns dem Tunnel nähern, höre ich einige rufen »Kopf hoch«, und andere machen mir Angebote, die ich hoffentlich missverstanden habe.

»Du hast das sehr gut gemacht«, sagt Amelia und putzt ihre Schuhe an einer Matte ab. »Das war sehr mutig.«

»Unfassbar, dass ich das getan habe – und alles umsonst.«

Das Adrenalin, das durch meine Venen gepumpt wurde und mir ermöglichte, auf dem Spielfeld zu reden, ebbt langsam ab und lässt mich elend und erschöpft zurück.

»Lexi, es tut mir leid«, sagt Mike und kommt auf uns zu. Er knufft meinen Arm, was in Anbetracht der Situation das Beste ist, was man tun kann.

Ich nicke zustimmend, aber ich bekomme kein Wort mehr heraus. Wie benommen stehe ich da, während er sich an Amelia wendet.

»Danke nochmals für den Gefallen, Amelia, ich weiß das zu schätzen. Tut mir nur leid, dass es nicht als Nachrichtenstory taugt.«

Gerade als ich denke, dass ich mich nicht schlechter fühlen könnte, werde ich daran erinnert, dass Mike seine Kontakte im Klub mit dem Versprechen hat spielen lassen, dass vermutlich eine gute PR-Nummer für die lokale, wenn nicht gar nationale

Presse dabei herausspringt. Es war die einzige Möglichkeit, sie so kurzfristig dazu zu überreden.

»Keine Sorge, es hat alle Voraussetzungen, um sich im Internet zu verbreiten«, antwortet sie. »Vermutlich ist es sogar besser, dass er nicht aufgetaucht ist und Ja gesagt hat«, fügt sie flüsternd hinzu.

Ich weiß, dass ich weggetreten wirken muss, aber ich höre jedes Wort, und bei der Vorstellung, dass ich auf Facebook zum Gespött der Leute werde und dass es clevere GIFs von mir geben wird, wie ich dort stehe mit offenem Mund und entblößter Seele, wird mir noch schwerer ums Herz.

»Komm schon, Lexi«, sagt Mike und niest wieder. »Ich bringe dich nach Hause.«

Immer noch benommen, folge ich ihm aus dem Stadion. Hier und da rufen Leute mir ein aufmunterndes »Das wird schon« oder »Nur Mut« zu. Aber noch schlimmer ist, dass andere den Kopf abwenden und mir nicht in die Augen sehen wollen, als würden sie sich für mich schämen.

Wieso in aller Welt habe ich das für eine gute Idee gehalten?

Genau aus diesem Grund sind Heiratsanträge in der Halbzeitpause eine fürchterliche Idee. Oder, in meinem Fall, ist jede Art von Antrag in der Öffentlichkeit Mist, denn wenn es schiefgeht, stehst du da wie der totale Verlierer.

»So schlimm ist das nicht«, sagt Mike, während wir in den Wagen steigen. »Bis zur nächsten Saison haben das alle vergessen.«

Ich schließe die Augen. Die nächste Saison.

Mein Handy piept, und ich schaue nach, nur für den Fall, dass es Will ist. Aber die Nachricht kommt von Robin.

Habe mein verkatertes (und sehr bedauerndes) Ich aus dem Bett gequält, um zum Fußball zu gehen. Falls du dich besser fühlst: Er ist ein Idiot, dich dort stehen zu lassen.

Natürlich war er auch da. Das erinnert mich daran, dass nicht nur Fremde wissen, was ich getan habe, sondern auch alle, die ich kenne.

Ich schalte mein Handy aus, denn ich will gar nicht wissen, wer mir sonst noch mitleidig schreibt, und dann fließen die Tränen. Mike lässt mich leise schluchzen, während er mich nach Hause fährt, und ich kann es nicht erwarten, unter die Decke zu kriechen und so zu tun, als sei das alles nie passiert.

Kapitel 40

Danke fürs Mitnehmen, Mike«, presse ich unter Tränen heraus, als er vor meinem Haus hält.

Unterwegs hat es angefangen zu nieseln, was gut zu meiner Stimmung passt. Ich gehe zum Haus und suche in dem Chaos in meiner Handtasche nach dem Schlüssel. Als ich ihn endlich gefunden habe, schließe ich auf und öffne die Tür.

Auf dem Weg ins Wohnzimmer rieche ich es. Irgendetwas brennt. Im ersten Moment bekomme ich Panik, dass ich den Haarglätter nicht ausgeschaltet habe, aber dann fällt mir ein, dass ich meine Haare heute Morgen bei Cara gemacht habe und der Glätter die ganze Woche noch nicht zum Einsatz gekommen ist.

Ich renne durchs Esszimmer und suche nach der Ursache des Feuers. Da sehe ich Qualm unter der Küchentür durchkommen. Ich höre lautes Klappern, und im nächsten Moment heult der Rauchmelder los.

»Oh, fuck!«, brüllt eine männliche Stimme, gefolgt von einem Klopfen.

Wenn du nach Hause kommst und entdeckst, dass es in deinem Haus brennt und sich in deiner Küche ein Mann befindet, der flucht und auf irgendetwas einschlägt, solltest du diesen Ort schnellstmöglich verlassen. Aber ich tue es nicht, weil dieser Einbrecher in der Küche verdammt nach Will klingt.

Entweder war er beim Fußballspiel und wurde so wütend über meinen peinlichen Auftritt, dass er hergekommen ist, um das Haus abzufackeln, oder er ist … Angestrengt suche ich nach einer vernünftigeren Erklärung, was bei dem ohrenbetäubenden Jaulen des Rauchmelders sehr schwer ist.

Ich öffne die Tür und werde nicht nur von einem außergewöhnlichen Geruch, sondern auch von einem seltsamen Anblick begrüßt. Die ganze Küche scheint in Flammen zu stehen. Ich brauche einen Moment, bis ich kapiere, dass es Teelichter sind – Hunderte. Will muss sie angezündet haben, und das auf dem Küchentisch flackert wie verrückt und ist außer Kontrolle geraten.

Ich schaue genauer hin. Es ist keine Kerze, es ist mein Aroma-Diffuser. Will versucht, ihn mit einem Küchentuch auszuschlagen, was aber offenkundig nicht funktioniert, da sich die Flammen auf der Tischoberfläche ausbreiten.

»Oh, Shit«, flucht er schon wieder, als auch das Küchentuch Feuer fängt. Er wirft es auf den Boden, zieht seinen Schuh aus und schlägt damit auf das Tuch ein.

»Lexi!«, ruft er, als er mich im Türrahmen stehen sieht. Offenbar ist er so überrascht über mein Auftauchen, dass er den Schuh aus Versehen nach mir wirft. Er verfehlt mich knapp und zerschlägt eine Tasse an unserem Tassenständer.

»Tut mir leid«, sagt er. »Aber es ist alles unter Kontrolle.«

Der Rauchmelder im Esszimmer scheint anderer Meinung zu sein, denn er heult jetzt ebenfalls los, während sich der Rauch langsam im ganzen Haus verteilt.

»Was in aller Welt hast du vor?«, frage ich, als Will wieder mit dem Küchentuch auf den Tisch einschlägt. Ich muss schreien, da die Rauchmelder zu allem Überfluss nicht synchron heulen.

Ich schnappe mir den Feuerlöscher, den wir normalerweise als Türstopper benutzen, und halte ihn über die Öllache auf dem Küchentisch. Ich löse den Verschluss und starre den Feuerlöscher ratlos an. Wir haben ihn beim Einzug in dieses Haus gekauft und kamen uns unheimlich erwachsen vor, aber ich habe keinen Schimmer, wie man dieses Ding benutzt. »Willst du absichtlich das Haus abbrennen?«, brülle ich so laut wie möglich.

»Ich wollte dir auf die romantischste Weise einen Antrag machen, die ich mir vorstellen kann!«

Ich vergesse, dass ich einen Feuerlöscher in der Hand habe, und lasse ihn einfach los. Er fällt auf Wills Fuß (zum Glück auf den, der noch im Schuh steckt).

»Au, Scheiße!«, brüllt er, hüpft auf dem anderen Fuß herum und umklammert den verletzten.

»Es tut mir so leid! Du willst mich immer noch heiraten?«

Er hält lange genug mit dem Hüpfen inne, um den Feuerlöscher aufzuheben. »Tue ich. Es ist nur alles verdammt schiefgelaufen.«

Er richtet die Düse auf den Tisch, drückt die Griffe zusammen, und ein Meer von Schaum ergießt sich auf den Tisch. »An den habe ich gar nicht mehr gedacht. Siehst du, alles unter Kontrolle.«

Ich schaue hinunter auf den Holzimitat-Tisch von Ikea und bin anderer Ansicht. Wo einst ein Curryfleck prangte, ist jetzt alles schwarz verkohlt, und der Schaum ist bis an die Wand gespritzt. Jetzt müssen wir wirklich renovieren.

Will öffnet das Fenster und die Hintertür, während ich den Tisch anstarre.

»Um das zu kaschieren, wird wohl mehr nötig sein als eine Tischdecke«, sage ich und betaste die Stelle, was ich aber sofort bereue, da sie immer noch glühend heiß ist.

»Du könntest recht haben.«

Ich will ihn fragen, was in ihn gefahren ist, die Küche in Brand zu setzen, doch er versucht gerade konzentriert, den Rauchmelder durch Zuwedeln frischer Luft zu besänftigen.

»Vielleicht sollte ich die anderen Kerzen löschen.«

Ich gehe herum und puste eine nach der anderen aus. Wie lange er wohl gebraucht hat, um die alle anzuzünden? Ich achte darauf, nicht auszurutschen, da der Boden mit Rosenblättern übersät ist.

»Das war's«, sage ich triumphierend und lösche die letzte Kerzenflamme.

Dann versuche ich, den restlichen Rauch mit der Hand wegzuwedeln, und je mehr er sich verzieht, desto deutlicher sehe ich alles. Es ist, ähm – so romantisch: die Rosenblätter, Hunderte jetzt nicht mehr brennender Teelichter, zerbrochenes Porzellan und Schaumflocken. Ganz zu schweigen von dem Geruch: verbrannter Toast hoch zehn.

Ich schaue in Wills Gesicht, das genauso aussieht, wenn ein Fußballspiel wegen schlechten Wetters verschoben wird. Er muss eine Ewigkeit gebraucht haben, all die Kerzen anzuzünden und den Raum zu dekorieren. Und dann geht alles buchstäblich in Rauch auf.

»Wie konnte der Aroma-Diffuser Feuer fangen?«, frage ich, weil ich immer noch nicht nachvollziehen kann, was passiert ist.

»Der was? Ein Aroma-Diffuser?«

Ich nicke.

»Oh, ich dachte, es sei eine Duftkerze.«

Mühsam unterdrücke ich das Lachen und presse die Lippen zusammen, denn er wirkt echt verletzt. Aber ich schaffe es nicht, beginne erst zu kichern und dann lauthals zu lachen, sodass es meinen ganzen Körper schüttelt.

»Tut mir leid. Es ist nicht wegen dir – sondern wegen dem heutigen Tag. Wenn du wüsstest, was ich vorhin gemacht habe, würdest du auch lachen. Es ist gründlich danebengegangen. Ich war nämlich im Stadion und bin in der Halbzeit raus aufs Spielfeld, um dir einen Heiratsantrag zu machen.«

Ich schließe die Augen. Es ist noch nicht lange genug her, um den Gedanken daran zu ertragen. Tröstlich ist nur, dass Will nicht da war und es also nicht gesehen hat.

Als ich die Augen wieder öffne, lacht Will ebenfalls.

»Ich habe es gesehen. Vor einer halben Stunde. Auf YouTube.«

Verdammt!

»Es ist schon auf YouTube?« Ich sacke auf einen der Küchenstühle und bekomme einen feuchten Hintern von dem Schaum.

»Ja, ein paar Mal. Es gibt sogar eine Version mit Céline Dion ›All by Myself‹ Schrägstrich Beyoncé ›Put a Ring on it‹.«

Beschämt lasse ich den Kopf hängen. Es verbreitet sich bereits im Internet – das wird man mir nie vergessen.

»Wieso warst du nicht da? Du bist *immer* da«, sage ich und denke, dass es dann wenigstens nicht so peinlich geendet hätte.

»Man sagte mir, deine Saisonkarte sei eingescannt worden.«

»Ich habe sie Aaron geliehen«, antwortet er schulterzuckend.

Ich runzle erstaunt die Brauen. Seit ich ihn kenne, hat er noch nie bei einem Spiel auf seinen Platz verzichtet.

»Lexi, ich habe nachgedacht, und mir ist klar geworden, dass ich dich nicht verlieren will. Du hast auf Barbados bei vielen Dingen recht gehabt. Manchmal betrachte ich unsere Beziehung als zu selbstverständlich, und vermutlich bin ich zu oft mit Sport beschäftigt. Aber du hast dich geirrt, als du sagtest, dass mir der Sport wichtiger sei als du.«

»Ich weiß. Vanessa hat mir alles erzählt. Wenn ich das gewusst hätte …« Ich verstumme.

Er schüttelt den Kopf, als wolle er sagen, dass es keine Rolle mehr spielt.

»Ich wollte herkommen und dir einen Antrag machen, während ein Spiel stattfindet, damit du siehst, dass du mir wichtiger bist. Aber du warst nicht hier, und dann hat Tom mich angerufen und erzählt, was passiert ist.«

Ich öffne den Mund, um etwas zu sagen, atme Rauch ein und muss husten.

Will zieht seinen anderen Schuh wieder an, stellt ein paar Teelichter auf ein Tablett und zieht mich von meinem Stuhl hoch.

»Komm mit«, sagt er, greift meine Hand und führt mich aus der verräucherten Küche in den Garten.

Es regnet immer noch, und wir werden nass, aber unser Garten ist zum Glück winzig, und wir erreichen schnell den Schuppen am anderen Ende. Energisch zieht Will die kaputte Tür auf.

Ich bin zum ersten Mal seit Langem wieder in dem Schuppen – seit ich einmal das Gras mähen wollte und es nicht geschafft habe, den Rasenmäher herauszuzerren. Zu meiner Verteidigung muss ich anführen, dass sich auf dem Griff eine dicke Spinne befand. Von dem Moment an habe ich das Mähen zu einem Will-Job erklärt, und das hier wurde sein Raum – und er hat ihn völlig verwandelt.

Okay, es gibt für meinen Geschmack immer noch zu viele Spinnennetze und Gartengeräte, aber wenigstens ist alles ordentlich weggeräumt. Es ist gerade genug Platz für seinen Liegestuhl. Auf einem umgekehrten Blumentopf thront ein Radio.

Will kann nicht gerade mit George Clarkes Sendung *Große Ideen für kleine Räume* konkurrieren, aber es ist sein Reich.

»Gefällt mir, was du hieraus gemacht hast«, sage ich und wende mich ihm zu.

Er hat die Teelichter auf dem Tablett angezündet, räumt das Radio beiseite und stellt das Tablett auf den Blumentopf.

Das erzeugt ein warmes Leuchten, und trotz des Windes, der an den Plastikfenstern und dem Dach rüttelt, fühlt es sich ziemlich gemütlich an.

Will beugt sich vor, und ich will mich auf den Liegestuhl setzen, als ich merke, dass er vor mir auf die Knie gefallen ist.

»Was tust du denn da?«, frage ich. Meine Augen erkennen klar und deutlich das Kästchen mit dem Ring in seiner Hand, und natürlich weiß ich, was hier läuft, aber ich kann es immer noch nicht glauben.

Ist das jetzt das dritte oder rein statistisch gesehen schon das vierte Mal?

»So kompliziert habe ich es mir nicht vorgestellt«, sagt er. »Wie schwer kann es sein, jemanden, den man liebt, zu fragen, ob er den Rest seines Lebens mit einem verbringen will? Also, Lexi Hunter, willst du mich heiraten?«

Für eine Sekunde bin ich tatsächlich sprachlos. Dieser Tag war die reinste Achterbahnfahrt. Mir ist schwindelig, und mein Herz rast wie verrückt. Ich muss mich setzen, bevor ich umfalle, und lasse mich ein bisschen zu kraftvoll auf den Liegestuhl plumpsen.

»Woah!«, ruft Will und hält ihn im letzten Moment fest, bevor er nach hinten kippt.

»Wir sind nicht gut bei dieser Antragsgeschichte, stimmt's?«, sagt er lachend. »Deshalb habe ich auch so lange gebraucht, um dich überhaupt zu fragen. Dieser ganze Druck, es anders und spektakulär zu machen …«

Ich schaue mich in dem Schuppen um, aber lieber nicht zu genau, für den Fall, dass ich sonst eine Riesenspinne entdecke.

»Ich würde mal sagen, das hier ist sehr anders. Eine Geschichte, die man seinen Enkelkindern erzählen kann.«

»Ach, richtig, wir werden Kinder und Enkelkinder haben, nicht wahr? Gut zu wissen. Ist das also ein Ja? Dieser verdammte Betonboden bringt nämlich mein Knie um. Es wäre also gut, wenn du mich endlich aus meinem Elend erlösen könntest.«

»O ja, natürlich ist es ein Ja!«

Will hechtet vor, und der Liegestuhl bricht endgültig zusammen.

Er findet meinen Finger, steckt mir den perfekten Princess-Schliff-Diamanten an und schaut mir tief in die Augen.

»Ich könnte mir nicht vorstellen, den Rest meines Lebens mit jemand anderem zu verbringen.«

Er küsst mich zärtlich, und mich schaudert es bei der Erinnerung an Robins Kuss. Cher hatte ja so recht – sein Kuss verrät es dir.

»Du bist mir wichtiger als alles andere auf der Welt, und ich würde für dich sogar meine Saisonkarte aufgeben, wenn du es unbedingt willst«, sagt er und löst sich von mir.

»Echt?«, frage ich und ziehe die Brauen hoch. »Wenn ich dich darum bitte, würdest du sie aufgeben?«

Er nickt. »Wenn du es wirklich willst. Wenn es *so* wichtig für dich wäre.«

»Also gut«, antworte ich kichernd. »Ehrlich gesagt, habe ich dich ganz gern mal aus dem Haus. Wie soll ich sonst alle Sendungen gucken, die ich aufgenommen habe?«

Die Erleichterung ist ihm anzusehen, und er stößt laut die Luft aus. Der gute Wille zählt und dass ich weiß, dass er seinen Sport im Zweifelsfall wirklich für mich aufgeben würde.

»Wenn du mich gern öfter aus dem Haus haben möchtest, könnte ich den Schuppen aufmotzen. Einen riesigen Flachbildschirm anbringen und eine zweite Sky Box aufstellen. Ich könnte mir den Sessel kaufen, den ich schon immer haben wollte, und einen von diesen kleinen Kühlschränken. Die Jungs wären begeistert, gerade wo Aaron bald ein Kind hat. Überleg doch nur, wir würden dich nie wieder stören, wenn wir mitten in der Nacht einen Boxkampf anschauen.«

So verlockend das auch klingt, ich sehe die Matschabdrücke überall im Haus schon vor mir, wenn sie zum Klo rennen und wieder zurücklaufen.

»Nein, danke. Nachdem ich eine Woche lang die alleinige

Kontrolle über die Telebox hatte, bin ich zu dem Schluss gekommen, dass es mir nichts ausmacht, sie mit dir zu teilen. Und davon abgesehen: Wenn wir Kinder haben, bleibt gar keine Zeit mehr für Schuppen oder Sportveranstaltungen. Dann wirst du dir höchstens noch Mr Tumble als Endlosschleife ansehen.«

»Mr wer? Nein, nein, nein. Ich werde unser Baby im Tragetuch vor dem Bauch mit ins Stadion nehmen. Babys müssen bestimmt keinen Eintritt zahlen. Das ist dann quasi zwei für den Preis von einem. Wir sollten es so oft wie möglich nutzen, bevor wir für die Karten der Kinder auch bezahlen müssen.«

»Mir war bisher nicht bewusst, dass Kinder zu bekommen bedeuten könnte, Mini-Wills aufzuziehen«, sage ich lachend. »Habe ich noch Zeit, meine Meinung zu ändern?«

Ich tue so, als würde ich den Verlobungsring abstreifen, aber als mein Blick darauf fällt, habe ich plötzlich einen Kloß im Hals. Nach all den Jahren werden Will und ich heiraten. Ich werde ihn so nehmen, wie er ist, im Guten wie im Schlechten, aber ich weiß zumindest, worauf ich mich einlasse.

»Komm«, sagt Will und steht wieder auf.

Ich mag seine neue Haltung, das Kommando zu übernehmen. Wir rennen zurück zum Haus, aber dort riecht es nicht besser als vorhin. Ich öffne den Schrank unter dem Spülbecken, um Putzzeug herauszuholen, aber Will drückt die Tür wieder zu.

»Wir sollten unsere Verlobung feiern, nur wir beide. Lass uns irgendwo übernachten. Wir können uns auch morgen noch um das Chaos hier kümmern.« Er geht zur Hintertür und schließt sie ab.

»Klingt toll!« Ich stoße vor Aufregung einen leisen Schrei aus und will nach oben gehen, um zu packen.

»Wie fändest du ein paar Nächte in Dubai – das Golf-Turnier hat angefangen –, oder eine Nacht in London, denn morgen gibt es ein Rugbyspiel im Twickers …«

Meine Nasenflügel beben, ich drehe mich zu ihm um und sehe, dass er lacht.

»War nur ein Scherz. Wie wäre es mit einem Landhotel mitten im Nichts, wo höchstens Krocket gespielt wird?«

»Das hört sich schon besser an! Und kein Sky Sports im Zimmer.«

Ich sehe, wie seine Brauen zucken.

»Und keine Handys«, füge ich schnell hinzu. Ich gehe zu ihm und gebe ihm einen Kuss.

Mir ist klar, dass ich im Begriff bin, mich einem Leben als Sportwitwe zu verschreiben, aber ich habe den Hoffnungsschimmer, dass er unsere gemeinsamen Unternehmungen manchmal – nur manchmal – über den Sport stellt.

Will hebt mich hoch und schnappt sich den Schlüssel von der Arbeitsplatte.

»Was hast du vor?«, rufe ich und schlenkere mit den Beinen, während er mich durchs Haus trägt.

»Ich verschleppe dich.«

»Wie wäre es, wenn wir ein paar Sachen mitnehmen?«

»Ach, Unsinn. Lass uns unterwegs was kaufen. Wir bleiben nur über Nacht, und wenn es nach mir geht, verlassen wir das Hotelzimmer sowieso nicht. Davon abgesehen, bin ich ein Romantiker. Ich trage dich über die Schwelle.«

»In Wahrheit musst du damit warten, bis wir verheiratet sind, und es in die andere Richtung tun, von draußen nach drinnen.«

»Klugscheißerin«, sagt er, lässt mich los und küsst mich. »Ich werde also warten, bis wir verheiratet sind.«

»Verheiratet sind«, wiederhole ich und schüttle ungläubig den Kopf. »Unfassbar, dass wir es tatsächlich tun.«

»Ich weiß«, sagt er und öffnet die Tür. »Ich habe mir das BBC-Sportprogramm angesehen und entdeckt, dass es nächsten Juli ein zweiwöchiges Zeitfenster gibt …«

»Wieso nicht?«

Verbünde dich mit dem, was du nicht besiegen kannst. Ich werde meinen Seelenverwandten heiraten, und wen interessiert es, wenn diese Feier um den Sportkalender herum organisiert wird? Auch wenn ich vielleicht immer die vernachlässigte Freundin/Verlobte/Ehefrau sein werde, so habe ich doch ein paar Tricks im Ärmel, wie ich damit umgehen kann. Durchsichtige Unterwäsche, ungeschickte Finger am Lautstärkeregler … Solange ich nicht darüber blogge, wird es uns gut gehen, nicht wahr?

*W*enn du eine Beziehung mit jemandem anfängst, der sportbesessen ist, und du Gefahr läufst, zur Sportwitwe zu werden, dann lautet der beste Rat, den ich dir geben kann: Lauf weg, so schnell du kannst. Steig aus, solange es noch geht, bevor die Kommentare zu Fußballspielen die Begleitmusik deines Lebens werden und dein privater Terminkalender aussieht wie das Programm von Sky Sports.

War nur ein Scherz. Wir alle wissen, dass man keinen Einfluss darauf hat, in wen man sich verliebt, aber falls du bei einem Sportbegeisterten landest (und diese Leidenschaft nicht teilst), dann habe ich hier ein paar Tipps für dich, damit du nicht den Verstand verlierst.

1. Die Katze lässt das Mausen nicht

Wir alle wissen, dass man Männer nicht ändern kann. Sicher, wir können an ihnen herumfeilen und ihre Kanten abschleifen, sie jedoch einer echten Persönlichkeitsveränderung zu unterziehen ist ziemlich schwierig. Den Kampf, ihn von Sportsendungen fernzuhalten, kannst du nur verlieren.

Versuch stattdessen, ihn dazu zu bringen, sich *weniger* anzuschauen. Klärt im Voraus, welche Spiele oder Wettkämpfe er sich am Wochenende unbedingt ansehen will, und achte darauf, es im Gleichgewicht zu dem zu halten, was ihr beide machen wollt. Das erspart sehr viel Frust und Streitereien am Sonntagnachmittag.

2. Sei gerüstet

Als ich Will kennenlernte, besaß ich kein Smartphone, und es war die Zeit vor den E-Readern. Nachdem ich zu oft in einem Pub landete, wenn gerade Fußball/Rugby/Kricket übertragen wurde, erkannte ich, dass es gut ist, immer ein Buch dabeizuhaben. Dank der wunderbaren technischen Neuheiten brauche ich inzwischen keine Handtasche mehr mit den Ausmaßen eines Koffers. Da ich nun Smartphone und E-Book stets dabeihabe, gibt es keinen Grund mehr, zu seufzen, wenn ich zugunsten von Sport ignoriert werde, da ich mich mit einem Knopfdruck selbst unterhalten kann.

3. Verbünde dich mit dem, was du nicht besiegen kannst

Ich habe wirklich nichts dagegen, mir live Sport anzusehen – schscht, bitte nicht Will verraten. Damit will ich keineswegs behaupten, dass ich es ständig tun möchte, aber es ist besser, als sich ein Spiel im Fernsehen anzuschauen. Nicht nur wegen der Atmosphäre, sondern es gibt dir auf eine Weise das Gefühl, Teil des Spiels zu sein, wie du es in deinem Wohnzimmer nie erleben kannst. Außerdem weiß Will es immer sehr zu schätzen, wenn ich ihn zu einem Spiel begleite – das bringt mir jede Menge Pluspunkte ein. Und es garantiert mir, mehr Zeit mit ihm zu verbringen, auch wenn ich dabei nicht seine volle Aufmerksamkeit genieße. Am liebsten gehe ich zum Kricket, da ist es in der

Regel viel wärmer (sollte es zumindest sein) als zum Beispiel beim Eishockey. Und ich entscheide mich immer für die Twenty20-Spiele, weil die schneller vorbei sind.

4. Geteiltes Leid ist halbes Leid

Du bist nicht die erste Sportwitwe, und du wirst auch nicht die letzte sein. Wenn du schon zu irgendeinem Spiel/Kampf/Turnier mitgeschleppt wirst, nimm doch jemanden mit. Ich glaube immer noch, dass Josie und Richard perfekt für solche Unternehmungen wären – aber leider hat das nicht so gut geklappt. Und wenn sich dein Zuhause in eine Männerhöhle verwandelt, weil die Jungs zum Sportgucken vorbeikommen, dann lade ihre Partnerinnen doch ebenfalls ein. Auf diese Weise hast du Gesellschaft, und nach dem Ende des Spiels könnt ihr euch alle zusammen unterhalten.

5. Regeln

Sosehr ich es auch hasse, sämtliche Sportregeln zu kennen, so hilfreich ist das doch in meiner Beziehung. Wenn Will wegen einer Schiedsrichterentscheidung flucht, verstehe ich zumindest, was los ist. Unterstützen und Interesse zeigen – auch das bringt eine Menge Pluspunkte.

6. Geschenkte Zeit

Statt auf dem Sofa zu sitzen und Trübsal zu blasen, weil im Fernsehen Speedway läuft, solltest du diese Zeit klug nutzen –

und damit meine ich nicht, auf Instagram wehmütig den Lebensstil von Nicht-Sportwitwen zu verfolgen. Ohne Wills Vorherrschaft über die Fernbedienung hätte ich mein erstes Buch niemals beendet. Gibt es ein Hobby, dem du dich schon immer mal widmen wolltest? Einen Fitnesskurs besuchen oder eine neue Laufstrecke ausprobieren. Koordiniere diese Dinge, damit du »deine Zeit« hast, während dein Partner sich Sport ansieht, und schlage im Anschluss ein bisschen gemeinsame Zeit für euch heraus.

7. Reize das Biest nicht!

Wenn das Team des Partners verliert und er sich aufführt, als sei es das Ende der Welt, mache dir klar, dass es das für ihn tatsächlich ist. Wenn du ihn nicht provozieren willst, dann komm nicht mit Phrasen wie »Es ist doch nur ein Spiel« oder »Nächste Woche kann es schon wieder ganz anders ausgehen«. Lass ihn sich eine Weile in Selbstmitleid suhlen, irgendwann wird er sich wieder zusammenreißen.

Viel Erfolg – und möge das Glück seinem Team immer hold sein, sodass du einen glücklichen Partner hast!

Sportevents, die man erlebt haben sollte

Ich bin sicher, dass Will nicht der einzige sportbesessene Mann ist, der eine Liste der Sportveranstaltungen führt, die er einmal live erleben möchte. Länder werden nicht abgehakt nach dem Besuch eines Weltkulturerbes oder Wahrzeichens. O nein, seine Liste basiert auf den Sportereignissen, die dort stattfinden. Für den Fall, dass dir ein solcher »Urlaub« droht, nenne ich dir meine Highlights!

1. Die Ashes, Sydney, Australien

Wieso nicht vor allen anderen ins neue Jahr feiern, während man sich das Feuerwerk über der Sydney Harbour Bridge und der Oper ansieht? Okay, man muss den Kompromiss eingehen, dass einige Spiele der Ashes in der ersten Woche des neuen Jahres stattfinden. Aber ein oder zwei Tage beim Kricket sind doch wohl ein kleiner Kompromiss für einen super Urlaub in Down Under ... Macht eine Bootsfahrt rund um Darling Harbour, wandert in den Blue Montains und veranstaltet eine Wallfahrt nach Summer Bay (oder Palm Beach, wie es korrekt heißt).

2. Boxen im Maddison Square Garden, New York

Ich hasse Boxen leidenschaftlich, aber – hallo New York! Die Atmosphäre im »Garden« ist bestimmt spannungsgeladen, und man muss ja nur zwölf Runden durchstehen …

Für den Rest des Wochenendes kannst du dich erst durch das üppige kulinarische Angebot futtern, bevor es in die Shoppingmekkas wie Bloomingdales und Barneys geht. Es gibt jede Menge Sehenswürdigkeiten, und mit der Met, dem MoMA und dem Guggenheim kommen auch Kulturliebhaberinnen auf ihre Kosten.

3. Der Große Preis von Monaco, Monaco

Wenn man schon zu einem Formel-1-Grand-Prix reisen muss, dann stände dieser ganz oben auf meiner Liste. Abgesehen davon, dass man Autos dabei zusieht, wie sie zig Runden auf einer Rennstrecke zurücklegen, stelle ich mir vor, wie ich den Glanz und Glamour aufsaugen werde, den dieser Ort ausstrahlt.

4. Wimbledon Tennis Championships, London

Ein Sportereignis, bei dem es quasi Pflicht ist, Erdbeeren mit Sahne zu essen und Pimms zu trinken, kann unmöglich schlecht sein. Ich war noch nie beim Tennis in Wimbledon, und obwohl Tennis nicht zu Wills Must-see-Sportarten zählt, würde er auch gern mal hinfahren.

Wenn man nicht gerade Karten bei der Verlosung gewonnen oder welche von der Firma bekommen hat, bleibt nur Schlange stehen oder sogar nachts vor dem Eingang kampieren, um Karten zu ergattern. Das macht es zu einem abgefahrenen Kurzurlaub.

Will und ich wollen das mit dem Kampieren wirklich mal machen – Daumen drücken, dass es in dem Jahr nicht regnet!

Danksagung

Zunächst möchte ich festhalten, dass dieses Buch in keiner Weise autobiografisch ist und sämtliche Szenen, die meinem Leben bemerkenswert ähneln, auf Zufällen basieren. Ich danke meinem Mann Steve – Sportfan der Extraklasse – für seine Unterstützung bei der versehentlichen Recherche für dieses Buch in den vergangenen acht Jahren, mit all den Reisen zu Rugby, Darts, Kricket, Fußball und Pferderennen. Gott sei Dank wusste ich nicht, dass ich dieses Buch schreiben würde, denn dann hätte er mich sicher zu weitaus mehr Veranstaltungen geschleppt – alles unter dem Deckmantel der Recherche. Danke auch für deine Hilfe im Haushalt, bei den Kindern und dafür, dass du mein Sportorakel warst. Ich hoffe, ihr genießt dieses Buch – und entdeckt nicht zu viele Sportfehler. Jegliche Fehler (oder geringfügige Angleichungen, damit es zu der Geschichte passt) gehen auf mein Konto. Dank an meine Kinder Evan und Jessica für ihre ausgiebigen Mittagsschläfchen, weshalb ich das Buch schreiben konnte, danke dafür, dass ihr noch klein seid, was uns davor bewahrt, von einer Sportveranstaltung zur nächsten zu ziehen (möge es lange währen!).

Dank auch dem Team bei Bonnier – für alles, was ihr für mich und meine Bücher getan habt. Ich danke Joel, meinem Lektor, du hast mit deinen Anekdoten über deine Eltern nicht nur dafür gesorgt, dass ich mich als Sportwitwe weniger allein fühle, sondern auch brillante Anmerkungen und Ideen zu dieser Geschichte geliefert. Ich danke auch Claire für das Redigieren jeder einzelnen Zeile und das Verknüpfen aller losen Fäden. Danke Emily Burns für die grenzenlose Begeisterung über mein letztes Buch. Ich danke auch Georgia Mannering, Nick Stearn, Nico Poilblanc und Vincent Kelleher. Danke dem talentierten Adrian Valencia für ein weiteres tolles Cover.

Beim Schreiben dieses Buches ist mir aufgefallen, wie viele Sportwitwen es gibt, und meine Agentin Hannah Ferguson ist (leider?) eine davon – deshalb hat sie den Plot dieses Buches sofort verstanden und es von Anfang an unterstützt. Danke für alles, was du und das übrige Team bei Hardman & Swainson für mich getan habt. Ich danke der Marsh Agency für das Aushandeln der Lizenzen. Für mich ist ein Traum wahr geworden, dass meine Bücher in so viele Sprachen übersetzt werden.

Ich danke den Supporter-Relationship-Managern beim Southampton Football Club, Khali Parsons und Daniel Whittington, für das Beantworten meiner orientierungslosen Fragen. Lexis Antrag im Stadion bedurfte zwar einiger literarischer Freiheit, aber euer Rat war sehr hilfreich.

Ein großes Dankeschön gilt meinen wunderbaren Freunden und meiner Familie – eure Unterstützung, Ermutigung und Begeisterung erstaunt mich immer wieder. Eine besondere Erwähnung verdienen meine Mum (ist irgendwie ein Klischee, aber sie ist mein größter Fan), meine Schwiegereltern Harold und Heather, meine Schwester Jane (halte durch, eines Tages werde ich dir ein Buch widmen – ich warte nur auf das richtige), Kaf, Hannah und Laura, die noch auf ihre Auftritte in einem meiner Bücher warten, sowie Debs, Julie und Christie.

Ich danke den wunderbaren Bloggern, Autoren und dem Team Novelicious, mit dem ich tweete – danke, dass ihr mich bei gesundem Verstand haltet. Den Bloggern und Rezensenten, die sich die Zeit nehmen, meine Bücher zu besprechen – euch gebührt ein riesiges Dankeschön, und ich hoffe, euch gefällt auch dieses Buch. Besonderer Dank geht an Becky Gulc, Ananda, Chloe Spooner, Isabelle Broome, Rachel Gilby, Agi und Laura L.

Und zu guter Letzt ein Riesendank an meine Leser! Ich hoffe, euch hat das Buch gefallen. Es gibt nichts Schöneres, als von den Menschen zu hören, die meine Bücher gelesen haben, sagt also einfach mal Hallo, wenn ihr auf Twitter seid – @annabell_writes.